>>JAMAICA - NICHT ALLES IST REGGAE!<<

Irene Maier

ISBN-10: 1481847872
ISBN-13: 978-1481847872

IMPRESSUM
Irene Maier | 102 Tiber Gardens | London | N1 0XE | UK
Tel.: +44 (0)7947 464 975
irenemaier2003@yahoo.co.uk
www.facebook.com/JamaicaNichtAllesIstReggae

LEKTORAT & KORREKTUR
Angelika Lenz
www.angelika-lenz.de

COVERDESIGN & FORMATIERUNG
Gordon Delfino
www.gordondelfino.com

„Als sie nun fortfuhren, ihn zu fragen, richtete er sich auf und sprach zu ihnen: Wer unter euch ohne Sünde ist, der werfe den ersten Stein auf sie."

Johannes 8,1-11; Römer 3,23.24

„Wir lernen aus Erfahrung, dass die Menschen nichts aus Erfahrung lernen."

George Bernard Shaw, irischer Dramatiker (1856-1950)

Prolog

Lange Zeit war dieses Manuskript vergessen, verdrängt und heute frage ich mich, ob das alles wirklich mir passiert ist. Beim Durchlesen schwanke ich zwischen Unglauben und Peinlichkeit und manchmal ist mir auch zum Lachen.

Ich habe einen Teil des Manuskriptes im Fort Augusta Frauengefängnis in der Nähe von Kingston, Jamaika geschrieben. Ich habe versucht, den Lärm von meinen vierundzwanzig Zellengenossinnen durch Schreiben auszublenden. Manchmal ist mir das gelungen, sehr oft nicht. Ich habe diesen Teil, der im Gefängnis entstanden ist, absichtlich in der Originalfassung gelassen und kaum überarbeitet. Ich möchte all meine Gefühle und Gedanken von damals so authentisch wie möglich vermitteln.

Fast hätte ich es nicht geschafft, das erste Manuskript heil rauszubringen. Die Aufseherinnen drohten mir immer wieder an, es würde vernichtet werden. Nur durch die Hilfe der Deutschen Botschaft ist es mir gelungen, es unversehrt mitzunehmen.

Den Rest habe ich Jahre später nach besten Erinnerungen und mithilfe von Briefen und anderen Aufzeichnungen geschrieben. Ich habe mich bemüht, alles wahrheitsgetreu und schonungslos zu Papier zu bringen. Ich habe lediglich, um die Privatsphäre derjenigen Menschen zu schützen, die in diesem Buch erwähnt werden, ihre Namen durch Pseudonyme ersetzt. Für alle, die meinen, ich hätte das ganze Drama doch selber verursacht: Ich habe nie etwas anderes behauptet!

London, Dezember 2012

18. Januar 1998: Fort Augusta Frauengefängnis, St. Catherine, Jamaika (Originalton)

Ich schreibe das hier, ohne zu wissen, ob ich diese Aufzeichnungen jemals als Brief abschicken darf. Niemand weiß, ob es erlaubt ist, in deutscher Sprache zu schreiben. Alle Briefe werden streng zensiert. Ich bin am absoluten Tiefpunkt.

Im Jailhouse in Montego Bay war es viel besser. Die Tage dort waren mitunter sogar lustig. Es war zwar furchtbar eng und dunkel, aber man hat alles kaufen können, was man wollte. Essen, Zigaretten und selbstverständlich auch Gras. Meistens waren alle völlig bekifft und alles war nicht so schlimm. Die Polizisten haben beide Augen zugedrückt, solange man keine Probleme machte. Klar haben sie mich dort auch bestohlen. Gleich nach meiner Verhaftung hat ein Polizist mein Geld gezählt und mir 200 US-Dollar geklaut, in der Zelle haben sie mich bestohlen und einmal hat mir ein Polizist das Wechselgeld nie gebracht. Die meisten Frauen in meiner Zelle habe ich gemocht und es war irgendeine Art von Gemeinschaft da.

Ja, und dummerweise vermisse ich auch Rasta Q. Den Mann, der mich letztendlich hier reingebracht hat mit seiner Idiotie. Auch Reggaemusik und singende Polizisten hat es gegeben in der berühmt-berüchtigten Barnett Street Police Station. Dort haben auch die beiden Sänger Xenaman und Gregory Isaacs schon auf ihren Prozess gewartet. Ich habe dort am Boden geschlafen und Kakerlaken sind auf mir herumgekrochen. Wir waren zu siebt in einer Zelle, die nur über drei Pritschen verfügt. Es gab keine Decken oder Matratzen. Ist ein Jamaikaner im Gefängnis, rückt die ganze Familie mit Essen und Decken an. Hat man keine Angehörigen mehr oder ist man pleite, wird man in der Zelle einfach miternährt.

So passiert einem jungen deutschen Rasta, der wegen eines einzigen Marihuana-Joints länger als drei Wochen gesessen hatte. Normalerweise hätten ein paar US-Dollar genügt, um sich freizukaufen. Leider war Robert völlig pleite. Anschließend erklärten sie sein Ticket nach Deutschland für ungültig, weil es kein Direktflug war. Seine Schwester musste in Deutschland ein neues Ticket kaufen und er wurde deportiert. Er darf zehn Jahre nicht wieder einreisen. Meine Anwälte sagen, ich selber werde nicht deportiert. Die Polizei und meine Zellengenossen sagen, ich werde doch. Keine Ahnung, aber ich werde morgen fragen, obwohl man meistens keine oder sinnlose Antworten bekommt. Jedenfalls habe ich es gestern so richtig zu spüren bekommen, was es heißt, wenn einem alle Rechte aberkannt werden.

Ich sehe mich um. Das Gekreische hat endlich aufgehört. Manchmal unterhalten sich die Frauen mit Häftlingen von der gegenüberliegenden Zelle. Man kann dann kaum sein eigenes Wort verstehen. Die Schreienden haben sich aber jetzt hingelegt. Sie werden später am Abend wieder aufwachen und alles wird wieder von vorne losgehen. Es ist erst fünf Uhr nachmittags. Die Zelle ist schon geschlossen und es gibt absolut nichts zu tun. Lesematerial hat auch niemand. Ich liege auf dem Bett und zum hundertsten Mal frage ich mich, wie ich nur in diese Situation kommen konnte. Manchmal denke ich, ich bin in einem drittklassigen Film, den ich gar nicht sehen will. Wie hat das alles überhaupt begonnen? Wie kommt man nur in so eine Situation? Meine Gedanken wandern zurück zu dem Tag, an dem ich zum ersten Mal auf dieser Insel ankam.

Juni 1996: Erster Urlaub auf Jamaika

Am Flughafen. Der Check-in-Schalter nach Montego Bay via Düsseldorf hat gerade geöffnet. Mit gierigen Augen sauge ich alle Eindrücke ein. Da gibt es einen langhaarigen Mann mit Stirnband, der ein Fahrrad mitbringt. Es wird ihm gesagt, er müsse es in alle Bestandteile zerlegen. Er ist verärgert. Die anderen Leute lachen belustigt. Dann sehe ich noch ein paar Touristen, die von Kopf bis Fuß tätowiert sind. Sie sind total laut und übermütig.

Noch immer kann ich nicht glauben, dass ich tatsächlich in die Karibik fliege. Es ist mein erster Transatlantikflug. Ich trage einen modischen indischen Zweiteiler. Koffer und Handtasche sind auch neu. Mit dem Auto bin ich von meiner Heimatstadt St. Pölten nach München gefahren. Weil der Flug sehr früh am Morgen geht, habe ich in einem Hotel in Flughafennähe übernachtet. Im Preis für eine Nacht ist auch ein Hotelparkplatz für zwei Wochen inbegriffen. Nun stehe ich also erwartungsvoll beim Check-in. Alles ist so aufregend, ich bin noch nie alleine verreist. Ich bin vierunddreißig Jahre alt und Mitarbeiterin eines Autohauses.

Rosa. Der Flug nach Düsseldorf startet pünktlich. Wir landen kurz vor acht Uhr und müssen zwei Stunden auf den Anschlussflug warten. Ich setze mich auf einen Sessel, neben mir nimmt eine Frau Platz. Sie spricht mich an, will wissen, ob ich auch nach Jamaika fliege. Sie erzählt mir, sie hatte letzte Nacht Streit mit ihrem Mann. Er wollte partout nicht, dass sie alleine nach Jamaika fliegt. Sie stellt sich als Rosa vor: „Mein Mann hat mir sogar meine Kreditkarte weggenommen, jetzt habe ich nur mehr 50 Mark für den ganzen Urlaub. Zum Glück habe ich für ein All-inclusive-Hotel bezahlt. Ich wollte aber auch andere Teile von Jamaika sehen, das kann ich jetzt nicht mehr. Ja, der hat tatsächlich meine Gold Card weggenommen."

Ich teile ihr mein Bedauern mit. Rosa erzählt mir auch noch, dass sie ihren Mann sowieso nicht liebt und hier in Deutschland einen arabischen Freund hätte. Sie selber stamme aus Exjugoslawien, wohne aber schon seit zwanzig Jahren in München.

Oh nein, denke ich, schon wieder jemand, der mir seine Lebensgeschichte aufdrängt. Rosa fragt bereits nach meinem Hotel und ob wir uns treffen könnten in Montego Bay. Ich bin nicht so begeistert angesichts der Tatsache, dass sie praktisch pleite ist.

Im Flugzeug. Endlich können wir an Bord gehen. Das erste Mal befinde ich mich in einem Jumbojet. Alles fasziniert mich. Rosa sitzt zufällig genau vor mir, gleich neben den drei tätowierten Männern. Sie redet ununterbrochen. Sie erzählt mir von ihrem Urlaub in Kenia im Vorjahr. Sie meint, dort wäre alles viel billiger als in Jamaika, die Männer wären auch ehrlicher. Vielleicht könnten wir ja im nächsten Jahr gemeinsam hinfahren? Ich versuche, ihr klarzumachen: „Schau, ich habe keinen

Partner zu Hause, aber ich will dennoch keine Affäre im Urlaub. Bringt nur Probleme und dann der ganze Abschiedsschmerz. Außerdem fahre ich nur wegen der Musik und dem Lebensgefühl hin." Rosa erzählt mir, dass viele Frauen wegen der jamaikanischen Männer hinfahren. Das ist absolut neu für mich, damit habe ich mich nie beschäftigt.

Da lacht Rosa und deutet auf ein Pärchen: „Sieh mal, glaubst du, der Mann hätte jemals das Geld für einen Urlaub in Deutschland? Nein, seine Begleiterin zahlt alles." Ich sehe mich nach den beiden um. Der Mann ist schwarz, offensichtlich Jamaikaner. Er ist jung, attraktiv und gut gekleidet. Seine Begleiterin ist mindestens zehn Jahre älter, ca. 120 Kilo schwer. Ich sehe Rosa zweifelnd an: „Aber du kennst die beiden doch überhaupt gar nicht, du weißt nichts über sie."

Rosa lächelt nachsichtig: „Aber das ist doch gang und gäbe. Das ist das Spiel. Ich selber würde niemals einem Mann etwas zahlen, die müssen mir etwas kaufen."

Ich fühle mich nicht wohl in dieser Unterhaltung, sie zerstört mein Urlaubsfeeling. Ich setze die Kopfhörer auf und träume. Endlich ist es so weit, wir starten. Ich fühle mich so lebendig, so abenteuerlustig. Fasziniert schaue ich auf den Bildschirm. Er zeigt ganz genau an, wo wir uns befinden, wie lange wir schon unterwegs sind und noch unterwegs sein werden. Während des ganzen Fluges bin ich vor Vorfreude unfähig, etwas zu lesen, geschweige denn zu schlafen.

In der Zwischenzeit betrinken sich die tätowierten Deutschen vor mir kräftig. Sie erzählen, dass sie schon einige Male auf Jamaika waren. Es ist großartig, das Gras ist sehr stark und man raucht es dort ohne Tabak. Die Stewardess verweigert ihnen nach ein paar Stunden neue Drinks. Rosa betrinkt sich auch etwas und knutscht mit einem der Männer rum. Ich selber trinke Fruchtsaft und genieße jede Minute des Fluges. Ich weiß, hätte ich auch nur einen Drink, würde ich mich auch betrinken. Seit Jahren schon bekämpfe ich diese periodischen Besäufnisse.

Neben mir sitzt ein junger Jamaikaner. Wir reden während des ganzen Fluges nicht miteinander, Rosa beansprucht mich auch maßlos. Bei der Landung dann, als die Passagiere klatschen, setzt er seine Sonnenbrille auf und ruft begeistert: „Ya, man!"

Ich lache und wir unterhalten uns ein bisschen. Er erzählt mir, dass er vier Wochen in Deutschland war, dort Freunde besucht hat. Er freue sich nun riesig, wieder in der Heimat zu sein, sagt er. Ich bemühe mich, ihn zu verstehen. Natürlich habe ich in der Schule Englisch gelernt, aber das hier ist etwas ganz anderes. Der Jamaikaner spricht zwar Englisch, nicht das landesübliche Patois, trotzdem kann ich schwer folgen. Er reicht mir für einen Augenblick die Kopfhörer seines Walkmans, damit ich seine Musik hören kann. Dann öffnet er eine große Box und zeigt mir alle seine Kassetten. Er strahlt, als ich anerkennend nicke, und sagt wieder: „Ya, man!“ Ich frage ihn, was es mit den Touristinnen und den Einheimischen auf sich habe. Er winkt ab. Ich versichere ihm, dass ich nicht wegen eines Abenteuers nach Jamaika komme.

Da sieht er mich ernsthaft an und sagt: „Das habe ich schon am Flughafen erkannt, du bist nicht der Typ.“

Ich selber denke, auch er ist eine dezente Person. Er arbeitet in Negril in einem Café und lädt mich ein, ihn zu besuchen.

Jamaika! Endlich können wir von Bord gehen. Als ich die Gangway runtergehe, trifft mich die Hitze wie ein Keulenschlag. Das ist ja noch viel ärger, als ich mir jemals vorgestellt habe. Sofort bin ich schweißgebadet. Wir gehen durch einen Gang Richtung Einwanderungsbehörde. Meinen Fotoapparat habe ich griffbereit. Jetzt bleibe ich vor einem Plakat mit Bob Marley stehen: „Welcome to Jamaica - Birthplace of Reggae Superstar Bob Marley“. Fünf Meter weiter ist ein ähnliches Plakat mit Jimmy Cliff. Ich fotografiere wie wild. Um die Ecke singen nun jamaikanische Sänger einen Welcome Song für die Touristen. Ich sauge alles in mir auf und schwebe auf Wolken. Als ich durch die Immigration und den Zoll bin, stürzen sich sofort Kofferträger auf mein Gepäck. Nur mit Mühe und Not kann ich ihnen klarmachen, dass mich meine Reiseleiterin erwartet, genau wie die meisten Touristen unseres Fluges. Martina ist ihr Name. Sie empfängt uns und zeigt uns den Weg zum Bus. Als wir drinsitzen, fängt es wie aus Eimern zu schütten an. Aber es kühlt nicht wirklich ab, die Kleider kleben mir am Körper. Als wir auf die Küstenstraße kommen, sehe ich einen aus Blumen angefertigten Gruß: „Welcome To Montego Bay". Ich fühle mich wie im Paradies. Mit Stielaugen schaue ich aus dem Fenster: nichts als Palmen und das tiefblaue karibische Meer.

Im Hotel. Schon nach zehn Minuten hat der Bus mein Hotel erreicht. Es heißt Coral Cliff, liegt auf einem Hügel und ist schneeweiß. Auch hier stürmt trotz des Regens sofort ein Kofferträger zum Bus. An der Rezeption sitzt eine hochschwangere, sehr herzliche Jamaikanerin. Sie lächelt mich an. Ich entschuldige mich für mein dürftiges Englisch.

Sie: „Dein Englisch ist sehr gut. Wir haben manchmal Touristen hier, die überhaupt nicht Englisch sprechen. Don't worry!"

Wir erledigen die Check-in-Formalitäten und dann werde ich vom Barmann zu einem Willkommensdrink eingeladen. In ein hohes Glas mit Eiswürfeln hat er eine rosa Flüssigkeit gefüllt. Ich bedanke mich und frage, was das ist.

„Rumpunsch", sagt er stolz lächelnd, „jamaikanische Spezialität, ya, man!" Oje, denke ich und schlürfe das kühle Getränk. Ich spüre den starken Jamaikarum sofort beim ersten Schluck, habe ich doch schon einige Monate nichts getrunken. Ich sehe mich um in der Bar. Sie befindet sich auf der Terrasse des Hotels. Überall sind Palmen und andere exotische Gewächse. Direkt unter dem Hotel, auf der anderen Seite der Straße, ist das Meer. Es ist eine Bilderbuchlandschaft. Die Straße ist sehr befahren. Ich sehe viele alte Ladas, in denen oft sechs oder mehr Menschen sitzen. Ich sehe auch viele Fußgänger. Manche von ihnen sind wirklich ärmlich gekleidet, besonders Rastas.

Es regnet immer noch. Ich möchte aber jetzt auf mein Zimmer. Der Gepäckträger zeigt mir meinen Raum. Er gefällt mir gut. Ich gebe dem Mann ein paar US-Dollar. Ich habe gehört, Personal und Geschäftsleute hier bevorzugen US-Dollar, nicht Jamaika-Dollar. Er stellt sich vor: „Ich bin Tony, du bist mein Freund, ya, man, ich kann dir alles hier zeigen. Ich kann dich überall hinbringen, Ausflüge machen, Reggaekonzerte gehen, alles. Wenn du was brauchst, Tony weiß alles. Ya, man." Er sagt auch, ich muss vorsichtig sein mit den Landsleuten. Ich verspreche es und bedanke mich. Müde bin ich schon. Es ist gerade mal vier Uhr nachmittags, zu Hause war es aber schon elf Uhr abends, da würde ich schon schlafen. Egal, ich bin so aufgeregt, so überwältigt, ich möchte jetzt die Gegend auskundschaften. Vorher begutachte ich noch meine Unterkunft genau. Das Doppelzimmer ist sehr groß und sauber. Auf dem Nachttisch liegt eine Bibel! Der Balkon ist groß mit Blick auf einen herrlichen Swimmingpool. Das Badezimmer ist ebenfalls sehr groß. Sicher sieht alles anders aus in Europa, aber damit habe ich gerechnet. Ich dusche blitzschnell, erneuere mein Make-up und hänge meine Kleider in den Schrank.

Erste Erkundung. Dann kann mich nichts mehr halten. Ich möchte mich in Montego Bay umsehen. Was mir zuerst auffällt, sind die vielen Menschen auf den Straßen. Sie sind überall. Sie lauern auf ein neues Gesicht, wie mir bald klar wird. Von überall rufen sie mir zu: „Taxi, Taxi", oder „Smoke, Coke?"

Alle drei Meter werden mir Drogen angeboten. Ich aber hab mit Drogen nichts am Hut, hab vielleicht ein paar Joints geraucht in meinem Leben. Ich starre in die Auslagen der Souvenirshops. Die meisten Artikel sind rot, grün und gold. Es gibt so viele lustige Sachen hier. Zwei, drei Männer folgen mir und ich fühle mich genervt. Jeder will mir den besten Shop zeigen. Jeder hat überall einen Freund, der mir die Sachen billiger verkaufen würde. Schließlich gehe ich in einen der größeren Shops. Der Ladenbesitzer begrüßt mich und will mich beraten. Ich will mich aber wirklich nur mal umsehen. Zwei meiner Verfolger sind mit in den Laden gekommen: „Sieh, der Boss hier ist mein Freund. Du kaufst drei T-Shirts, zahlst zwei." So geht es ununterbrochen, obwohl ich ihnen sage, ich will alleine einkaufen. Ich nehme dann ein paar Stücke und will bezahlen. Der Boss fragt, ob ich ein Bier will.

„Hier im Shop?", frage ich.

„Ja, klar. Das ist Jamaika, no problem!

Ich spendiere dir ein Willkommensbier, Red Stripe, ya, man!" Ich trinke nicht nur ein, sondern zwei Bier und kaufe doch tatsächlich den zwei Männern auch eines. Ich verlasse den Shop eine Stunde später mit drei randvoll gefüllten, großen Plastiktüten. Meine Begleiter weichen nicht von meiner Seite und sagen, sie würden jetzt immer auf mich aufpassen. Ich erkläre ihnen energisch, dass ich jetzt alleine zum Hotel zurückgehen werde. Sie fragen, ob ich denn später eine Reggaeshow sehen möchte. Ich sage ihnen, dass ich wohl heute nicht mehr ausgehen werde.

Einer der beiden sagt: „Macht nichts, aber denk daran, hier ist JT's Bar & Grill, jede Nacht Live-Reggaemusik", und zeigt auf ein Schild direkt an der Gloucester Avenue.

Erster Morgen. Am nächsten Morgen wache ich schon um drei Uhr früh auf und kann einfach nicht wieder einschlafen. Alles ist so aufregend. Ich gehe auf den Balkon raus und schaue begeistert auf all die Pflanzen im Garten. Es ist wirklich paradiesisch hier. Ich hänge die restlichen Kleider aus den Reisetaschen auf und ordne auch alle anderen Sachen ein. Ich dusche schnell und warte ungeduldig darauf, dass der Tag erwacht. Als es endlich Frühstückszeit ist, gehe ich in das Restaurant im Hotel. Ich nehme einen kleinen Tisch am Balkon. Wieder schaue ich runter auf die geschäftige Hauptstraße. Sechs, sieben Leute sehe ich in den alten Ladas sitzen, den sogenannten Sammeltaxis. Jeder scheint hier zu lachen: „Ya, man, Irie". Der Kellner kommt und ich bestelle erst mal Kaffee. „Blue Mountain Coffee, der beste Kaffee der Welt", sagt er stolz.

Ich trinke ihn, finde ihn zwar ein bisschen bitter, aber sehr gut. Ich frage den Kellner, wie man denn am besten in die Stadt kommt und wie weit es ist. Er sagt: „Nur ungefähr eine halbe Meile, aber du kannst nicht alleine nach Downtown gehen. Hier gegenüber sind zwei wunderschöne Strände mit Security."

„Ich möchte aber trotzdem gerne in die Stadt."

„Dann nimmst du am besten ein reguläres Taxi, kein Sammeltaxi. Ich kann dir eines bestellen."

„Okay, danke schön."

Im Taxi höre ich wieder viele Belehrungen. Ich solle sehr aufpassen und mich nicht anbetteln lassen, bestimmte Plätze meiden etc.

Downtown Montego Bay ist ein sehr lauter, heruntergekommener Stadtteil. Ich gehe über den Marktplatz und durch ein paar Straßen. Überall ist Musik, hier stehen sehr oft meterhohe Lautsprecherboxen. Kein Mensch schert sich um den Lärm. Ich unterhalte mich kurz mit einem Rasta, der Zigaretten an der Ecke verkauft. Er sagt: „Wir Jamaikaner brauchen Musik, Musik ist wie Essen. Du brauchst es einfach, um zu leben." Ich sehe auch etliche Männer ihre armseligen Karren durch die Straßen ziehen. Diese sind beladen mit allen möglichen Dingen für den täglichen Gebrauch. Kaufen kann man hier alles und zu jeder Zeit. Ich kaufe eine eisgekühlte Limonade von einem anderen Rastaman.

„No problem, One Love“, sagt er, nachdem ich bezahlt habe.

Viele Einheimische bieten sich als Tourführer an. Manche haben sogar ein uraltes, klappriges Auto, das sie stolz Taxi nennen, und wollen natürlich Fahrgäste anwerben. Jeder sagt, er könne sie zu den unberührtesten Teilen Jamaikas bringen. Jeder meint, er sei der Billigste.

Am Strand. Nach ein paar Stunden habe ich genug und gehe in mein Hotel, um die Badesachen zu holen. Ich packe auch ein Buch ein und marschiere die paar Hundert Meter zum Strand. Weil man ein paar Jamaika-Dollar Eintritt bezahlen muss, sind hier nicht ganz so viele Einheimische. Der Cornwall Beach ist tatsächlich wunderschön und sehr gepflegt. Es gibt zwei Bars, ein riesiges Soundsystem und man kann auch Boote, Taucherutensilien und vieles mehr ausleihen. Ich lege mich erst mal hin und fühle mich himmlisch. Ich setze mich wieder auf und blicke geradewegs in die Augen eines älteren, grauhaarigen Mannes. Er lächelt und fragt, ob ich neu hier auf Jamaika bin. Wahrscheinlich sieht man mir an, dass ich alles mit den Augen eines Neuankömmlings betrachte. Ich sage ihm, dass das heute mein erster Tag in Montego Bay ist. Er sagt: „Ja, es ist traumhaft schön hier. Trotzdem muss man sehr aufpassen. Ich komme jedes Jahr von Miami hierher. Dennoch habe ich gestern zu viel getrunken am Strand und dann haben sie mich bestohlen. Macht nichts, war ich eben dumm. Zum Glück nehme ich nie viel Geld zum Strand mit. Hauptsache, ich kann mir das hier kaufen.“ Er zeigt mir seinen schwarzen Flachmann. Er hat eine kleine Flasche Jamaikarum in die edle Hülle getan. Jetzt trinkt er daraus. Er sagt: „Hast du schon den Rum hier probiert? Der schmeckt wirklich gut zum Red-Stripe-Bier."

Er lacht und ich frage, ob ich ein Foto von ihm mit seinem Flachmann machen darf. Er lacht und posiert. Wir unterhalten uns noch ein bisschen und er belehrt mich noch einmal, auf meine Sachen aufzupassen.

Tony. Bald schon sprechen mich ein paar Rastas an und ziehen mich in ein Gespräch. Die üblichen Fragen: „Woher kommst du? Wie lange bleibst du, in welchem Hotel wohnst du?"

Einer von ihnen stellt sich als Tony vor. Er bietet mir Gras an, aber ich möchte nicht. Die zwei Rastas sagen, jeden Abend gäbe es Live-Reggaemusik bei JT's: „Die Bar ist gleich gegenüber auf der anderen Straßenseite! Komm doch hin, kannst auch deinen Freund mitnehmen." Sie glauben, der Amerikaner wäre ein Freund von mir. Ich sage ihnen, ich werde es mir überlegen. Der Jetlag macht mir zu schaffen und am frühen Nachmittag werde ich auch schon wieder müde. Einige Frauen fragen mich, ob ich mir Zöpfe flechten lassen möchte. Es ist lustig anzuschauen, wie viele Touristen hier mit Zöpfen herumlaufen, auch wenn es gar nicht zu ihrem Typ passt. Ich unterhalte mich mit anderen Touristen und wir haben viel Spaß. Thomas, ein deutscher Urlauber, sagt, er gehe auch jeden Abend zu JT's wegen der Musik. Ich verabrede mich für den Abend mit ihm und seinen zwei Freunden. Ich bleibe bis zum frühen Abend am Strand, dann packe ich mein Zeug zusammen. Da steht plötzlich einer der Rastas, Tony, vor mir und dreht sich blitzschnell einen Joint. Ich staune, weil er überhaupt keinen Tabak dafür verwendet, nur Gras. „Jamaika-Gras ist natürlicher Stoff, den wollen wir uns nicht durch die Chemikalien von Tabak zerstören", sagt er stolz. Er bietet mir an, den Joint anzuzünden. Ich mache es und habe erst mal einen Hustenkrampf. Danach wird mir richtig schwindelig. Er meint, ich müsse aus der Sonne gehen. Nach ein paar merkwürdigen Minuten fühle ich mich aber gut und finde nun alles lustig.

Tony ist zwar freundlich, aber wirkt etwas primitiv in seinem Bemühen, die Touristen abzuzocken. Er tanzt neben dem Soundsystem. Zuvor habe ich sein Tanzen noch lächerlich, fast gekünstelt gefunden. Jetzt finde ich es gut und fühle mich in eine unwirklich schöne Welt katapultiert. Ich bleibe noch sitzen und spüre die Musik in jeder Faser meines Körpers. Allerdings mag ich mich nun gar nicht mehr unterhalten. Ich finde es sogar ausgesprochen schwierig, zu sprechen. Mir fällt es gar nicht so leicht, aufzustehen. Irgendwie fühle ich mich bleiern. Dann verabschiede ich mich aber doch und gehe zum Hotel zurück. Auf der Gloucester Avenue dann fühle ich mich plötzlich federleicht und ich grinse breit. Die Hustlers, die hier überall ihre Waren oder Dienste anbieten oder auf der Suche nach einer ausländischen Gönnerin sind, nehmen das sofort persönlich und werden noch

aufdringlicher. Ich schwebe die Straße entlang und höre von überall Musik, wunderbare Musik.
Ich dusche schnell und stelle fest, meine Stirnfransen sind zu lang. Bevor ich ausgehe, schneide ich mir den Pony zurück. Leider misslingt mir das total, die Stirnfransen sind nun viel zu kurz. Ich schaue in den Spiegel und schneide eine Grimasse. Jamaica – no problem, kichere ich in mich hinein. Der kurze Weg am Hip Strip zu JT's wird wieder zum Spießrutenlauf. Man kann keine fünf Meter gehen, ohne belästigt zu werden. Bei JT's sehe ich gleich Thomas' blonden Lockenkopf in der Menge und setze mich zu den drei deutschen Bekannten. Thomas ist auch sehr stoned, wir lachen viel. Die Deutschen reisen schon bald ab, sie waren drei Wochen hier.

JT's Bar & Grill. JT's Bar & Grill besteht aus einem großen Garten mit etwa zwölf Tischen, einer großen Bühne und einer riesigen runden Bar. Daneben gibt es noch etliche Ständchen, an denen Marktfrauen Souvenirs und Klamotten verkaufen. Die Musik ist wirklich großartig. Obwohl es ein paar technische Pannen gibt, finden wir alle, dass so was eben bei Livekonzerten passieren kann. „Immerhin hört man, dass sie live spielen. Ich hab genug von elektronischer, künstlicher Musik", meint Ralf, der Freund von Thomas. Am Beginn der Show kam ein einarmiger, sehr hellhäutiger Jamaikaner auf die Bühne und begrüßte das Publikum. Jetzt steht er beim Jerk-Chicken-Grill und unterhält sich mit Gästen.

Tony sieht uns plötzlich. Er steuert geradewegs auf unseren Tisch zu. Er nimmt einen leeren Sessel vom Nachbartisch und schon sitzt er bei uns. Er fragt, ob wir Gras brauchen. Ich sage ihm, ich kann ja nicht einmal einen Joint drehen.

„No problem, ich mach das für dich." Er rollt ein paar Joints aus purem Gras. Er verkauft uns das Zeug tatsächlich spottbillig. Darum wollen ihm Thomas und ich jeweils ein Bier kaufen. Er freut sich sehr, sagt aber, dass er lieber Fruchtsaft trinkt. Ich frage Tony, wer denn der einarmige Mann ist.

„Das ist JT, ihm gehört das Restaurant. Er ist ein falscher Hund, er ist ein Räuber."

„Warum das denn?", frage ich.

„Er nimmt die Touristen aus, zahlt seinen Leuten fast nichts und ist gar kein richtiger Jamaikaner. Er ist in England geboren. Wahrscheinlich hat ihm jemand seinen Arm mit der Machete abgeschlagen, weil er ein Dieb ist."

Ich schaue JT an, wie ein Dieb sieht er nicht gerade aus. Eher wie ein gepflegter Businessmann. Tony erzählt uns noch viel von den Leuten hier. Er sagt, wenn er unterwegs ist, trägt er immer eine Machete mit sich herum, wie sehr viele andere Jamaikaner auch. Tony fragt, ob wir keine Freundin für ihn in Deutschland oder Österreich wüssten. Wir lachen und fragen, ob er denn hier keine finden würde. Er sagt: „Jamaikanische Mädchen wollen immer nur Geld und Geschenke, ich hab aber nichts." Dann erzählt er uns, weiße Frauen würden nur hierherfahren,

um sich einen jamaikanischen Freund zu suchen, weil Jamaikaner besser beim Sex wären. Wir lachen wieder, fühlen uns aber auch gekränkt. Tony ist definitiv primitiv.
Rasta Q. JT stellt nun eine andere Band vor: „Das Highlight heute Abend ist Rasta Q mit den Survivors. Please welcome Rasta Q!"

Ein schon etwas älterer Rasta kommt nun auf die Bühne. Ich denke, dass er etwas heruntergekommen aussieht. Er ist auch nicht besonders attraktiv. Dann fängt er an zu singen und ich kann nicht glauben, dass so ein Talent auf so einer kleinen Bühne für die Touristen singt. Seine Stimme erinnert mich an die von Pablo Moses. Viele stehen nun auf und tanzen. Viele Rastas tanzen alleine, manche haben einen Stock in der Hand. Ich fühle mich wie im Märchen. Ich glaube, die Erde vibriert unter meinen Füßen. Ich stehe auf und tanze auch, Tony folgt mir auf dem Fuß.

„Der singt echt wahnsinnig gut", sage ich zu ihm.
„Das ist Rasta Q", sagt Tony. „Den kannst du vergessen, der ist ein Cokehead."

Obwohl ich weiß, ich sollte nicht trinken, betrinke ich mich an diesem Abend ziemlich. Tony fragt uns später, ob wir auch morgen wieder zum Cornwall Beach gehen. Wir sagen, wir werden sehen. Tony fragt, ob er uns zum Hotel begleiten könne. Wir sagen, wir können alleine gehen. Er kommt trotzdem mit und wir verdrehen die Augen. Tony ist dermaßen aufdringlich, dass es uns wirklich nervt. Das

Montego Bay Club, das Hotel der Deutschen, liegt näher an JT's Bar. Ich habe noch ein paar Hundert Meter weiter zu gehen. Endlich habe ich Tony abgehängt, aber die Belästigung geht den ganzen Hip Strip entlang weiter. Erschöpft komme ich im Hotel an. Ich dusche noch kurz und sinke ins Bett.

Tag zwei. Als ich mich am nächsten Morgen zum Frühstücken auf den Balkon setze, sagt der Kellner, dass schon jemand auf mich wartet. Ich luge vorsichtig zum Eingang des Hotels und da steht doch tatsächlich Tony. Ich springe auf, renne fast durch die Eingangstür und mache ihm klar: „Du kannst mich hier nicht einfach abholen, du brauchst da gar nicht reinkommen. Ich bin übrigens mit einer Freundin verabredet. Wir machen einen Ausflug." „Macht nichts, dann sehen wir uns am Abend bei JT's", lacht er und geht. Ich gehe heute zu einem anderen Strand, zum Walter Fletcher's. Der ist viel größer, die Leute liegen weiter verteilt auf ihren Matten. Ich gehe zum anderen Ende des Strandes, in die Nähe des Tennisplatzes. Dort schwimme ich erst einmal im herrlich klaren Wasser. Aus den riesigen Lautsprechern direkt am Meer tönt Musik von Luciano.

Ted. Ich schwebe richtig im Wasser und denke, ich bin im Paradies. Ich bin wirklich in der Karibik, auf Jamaika und mir geht es gut. Ich steige aus dem Wasser und lese. Da fällt plötzlich ein Schatten auf mein Buch, ein Rasta sagt zu mir in Deutsch: „Hallo, wie geht es Ihnen? Ich habe Sie gestern bei JT's gesehen. Sie waren ziemlich fucked up. Ich heiße Ted, ich bin der Tennislehrer hier."

„Hallo, wow, warum sprechen Sie denn so gut Deutsch?"

„Ich habe zwölf Jahre in Österreich gelebt, in Linz. Ich war dort mit einer Lehrerin verheiratet und habe zwei Kinder."

„Das gibt's doch nicht! Ich bin auch aus Österreich. Linz ist nur ca. 120 Kilometer von meiner Heimatstadt St. Pölten entfernt."

„Nice to meet you. Ich muss nur schnell ein paar Stunden geben, dann komme ich wieder. Dann können wir uns weiter unterhalten."

Ich denke, was für ein Unterschied zum primitiven Tony …

Später hole ich mir ein Mineralwasser und Bananenchips vom Kiosk und setze mich auf die Decke. Ted kommt mit ein paar Früchten und wir unterhalten uns angeregt. Plötzlich fängt es sehr heftig zu regnen an. Ich packe eiligst meine Sachen zusammen. Wir gehen miteinander zur überdachten Bar, um ein Mineralwasser trinken. Dort gibt es auch ein paar Tische. Wir setzen uns. Plötzlich kommt Tony mit seinem Stock wutentbrannt auf uns zu. Er brüllt furchtbar herum, ich verstehe kein einziges Wort. Sein Gesicht ist eine einzige Drohung. Er brüllt so sehr, dass er schnaufen muss. Immer wieder höre ich: „Bomboclaat, Bomboclaat."

Ich verstehe überhaupt nicht, was los ist. Ted sagt etwas zu den anderen Gästen. Scheinbar hat Ted hier

Hausrecht. Die anderen, einheimischen Gäste schlagen sich auf seine Seite. Sie brüllen auch, besonders die Frauen. Sie machen auch drohende Gebärden in Richtung Tony. Immer wenn ich glaube, der Spektakel ist jetzt endlich vorüber, fängt wieder alles von vorne an. Tony trollt sich ein paar Meter weg, nur um dann zurückzukommen und weiterzuschimpfen. Nach einer langen Zeit endlich verschwindet er, den Stock drohend gen Ted schwingend.

„Was war das denn?", frage ich später. „Kannst du mir mal erklären, was er überhaupt gesagt hat?"

„Ja, er hat hauptsächlich geschimpft. Bomboclaat ist ein furchtbares jamaikanisches Schimpfwort. Es bedeutet benutzte Monatsbinde."

Ich schaue ihn verständnislos an.

„Schau, in Montego Bay stürzen sich alle Hustlers zunächst einmal auf alle neuen Leute. Die stehen nur auf den Gehsteigen rum und lauern auf ein neues Gesicht. Es ist egal, ob Mann, Frau, Pensionist oder Teenager. Hauptsache, sie sind aus dem Westen, haben etwas Geld. Dann wird versucht, möglichst viel Geld aus diesen Leuten rauszuholen. Sei es dadurch, dass sie sie im Taxi chauffieren, sie herumführen, sie ständig begleiten, ihnen Drogen verkaufen etc. Tony glaubt, dich entdeckt zu haben, und fürchtet nun, ihm ist ein Geschäft entgangen – durch mich."

„Das ist doch Blödsinn, ich mache doch viele Sachen auch alleine. Ich will gar keinen ständigen Begleiter!"

„Ist aber anstrengend, Hundert Mal in der Stunde Hustlers abzuwehren. Wenn die sehen, du hast schon einen Begleiter, lassen die dich in Ruhe."

Ich schäme mich vor den anderen Gästen und würde am liebsten den Beach verlassen.

Plötzlich höre ich ein Raunen: „Yeah, es ist Jimmy Cliff."

Ich schaue Ted an und frage: „Meinen die, Jimmy Cliff ist hier? Das soll Jimmy Cliff sein? Der hat ja gar keine Haare."

„Ja, der kommt oft her, er trägt Perücken bei seinen Auftritten. Er hat eines seiner Häuser hier in Montego Bay. Ein wirklich cooler, großartiger Typ. Yellowman lebt auch hier in den Bergen von Montego Bay."

Eine andere Touristin ist auch begeistert und fragt mich: „Ich hätte gern ein Foto von Jimmy Cliff. Kommst du mit, sollen wir ihn fragen?"

Sofort machen wir uns auf den Weg. Jimmy Cliff hat sich mit einer Decke unter eine Palme gesetzt. Er sieht relaxed auf das Meer hinaus.

„Hallo Jimmy", sage ich. „Entschuldige bitte die Störung. Wir sind nur so überwältigt, dich hier zu sehen. Dürfen wir bitte ein Foto machen?"

„Sorry, Ladys, ich habe heute meine Haare nicht auf", sagt er und lacht, während er sich einen Spliff anzündet. Wir lachen auch, aber ich finde, wir waren zu aufdringlich. Wir gehen wieder zurück in die Bar.

Inzwischen hat es zu regnen aufgehört und wir können zurück zum Strand gehen. Ted gibt wieder ein paar Tennisstunden und ich lese. Am späten Nachmittag fragt er, ob ich am Abend mit ihm nach Downtown auf eine

Dancehall-Night gehen würde. Wir vereinbaren, dass wir uns um acht vor meinem Hotel treffen.

Von nun an ist Ted mein ständiger Begleiter bei diesem ersten Urlaub. Er ist zweiundvierzig, also acht Jahre älter als ich. Was ich auf keinen Fall möchte, ist, mit jemand bedeutend Jüngerem herumzulaufen. Ich sehe hier so viele Frauen im sogenannten besten Alter mit ganz jungen Einheimischen.

Trotzdem ist das eingetreten, was ich nie wollte. Ich habe das erste Mal eine Urlaubsaffäre. Ich weiß auch gar nicht, ob ich in ihn verliebt bin. Mich ernüchtert, dass es sowieso keine Zukunft hätte. Ich kann nicht hierbleiben, Jamaikaner haben kein Geld für einen Start irgendwo anders.

Wir gehen selten zu JT's. Ted zeigt mir viele Plätze, wo fast nur Einheimische hingehen und wo man als Tourist nicht alleine hingehen würde. Tagsüber gehe ich nun meistens zum Walter Fletcher's Beach, Ted hat immer mal ein paar Stunden keine Schüler.

Touristinnen. Eines Abends kommt Rosa bei meinem Hotel vorbei. Ich bin nicht gerade begeistert, ich will mit Ted ausgehen. Ich sage ihr, sie hätte doch im Hotel anrufen und eine Nachricht hinterlassen können. Sie sagt, es macht nichts, dass ich keine Zeit habe. Sie fragt, ob ich nicht morgen den ganzen Tag in ihrem All-inclusive-Hotel verbringen möchte. Auch für mich wäre alles gratis, sie habe das mit einem der Kellner geregelt. Obwohl ich nicht begeistert bin, stimme ich zu.

Am nächsten Morgen fahre ich mit einem Taxi zum Seawind Hotel, das etwas außerhalb von Montego Bay liegt. Das Hotel ist eine typische Bettenburg mit zwei mächtigen Hochhäusern, Bungalows und auch Shops in der Anlage. Rosa führt mich herum. Dann zeigt sie auf einen Kellner: „Schau mal, mit dem da hatte ich gestern Nacht Sex. Er wollte, dass ich ihm etwas kaufe, aber ich habe ihm gesagt, ich bin pleite."

Rosa lässt nun Drinks zum Strand bringen, dann redet sie ununterbrochen. Eine andere junge Frau setzt sich zu uns. Die beiden reden ausschließlich über Männer, es ist zum Verrücktwerden. Shereen kommt aus New Jersey. Sie ist farbig, zierlich und sieht sehr gut aus. Sie erzählt mir, ihre Mutter sei Inderin und der Vater Jamaikaner. Nach einer Weile erzählt sie, sie habe so genug von ihrem Mann. Er habe zudem noch einen zu kleinen Penis. Er verdiene aber so viel Geld, dass sie doch bei ihm bleiben würde. Außerdem reise er ohnehin sehr viel.

Ich frage: „Welchen Job macht er denn?"

Sie flüstert verschwörerisch: „Er ist Whitney Houstons Bodyguard."

Plötzlich taucht ihr Mann auch auf. Er ist ein sehr großer, muskulöser, attraktiver Schwarzer. Er grüßt uns scheu und verschwindet bald wieder. Rosa und Shereen kichern und gackern herum, ich fühle mich als Außenseiter und bedaure, hergekommen zu sein. Wir machen noch ein paar Fotos, Rosa bestellt Mittagessen und zum Glück geht auch dieser Tag vorbei. Rosa möchte mich noch für einen anderen Tag einladen, aber ich weiche aus.

Ein paar Tage später gehe ich bei einem kleinen deutschen Tour-Operator vorbei. Die bieten auch Touren nach Nine Miles an. Bob Marley wurde dort geboren und dort ist auch sein Mausoleum. Ich gehe rein und buche eine Tour für den übernächsten Tag. Ich unterhalte mich auch länger mit der Angestellten dort. Ihr Name ist Gitta, sie kommt aus Hamburg. Sie sagt, sie lebt hier schon seit über zwei Jahren. Sie würde noch ein Jahr hierbleiben, aber sicher nicht für immer. Ich freue mich schon riesig auf die Tour nach Nine Miles. Als ich den Shop verlasse, treffe ich ausgerechnet Tony. Ich will ihn ignorieren, aber er kommt auf mich zu.

„Du hast mir das Herz gebrochen, du bist kein wahrer Freund."

„Möchte ich auch gar nicht sein, spare dir die Show und such dir andere Opfer. Ich bin ganz sicher, du wirst erfolgreich sein."

Da grinst er breit und sagt, er verzeiht mir. Er holt einen Kuchen aus einem Plastiksack. Er reißt ein Stück runter, beißt ab und hält mir auch ein Stück hin: „Da, nimm. Habe ich heute gebacken, ist ein guter Ganjakuchen."

Ich beiße ab und lache. Tony fragt, was ich beim Tour-Operator gemacht habe. Ich erzähle ihm vom Trip nach Nine Miles. Da gibt er mir noch ein sehr großes Stück vom Kuchen: „Da, nimm das mit als Proviant. Iss aber nur die Hälfte davon auf dem Weg dorthin. Den Rest isst du auf dem Rückweg."

Ich bin froh, dass ich ihm nicht mehr aus dem Weg gehen muss, und stecke den Kuchen in meine Tasche.

Nine Miles. Am Morgen der Reise nach Nine Miles stehe ich schon wieder viel zu früh auf. Jeden Morgen bin ich so voller Vorfreude, auch kann ich mich einfach nicht an den Zeitunterschied gewöhnen. Nach dem Frühstück beiße ich zum ersten Mal von Tonys Kuchen ab. Er ist zwar sehr süß, aber gut. Ich bin eine der Ersten, die am vereinbarten Treffpunkt eintrifft. Wir sollen um acht Uhr abgeholt werden. Fünf Minuten vor acht sind wir vollzählig. Wir sind achtzehn Leute, außer mir alles Deutsche.

Der Fahrer des Kleinbusses hat die Musik laut aufgedreht: *In Jamaica in a Reggae bus* dröhnt es aus den Lautsprechern. Sofort beiße ich wieder vom Kuchen ab. Einer der Deutschen fragt den Tourguide, ob er etwas leiser drehen könne, weil es noch früh am Morgen sei. Ich schneide eine Grimasse und schaue zum Fenster raus. Bald schon fahren wir über enge, kurvenreiche Straßen. Der Rasta-Tourguide Antony erklärt, dass wir durch St. Ann fahren. Die Landschaft ist wunderschön, ich fühle mich wie verzaubert.

Als wir die letzten paar Kilometer über die Hügel nach Nine Miles hinauffahren, erklärt Antony: „Am 21. Mai 1981 sind Hunderttausende hier zum Begräbnis hinaufgepilgert. Es war ein Staatsbegräbnis sondergleichen, sogar der Prime Minister ist gekommen. Sie haben Bobs Körper hier hinaufgetragen."

Vor Ehrfurcht erstarre ich fast und esse die letzten Krümel von meinem Kuchen.

Antony sagt: „Heute ist Nine Miles eine Touristenattraktion, Bob hat es auch verdient. Es macht uns Jamaikaner stolz, die Heimat des Reggaegottes zu sein.“ Er lächelt.

Neben mir sagt einer meiner Reisegefährten auf Deutsch: „Klar, wenn ich so stoned bin, grinse ich auch. Ist doch nur Geschäft.“

„Klar, alles nur für die Touristen inszeniert“, pflichtet ihm eine Mitreisende bei.

Warum habt ihr denn dann den Trip überhaupt gebucht? Setzt euch doch in die Hotelzimmer und lästert über den Nepp. Dann erspart ihr euch wenigstens Geld und ich muss mir nicht stundenlang eure Kommentare anhören, denke ich.

Während des ganzen Ausflugs spreche ich sehr wenig mit den anderen. Das entspricht normalerweise überhaupt nicht meiner Art. Ich finde eigentlich sonst überall leicht Anschluss.

Als wir aussteigen, erwarten uns schon ein paar Angestellte des Nine-Miles-Anwesens. Während wir auf unsere Tour warten, zeigen uns ein paar Einheimische eine riesige Hanfplantage. Sie sind sehr stolz darauf und grinsen breit. Danach gehen wir zuerst in eine Art Bob-Marley-Memorial-Gebäude und Souvenirshop. Hier sind auch ein paar von Bobs Goldenen und Platinschallplatten, Fotos, Urkunden, eine Willkommensbotschaft von Bob Marleys Mutter und vieles mehr.

Danach versammeln wir uns bei einem Tor. Da gibt es ein Loch in der Mauer, durch das Ganja verkauft wird. Einer der Leute vom Bob Marley Estate sagt: „Das hier ist der einzige Ort im ganzen Anwesen, an dem Ganja verkauft werden darf. Ihr dürft es aber überall rauchen. Ihr dürft auch Bob Marley ein bisschen was davon an seinem Grabstein dalassen."

Wieder kommt ein Tourführer mit Dreadlocks. Er sagt uns, wir gehen jetzt rauf zum Mount Zion. Zuerst fällt mir auf, dass alles in Rot-Gelb-Grün gehalten ist. Alles, einfach alles: die Häuser, die Blumen, Fensterrahmen, Blumentöpfe, Steine, offene Kochstellen und natürlich die Fahnen und Kleidung der Tourguides.

Unser Tourguide Robert erzählt uns Anekdoten zu jedem Stück hier, erzählt, was Bob zu welchen Songs inspiriert hat, und zeigt auf einen rot-gelb-grünen Stein: „Hier hat Reggaelegende Bob Marley meditiert. Er hat sich hier ausgeruht, neue Kraft getankt und Inspirationen für neue Songs bekommen wie zum Beispiel *Talkin' Blues*. Ihr könnt euch auch drauflegen, probiert es, no problem!"

Dann singt er: „Yeah! Oh, yeah! Now! Cold ground was my bed last night (bed last night) And rock was my pillow, too."

Bob Marleys Haus. Wir treten in das kleine Haus am Hügel, das Haus, in dem Bob Marley geboren wurde. Das Haus besteht nur aus zwei kleinen Räumen. Bobs Bett schaut richtig ärmlich aus. Dann gibt es noch den Thinking Chair, auch ein Platz, an dem Bob Marley viel arbeitete. Fans aus aller Welt haben Nachrichten auf kleinen Zetteln hinterlassen.

Danach gehen wir wieder raus ins Freie. Robert singt, erzählt Anekdoten und ich bin begeistert. Meine Mitreisenden stehen völlig unbeeindruckt und gelangweilt daneben. Robert sagt, das ganze Anwesen gehört Bob Marleys Familie. Es wird von ihnen verwaltet und man trifft öfter Familienmitglieder hier. Er zeigt auf einen Mann: „Heute ist Richie hier, Bobs Bruder. Die Mutter ist leider nicht hier, sie ist in Miami."

Ich bin nun völlig überwältigt und lächle Richie an. Er grüßt: „Irie, herzlich willkommen in Bob Marleys Haus, Respekt."

Ich sage: „Ich weiß wirklich nicht, was ich sagen soll, ich bin so beeindruckt. Es ist so ein Traum, hier zu sein."

„Es war die richtige Entscheidung. Hier kommt jeder zur Ruhe. Bobs Geist ist immer noch hier."

Dann gehen wir ins Mausoleum. Robert zieht die Schuhe aus, wir sollen sie auch ausziehen. Er klopft an, tritt ein, verneigt sich und sagt: „Respekt."

Er schließt das Tor und ich stehe ergriffen vor Bobs auf einem Sockel stehenden Grabmal, in der sein einbalsamierter Leichnam liegt. Links und rechts davon sind Gitarren angelehnt. Das Fenster ist auch rot, grün, gelb. Robert sagt, Bobs Gesicht ist gen Osten gewandt, dem Sonnenaufgang zu. Einige Besucher haben ihm einen Beutel Gras hinterlassen. Ich finde den Ort sehr spirituell und charismatisch.

Nachdem wir das Mausoleum verlassen haben, unterhalten wir uns noch mit ein paar entfernten Verwandten von Bob Marley. Alles ist total friedlich und ich bin wirklich froh, dass ich hierhergekommen bin.

Auf der Rückreise über die sehr holprigen Straßen bin ich dann schweigsam.

Antony unterhält uns noch im Bus mit Geschichten über Land, Leute und jamaikanische Kultur, macht Späße und lacht.

Mein Vordermann im Bus sagt: „Finde ich nicht lustig, kommt darauf an, wie viel man geraucht hat“, und schaut seine Freunde Beifall heischend an.

Ich denke, dass es bei solchen Klienten sicher nicht leicht ist, auf Jamaika Tourguide zu sein.

Um fünf Uhr nachmittags sind wir wieder zurück. Ich gehe zu Gitta in den Laden und teile ihr begeistert mit, wie toll ich den Trip fand.

Sie sagt, sie wünschte, alle ihre Kunden wären so zufrieden. „Weißt du, ich kriege jeden Tag Beschwerden über Beschwerden. Die Leute fühlen sich ganz einfach belästigt. Viele kommen gar nicht raus aus ihrer Hotelanlage. Die sind dermaßen von den Belästigungen hier genervt, dass sie sich das nicht antun. Viele mögen nicht einmal zu einem öffentlichen Strand oder in den Supermarkt gehen. Manchmal nehmen sie dann an einer organisierten Tour teil, aber sogar da sind sie ja Betteleien und Abzocke ausgeliefert. Ich hab aber auch Kunden, die damit richtig gut umgehen und immer wieder nach Jamaika kommen. Wenn man den Hustlers höflich, aber bestimmt entgegentritt, akzeptieren die ein Nein ja auch meistens sofort. Es ist nur so mühsam, den Kunden das zu erklären, wenn sie etwas ganz anderes erwartet haben.“

Ich sage: „Kann ich mir gut vorstellen. Ich selber würde nie den ganzen Tag in einer Hotelanlage verbringen wollen. Da kann ich ja gleich einen Urlaub auf den Kanaren buchen, nicht einmal da möchte ich das."

Gitta und ich verabreden uns für einen Drink am Abend bei Tonys Pizza. Tonys Pizza ist ein fahrbarer Kiosk direkt am Hip Strip. Dort stehen ein paar Tische am Gehsteig und es ist immer reger Betrieb. Mit Spannung warte ich schon darauf, was sie mir noch alles über ihre Arbeit erzählt.

Später erzählt sie mir, dass sie schon sehr lange in der Tourismusbranche arbeitet. Der Vertrag für ihren Job in Jamaika sei nächstes Jahr beendet. Sie möchte ihn nicht verlängern: „Man verdient ja auch nicht sehr gut dabei, obwohl ich bei einer deutschen Firma angestellt bin. Ich habe hier nur ein Zimmer in einem billigen Hotel. Das Leben ist sehr teuer und dann noch diese ständige Anmache. Die Einheimischen wissen zwar, ich wohne hier, aber glauben trotzdem, ich bin so reich. Ich habe hier auch immer Leute, die ich miternähren, mitschleppen muss."

Es stellt sich raus, dass Gitta hier zwar Freunde hat, aber die wollen immer mal etwas spendiert haben, weil sie selber gar nichts haben. Ansonsten gefällt es ihr hier, sie liebt das Meer und die Atmosphäre. Trotzdem will sie im Jahr darauf wieder etwas anderes machen.

Gerda. Eine von Gittas Klientinnen, Gerda aus Wuppertal, kommt vorbei. Sie beklagt sich auch über die Belästigung und die Preise. Wir sitzen gerade mal zehn Minuten hier und es haben sich bereits vier Jamaikaner zu uns gesetzt. Der Besitzer der Pizzeria scheucht sie immer weg, wenn sie nichts konsumieren. Ein sehr junger Jamaikaner mit kurz geschnittenem Haar namens Peter hat es nun scheinbar auf Gerda abgesehen. Diese ist Mitte fünfzig, dick und eigentlich der Typ Hausmütterchen. Ich finde es so grotesk, dass es der Gigolo bei ihr versucht. Gitta sagt zum ihm, er solle doch einfach gehen und ihre Klientin in Ruhe lassen.

Nun kommt auch noch Tony vom Cornwall Beach rübergeschlendert. Ich bedanke mich noch einmal für den Kuchen und versichere ihm lächelnd, dass er mir spirituell geholfen habe. Ich kaufe ihm dafür eine Limonade. Tony kriegt Peters plumpe Anmache auch mit und grinst. Peter verlässt uns nun endlich und zehn Minuten später geht auch Gerda in ihr Hotel. Tony zischelt mir verschwörerisch zu:

„Gerda will Peter haben."

„Bist du denn verrückt? Nie im Leben, das ist ja lächerlich! Wie kommst du denn darauf?"

Am nächsten Morgen sehe ich Gerda und Peter umschlungen die Gloucester Avenue entlanggehen. Das sieht so unglaublich komisch aus, wie sich der kleine, dünne Junge an die mächtige Gerda anklammert, dass ich vor Lachen lospruste. Peter bleibt für die kommenden Wochen Gerdas Lover.

Ein paar Tage später sehe ich im *Jamaican Star* eine ganzseitige Anzeige über ein Konzert mit Yellowman in Kingston. Ich habe ihn schon ein paarmal in Österreich gesehen. Ihn hier in Jamaika auftreten zu sehen, wäre etwas ganz Besonderes. Ich bestürme Ted, mit mir da hinzufahren.

Er ist nicht ganz so begeistert: „Manchmal schreiben die das nur zum Spaß in der Zeitung und der Sänger kommt nie. Das ist sehr verbreitet hier. Die wollen den Eintritt zum Konzert, aber der Hauptact kommt nie. Überhaupt ist es so weit nach Kingston, wir müssten dort übernachten. Es gibt ja nur Busse hier. Die Eisenbahnlinie ist vom Hurrikan zerstört und nie wieder aufgebaut worden."

„Ja, ich weiß, Hurrikan Gilbert. Sogar Yellowman singt ja darüber. Können wir nicht trotzdem fahren?"

„Ich habe Verwandte in einem Vorort von Kingston, ich ruf dort mal an."

Am Freitag um acht Uhr morgens fahren wir dann tatsächlich mit dem Sammeltaxi zum Busbahnhof in Downtown. Wir gehen zu einem Bus, auf dem „Kingston" steht. Ich frage Ted, wann der denn abfährt.

„Wenn er voll ist, vorher fährt der nicht."

Wir setzen uns rein und ich staune nicht schlecht. In der letzten Reihe sitzt ein Mann mit zwei Hühnerkäfigen. Dann steigt eine Frau mit einem Bündel geflochtener Körbe ein. Ein Verkäufer mit halb gefrorener Limonade in Plastikbeuteln ist immer in der Nähe der Busse. Wir warten tatsächlich, bis auch der letzte Platz im Bus besetzt ist. Kein Mensch scheint ungeduldig oder nervös zu sein. „No problem", höre ich immer wieder. Nun geht's los, die vier- bis fünfstündige Fahrt nach Kingston beginnt.

Trotz der frühen Morgenstunde ist es bereits irrsinnig heiß im überfüllten Bus. Die Fenster sind zwar alle geöffnet, aber gegen die feuchte Hitze hilft das nichts. Die

Sicht von den Bergen in der Morgensonne ist atemberaubend.

Hin und wieder hält der Bus und ein paar Fahrgäste steigen aus, um Drinks, Gras oder Zigaretten zu kaufen. Auf Jamaika kann man überall auch einzelne Zigaretten kaufen. Die Verkäufer an ihren kleinen Tischchen zählen die gewünschten Zigaretten und wickeln sie in Silberpapier. Sobald der Bus stehen bleibt, ist er von Leuten umgeben, die Waren anpreisen. Auch Kinder wollen selbst gebastelte Teile verkaufen. Immer wieder gibt es Schlaglöcher oder auch kurzfristige Straßensperren.

Ted hat seine Tante angerufen und sie ist einverstanden, dass wir bei ihr übernachten. Er sagt, wir könnten auch noch einen Tag dranhängen und nach Uptown Kingston zu einer anderen Tante fahren.

Kingston. Als wir endlich Kingston erreichen, kommt mir ganz Downtown wie ein richtiges Ghetto vor. Es sieht so trostlos, so deprimierend aus. Wir steigen beim Busbahnhof aus und werden sofort von ein paar Schulkindern angesprochen: „Bitte, kannst du ein Foto von uns machen? Bitte, schöne, weiße Lady?"

Ich fotografiere. Ted macht auch ein Foto von den Kindern und mir. Dann raunt er mir zu: „Sie erwarten jetzt ein bisschen Geld."

Ich gebe ihnen ein paar Dollar, aber danach fotografiere ich keine Personen mehr in den Straßen von Kingston. Die Straßen sind voll von Bettlern, die fast nur in Lumpen gehüllt sind. Trotzdem bin ich ganz überwältigt. Wir wollen zum Bob-Marley-Museum in die Hope Road und vielleicht auch noch zum Tuff-Gong-Studio am Marcus Garvey Drive. Wir nehmen ein Taxi vom Busbahnhof. Aufgeregt frage ich den Fahrer, ob wir denn durch Trenchtown fahren könnten auf dem Weg ins Museum. Der schaut mich an, als ob ich nicht richtig ticke.

„No, man, kann dich nicht da hinbringen, zu gefährlich."

„Nur durchfahren, ganz schnell, bitte. Ich möchte nur einen Blick darauf werfen."

Ted verdreht die Augen, aber der Fahrer nickt grimmig. Trenchtown ist wirklich der ärmlichste Teil, den ich bis jetzt von Jamaika gesehen habe. Der Fahrer befiehlt uns, alle Fenster hochzukurbeln. Trotzdem starren alle zu uns rein. Auf dem Weg raus aus Trenchtown kommen wir an einer Gruppe junger Leute vorbei, die sich prügeln. Einer der Männer nimmt einen riesigen Stein und zielt auf die anderen.

„Köpfe runter!", befiehlt unser Fahrer und wir gehen auf Tauchstation. Schnell verschwinden wir aus Trenchtown.

Nun geht es ins Bob-Marley-Museum. Auch hier ist der Eingang rot, grün und gelb. Über dem Eingang hängt ein großes Bild von Bob Marley, rechts und links von Löwen flankiert. Auf dem großen Platz im Hof steht eine lebensgroße Statue des Königs der Reggaemusik. Wir müssen fast eine Stunde auf die nächste Tour warten. Wir trinken inzwischen Limonade und ich fotografiere. Ted hat dem Angestellten beim Eingang gesagt, dass wir beide auf Jamaika wohnen, darum war der Eintritt viel billiger. Der Typ hat mich zwar sehr prüfend angeschaut, aber meine

Haut ist inzwischen dunkelbraun, so hat er es mir wohl geglaubt. Ohne Ted hätte ich mich ohnehin nie in Kingston zurechtgefunden, das wäre auch zu gefährlich ohne organisierte Tour. So bezahle ich das meiste an Essen und Trinken und übernachten können wir immerhin gratis.

Bob Marley hat hier jahrelang gelebt, das Tuff-Gong-Studio hatte hier ebenfalls seinen Sitz. 1976 hat jemand versucht, Bob hier im Studio zu erschießen. Auf unserer Tour sehen wir die zwei Löcher in der Wand. Der Tourguide erzählt uns alles ganz ausführlich über den Mordversuch. Wir werden durch Bobs ehemalige private Räume geführt, die nun fast leer sind. Überall hängen Fotos, Songtexte in Originalfassung und andere Memorabilien. Uns wird auch ein kurzes Video gezeigt.

Im Souvenirshop des Museums kaufe ich ein riesiges Tuch mit einem aufgedruckten Porträt Bob Marleys. Ich werde es am Strand als eine Art Rock um die Hüften wickeln. Die Tour dauert knapp zwei Stunden und hat mich weit weniger beeindruckt als Nine Miles.

Tante Nesha. Ted schlägt vor, dass wir jetzt zu seiner Tante fahren sollten. Am Abend wollen wir auf das Konzert gehen. Das Taxi bleibt in einer ärmlichen Gegend stehen. Das Haus liegt zwar nicht im Ghetto, aber auch nicht gerade in Uptown. Ted hat mir erzählt, dass seine Tante mit einem seiner Cousins, dessen Frau und einigen Kindern darin wohnt.

Ich habe Süßigkeiten für die Kinder mitgebracht. Jetzt weiß ich, warum Ted das nicht wollte: Seine Tante verkauft vor dem Haus auf einem kleinen Tischchen genau die gleichen Süßigkeiten. Sie steht auf und umarmt uns sehr herzlich. Sofort kommen auch sämtliche anderen Familienmitglieder und wir setzen uns alle auf die halbhohe Mauer im Garten. Tante Nesha eilt ins Haus, um einen Krug Eiswasser und Früchte zu holen.

Ted raunt mir zu: „Siehst du, sie verkauft all das, was du mitgebracht hast, selber. Hättest du es doch bloß ihr abgekauft. Ich wollte es dir noch erklären, aber du bist ja gleich in einen Shop gestürmt, ohne mir zuzuhören."

„Weiß ich, ich fühle mich auch blöd jetzt."

Nesha ist etwa sechzig Jahre alt, klein und zierlich und sehr liebenswert. Dann gibt es noch fünf Kinder im Alter von vier bis zwölf Jahren. Ihr Vater Michael ist auch zur Begrüßung aus dem Haus gekommen. Die Männer zünden sich einen Spliff an und ich unterhalte mich mit Jade, der Zwölfjährigen. Später frage ich sie, ob sie eine eisgekühlte Limonade möchte. Ich kaufe ein paar Limos von der Tante und kaufe für Michael, Ted und mich ein Red-Stripe-Bier. Nachher rauche ich auch mit den Männern mit und bin bald stoned.

Nesha zeigt uns jetzt das Haus. Es ist ein einfaches, hellgrünes Holzhaus, an dem die Farbe stark abblättert. Sie zeigt uns unser Bett, wir müssen mit ein paar von den Kindern in einem Raum schlafen. Das macht uns überhaupt nichts aus, ich finde es richtig idyllisch hier. Es ist sehr sauber und draußen im Yard haben sie sogar eine gemauerte Dusche und ein Plumpsklo. Im Garten steht ein großes Radio und es läuft ein lustiges Reggaeprogramm.

„Das ist Irie FM“, sagt Ted, „beste Radiostation auf der Welt.“

Wir duschen und machen uns fertig zum Ausgehen. Ich freue mich riesig auf das Konzert. Als wir auf dem Platz, für den die Show angekündigt war, aussteigen, sehen wir sofort, dass da kein Konzert stattfindet. Keine Poster, keine Flyer und vor allem keine Menschen.

„Das gibt's doch gar nicht, stand doch groß in der Zeitung“, sage ich enttäuscht.

„Ja, kommt sehr häufig vor hier. Warten wir mal ab“, schlägt Ted vor. „Manche Shows beginnen erst um Mitternacht oder vielleicht auch an einem ganz andern Platz.“

Er fragt ein paar herumlungernde Männer und auch in den Restaurants in der Nähe. Keiner weiß etwas von einem Konzert. Wir schlendern durch den Park und gehen dann in einen Jerk-Chicken-Shop zum Essen. Ich trinke noch einige Bier, dann fahren wir zum Haus der Tante zurück. Alle lachen, als wir ihnen vom nicht stattgefundenen Konzert erzählen. Wir sitzen noch lange im Garten und hören Musik. Es ist trotzdem ein wunderschöner Abend.

Tante Ellen. Am nächsten Tag nehmen wir Abschied von unseren herzlichen Gastgebern. Wir fahren nach Uptown Kingston zu einer anderen Tante. Ihr Name ist Ellen. Sie lebt hier mit ihrer erwachsenen Tochter und beide arbeiten im Finanzwesen. Das Taxi fährt über hügelige Straßen in einen der Vororte Kingstons. Schon bald fällt mir der krasse Unterschied auf. Hier gibt es fast nur große Villen mit gepflegten Gärten und Pools. Hier sieht man auch keinen Müll auf den Straßen und keine Bettler. Und es sind nur wenige fliegende Händler hier.

Vor einer sehr großen Villa halten wir an. Ted klingelt. Eine Frau mit weißer Schürze und weißem Häubchen öffnet. Ich denke, das ist schon die Tante. Doch sie stellt sich freundlich lächelnd vor: „Margarete, ich bin die Maid, das Hausmädchen. Bitte kommt doch herein. Ellen und Charlotte kommen in ungefähr einer Stunde von der Arbeit zurück. Macht es euch inzwischen gemütlich."

Sie führt uns in ein riesiges Wohnzimmer mit herrlichen antiken Möbeln und großen exotischen Pflanzen. Ich bewundere das stilvolle Haus und sage Margarete, wie beeindruckt ich auch von den schönen Pflanzen bin.

„Gefällt es euch? Dann kommt mal in den Garten, da gibt es noch mehr."

Sie führt uns über den Hintereingang hinaus und der riesige Garten sieht tatsächlich aus wie ein karibischer Traum. Neben Palmen aller Größen sehe ich blühende tropische Bäume, Orchideen und andere exotische Blüten, deren Namen ich nicht einmal weiß. Einen großen Pool gibt es auch, zwei Hollywoodschaukeln, vier Liegestühle und eine große Sitzgruppe. Ich bewundere den Garten ausgiebig, so einen herrlichen Garten habe ich noch niemals gesehen. Margarete verschwindet im Haus, um Erfrischungen zu bringen. Ich sage zu Ted, dass ich niemals erwartet hätte, in Kingston so ein Haus zu sehen.

Er sagt: „In Jamaika gibt es nur sehr arm und sehr reich. Bist du arm geboren, bleibst du in der Regel auch arm. Die meisten Leute in Jamaika wissen gar nicht, ob sie die Woche über genug zu essen kriegen werden. Ellen hat Glück gehabt. Sie ist intelligent, hat einen reichen Mann geheiratet und sich fortgebildet. Nun hat sie selber einen hoch bezahlten Job und der Mann hat ihr das Haus bei der Scheidung überlassen."

Margarete bringt uns Eiswasser und einen Teller mit exotischen Früchten. Sie fragt uns, ob wir Rum möchten. Ted sagt, es ist noch zu früh, um zu trinken. Margarete sagt, sie werde nun das Dinner vorbereiten, wir sollten uns wie zu Hause fühlen.

Kurze Zeit später kommen auch Ellen und Charlotte. Ellen fährt einen BMW in die Garage. Man merkt sofort, dass die beiden Frauen sehr gebildet sind. Beide tragen Businesskleidung und lassen auch zu Hause ihre hochhackigen Schuhe an. Auch sie sind sehr gastfreundlich und wir verbringen wieder einen schönen Abend. Das Dinner ist köstlich und reichhaltig. Später trinken wir Appleton-Rum, echten jamaikanischen Rum. Nachher sehen alle fern. Auch der große Fernseher ist für jamaikanische Verhältnisse im Jahr 1996 Luxus pur.

Am nächsten Morgen sind Ellen und Charlotte schon bei der Arbeit, als Margarete uns das Frühstück macht. Es gibt Spiegeleier, Brotfrucht, Akee (die Nationalfrucht Jamaikas) und Salzfisch und frittierte Plantains (Kochbananen). Das ist ein jamaikanisches Festmahl und wir langen ordentlich zu. Später gibt Ted Margarete ein bisschen Geld in der Küche. Er sagt, das ist so üblich hier, also habe ich ihm den Betrag gegeben.

Später fahren wir mit dem Taxi runter nach Downtown. Auf dem Rückweg wollen wir uns die Blue Mountains anschauen. Das allein wäre schon eine Tagesreise wert, aber mein Urlaub ist doch schon in zwei Tagen zu Ende. Die zwei Wochen gehen irrsinnig schnell dem Ende zu. Doch ich habe einen Plan.

Der Entschluss. Als ich atemlos vor der blauen Lagune stehe, beschließe ich, im Reisebüro in Montego Bay nachzufragen, ob ich eine Woche Urlaub anhängen kann. Ich atme tief die feuchte Luft ein und mir fällt ein Satz von Christoph Kolumbus ein, den ich in irgendeinem Reiseführer gelesen habe: „Die schönste Gegend, die ein menschliches Auge je erblickt hat".

Ja, ich habe beschlossen, länger hierzubleiben.

Nach der Ankunft in Montego Bay sage ich zu Ted, dass ich erst mal ins Hotel gehen will. Er muss ohnehin zurück auf den Tennisplatz. Ich aber mache mich sofort auf den Weg ins Reisebüro an der Gloucester Avenue. Meine Reiseleiterin Martina habe ich bis auf einmal jedes Mal verpasst. Ich bin immer unterwegs, wenn sie ihre Touristen im Hotel betreut. Die Umbuchung ist überhaupt kein Problem. Als ich es Ted erzähle, freut er sich und sagt, ich soll aber privat ein Zimmer mieten.

Das tue ich dann auch. Es ist ganz in der Nähe von seinem Elternhaus in Hopewell. Hopewell ist kein Ghetto. Dort sind die meisten Häuser aus Stein gebaut, wie auch das Haus seiner Eltern.

Einmal hat er mich schon dorthin mitgenommen. Ich habe auch seine Eltern kennengelernt. Sein Vater ist Polizist, die Mutter Hausfrau. Beide sind freundliche, achtbare Leute. Wir saßen auf dem Balkon und Ted deutete auf eine Tür: „Das hier ist mein Zimmer. Ich musste ein riesiges Vorhängeschloss anbringen. Mein Bruder hat hier eingebrochen. Er ist auf Crack und hat geglaubt, ich habe Geld auf meinem Zimmer. Er war so ein normaler, anständiger Mann, bis er das Teufelszeug entdeckt hat. Vorher war er der beste, ehrlichste Bruder, den du dir vorstellen kannst."

Ich bin entsetzt: „Dein eigener Bruder bricht dir das Zimmer auf und bestiehlt dich?"

„Klar, auf Crack machen die alles. Das Zeug verändert jeden, macht den besten Menschen zum Satan. Die würden einen blinden Mann und ein Baby bestehlen."

Ich bin total erschüttert. Ted sagt, so viele Jamaikaner seien auf Crack, auch so viele der Hustlers in Montego Bay. Er sagt, ein richtiger Rastaman raucht nur Gras und fasst keine anderen Drogen an.

Ich schaue Ted an. Heute trägt er wieder den rot-grün-gelben Pullunder, den ihm seine Frau in Österreich gestrickt hat. Ich weiß noch immer nicht, ob ich in ihn verliebt bin. Vielleicht ist es auch nur das Lebensgefühl auf Jamaika, das ich hier so liebe.

Hopewell. Wir gehen zu meiner neuen Unterkunft. Ted hat ein Zimmer in einem Privathaus für mich gefunden. Er sagt, meine Vermieterin kann auch meine Wäsche waschen. Hier haben sie sogar eine Waschmaschine.

Ansonsten waschen die meisten Leute ihre Wäsche mit der Hand. Das Zimmer ist sehr einfach möbliert. Als Kleiderschrank dient eine Art Bretterverschlag mit Vorhang. Außer dem Bett gibt es noch einen Tisch und einen Sessel. Mir reicht das völlig, ich komme ja doch nur zum Schlafen her. Ted setzt sich auf den Sessel und dreht Joints, während ich meine Sachen verstaue. Er hat gerade einen Sack Gras gekauft. Wir rauchen und ich bin wirklich arg bekifft.

Ich finde, ich sollte tagsüber nicht mehr rauchen. Ich bin dann immer so faul und habe nicht mehr viel Energie. Auch denke ich manchmal, alle Leute schauen mich an und finden mich lächerlich. Ich habe dann auch Schwierigkeiten, Englisch zu sprechen, oder überhaupt zu sprechen. Ich habe den ersten Joint mit neunundzwanzig geraucht und dann nur ab und zu mal einen. Bevor ich nach Jamaika gekommen bin, habe ich jahrelang überhaupt nicht mehr geraucht.

Mir gefällt es in meiner neuen Bleibe und sehr billig ist sie auch.

Ich bleibe die ganze Woche und hänge dann noch eine an. Aus zwei Wochen Jamaika sind vier geworden. Ted und ich haben darüber gesprochen, wie es weitergeht mit uns. Er sagt, er würde gern wieder in Österreich wohnen und arbeiten. Ich hätte ihn auch gern bei mir, aber ich möchte ihm dennoch keinen Neustart finanzieren. Ich habe selber nicht gerade viel Geld. Ich muss mir einen neuen Job suchen, habe nur eine teure Mietwohnung. Außerdem ist mir einfach flau im Magen bei dem Gedanken, einen Mann finanziell zu unterstützen.

Hier scheint das gang und gäbe zu sein. Ich selber habe Dramen von Pärchen am Strand miterlebt, in denen es nur ums Geld ging. Die Frauen fühlten sich dann immer ausgenutzt und die Männer wollten ohnehin das halbe Jahr auf Jamaika verbringen. Ich habe keine Lust auf so was und sage, ich werde mich melden. Andererseits ist mir aber auch klar, dass Ted wohl kaum aus eigenen Mitteln nachkommen kann.

Wieder zu Hause. Ich reise mit gemischten Gefühlen ab. Einerseits hat es mir wahnsinnig gut hier gefallen, andererseits war es doch ein teurer Urlaub.

In den nächsten Wochen schreibe ich Ted ein paar Briefe und rufe ihn auch an. Endgültig genug habe ich, als er mich bei einem Anruf fragt, warum ich ihm denn kein Geld geschickt habe in meinen Briefen. Ich halte das für eine Frechheit. Immerhin arbeitet er ja auf Jamaika und hat ganz sicher das Geld für das tägliche Leben. Ich sage ihm, dass ich die Frage unverschämt finde und dass ich die Sache als beendet betrachte. Ich fühle mich zwar befreit, aber die Sehnsucht nach Jamaika bleibt.

Oktober 1996: Gleich noch einmal

Gewonnen! Ende Oktober 1996 gewinne ich einen Reisegutschein in Höhe von 10 000 Schilling (ca. 730 Euro) für die beste Kurzgeschichte in einer lokalen Zeitung. Ich bin wie elektrisiert und buche sofort wieder eine Reise nach Montego Bay. Diesmal fliege ich über Miami. Ich habe ein paar Stunden Aufenthalt, nehme ein Taxi nach Miami Beach und schaue mich um. Dort interessiert es mich aber überhaupt nicht, ich zähle die Minuten bis zum Abflug nach Montego Bay.

Dort angekommen, verstaue ich mein Gepäck im Hotel, dusche kurz und mache mich auf den Weg zum Strand. Ich schaue kurz zum Walter Fletcher's Beach. Obwohl ich nichts mehr von Ted will, bin ich doch neugierig. Er sitzt mit zwei deutschen Frauen zusammen, wir grüßen uns kurz. Dann lege ich mich weit weg von ihnen an den Strand. Ich sehe auch einige bekannte Gesichter. Carlton setzt sich zu mir. Er ist ein sehr hochgewachsener Rasta, der in Deutschland lebt und sehr gut Deutsch spricht. Er ist extrem lustig und sehr höflich. Er fragt, ob ich Ted schon gesehen habe.

„Jaja, er sitzt dort vorne bei den Deutschen. Wir sind aber nicht mehr zusammen, trotzdem keine Feinde."

„Er ist mit der deutschen Frau hier. Die beiden kommen jedes Jahr und unternehmen alles zusammen."

„Ach so, habe ich mir eh gedacht. Warum auch nicht, ist ja ein hübsches Mädchen."

„Nein, er ist mit der Mutter zusammen. Wusstest du das denn nicht? Das geht schon Jahre so."

Jetzt lache ich. „Ehrlich? Bist du sicher? Die ist doch bestimmt schon über fünfzig!"

Wenig weiß ich zu diesem Zeitpunkt noch davon, dass viele Jamaikaner in den Touristengebieten mehrere

Fernbeziehungen haben und von jeder so viel herausholen wie möglich.

Ausflüge. Jedenfalls genieße ich den Urlaub wieder total und mache wieder einige Tagesausflüge. Ich fahre nach Bluefields in der Nähe von Negril, Westmoreland und besuche das Mausoleum von Peter Tosh. Dieses liegt etwas versteckt und ist nicht so von Touristen überlaufen wie Nine Miles oder das Bob-Marley-Museum. Überhaupt gefällt mir die Stimme von Peter Tosh viel besser. Ich fahre auch nach Ocho Rios und erforsche die Wasserfälle am Dunn's River. Für alle Ausflüge nehme ich diesmal den öffentlichen Bus und finde es einfach lustig. Ich unterhalte mich viel mit den Einheimischen und bekomme jedes Mal wertvolle Tipps.

Am Abend gehe ich manchmal zu JT's, wenn ich nicht zu müde von den vielen Ausflügen bin. Tony ist auch jeden Abend dort, er sitzt die ganze Woche mit einer Amerikanerin zusammen am Tisch.

Er stellt uns vor: „Das ist Irene aus Österreich. Ich kenne sie vom Sommer, sie war mit ihrem Freund hier auf Urlaub." Er blinzelt mir verschwörerisch zu.

Ich bin überrumpelt.

„Irene, das ist meine zukünftige Frau Bella. Bitte sag ihr, dass ich die ganze Zeit über nur von ihr gesprochen habe. Ich konnte es nicht erwarten, meine Freundin aus Amerika wiederzusehen. Ich habe dir ja immer gesagt, wie sehr ich sie liebe."

Bella frisst Tony förmlich mit den Augen auf und lächelt geschmeichelt.

„Freut mich sehr, dich kennenzulernen. Wie geht es dir denn? Wie lange bleibst du auf Jamaika?“, frage ich sie.

Als Tony auf die Toilette geht, sagt Bella vertraulich zu mir: „Ich schicke ihm ja immer etwas Geld und auch Sachen. Ich will nicht, dass er auf den Straßen stehen muss und Drogen verkaufen oder betteln.“

Bella ist eine sehr warmherzige, patente Frau. Sie ist um die fünfzig und noch immer attraktiv. Ich bringe es nicht übers Herz, ihr die Wahrheit über Tonys Alltag zu erzählen.

Ted sehe ich nicht mehr und ich gehe nicht mehr zum Fletcher's Beach, weil es mir peinlich ist.

Wieder fliege ich zurück nach Österreich und finde mich dort immer weniger zurecht.

Anfang Januar 1997: Rasta Q

Anfang Januar fliege ich wieder für eine Woche nach Montego Bay. Inzwischen kann ich es mir eigentlich gar nicht mehr leisten. Ich miete mir ein billigeres Zimmer im Gloriana am Sunset Boulevard und gehe gleich am ersten Abend zu JT's. Wieder werde ich von den herumlungernden Jamaikanern um Zigaretten gefragt, ich kann es nicht mehr hören. Ein älterer Rasta kommt auf mich zu: „Kann ich bitte eine Zigarette haben?"

Ich denke, wie abgerissen dieser Typ doch aussieht, und verneine. Dann höre ich jemand seinen Namen rufen: „Rasta Q, bist du okay?"

Jetzt erst erkenne ich den Sänger Rasta Q. Ich gehe auf ihn zu: „Sorry, ich habe dich nicht gleich erkannt. Ich kann mir einfach keine Gesichter merken", und gebe ihm eine Zigarette. Er lächelt und sagt, heute sei sein Zahltag, dann habe er wieder Zigaretten und könne mich nachher auf ein Bier einladen. Wir setzen uns an einen der Tische, Rasta Q hat noch Zeit bis zum Auftritt. Wir unterhalten uns über Jamaika, das Land, die Leute.

Ich sage zu ihm: „Die Leute sagen, du bist auf Kokain, Rasta Q."

„Manchmal, ja, doch ich rauche es nur."

In meiner Naivität glaube ich wirklich, das sei nicht ganz so schlimm.

„Eigentlich rauche ich es sehr selten, hab doch eh nie Geld dafür. Ich habe sechzehn Jahre in den USA gelebt, da habe ich mehr geraucht. Ich hatte eine eigene Band in New

Jersey, Rasta Q & The Survivors. Wir waren ganz stark im Kommen. Ich war sogar mal im *Rolling Stone Magazin* und habe ein Album herausgebracht. Als ich in New Jersey gewohnt habe, haben wir fast immer Party gemacht. Wildfremde Leute haben an meine Wohnungstür geklopft, mit mir was trinken oder rauchen wollen. Eines Abends, nach einer Show, haben zwei Mädchen geklopft. Ich hatte gerade ein paar Freunde da. Wir alle haben was getrunken, ein bisschen gekokst und mit einer hatte ich sogar Sex. Nachher stellte sich raus, die zwei Mädchen sind Undercover-Polizistinnen vom Drogendezernat. Ich wurde auf der Stelle verhaftet, bekam zwei Jahre und wurde aus den USA deportiert. Am Tag, als ich nach Jamaika zurückkam, habe ich wieder mit Kokain angefangen. Schade, ich hätte so eine schöne Karriere in den Staaten vor mir gehabt."

„Ja, schade, aber es ist ja noch nicht zu spät", sage ich.

„Ich hoffe ja immer, dass jemand Wichtiges aus der Musikszene mich auf dieser Bühne sieht und mir vielleicht eine Chance gibt, nach Europa zu gehen. Meine Band hier ist total gegen mich, sie spielen absichtlich falsche Töne oder setzen falsch ein. Die sind einfach nur neidisch."

„Dann blamieren sie sich aber doch auch selbst."

„Das ist denen doch egal. Hauptsache, sie lassen mich blöd dastehen. Ich muss hier wirklich weg."

Dann kommt sein Auftritt. Ich kann nicht feststellen, dass die Band falsch spielt oder Einsätze verpasst, aber ich bin auch kein Musikexperte. Ich verstehe jetzt auch seine tiefe Wehmut in der Stimme, diese Verletzlichkeit, obwohl er eine kräftige Stimme hat.

Nachher trinken wir noch etwas zusammen. Rasta Q verkauft zwischendurch auch die Kassetten, die der Club mitgeschnitten hat. Sehr erfolgreich ist er damit nicht, denn wer will 1997 schon noch Kassetten kaufen?

Tony ist auch wieder hier. Er ist allein und ich beobachte, wie er es so ziemlich bei jeder Touristin probiert. Er ist von Kopf bis Fuß neu eingekleidet, Bella muss großzügig gewesen sein.

Rasta Q fragt mich am Abend, ob ich morgen wiederkomme. Ich sage, ich denke schon.

Die erste Nacht. Am nächsten Morgen stelle ich fest, dass ich mich gar nicht darauf freue, Rasta Q am Abend wiederzusehen. Was stimmt bloß nicht mit mir? Ich habe das Gefühl, es ist nicht gut für mich, etwas mit ihm anzufangen. Offenbar suche ich mir wirklich immer ungesunde Beziehungen aus. Dass Rasta Q an mir interessiert ist, habe ich längst mitbekommen.

Tagsüber gehe ich wieder zum Cornwall Beach, um an meiner Bräune zu arbeiten. Am Abend gehe ich tatsächlich zu JT's, Rasta Q wartet schon auf mich. Ich bin schon ziemlich betrunken, als ich ihn am Abend ins Hotel mitnehme. Ich kann nicht sagen, dass diese Nacht besonders aufregend war. Ganz bestimmt aber habe ich am Morgen einen Schock bekommen, als ich Rasta Qs falsches Gebiss auf meinem Buch gefunden habe, während er unter der Dusche stand. Am Anfang habe ich so getan, als hätte ich es nie gesehen. Er aber tut die künstlichen Zähne direkt vor meinen Augen wieder rein und lacht.

Das hat mich wahnsinnig abgeturnt.

Hendon, Norwood. Von nun an machen wir diese Woche alles gemeinsam. Rasta Q lädt mich stolz in sein Haus in Hendon, Norwood ein. Er sagt, er ist wieder in den Yard seiner Mutter gezogen, nachdem er deportiert wurde. „Weißt du, die Leute nennen es Ghetto, wo ich wohne. Da ist es besser, wenn die ganze Familie nah beisammen wohnt. Alleine wäre es viel zu gefährlich. Ich habe aber mein eigenes Haus dort."

So fahren wir eines Mittags mit einem Sammeltaxi nach Hendon, Norwood. Das kleine Taxi mit sieben Passagieren quält sich die drei Kilometer nach Norwood über steile, enge Straßen rauf. Viele Ziegen weiden hier am Wegesrand. Bald schon sind wir da. Nun müssen wir ca. 150 Meter über einen steilen Schotterweg zum Haus gehen. Nur die Hauptstraße sei asphaltiert hier, erklärt Rasta Q.

Er bleibt nun stehen. „Dieses Haus hier gehört meiner Schwester, es ist sogar aus Ziegelsteinen. Das da oben ist meines, links daneben ist das meiner Tochter und Mutters Haus ist auf der rechten Seite. Auf der anderen Seite des Hügels wohnen zwei meiner Söhne. Mutter hat auch noch einen Raum an ein Mädchen mit Baby vermietet. Komm mit!"

Wir gehen über einen kleinen Hügel, das letzte Stück müssen wir über eine Leiter hinaufklettern. Sie hat zwar nur fünf Sprossen, aber ich finde es grotesk. Rasta Qs Haus ist eine einfache, alte Holzhütte und besteht nur aus einem Raum. Es ist auf Teile des flachen Dachs einer anderen Hütte gebaut, den anderen Teil des Daches verwendet er als Terrasse. Im Haus gibt es weder Strom noch Wasser. Es gibt nur ein Bett und einen winzigen Tisch. Die Klamotten hat er auf Nägeln an der Wand aufgehängt.

Rasta Q ist dennoch sehr stolz auf sein Reich: „Nebenan wohnt gleich meine Mommy. Sie hat mich bekommen, als sie zwölf Jahre alt war. Ein böser Taxifahrer hat sie verführt, als sie elf war. Mommy hat mich als Baby zur Oma gegeben. Ich bin in Hopewell aufgewachsen. Die Oma war sehr streng mit mir, hat keine Liebe für irgendjemand aufbringen können. Sie hat mich ständig misshandelt, aber Mommy ist lieb. Nach mir hat sie noch elf Kinder bekommen."

„Mommy, schau mal raus! Sag mal Hallo zu Irene. Irene ist aus Österreich, das ist in Europa. Sie ist meine Freundin."

„Hallo Irene, nett, dich kennenzulernen."

„Guten Tag, Ma'am. Danke, dass ich hierherkommen durfte. Ihr Sohn singt sehr gut."

„Ich weiß, danke, kannst mich auch Mommy nennen."

Mommy ist eine kleine, dickliche Frau mit sehr freundlichem Gesicht. Sie scheint eine stille, bescheidene Person zu sein.

Wir rauchen einen Spliff auf dem Dach. Rasta Q fragt mich, ob ich seinen Enkelsohn sehen will. Ich staune, dass er schon Großvater ist.

„Ja, vierfacher schon!", strahlt Rasta Q, dann ruft er in das Haus unter seinem: „Kim, gib mal den Kleinen rauf!"

Ein graziles junges Mädchen mit einem Baby auf dem Arm kommt aus dem unteren Haus. Sie geht zur Leiter, steigt zwei Treppen hoch und übergibt das Baby ihrem Vater. Er stellt uns vor und gibt gurgelnde Laute von sich, als er mit dem Baby spielt. Das hier ist alles so unrealistisch, dass ich lachen muss.

Während wir auf dem Dach sitzen, entdecke ich auch ein paar magere Hunde, die im Yard herumliegen. Ich will hinunterklettern und sie streicheln.

„Tu das nicht!", ruft Rasta Q. „Das sind dreckige Hunde, sie haben Flöhe, sie sind keine Haustiere. Sie sind nur zu unserem Schutz da. Wir haben sieben Hunde. Im Ghetto braucht man die. Sie bellen, wenn Gefahr droht."

„Das ist aber schade, deswegen können sie doch auch geliebt werden", sage ich.

„Als ich in Amerika gewohnt habe, habe ich auch Haustiere gehabt. Meine Frau hatte sechzehn Katzen. Man, vor einem Auftritt habe ich mich zu Hause gar nicht hinsetzen können. Der Anzug wäre mit Katzenhaaren gespickt gewesen. Meine Frau war wirklich ein Freak, die Katzen waren wichtiger als ich."

„Ja, in Amerika lieben sie Haustiere, in Europa auch. Leider darf ich selber keine Haustiere in meiner Wohnung halten."

„Kannst ja umziehen. Übrigens haben wir hier einen Hund, der einem Haustier nahekommt. Ich habe ihn verwöhnt, seit ich von Amerika zurück bin. Shaggy, komm mal, Shaaaaagggy!"

Ein schwarzer, wuscheliger Mischlingshund läuft auf die Leiter zu, bleibt stehen und schaut erwartungsvoll herauf. Rasta Q klettert runter und hebt ihn rauf. Shaggy ist ein süßer, anhänglicher Hund mit einem treuherzigen Blick.

„Meine Familie glaubt, ich bin verrückt. Die können gar nicht glauben, dass ich ihn streichle. Manchmal kriegt er sogar einen Knochen vom Fleischer in Mo Bay. Das kaufen normal nur die reichen Leute.“

Ich frage Rasta Q, ob er Shaggy nach dem Sänger Shaggy benannt hat.

„Ja, das habe ich. Die anderen sechs Hunde haben keine Namen.“

Wir verbringen ein paar Stunden in oder vor Rasta Qs Haus. Er stellt mir noch weitere Familienmitglieder vor. Da gibt es seine resolute Schwester Pam, ihren Mann Callum und eine Unzahl Kinder. Rasta Q erzählt mir stolz, dass Pam und ihr Mann sogar Strom und Wasser in ihrem gemauerten Haus haben: „Callum arbeitet am Flughafen, aber er ist jetzt auch auf Crack. Pam weiß es noch nicht.“

Ein paar Angehörige spielen unter einem Baum im Yard Domino. Als ich zur Toilette muss, kommt Rasta Q mit, um sie mir zu zeigen. Wir müssen natürlich die Leiter wieder runterklettern, über einen kleinen, steinigen Hügel gehen und da steht es schon. Das Holzhäuschen hat die gleiche hellgrüne Farbe wie Rasta Qs Haus und ist ein Plumpsklo. Die Dusche nebenan ist aus Wellblech gebaut, der Boden ist aus Zement. Ein Waschbecken gibt es auch. Mitten im Hinterhof ist ein großer Graben. Rasta Q erklärt, dass sie schon angefangen hätten, eine Leitung für ein Wasserklo zu bauen. Leider hätten sie aber im Augenblick kein Geld, um weiterzumachen. Im Hof ist auch eine Feuerstelle, wo gekocht wird. Rasta Q sagt, das Essen von diesem Holzfeuer sei das allerbeste. Wieder sehe ich ein paar Kinder und Erwachsene vor den Holzhütten.

Am späten Nachmittag fahren wir wieder nach Montego Bay runter. Ich denke, was für ein interessanter Tag das doch war. Ich denke auch, dass alle Kinder und auch die Erwachsenen tadellos saubere und sogar gebügelte Kleidung anhatten. Wie die das bloß machen ohne Strom?

Am vierten Tag kommt Rasta Q auch mit ins Hotel nach seiner Show. Nach dem Duschen sagt er, er müsse noch einmal schnell Gras kaufen gehen. Er kommt erst nach vier Uhr morgens zurück, obwohl man Gras Tag und Nacht an jeder Ecke kaufen kann. Ich bin zwar etwas wütend, weil ich umsonst warte, gehe aber dann schlafen. Als er zurückkommt, ist er sehr fahrig, verwirrt und schwafelt ununterbrochen wirres Zeug. Ich bin zu schlaftrunken und genervt, um zuzuhören.

Am nächsten Morgen ist alles wieder normal und Rasta Q erklärt, jemand habe ihn in der Gloucester Avenue reinlegen wollen. So sei er nach Downtown marschiert und habe dann in einer Bar ein paar Drinks getrunken. Ich sage, er sei mir wirklich keine Rechenschaft schuldig, er hätte aber besser gar nicht wiederkommen sollen in dieser Nacht. Ich hasse es, mitten in der Nacht geweckt zu werden.

Als der Tag der Abreise kommt, gehen wir morgens zu JT. Ein paar von JTs Leuten fegen gerade den Garten der Bar. Ein Berg Müll wird zusammengefegt. Ich finde es so lustig, Rasta Q muss ein Foto mit mir vor dem Müllberg machen.

Ich werde nie verstehen, warum man den Müll nicht einfach in ein paar Tonnen werfen kann. Jeder in Jamaika lässt seinen Müll ganz einfach in den Straßen und überhaupt überall fallen. Ich habe inzwischen ein paar von den Marktfrauen, die in JTs Garten verkaufen, kennengelernt. Sie sagen, ich müsse bald wiederkommen oder solle überhaupt Rasta Q am besten mitnehmen. Rasta Q kommt mit zum Flughafen, ich gebe ihm die paar restlichen Jamaika-Dollar und weg bin ich.

Ende Januar 1997: Ausgestiegen

Lange habe ich überlegt, wie ich dieses Kapitel beginnen soll. Ich habe mich entschlossen, es genauso wie alles andere im Buch ganz einfach ehrlich zu schreiben.

Was war eigentlich der Grund dafür, dass ich alles liegen und stehen ließ? Warum habe ich niemandem Bescheid gegeben, als ich tatsächlich ausgestiegen bin? Nichts vorbereitet, weder meine Wohnung aufgelöst, mein Auto verkauft, gekündigt habe oder mich nicht wenigstens von den vertrautesten Personen verabschiedet habe? Warum bin ich mitten in der Nacht mit dem Zug nach München und dann über Düsseldorf nach Jamaika geflogen? Es war jedenfalls überhaupt nicht geplant.

Es kann auch nicht wegen Rasta Q gewesen sein, so sehr habe ich ihn nie geliebt. Es war auch nicht, wie später behauptet wurde, wegen meiner Schulden. Die meisten davon habe ich ohnehin erst nach meiner Abreise gemacht. Ich nehme an, wenn ich länger darüber nachgedacht hätte, hätte ich es mir doch anders überlegt. Hätte ich mich mit jemandem darüber unterhalten, hätte der- oder diejenige es mir sicher ausgeredet.

Ich kann es selber nicht genau erklären. Jedenfalls war ich weder betrunken noch unter dem Einfluss anderer Substanzen, als ich verschwand.

Ich bin also wieder hier in Montego Bay und habe vor, diesmal hierzubleiben. Rasta Q und ich quartieren uns erst mal ein paar Tage im Gloriana Hotel am Sunset Boulevard ein. Das ist gleich um die Ecke von JT's. Dann schlägt

Rasta Q vor, dass wir ein billiges Zimmer auf Monatsbasis in Hopewell mieten.

Hopewell ist eigentlich ein kleines Fischerdörfchen mit einem Markt am Hauptplatz. Unsere Unterkunft liegt direkt am Meer und ist auch das Quartier von manchen Fischern. Die Vermieter haben auch einen kleinen Laden und eine Bar. Sie sind freundliche, unaufdringliche Leute und lassen uns unsere Privatsphäre.

Ich verkaufe Klamotten. Inzwischen habe ich ein paar Tausend US-Dollar mit meiner Kreditkarte abgehoben. Geld, das ich eigentlich gar nicht habe. Rasta Qs Schwester Felice hat vorgeschlagen, ich solle damit Klamotten kaufen und sie bei JT's verkaufen. Sie müsse ohnehin nach Panama fliegen, um Sachen für sich selber zu kaufen. Ich habe zwar gesagt, ich sei eine schlechte Verkäuferin und wolle keine Marktfrau werden, aber was sonst soll ich tun? Erstens habe ich kein Visum, keine Arbeitsbewilligung und außerdem gibt es gar keine Jobs. Rasta Q meint, er selber werde die Sachen verkaufen.

Als ich die hässlichen Kleidungsstücke dann sehe, trifft mich fast der Schlag. Die Jeans und T-Shirts gehen ja noch einigermaßen, aber Blusen, Hemden und auch Unterwäsche sind ein Witz. Felice hat etliche hautfarbene Slips gekauft, die wohl sexy aussehen sollen, aber in meinen Augen lächerlich wirken. Die Qualität ist auch nicht gut, das Material kratzt richtig auf der Haut. Ich weiß gar nicht, wie Felice die ganze Kleidung durch den Zoll gebracht hat. Etiketten sind zwar drauf, aber natürlich kein Preisschild und ich werde auch nie eine Rechnung sehen.

Wir müssen nun jeden Tag vier riesige, schwere Taschen die zehn Kilometer bis Montego Bay mit dem Sammeltaxi befördern. Das ist schwierig, weil diese Taxis auch so schon immer überfüllt sind. Manchmal nehmen wir auch den öffentlichen Bus.

Rasta Q baut ein Verkaufstischchen bei JT auf. Ich schäme mich so sehr, als alle anderen Marktfrauen neugierig meine Waren begutachten. Sie fragen alle, ob die Waren aus Deutschland kommen. Ich denke, so eine schlechte Qualität dürften sie gar nicht verkaufen in Deutschland. Außerdem würde das dort kein Mensch kaufen, weil die Klamotten einfach nicht modisch und schon gar nicht stylish sind.

Lustigerweise gefallen den jüngeren Frauen aber die hautfarbenen Unterhosen. Rasta Q macht ein paar anzügliche Bemerkungen und alle lachen. Viele Einheimische haben natürlich überhaupt kein Geld und versuchen, die Waren weit runterzuhandeln. Am meisten schäme ich mich, wenn deutsche, österreichische oder Schweizer Touristen an meinen Stand kommen. Ich könnte davonlaufen. Auch Gitta vom deutschen Tour-Operator kommt vorbei und fragt mich, ob ich denn nicht woanders Kleidung kaufen hätte können. Ich weiß gar nicht mehr, was ich antworten soll. Wenn Rasta Q auf der Bühne ist, sitze ich natürlich alleine bei meinem Stand und hoffe immer, es kommt niemand. Der Stand steht seitlich von der Bar, vor dem Kücheneingang und JTs Büro.

JT selber ist meistens in der Nähe. Manchmal arbeitet oder telefoniert er im Büro, aber meistens ist er in der Nähe der Bar oder der Bühne. Auch Cassy, seine Partnerin, arbeitet im Club. Die beiden sind schon fast zwanzig Jahre zusammen. Ihre Tochter Vinnieh und Sohn Roy arbeiten auch oft in der Bar. Vinnieh geht auf eine Modefachschule, hilft aber am Wochenende aus. Sie alle haben mich sofort akzeptiert, trotzdem fühle ich mich nicht wohl dabei, auf ihrem Gelände diese lächerlichen Sachen zu verkaufen.

Shownight in JT's. Die Show am Abend eröffnet immer der Western Cowboy. Er singt lustige Songs und wiehert dabei sogar manchmal. JT kündigt ihn meistens an mit Worten wie: „Da kommt der Western Cowboy, der einzige Reggae singende Cowboy der Welt!"

Der Gesang ist zwar nicht gerade meisterhaft, aber der Cowboy gewinnt durch seinen Humor und durch seine bescheidene Art.

Später kommt dann Bagga Dread. Bagga singt schon wesentlich besser. Er singt nur Roots Reggae. Auch er ist ein bescheidener, freundlicher Rasta mit sehr langen Dreadlocks. Manchmal kommt auch Shaka auf die Bühne. Er singt im Dancehall-Style. Rasta Q sagt immer, wenn Shaka auf die Bühne kommt: „Der wird jetzt wieder den Argument Song singen, er kann nämlich keinen anderen."

Ab und zu singt er sogar mit Rasta Q eine Reggae-Dancehall-Version. Rasta Q ist das Highlight jeder Show, er singt als Letzter. Die Sänger, die nicht gerade auf der Bühne stehen, lungern meistens im Club herum. Sie kommen auch hin und wieder zu mir an den Stand. Mir passt es gar nicht, wenn sie meine Waren begutachten.

Auch diejenigen, die mit dem Auto hereinfahren, müssen an mir vorbei. Eines Tages bleibt ein riesiger

Wagen mit vier Personen gleich neben meinem Stand stehen. Ich sehe, dass ein älterer, griesgrämig blickender Mann mit drei jungen Mädchen drinsitzt.

Rasta Q raunt mir zu: „Das ist Gregory … Ya, man, das ist Gregory Isaacs."

Ich schaue interessiert in den Wagen und warte, dass Gregory aussteigt. Offenbar scheint es einen Streit mit den Mädchen zu geben. Der Mann steigt aus und geht in JTs Büro, ohne nach links oder rechts zu schauen. Nachher höre ich einen heftigen Wortwechsel. Gregory Isaacs stapft wütend aus dem Büro und fährt wieder weg. Rasta Q fragt mich, ob ich die Crackpfeife im Auto bemerkt hätte. Mir ist sie natürlich nicht aufgefallen. Rasta Q sagt, JT und Gregory Isaacs hätten Streit wegen der Gage gehabt. Nächste Woche sollen Gregory und auch Xenaman hier auf JTs Bühne spielen.

Ich bin wie elektrisiert: „Die werden tatsächlich hier auftreten? Das ist doch Wahnsinn! Ich kann es gar nicht mehr erwarten."

„Ja, Gregory spielt öfter hier, ich werde im Vorprogramm sein. Ein paarmal hat er mich auch schon bei einem seiner Songs auf die Bühne geholt. Ich selber singe ja auch viele seiner Songs. Manchmal ist Gregory aber wirklich schlecht drauf, er ist ein Crackhead."

Ich streiche Wände. Ein paar Tage später ist es dann so weit. Ich selber habe auch angefangen, im Club auszuhelfen, wenn Not am Mann ist. So helfe ich jetzt, Flyer am Hip Strip und am Beach zu verteilen. Ich helfe auch sauberzumachen. Wir fegen den Garten, den Platz um die Bar und den Hinterhof. Zwei Männer beginnen, den Zaun zu streichen. Sie streichen, ohne abzuschleifen, und die Farbe rinnt auf den Gehsteig. Ich frage, ob ich auch helfen könne.

Geoffrey, einer von JT's Leuten, sagt erstaunt: „No, man, Frauen können doch nicht streichen."

„Doch, ich kann es. Lass es mich doch einmal probieren", versuche ich es erneut. Ich habe zwar erst einmal zwei Räume in meiner Wohnung ausgemalt, doch ich denke, so gut wie Geoffrey kann ich es auch. Also beginne ich zu streichen.

Ein paar von den Jungs, die immer bei JT's herumlungern, kommen näher. Einer von ihnen sagt fast ehrfürchtig: „Die Frau kann streichen, schau mal. Noch dazu macht sie gar keinen Dreck, gar nichts rinnt runter!"

Immer mehr Leute bleiben stehen, die Hustlers kommen von der Straße rein und beobachten mich. Sie rufen sogar JT, um sich das anzusehen.

JT kommt näher und sagt: „Hättest du denn auch Lust, das Haus selber zu streichen? Rasta Q und du könntet es innen und außen streichen."

„Ja, gerne. Wenn du meinst, du kannst es wagen", sage ich erfreut.

„Von denen hier kann es ganz sicher niemand so gut wie du."

Roland, der Drummer der Mystic Force Band, kommt vorbei und sagt anerkennend: „Ja, in Deutschland können die Frauen streichen. Ich war ja in Deutschland verheiratet. Bei uns hat immer meine Frau die Wohnung gestrichen. Jaja, deutsche Frauen können das."

„Danke schön, ich bin aber Österreicherin“, sage ich lachend.

„Ist eh das Gleiche. Solche Arbeiten können Jamaikanerinnen gar nicht.“

Also streichen Rasta Q und ich den Club. Rasta Q arbeitet schnell, aber total schlampig. Schon nach Minuten ist seine Kleidung mit Farbe voll, die Farbe rinnt auch einfach auf den Boden runter. Er streicht überhaupt kreuz und quer, will mir aber dauernd zeigen, wie ich es richtig machen soll. Ständig bleiben nun Leute stehen und wollen von mir Tipps zum Ausmalen haben. Ich denke nur, dass die Farbe ohnehin bald wieder abblättern wird, weil überhaupt keine Vorarbeiten gemacht werden. Deswegen, denke ich, ist in Jamaika an fast allen Häusern die Farbe abgeblättert.

Super-DJ Xenaman. Am Samstag, dem Tag des großen Konzertes, sind wir gegen elf Uhr vormittags fertig. Alles ist gestrichen und blitzblank sauber, wir setzen uns in den Garten.

Rasta Q verteilt noch ein paar letzte Flyer, als sich ein Mann zu mir setzt. Ich denke, er ist arrogant und schaut brutal aus. Er setzt sich zu mir und sagt, dass er die meisten Jamaikaner unsympathisch findet: „Diese Leute hier sind für nichts zu gebrauchen, sie sind blöde Affen, der Boss hier auch.“

„Wenn es dir hier nicht gefällt, musst du ja nicht hierbleiben“, sage ich in gelangweiltem Ton.

„Wo kommst du denn her? Bist du auf Urlaub hier?“, fragt mein unsympathisches Gegenüber.

„Nein, ich wohne hier, zusammen mit Rasta Q, dem Sänger hier."

„Ah, mit Rasta Q! Ich war schon oft in Deutschland, die Leute dort sind viel intelligenter und nicht so falsch wie Jamaikaner. Weißt du überhaupt, wer ich bin?"

Jetzt dämmert es mir … die Fotos auf den Flyern … das ist doch Xenaman!

„Jaja, weiß ich schon. Du bist doch Xenaman, oder?", kriege ich gerade noch die Kurve.

Er nickt selbstbewusst: „Ja, ich bin der Super-DJ Xenaman." Dann geht er wieder, er geht zu JT ins Büro.

Minuten später stürmt er wutentbrannt aus dem Büro und ruft: „JT, du Räuber, ich will mein Geld jetzt, gib es her!"

„Komm in ein paar Stunden wieder, ich habe jetzt nicht so viel Geld hier."

„Wir haben eine Abmachung, du Raasclaat, Bomboclaat, JT, gib das Geld her!", brüllt Xenaman aus Leibeskräften.

„Ach, komm in ein paar Stunden wieder", entgegnet ein amüsierter JT.

Xenaman geht zu seinem Auto, dreht aber wieder um und schimpft wüst ohne Unterbrechung für Minuten. Rasch hat sich wieder eine Menschenmenge angesammelt, die auch heftig zu diskutieren anfängt. Xenaman schimpft irrsinnig, steigt in das Auto, steigt wieder aus und schreit ohrenbetäubend laut: „JT, ich bring dich um, mi a kill you, mi a murder you." Er schreit so, dass ihm bald die Spucke aus dem Mund läuft.

Rasta Q raunt mir zu: „Die halbe Gage muss er vor dem Gig bekommen. JT hat das Geld aber nicht, er muss es erst am Abend verdienen."

Xenaman rennt auf und ab, schreit, droht und immer wenn ich glaube, es ist vorüber, fängt es wieder von vorne an.

Xenaman stoppt auch immer wieder vor neu angekommenen Gaffern, erklärt ihnen den Sachverhalt und schreit aufs Neue. JT sieht dem ganzen Vorfall eher gelassen zu und gibt ganz ruhige Antworten. Als nun endgültig alle Leute von der Gloucester Avenue reingekommen sind und Xenaman JT mindestens fünfzigmal mit Mord bedroht hat, fährt er endlich. Durch das offene Wagenfenster zeigt er ihm noch mal die Faust und sagt, er komme mit der Machete zurück.

Der Abend aber wird ein voller Erfolg. JT hat ausverkauftes Haus, macht enormen Umsatz und bezahlt sowohl Gregory Isaacs als auch Xenaman voll. Als wir am nächsten Morgen zum Club kommen, erfahren wir, dass beide Sänger nach der Show verhaftet worden sind. Die Polizei hatte bei einer Kontrolle in beiden Autos Crack gefunden.

Seltsames Verhalten. In Hopewell gefällt es mir nicht besonders. Die Leute dort sind zwar sehr nett und das Zimmer ist auch günstig, doch es gibt unendlich viele Ratten. Rasta Q sagt, in ganz Jamaika sind überall Ratten. Ich sage ihm, Ratten wären auch dort überall, wo ich herkomme, jedoch nicht in den Häusern.

Wir leben in einem Holzhaus, unser Zimmer ist sehr groß. Die Toilette ist in einem kleinen Holzhäuschen im Freien. Rasta Q geht jeden Abend, wenn wir in Hopewell ankommen, auf die Toilette. Jedes Mal geht er mit einer brennenden Zigarette raus und bleibt sehr lange. Am Anfang glaube ich ihm noch, dass er so wahnsinnig an Durchfall leidet, wie er immer behauptet. Später fällt mir auf, dass er auch sehr verwirrt ist nach dem Toilettengang und der Redefluss kaum zu stoppen ist. Er sagt auch, er fürchte sich so in der Toilette, und behauptet, dass er beobachtet würde. Ich frage ihn, ob ich mitkommen soll und vor der Toilette Wache halten, aber das will er partout nicht. An Sex ist er auch weniger interessiert. Ich höre ihn manchmal mit sich selber sprechen, wenn er denkt, ich schlafe schon.

Gesundheitlich geht es mir inzwischen überhaupt nicht gut. Ich fühle mich ständig zerschlagen und etwas fiebrig. Habe ich irgendwo einen kleinen Kratzer, entzündet der sich gleich und wird eitrig. Auch meine Haut im Gesicht wird unrein. Ich denke mir, ich bin den ständigen Dreck einfach nicht gewohnt. Kommt man hier aus der Dusche, steht man ja schon wieder im Dreck. Natürlich gibt es nur kaltes Wasser, wie in den meisten Häusern um uns herum. Wir duschen zweimal täglich, aber ich fühle mich nie richtig sauber.

Manchmal sitzen wir mit den Fischern am Ufer. Sie erzählen uns Geschichten aus ihrem Alltag. Sie sind einfache, zufriedene Leute. Sie verkaufen ihre Fische oben am Markt. Rasta Q und ich sind auch öfter dort. Wir haben sogar erfolglos versucht, unsere Klamotten am Markt zu verkaufen.

Der Marktplatz ist nicht sehr groß. Auf einem Hügel steht eine kleine Kirche. Es gibt auch ein paar Shops in Hopewell. Ansonsten kaufen die Leute alles auf dem Markt. Es gibt Fisch, Gemüse, Früchte und auch Haushaltsartikel. Eine Tante von Rasta Q verkauft Gemüse am Markt. Er stellt sie mir vor. Sie spricht aber nur Patois und zu diesem Zeitpunkt verstehe ich das kaum. Die Tante hat gütige Augen und ein freundliches Gesicht. Rasta Q sagt, sie verkauft seit frühester Kindheit auf dem Markt. Sie ist, genauso wie seine Mutter, nie aus Jamaika rausgekommen.

Eines Abends habe ich eindeutig Fieber, fühle mich ganz elend und müde. Ich sage, dass ich heute Nacht nicht in den Club mitkomme. Ich möchte früh zu Bett gehen. Rasta Q schleppt alleine die ganzen Taschen mit den Klamotten nach Montego Bay.

Er kommt nach Mitternacht zurück und schon von Weitem höre ich ihn lamentieren: „Diese Leute sind einfach das Letzte, die Jamaikaner sind so ein diebisches Gesindel. Ich möchte nur noch fort von hier."

„Was ist denn los?", frage ich.

„Stell dir vor, die haben mir ein Hemd gestohlen. Als ich meinen Auftritt hatte, hat eine der Frauen auf die Sachen aufgepasst. Sie musste aber kurz zu ihrem Stand rüber. Als ich wiederkam, sah ich sofort, dass ein Hemd fehlt."

„Das nächste Mal, wenn ich nicht mitkomme, bleiben die Sachen eben hier. Wir versuchen, sie tagsüber irgendwo anders zu verkaufen", sage ich.

Ich weiß nicht, ob ich ihm die Geschichte glauben kann, ich bezweifle sie. Rasta Q beschwert sich noch eine geraume Zeit, geht wieder lange auf die Toilette und führt Selbstgespräche beim Reingehen.

Ich bin krank. Ich fühle mich gesundheitlich immer schlechter. Rasta Q schlägt vor, einen Buschmann um Rat zu fragen. Ich glaube überhaupt nicht an solche Heilmethoden. Trotzdem geht Rasta Q los in die Berge und beschreibt einem Buschmann meine Beschwerden. Er kommt zurück mit einem Arm voller wilder Kräuter. Er zündet ein Holzfeuer im Hof an, erhitzt Wasser und gießt es über die Pflanzenteile. Er lässt den Sud einige Minuten ziehen und gibt mir dann einen Becher zu trinken.

Die Medizin ist zwar schrecklich bitter, trotzdem trinke ich gleich zwei Tassen. Rasta Q selber trinkt auch einen Becher. Er sagt schon seit geraumer Zeit, er hat Magenprobleme. Manchmal wird ihm aus heiterem Himmel plötzlich so schlecht, dass er pure Galle kotzt. So ein Anfall dauert immer nur ganz kurz. Sekunden später lacht er schon wieder. Manchmal passiert das auch mitten auf der Straße oder am Strand. Er hat dann gar keine Zeit mehr, zur Toilette zu rennen.

Jedenfalls werde ich in den nächsten Tagen tatsächlich wieder ganz gesund. Das Fieber ist weg, ich fühle mich wieder fit und auch meine Hautunreinheiten verschwinden völlig. Rasta Qs angeblich schlechter Magen bleibt. Er sagt, er muss Backpulver als Medizin dagegen einnehmen.

Eines Nachmittags treffe ich einen deutschen Mann im Garten unserer Vermieter. Er sagt, er lebt mit einer Gruppe Deutscher in den Bergen, und beschreibt mir den Weg. Ich solle sie doch einmal besuchen. Ich weiche aus, die könnten mir ja unangenehme Frage stellen.

Manchmal geht Rasta Q auch zum Fischen mit den Männern, die mit uns im Haus wohnen. Er grillt dann die frisch gefangenen Fische und meint, es sei schade, dass ich keinen Fisch mag.

San Antonio. Nach einem Monat in Hopewell gehen wir für eine Woche nach Portland. Wir bringen die meisten unserer Sachen in Rasta Qs Haus. Hier wird alles eingeschlossen und die Familie wird darauf aufpassen.

Rasta Q sagt, San Antonio ist ganz anders als Montego Bay oder andere Touristengebiete. Die kleine Stadt liegt an der Nordostküste Jamaikas. Vom Busbahnhof in Downtown fahren wir mit dem öffentlichen Bus dorthin. Die Fahrt dauert rund fünf Stunden. Der Bus macht ein paarmal Pause und wir trinken Bier und essen Patties. Östlich von San Antonio findet man einige sehr teure Hotels und Villen.

Nun, ein teures Hotel können wir uns natürlich nicht leisten. Wir steigen in einem Gästehaus ab. Dieses liegt auf einem Hügel und es scheint so, als wären wir die einzigen Gäste. Am ersten Nachmittag gehen wir zum nahe gelegenen Strand. Es ist wirklich einzigartig schön da und nicht so überlaufen wie in Montego Bay. Wir sehen fast nur Einheimische und kein Mensch belästigt uns. Müde von der Reise gehen wir an diesem Abend schlafen, nachdem wir ein paar Spliffs geraucht haben. Wir verstehen uns jetzt wirklich gut, vielleicht haben wir Abstand von Montego Bay gebraucht, denke ich.

Am dritten Tag fahren wir zur Hope Bay. Rasta Q hat in der Küche des Gästehauses etwas vorgekocht und nimmt es mit. Unterwegs kaufen wir uns Früchte und Kekse. Wir schwimmen im Meer, sonnen uns und unterhalten uns mit Einheimischen.

Plötzlich klagt Rasta Q wieder über Übelkeit und Bauchschmerzen. Er fängt vor Schmerzen fast zu heulen an und geht in einen kleinen Shop, um Schmerzmittel zu kaufen. Doch es wird nicht besser, sondern schlimmer. Ich schlage vor, nach einem Buschmann hier in der Umgebung zu suchen. Wir fragen am Kiosk am Strand nach und der Rastaman dort erklärt Rasta Q den Weg. Wir machen uns auf die Suche nach dem Haus. Wir müssen durch einen tropischen Wald und verheddern uns immer wieder im Gestrüpp. Rasta Q gibt Klagelaute von sich. Er sagt, wir sollen aufgeben, wir finden das Haus nie.

Irgendwo finden wir eine heruntergekommene Bar und trinken ein Bier. Rasta Q bespricht hastig etwas mit einem der Männer dort. Er hat es dann eilig, wieder zum Strand zu gehen. Ich kriege immer nur unklare Antworten auf meine Fragen, ob es ihm jetzt besser gehe oder was er überhaupt machen wolle. Er sagt nur, heute Abend können wir nun doch nicht ausgehen wie ursprünglich geplant.

Völlig übereilt will er nun aufbrechen und zum Gästehaus zurückfahren. Dort angekommen, ist er ganz unruhig, sagt, er muss schnell ein bisschen Gras kaufen gehen. Ich solle hier warten und auf keinen Fall nachkommen. Es ist ungefähr acht Uhr abends, als er aufbricht. Ich warte Stunden auf ihn, er kommt einfach nicht zurück. Hatte er mir nicht gesagt, dass es nachts hier gefährlich ist? Warum lässt er mich als einzige Weiße hier weit und breit so lange allein? Er kommt am frühen Morgen zurück und wirkt total hektisch. Er hat getrunken und ist scheinbar auf Crack. Er sagt etwas von Unklarheiten über die Graspreise und andere lächerliche Ausreden. Ich denke nur, der ganze gestrige Tag war einfach ein Witz.

Familienanschluss. Der Rest der Woche vergeht ohne besondere Vorkommnisse. Wir fahren wieder zurück nach Montego Bay. Wir ziehen nun in Rasta Qs Haus ein. Die ganze Familie ist sehr freundlich zu mir. Sie behandeln mich, als hätte ich schon immer dazugehört. Obwohl alle Leute um uns herum arm sind, sind sie immer gut gelaunt und freundlich. Auch hier im Ghetto stehen Soundsystems. Von frühmorgens bis spät in die Nacht wird sehr laute Reggaemusik gespielt. Wir bleiben meist bis zum späten Nachmittag im Haus, dann fahren wir in den Club. Manchmal aber haben wir den ganzen Tag bei JT zu tun, wir fahren dann morgens.

Ab fünf Uhr nachmittags braucht man beim Cornwall Beach keinen Eintritt mehr zu bezahlen. Wir gehen dann an den Strand und benutzen auch gleich die Dusche.

Cornwall Beach ist jeden Tag bis ungefähr sieben Uhr geöffnet. Öfter schon war ich die Letzte in der Dusche und kein Mensch war mehr im Umkleideraum. Ich habe etliche nagelneue T-Shirts dort gefunden, die meisten mit rot-grün-gelben Aufdrucken wie „Ya Man“, „Jamaica“, „Irie“, „No problem“ etc. Bald schon haben wir einen ganzen Stapel davon. Rasta Q trägt sie alle. Er hat keine Angst, jemand könne sie wiedererkennen. Er meint, es gäbe ohnehin unzählige Shops, Marktstände mit genau den gleichen T-Shirts.

Ich wundere mich, dass diese ganz neuen T-Shirts schnell schmuddelig aussehen, nachdem Rasta Q sie ein paarmal getragen hat. Er wäscht sie zwar sorgfältig und zieht jeden Tag ein frisches T-Shirt an. Trotzdem scheint alles an ihm immer etwas abgerissen auszusehen. Stolz hat er mir ganz am Anfang eine hellblaue Hose gezeigt, die er sich von einem Schneider in Downtown hat anfertigen lassen. Ich finde sie einfach grässlich und unförmig. Sein bestes Bühnenoutfit ist ein bunter Zweiteiler. Ich bringe es nicht übers Herz, ihm zu sagen, dass dieses Stück hoffnungslos altmodisch und lächerlich aussieht. Er ist so wahnsinnig stolz darauf, wie gut er gerade darin aussieht.

Ich gewöhne mich nur schwer daran, mit so vielen Familienmitgliedern im Yard zu wohnen. Besonders stört mich, dass man sich durch alle Räume sogar miteinander unterhalten kann. Oft ruft Rasta Q zum Beispiel zu seiner Mutter rüber, wenn er etwas braucht: „Mommy, ich habe so Magenschmerzen. Hast du bitte etwas Backpulver?“

Dann geht er bei der Tür raus, wartet beim Fenster seiner Mutter und diese reicht es raus. Er ruft auch zu seiner Tochter Kim runter, wenn der Kleine quengelt, und fragt, was ihm fehlt. Wir haben überhaupt keine Privatsphäre. Dabei sind es meistens nicht die anderen, die stören. Es ist meistens Rasta Q, der immer irgendetwas braucht oder etwas wissen will. Oft hört man auch sämtliche Familienmitglieder laut in der Bibel lesen oder beten.

Ärger. Eines Nachmittags, als wir bei JT's auf Rasta Qs Auftritt warten, wird Rasta Q wüst von einem Mann beschimpft. Rasta Q schaut verständnislos und versucht, den anderen zu beschwichtigen. Doch dieser nimmt eine leere Bierflasche, schlägt den Kragen ab und bedroht Rasta Q damit. Niemand bei JT kann verstehen, was da gerade passiert. Ich sehe irrsinnige Angst in Rasta Qs weit aufgerissenen Augen, als er davonrennt.

Die Marktfrauen rufen schrill: „Irene, du musst Rasta Q helfen!"

Der Mann hat Rasta Q eingeholt, nimmt die Flasche und verletzt ihn knapp über dem Auge. Ich springe den Angreifer an, denke gar nicht darüber nach. Er attackiert Rasta Q noch immer, ich selber kriege eine kleine Schnittwunde an der Hand ab. Alle Leute sind nun zusammengelaufen und schreien durcheinander. Der Angreifer ist geflüchtet. Wir gehen zur Polizeistation am Sunset Boulevard. Dort finden wir schläfrige Beamte vor, die sich wegen der anfallenden Schreibarbeit fast gestört fühlen. Mühsam schreibt einer der Beamten mit der Hand ein Protokoll. Das dauert über zwei Stunden. Rasta Q kennt den Täter von früher. Er gibt den Polizeibeamten alle Details über ihn.

Noch immer blutet die Wunde über seinem Auge, wir müssen ins Krankenhaus fahren.

Wir verbringen die ganze Nacht in der Erstversorgung im Cornwall-Krankenhaus. Ich gehe erst mal auf die Toilette. Beim Eingang sitzt eine Frau an einem Tischchen. Sie gibt jeder Frau peinlichst genau drei Stück Toilettenpapier.

Amüsiert erzähle ich es Rasta Q. „Ja, natürlich müssen sie das so machen. Die Leute würden es sonst ja stehlen. In Jamaika kann man nirgendwo Klopapier in die Toiletten geben. Es wäre sofort weg."

Wir gehen immer mal raus zum Zigaretterauchen. Wir sehen in dieser Nacht drei Männer, die von der Ambulanz mit lebensgefährlichen Stichwunden gebracht werden. Besonders in Erinnerung bleiben wird mir ein sehr junger Jamaikaner, fast noch ein Kind. Der Rettungswagen kommt wieder mit Blaulicht die Einfahrt heraufgeschossen. Die Sanitäter bringen den Jungen im Laufschritt auf einer Trage in die Notaufnahme. Die Mutter kommt nur Sekunden danach mit einem Taxi. Sie schreit so entsetzlich laut und schrill. Stunden später sollen wir sie und zahlreiche andere Familienmitglieder wiedersehen. Sie nehmen Abschied von dem Jungen, er ist gestorben. Es ist eine entsetzliche Nacht im Krankenhaus hoch über Montego Bay.

Rasta Q bekommt vier Stiche über dem Auge und ich zwei an der Hand. Der Arzt gibt uns auch eine Bestätigung für die Polizei. Wir sind beide fix und fertig.

Ich kann nicht glauben, dass wir zwölf Stunden für die Anzeige und Erste Hilfe gebraucht haben.

Rasta Q singt am nächsten Abend trotzdem wieder und alle sind sehr besorgt um ihn. Für die Marktfrauen, Hustlers, Pimps (kleine Zuhälter) und auch JT selber bin ich tagelang eine Heldin, weil ich Rasta Q geholfen habe. Wer es nicht gesehen hat, dem ist es erzählt worden.

Rasta Q vor Gericht. Die Polizei hat tatsächlich den Angreifer aufgespürt. Er wurde gleich für eine Woche eingesperrt und muss 4000 Jamaika-Dollar Strafe bezahlen. Ein paar Tage später müssen wir zur Gerichtsverhandlung, zum sogenannten Nightcourt. Das Gericht ist ein großes, uraltes Gebäude in Downtown. Rasta Q bekommt auch einen Pflichtverteidiger.

„Warum das denn? Rasta Q ist doch das Opfer", frage ich erstaunt den Anwalt.

„Der andere Mann gesteht ja auch, sagt aber, Rasta Q hat ihn auch verletzt", informiert mich der Anwalt.

„Was? Der hat sich doch überhaupt nicht gewehrt! Der Andere war ja gar nicht verletzt. Mindestens fünfzig Leute haben das gesehen", bringe ich aufgebracht hervor.

„Der Polizei hat er aber etwas anderes erzählt. Das Gericht wird schon Recht sprechen", sagt der schläfrige Anwalt.

Wir warten und warten. Der Gegner sitzt nicht weit von uns und wirft Rasta Q wilde Blicke zu.

Nach etwa zwei Stunden werden ungefähr zwanzig Angeklagte in den Gerichtssaal gerufen. Wir können bei allen anderen Verhandlungen zuhören. Fälle wegen

Hühnerdiebstahl, gestohlener Wäsche von der Wäscheleine, Zechprellerei und natürlich wegen Körperverletzung werden verhandelt. Der Angeklagte muss zuerst einmal auf die Bibel schwören. Der Richter sitzt hoch oben an einem Pult. Staatsanwalt und Anwälte sitzen an einem Tisch seitlich des Zuschauerraums. Auch andere Männer, über deren Funktion ich mir nicht sicher bin, sitzen an einem Tisch neben dem Richter. Einer von diesen Männern schläft, ein anderer liest die ganze Zeit über in einer Zeitung. Die Angeklagten sitzen im Publikum und werden kaum gehört. Hat man sie dann für schuldig befunden, werden sie aneinandergekettet. Sie müssen nun stehend warten, bis alle Verhandlungen vorüber sind.

Rasta Q stößt mich an: „Schau, der ist voll betrunken", und deutet auf einen der Angeklagten.

Wir warten noch immer, als sie schon 15 Fälle verhandelt haben. Fast alle Angeklagten sind für schuldig befunden worden und stehen aneinandergekettet auf einer Seite des Raumes. Der Richter steht auf, schiebt seinen Sessel zurück und erklärt: „Das war's für heute. Alle anderen Fälle werden auf übermorgen verschoben."

Keiner murrt, alle scheinen das gewohnt zu sein. Ich denke: Was für ein verschwendeter Abend. Rasta Q konnte nicht singen heute Nacht und ich keine Sachen verkaufen.

Zwei Tage später wieder der gleiche Ablauf. Die Wartenden haben sich fast alle Proviant mitgebracht. Sie essen Früchte, Bananenchips, manche sogar gekochtes Essen. Wir kommen ganz zum Schluss dran, werden aber überhaupt nicht angehört. Der Richter vertagt den Prozess und beide Männer müssen in Untersuchungshaft. Ich kann es nicht fassen. Das darf doch nicht wahr sein! Rasta Q ist nicht gar so geschockt wie ich. Er trägt mir nur auf, sofort JT Bescheid zu geben.

Ich gehe zu Fuß zu JT's. Kaum dort angelangt, bestürmen mich auch schon alle, wo denn Rasta Q sei. JT sagt, morgen früh werde er sofort auf die Barnett Street Police Station gehen. Heute Nacht hätte es keinen Sinn mehr.

Am Nachmittag des folgenden Tages ist Rasta Q tatsächlich wieder frei. Ich verstehe diesen Vorgang überhaupt nicht. Er erklärt: „JT hat als mein Arbeitgeber dafür gebürgt, dass ich vor der Verhandlung nicht abhaue. Wenn ich es doch tue, muss er eine hohe Strafe zahlen."

Ein paar Tage später müssen wir zum dritten Mal zum Gericht. Diesmal kommt der Gegner wieder nicht, es wird wieder vertagt. Erst beim vierten Mal wird der Mann für einen Monat eingesperrt und Rasta Q kann in Freiheit bleiben. Ich denke: Außer Scherereien und Verdienstausfall nichts gewesen, die Anzeige hätten wir uns sparen können.

Ratten. Ich finde es inzwischen immer unangenehmer, bei Rasta Q zu wohnen. Auch die Ratten sind eine Plage. Die Männer haben Fallen an diversen Stellen aufgestellt, die für die Hunde keine Gefahr sind. Scheinbar aber sind diese Ratten clever. Sie tappen in keine einzige Falle. Auch Gift wurde in ein paar Gruben um die Häuser gestreut. Manchmal erinnert ein ekliger Gestank unter unserem Haus an Kadaver. Die Ratten jedoch werden nicht weniger. Endgültig reicht es mir, als sie sogar den Riemen meiner Handtasche angenagt haben. Auch eine benutzte Unterhose haben sie nicht verschont. Ich hatte gerade einen Berg Schmutzwäsche zum Waschen hingerichtet, als es mir auffiel. Als wir eines Nachts vom Club heimkamen, legte ich mich gleich erschöpft aufs Bett. Ich spürte etwas eklig Glitschiges auf meinem Arm und schrie auf.

Rasta Q lachte: „Rattenscheiße."

Ich hielt es erst noch für einen Spaß, aber dann habe ich erkannt, dass das wirklich normal hier ist. Rasta Q sagt, wir müssen immer erst eine Kerze anzünden und uns vergewissern, dass alles rattenscheißefrei ist, bevor wir uns hinlegen. Er hat einen kleinen Holzschrank draußen auf dem Dach, in dem er ein bisschen Geschirr und Essbesteck aufbewahrt. Er hat ein paar Pfannen, Töpfe und einige Teller und Becher. Bleiben Lebensmittel übrig, wickeln wir sie fest in einen Plastiksack und hängen sie im Haus an Nägeln in einem anderen Plastiksack auf.

Ich frage Rasta Q: „Können Ratten denn nicht auch an Wänden hochklettern?"

„Ja, schon, meistens ist das Essen aber da oben sicher", antwortet er.

Rasta Q hat mir auch beigebracht, wie man Wäsche perfekt mit der Hand wäscht. Alle hier können waschen, selbst die Kinder. Alles wird tatsächlich richtig sauber. Auch die Weißwäsche strahlt richtig. Wir müssen jedoch zum Waschpulver auch immer eine beträchtliche Menge an Bleichmittel nehmen. Wir waschen an zwei oder drei Vormittagen in der Woche und hängen die Wäsche dann im Yard zum Trocknen auf.

Die Kinder gehen an den meisten Tagen zur Schule. Rasta Q sagt: „In Jamaika herrscht keine Schulpflicht. Die Eltern wollen aber wirklich, dass ihre Kinder zur Schule gehen. In Hendon, Norwood gibt es aber keine Schule. Die Kinder müssen nach Mo Bay runter. Doch das Sammeltaxi oder der Bus kosten Geld. Wenn die Eltern kein Geld haben, können die Kinder nicht gehen. Sie müssen auch die Uniform, Bücher und vieles andere kaufen. Die Grundschule dauert nur fünf Jahre. Danach muss man ohnehin dafür bezahlen, das ist schwierig. Viele Jamaikaner können ja nicht richtig lesen oder schreiben. Wenn die Mädchen älter werden, muss man außerdem sehr aufpassen. Viele Taxifahrer und Busfahrer sind ganz verrückt nach Schulmädchen. Brauchst ja nur Mommy anzuschauen, sie war elf."

Es ist wirklich traurig, viele von den Kindern in Norwood tagsüber zu sehen. Rasta Q sagt, fast jeder wolle weg von Norwood, könne es sich aber nicht leisten. Haben die Kinder keine Ausbildung, hätten sie keine Chance auf einen Job. Deswegen würden die meisten Jungs Drogen verkaufen und die Mädchen sich prostituieren. Natürlich wolle jedes Mädchen bei JT's versuchen, jemand zu finden, der sie aus der Armut rausholt. Im Idealfall sollte es ein reicher Mann sein, der ihnen dann in Jamaika ein gutes Leben ermöglichen kann. Sie würden auch gern weggehen, in den Westen. Sehr oft finden sie aber Männer, die ihnen für die Dauer ihres Aufenthalts Geschenke machen. Sie werden in Restaurants eingeladen, auf Ausflüge mitgenommen und oft bekommen sie neue Kleidung. Manchmal schickt der Mann nachher auch Geld an das Mädchen. Sie nennen das Überleben, nicht Prostitution.

Kasi. Meine Cousine Kasi hat wieder geschrieben. Sie war die Erste, der ich sofort nach meiner letzten Ankunft in Montego Bay geschrieben hatte. Sie ist achtzehn, geht aufs Gymnasium und soll dieses Jahr Abitur machen. Ich fühle mich etwas schuldig, sie so zu belasten. Schuldig auch, weil ich einfach so ohne Abschied weggegangen bin. Dabei bedeutet sie mir sehr viel und ihre Ansichten sind mir wichtig. Ich denke, wenn überhaupt irgendjemand mich auch nur annähernd verstehen kann, dann ist es Kasi.

Kasi ist also achtzehn, zierlich und hat wunderschöne, dichte, rote Haare. Sie kommt, genau wie ich, aus gutem Elternhaus. Sie ist sehr beliebt und hat durchweg intellektuelle Freunde, von denen auch ich die meisten kenne. Obwohl sie noch so jung ist, kann man besser mit ihr reden als mit so mancher wesentlich älteren Person. Sie ist einfach fröhlich, absolut ehrlich, empathisch, tolerant und wird ein Leben lang meine engste Vertraute sein. Wenn sie etwas falsch findet, sagt sie das auch ohne Umschweife. Trotzdem fühlt man sich nie verletzt.

Ich schreibe meine Briefe bei JT's oder auf dem Dach von Rasta Qs Haus. Ich habe Rasta Q schon viel von Kasi erzählt. Er ist begeistert und findet, sie solle so bald wie möglich kommen. Ich habe ihm gesagt, dass Kasi noch zur Schule geht und kein Einkommen hat. Der Flug ist teuer und Jamaika auch. Er weiß das. Trotzdem denkt er immer, für Europäer ist es so einfach, schnell mal um die halbe Welt zu fliegen.

Ich schreibe Kasi gern. Doch ich spiele die Geldsorgen ziemlich runter, weil ich mich schäme. Kasi schreibt natürlich auch über ihr eigenes Leben, ihre Freunde, ihre Probleme, einfach alles. Ich freue mich, dass mein Weggang Kasis Vertrauen in mich nicht erschüttert hat.

Probleme. In den folgenden Wochen wird unser Geld immer knapper. Mit Besorgnis denke ich daran, dass die Klamotten auch irgendwann mal verkauft sind. Was dann? Rasta Q verdient extrem wenig. Ich selber kann keinen Job annehmen, nicht einmal Schwarzarbeit gibt es hier.

Als ich vor ein paar Wochen einmal alleine durch Montego Bay geschlendert bin, habe ich Ted wiedergetroffen. Wir haben uns eine Weile unterhalten. Ich habe ihm gesagt: „Rasta Qs Schwester hat diese hässlichen Sachen, die ich bei JT verkaufe, besorgt. Ich habe ihr 10 000 US-Dollar dafür gegeben."

„10 000 Dollar? Bist du denn wahnsinnig?", ruft Ted entrüstet. „Für 10 000 Dollar kann man sich hier ein ganz anderes, besseres Business aufbauen. Du kannst davon ausgehen, dass die ganze Familie eine Weile sehr angenehm davon gelebt hat."

Zu dieser Erkenntnis bin ich natürlich auch schon gekommen. Überhaupt, ich weiß gar nicht, ob die Sachen wirklich aus Panama sind. Ich habe auch keine Kleidungsstücke, die Felice angeblich für sich selber gekauft hat, gesehen. Keine Ahnung und das macht mich wütend auf mich selber.

Rasta Q und andere Familienmitglieder haben inzwischen angefangen, am Kanal für die neue Toilette weiterzuarbeiten. Sie graben, schaufeln und hacken in der brütend heißen Sonne. Die Frauen und Kinder sitzen im Yard. Rasta Q kommt kurz ins Haus und wir rauchen einen Spliff.

Ich lege mich kurz hin, starre die Holzwände an und frage mich: Wie komme ich denn da bloß wieder raus? Auch wenn ich das Geld für ein Ticket hätte, ich habe ja nichts mehr in Österreich. Mann, war ich blöd!

Ich nehme noch einen letzten Zug vom Spliff und verliere mich wieder in trübe Gedanken. Ich sollte wohl doch nicht mehr rauchen, es macht mich jedenfalls nicht immer happy.

Für Rasta Q bin ich ja dann auch bald nur mehr ein Klotz am Bein. Ich hasse dieses Gefühl. Vielleicht streiten wir uns mal so sehr, dass er mich umbringt und gleich da in dem Loch da draußen verscharrt. Niemand würde mich so schnell finden.

Ich setze mich auf und versuche, die Paranoia zu verscheuchen. Ja, wir streiten uns auch. Genauso wie alle anderen um uns herum. Täglich gibt es bei irgendeinem von den Nachbarn oder in der Familie Streit. Dieser artet immer so aus, dass die ganze Nachbarschaft zusammenläuft und heftig diskutiert wird. Sehr oft bewerfen sich die Kontrahenten mit großen Steinen. Manchmal sieht man auch, wie die Männer jemandem mit einer Machete nachlaufen. Wenn es so extrem wird, zieht mich Rasta Q immer ganz schnell ins Haus.

Auch bei einem von Rasta Qs Brüdern, der ein Haus weiter oben bewohnt, wird oft gestritten. Rasta Q behauptet, seine Schwägerin habe ein Verhältnis mit einem Mann aus Kingston: „Beobachte sie mal an einem Freitagmorgen. Sie macht sich sorgfältig zurecht und zieht ihr bestes Kleid an. Bevor ich dich kennengelernt habe, war ich fast jeden Freitag im Basement in Montego Bay. Ich habe gesehen, wie sie jeden Freitag in den Bus nach Kingston einsteigt. Zurück kommt sie immer erst spätabends. Mein Bruder glaubt sogar, sein letztes Kind ist von diesem anderen Mann."

Ich kenne Teresa und ihren Mann sowie deren Kinder nur flüchtig. Sie sitzen nicht so oft mit uns im Yard. Eines Nachts jedoch hören wir ein furchtbares Geschrei aus ihrem Haus. Die Frau kreischt, die Kinder schreien. Die ganze Familie versammelt sich im Yard. Rasta Q ruft mir zu: „Irene, geh du hin! Du musst ihm sagen, er muss aufhören."

„Ich? Ich kenne die beiden ja kaum, die werden mich wegjagen", sage ich irritiert.

„Nein! Vor dir hat er Respekt. Du musst ihm sagen, er soll aufhören oder du rufst die Cops."

Mit mulmigem Gefühl klettere ich den Hügel hinauf, dicht gefolgt von der ganzen Familie. Sie bleiben im Hintergrund, stellen sich aber rund um das Haus auf.

Ich klopfe: „Samuel, hör auf damit! Lass Rosie in Ruhe, es reicht."

Für ein paar Augenblicke ist es ganz ruhig im Haus, dann antwortet er: „Das hier ist mein Haus und meine Frau."

„Lass wenigstens die Kinder raus zu mir! Ich gehe vorher nicht weg."

Er öffnet die Tür einen Spalt und sagt verschämt: „Es ist okay, alles ist in Ordnung."

Was ist los mit Rasta Q? Für diese Nacht ist der Frieden gerettet. Was mich jedoch beunruhigt, ist Rasta Qs nächtliche Paranoia. Manchmal steht er beim vergitterten Fenster, schaut raus und murmelt undeutliches Zeug. Wenn die Hunde bellen, ist es besonders schlimm. Bellen sie nicht, vermutet er immer, sie seien vergiftet worden. Er geht auch hier nachts mit einer Zigarettenkippe zur Toilette und braucht ewig. Wenn er wieder ins Haus kommt, hat er riesengroße Pupillen. Er trägt nachts immer eine Kerze bei sich. Seine Augen sehen dann wirklich unheimlich aus. Sehe ich ihn auch nur ganz normal an, verteidigt er sich sofort: „Was schaust du mich so an? Ich habe nichts getan. Ich schwöre es auf die Bibel. Ich schwöre es beim Leben meiner Mutter. Warum schaust du mich nur so an?"

Dabei schaue ich ihn überhaupt nicht prüfend an, manchmal schaue ich sogar absichtlich in die andere Richtung. Eines Nachts jedoch bin ich schon so von Rasta Q genervt, dass ich ihm tatsächlich heimlich auf die Toilette folge. Ich mache das überhaupt nicht gern, ich hasse es. Ich muss aber endlich Gewissheit haben. Ich komme mir unsagbar dämlich vor, als ich die Leiter hinuntersteige. Ich hoffe inbrünstig, dass mich niemand von der Familie beobachtet.

Ich spähe um die Ecke, Shaggy kommt schwanzwedelnd auf mich zugelaufen. Ich streichle ihm beruhigend über das Fell und gehe den kleinen Hügel hinauf. Ich war ganz leise, habe aufgepasst, keine Steine loszutreten. Ich stehe vor der Toilette. Man kann sie nicht absperren. Was soll's, denke ich und reiße die Tür auf. Rasta Q steht mit der Crackpfeife im Klo, inhaliert gerade. Er starrt mich mit weit aufgerissenen Augen an und stammelt: „Das war nur einmal, ich schwöre es!"

„Ja, auf die Bibel", sage ich müde.

„Jemand hat mir nur ein winziges Stück gegeben. Es ist schon weg. Eigentlich spüre ich gar nichts."

„Ich weiß doch, dass du das jede Nacht machst. Glaubst du, ich bin so blöd?"

„Nein, das stimmt nicht! Schau dich mal an. Du beschuldigst mich immer ohne Grund."

Ich lasse ihn einfach mit seiner Pfeife auf der alten, wackligen Toilette stehen. Ich gehe ins Bett, ich will auch nicht diskutieren.

Er steht auch nachts öfter auf, nachdem er sich hingelegt hat, und beginnt seine T-Shirts zu zählen. Auch bei dieser Tätigkeit murmelt er in sich hinein. Am Anfang habe ich noch gefragt, warum er das tut. Er hat in halben Sätzen geantwortet: „Muss man zählen … man weiß nie … Sohn stiehlt so viel … morgen muss ich wieder zählen …"

Ich kann mit Sicherheit sagen, dass mir selber keine T-Shirts fehlen. Was mir jedoch fehlt, sind CDs, finde ich bald heraus. Wir haben alle CDs, die ich mitgebracht hatte, unter dem Bett verstaut. Wir brauchen sie momentan nicht, haben wir doch keinen Strom. Rasta Q behauptet, sein Sohn habe sie gestohlen.

Mit Besorgnis denke ich daran, dass ich Kasi gebeten habe, mir meinen Kosmetikkoffer nachzuschicken. Ich hatte ihn bei meiner hastigen Abreise vergessen. Darin sind außer Kosmetik auch meine Bikinis, ein paar Swatch-Uhren und ein Goldkettchen. Wo soll ich das alles bloß verstecken? Ich habe keine Ahnung, wie ein Crack-Basement aussieht. Ins Basement gehen die Süchtigen, um Drogen zu kaufen und gleich zu konsumieren. Kann man dort auch Sachen verkaufen? Kann man denn nicht überhaupt Diebesgut leicht in ganz Downtown verkaufen?

Rasta Q und ich haben viel über Crack gesprochen, mir kann er ja viel erzählen. Er sagt immer, er raucht es fast nie, eigentlich gar nicht mehr … So naiv ich bin, ich glaube ihm nicht.

Unter Rasta Qs Haus hat Mommy eine Hütte an ein junges Mädchen mit Baby vermietet. Sharells Freund, ein Taxifahrer, wohnt auch bei ihr. Die beiden sind sehr fröhliche, liebenswerte Menschen. Doch auch sie streiten und raufen regelmäßig.

Eine andere Frau. An einem Montag haben Rasta Q und ich Post bekommen. Wir müssen unsere Briefe vom Schalter in Downtown abholen. Manchmal müssen wir eine halbe Stunde in der Schlange stehen. Ich bin so begeistert, wieder einen Brief von Kasi zu bekommen. Ich achte gar nicht auf Rasta Qs Post. Ich beantworte Kasis Brief gleich bei JT's, ich habe vorsorglich ein paar Blätter Papier mitgenommen. Ich freue mich, wieder Neuigkeiten aus Österreich zu erfahren.

Am nächsten Morgen dann, als Rasta Q Brot kaufen geht, sehe ich seinen Brief auf dem Tisch. Ich sehe mir interessiert den Absender an. Es ist ein weiblicher Name mit einer deutschen Adresse. Ich sehe, dass Rasta Q angefangen hat zurückzuschreiben. Ich weiß, ich sollte es nicht tun, tue es aber doch. Ich lese den halben Brief. Es ist ein Liebesbrief an eine Frau aus Deutschland. Ich sehe rot.

Als er zurückkommt, gehe ich voll auf ihn los: „Du hinterhältiger falscher Hund! Für so etwas habe ich alles aufgegeben. Ich verlasse dich. Mir ist es egal, wohin ich gehe. Mir ist auch egal, dass ich kein Geld habe. Irgendwo komme ich schon unter. Alles besser, als mit einem verlogenen Crackhead zu leben!"

Ich fange an, wie wild alles zusammenzupacken. Rasta Q ist völlig panisch und ruft: „Das tue ich doch nur für uns! Vielleicht schickt sie Geld, dann können wir es gemeinsam ausgeben. Die bedeutet mir doch nichts. Bitte, bitte, bleib!"

Ich packe ungerührt weiter. Er will mich vom Koffer wegdrängen, ich dränge ihn weg. Wir fangen an, richtig zu raufen und zu schreien.

Bald schon kommen alle Familienmitglieder. Sein älterer Bruder, der gerade aus Kanada zu Besuch ist, fragt Rasta Q, warum wir raufen. Rasta Q erklärt es kurz. Der Bruder lacht hellauf. Als Mommy dann auch noch die Leiter heraufgeklettert kommt, hören wir auf. Wir setzen uns erschöpft auf das Dach.

Rasta Q sagt, dass diese sehr junge Deutsche ihm schon einmal Geld für den Führerschein geschickt hat: „Ich habe ihr geschrieben, wenn ich einen Führerschein hätte, könnte ich sie gleich mit dem Auto vom Flughafen abholen.

Leider habe ich die Prüfung nie gemacht. Ich habe das Geld zum Basement gebracht. Sie glaubt, ich habe jetzt den Führerschein."

„Wolltest du sie denn jetzt um Geld für ein Auto bitten, du Arschloch? Dir ist aber schon klar, dass du für dieses Mädchen wahrscheinlich die große Liebe bist? Zumindest denkt sie das. Deutsche haben auch nicht unbegrenzt Geld, schon gar nicht ganz junge."

Da senkt er scheinbar geknickt den Blick. Er sagt: „Da, schau: Diese Schuhe hat sie mir auch geschickt, die sind aber scheiße. Die haben schon zwei Löcher, schlechte Qualität."

„Das sind Nike, das sind 1a Sportschuhe. Sie werden nur hier auf den schlechten Straßen so strapaziert", sage ich.

Ich kann diese Unverschämtheit nicht fassen. Der kriegt Nike-Schuhe geschenkt. Die Frau zahlt auch noch das teure Porto nach Jamaika und ihm sind sie nicht einmal gut genug.

Gigolos. Mit der Zeit lerne ich viele feste Freundinnen der Gigolos von Montego Bay kennen. Es sind durchweg nette Frauen. Sie alle glauben, sie sind die Einzige für den jeweiligen Mann. Viele Frauen sind aus den USA, Kanada oder auch aus Europa. Die meisten arbeiten das ganze Jahr, um sich den Urlaub auf Jamaika leisten zu können. Sie quartieren die Männer in ihren Hotels ein, nehmen sie mit in Restaurants und Bars. Sie kaufen ihnen auch Kleidung und andere Dinge. Können sie es sich leisten, schicken sie obendrein noch ab und zu Geld oder andere Geschenke.

Kaum reist die Frau ab, suchen die Männer aber schon wieder nach neuen Urlaubsbekanntschaften. Haben sie Glück, holt sie eine der Frauen in ihr Heimatland. Sie müssen dann eine offizielle Einladung schicken. Und sie müssen nachweisen, dass sie finanziell in der Lage sind, für den Aufenthalt des Gastes zu sorgen.

Rasta Q sagt, nicht jeder Jamaikaner spiele dieses Spiel. Die Leute, die aber Tag und Nacht in Montego Bay am Hip Strip herumhängen, ganz gewiss.

Es ist total ernüchternd. Einige Gigolos stellen mir ihre Frauen vor, weil ich ja jeden Abend bei JT bin. Manchmal setzen sie sich zu uns an den Tisch. Sie denken, wir wären Gleichgesinnte.

Caroline. Eine besonders nette Frau ist Caroline aus Michigan. Sie liebt Clarence wirklich. Sie erzählt mir, dass sie schon seit Jahren mit ihm zusammen ist. Caroline arbeitet in Detroit als Webdesignerin. Ihren ganzen Jahresurlaub verbringt sie auf Jamaika. Sie lebt sehr sparsam in Detroit und schickt jeden Monat Geld nach Jamaika, damit Clarence hier ein Haus für sie beide bauen kann. Sie sagt, leider ist es schon zu spät für Kinder, da beide schon Mitte vierzig sind. Manchmal fliegt Clarence auch für eine Weile nach Detroit. Es ist ihm zu kalt dort, er ist lieber in Jamaika. Ich denke, es funktioniert mit den beiden, und sage es Caroline. Sie stimmt erfreut zu. Sie meint, sie sehe seit vielen Jahren, wie manche Jamaikaner

Frauen ausnehmen. Ihr Clarence missbillige das jedoch und wolle eine Zukunft nur mit ihr.

Rasta Q sagt mir aber später, dass Clarence in dem neuen Haus schon mit einer jungen Jamaikanerin lebt. Ich bin so enttäuscht und bin von nun an befangen, wenn ich mit Caroline rede. Sie wird es erst viel später rausfinden.

Caroline sitzt zwei Wochen lang jeden Abend bei uns. Sie hat ein Avon Dry Oil Spray mit. Sie verwendet es gegen die Moskitos. Ich hätte nie gedacht, dass so ein Spray wirklich Mücken abwehrt. Caroline bietet mir an, es auszuprobieren. Es hilft tatsächlich und riecht auch noch dazu wunderbar. Solange Caroline hier ist, bleibe ich von Moskitos verschont.

Eines Tages ruft mich Alex aus Österreich bei Rasta Qs Mutter an. Ich bin mit ihr seit einigen Jahren eng befreundet. Davor habe ich jahrelang mit ihrem Mann Erich in einer Autowerkstatt gearbeitet. Ich habe Alex geschrieben, dass es ein Fehler war, hierherzukommen. Alex fragt mich nun, warum ich denn nicht einfach zurückkomme.

Müde sage ich: „Ich habe ja leider alles in Österreich aufgegeben. Ich habe nicht einmal mehr das Geld für ein Rückflugticket."

„Wie viel kostet denn das?", fragt Alex.

„Vergiss es, ich habe ja nicht einmal mehr eine Wohnung", seufze ich. Ich schäme mich sehr vor Alex und beende das Gespräch bald.

Bei JT sind manchmal auch ein paar Maler, die die Touristen zeichnen. Einer davon hat ganz besonders aggressive Verkaufsmethoden. Schon seit Tagen beobachte ich einen Deutschen im mittleren Alter. Er ist sichtlich genervt von all den Belästigungen hier. Auch heute Abend sitzt er wieder alleine an einem Tisch und liest in einem Buch. Er sieht kaum auf, als sich ein Maler nähert und beginnt, ihn zu zeichnen. Der Maler posiert von allen Seiten, versucht die Aufmerksamkeit des Touristen zu erlangen. Dann hält er ihm die Zeichnung vor die Nase, verdeckt sogar das Buch. Der Deutsche schiebt die Zeichnung weg und sagt, er will in Ruhe gelassen werden. Der Maler gibt nicht auf, hält immer wieder die Zeichnung hin. Schließlich hält er dem Urlauber die Zeichnung unter die Nase und zündet sie an. Dann löscht er das Feuer wieder, gibt die Zeichnung an einen anderen Hustler weiter. Nacheinander zünden verschiedene Männer die Zeichnung an und löschen das Feuer wieder. Sie fangen an, damit zu tanzen. Noch immer schaut der Deutsche nicht von seinem Buch auf.

Ich beobachte das merkwürdige Ritual und lache. Wieder denke ich, wie unverschämt hier versucht wird, ein Geschäft zu machen.

Hustlers. Ich beobachte auch, dass die Hustlers ein wirklich eifersüchtiges, neidisches Volk sind. Sie spielen sich gegenseitig bei Touristen aus. Jeder behauptet, er sei einer der wenigen Ehrlichen. Sie sagen, sie verdammen das Babylon System, praktizieren es aber ständig selber. In ihren Augen genießen nur Weiße alle Rechte und Farbige sind nach wie vor Sklaven. Deshalb haben die Farbigen das Recht, Reiche auszunehmen. Die Hustlers sind nicht nur neidisch auf die Geschäfte anderer. Sie sind auch neidisch auf das Talent anderer.

Rasta Q hat mir erzählt, dass er ein paar Erinnerungen aus Amerika mitgebracht hatte. Darunter war sein einziges Album, das in New York produziert wurde, und eine Ausgabe des *Rolling Stone Magazins*. Da war ein Artikel über ihn drin und er hatte diese Ausgabe stolz aufgehoben. Eines Tages brachte er alle diese Sachen zu JT's mit, um sie rumzuzeigen. In einem unbeobachteten Moment zündeten Leute, die bei JT's herumlungerten, sie dann an. Sie warfen einfach alles auf den Müllhaufen, der gerade angezündet worden war. Alles brannte lichterloh und Rasta Q stand hilflos daneben. Diese Geschichte muss wohl stimmen. Rasta Q hat sie mir in Gegenwart von JT erzählt. Niemand will es gewesen sein. Jeder schiebt es auf die anderen. Rasta Q trauert den Sachen noch immer nach. Das Album wird nicht mehr produziert.

Ich begreife immer mehr, warum mich Rasta Q nicht gern alleine irgendwohin gehen lässt. Gehe ich mal alleine zum Strand, kommen gleich etliche Bekannte und warnen mich vor Rasta Q: „Er ist ein Crackhead. Du brauchst einen guten Mann, du verdienst so einen ehrlichen Mann wie mich usw."

Ich wimmle solche Typen immer schnell ab und denke: Geht's noch? Vom Regen in die Traufe, oder was?

Andererseits hat mir Rasta Q aber gesagt, dass einige Leute ihn gefragt haben, was er von mir wolle, wenn ich doch nun kein Geld mehr hätte. „Schick sie nach Hause", sollen die angeblich gesagt haben. Ich glaube ihm das auch.

Tony hat es schon lange aufgegeben, mich gegen Rasta Q aufhetzen zu wollen. Ich könnte ja Bella oder seinen anderen Bekanntschaften Bescheid geben. Einmal hat er aber gesagt: „Das Coke macht jeden verrückt. Außerdem lässt es einen alt aussehen, genau wie Alkohol. Ich trinke Fruchtsaft und rauche Gras. Ich bin gesund, ya, man."

April 1997: Durchgedreht

On tour. Am frühen Morgen schon fahren wir los nach Mandeville, Westmoreland. Rasta Q und ich arbeiten jetzt sehr viel für JTs Promotion. JT ist unter anderem auch der Promoter für Xenamans Gospeltrain-Tour. Diese Tour führt uns durch ganz Jamaika. Xenaman will seinem Publikum beweisen, dass er kein Gewalttäter und Cokehead mehr ist. Er nennt sich nun Brother Desmond und singt nur mehr Gospel anstelle von Dancehall und Ragga. Viele Leute zweifeln an seiner neuen Gesinnung. Andere wieder sind begeistert von seiner neu erwachten Gottesfürchtigkeit. Bei einer Gospelshow mit Brother Desmond waren wir schon dabei. Diese Show hatte am Ostermontag bei JT stattgefunden. Xenaman übertrieb es wahnsinnig. Viel zu oft sagt er: „In the name of Jesus, praise The Lord!“ Viele der fanatischen Baptisten waren dennoch restlos überzeugt.

Nun geht es also nach Mandeville. Die ersten Schwierigkeiten gibt es bereits kurz nach der Abfahrt. JT hat neben uns auch noch einen Haufen stinkfauler Jamaikaner angeheuert. Diese tun fast gar nichts. Wir müssen die Musikinstrumente von einer Dachwohnung in Downtown abholen. Rasta Q und ich arbeiten schnell und scheuen keinerlei Jobs. Die Jamaikaner aber sind zu faul zum Tragen. Der Fahrer des Trucks meint, er kündigt seinen Job, mit solchen Leuten könne er nicht arbeiten. Also fährt er uns zurück zum Reggaeclub. Er ist fuchsteufelswild und schmeißt den Job hin. JT bietet ihm sogar mehr Geld für den Transport an. Der Fahrer bleibt stur. In aller Eile versucht JT nun, einen anderen Fahrer mit eigenem LKW aufzutreiben. Bald schon findet er wirklich einen, der sich bereit erklärt. Trotzdem fahren wir mit großer Verspätung los. Es ist bereits nach zwei Uhr nachmittags, als wir die Instrumente und das ganze Equipment in Mandeville abladen. Den ganzen Tag haben wir noch nichts gegessen, weil wir wieder mal pleite sind. JT könnte uns ruhig etwas kaufen, wenn wir schon umsonst für ihn arbeiten und Rasta Q außerdem schon so lange in seinem Club singt.

Rasta Q borgt sich von jemandem etwas Geld und wir können uns wenigstens Bananenchips und Limo kaufen.

Später grillen wir Hühnchen über einem Holzfeuer. Der Platz füllt sich rasch mit hochreligiösen, meist scheinheiligen Menschen. Endlich bekommen wir ein Stück Huhn mit Brot. Trotzdem bin ich danach immer noch sehr hungrig.

JT zeigt uns, wo wir seine Getränke verkaufen sollen. Die Konzerthalle ist heute eine alte Schule. Wir sollen die Drinks in einem Vorraum verkaufen. Leider haben wir nur einen alten Flaschenöffner, der fast gar nicht mehr zu gebrauchen ist. Ich selber kann damit gar nicht umgehen, breche viele Flaschenhälse ab. Rasta Q meint, dass dann eben er alle Flaschen öffnet. Doch das funktioniert nicht. Wir müssen so schnell verkaufen, dass auch ich meinen Kunden die Flaschen aufmachen muss. Rasta Q wird noch nervöser als sonst und macht auch mich dadurch sehr nervös. Noch dazu verstehe ich das schnell gesprochene Patois kaum.

Ich bin überhaupt die einzige Weiße auf diesem Event. Wie ich gemerkt habe, bin ich auch falsch angezogen. Die Konzertbesucher tragen allesamt festliche, biedere Kleider. Ich trage meinen bunten indischen Zweiteiler, der zwar topmodisch ist, aber hier fehl am Platz wirkt.

Xenaman alias Brother Desmond. Nach ein paar anderen Gospelsängern kommt nun Xenaman als Highlight auf die Bühne. Er wird vom Publikum fanatisch begrüßt. Die Zuhörer steigen in ihren festlichen Roben auf die Sessel, klatschen, rufen immer wieder seinen Namen: „Brother Desmond!“

Xenaman hat seinen großen Auftritt. Mit hoch erhobenen Händen steht er auf der Bühne. Er begrüßt seine Fans: „Ich war ein schlechter Mensch. Ich habe Waffen und Drogen geliebt, der Teufel hat mich in Versuchung geführt. Ich war zu schwach, mich zu wehren. Jesus ist auf mich zugekommen und hat mir geholfen, ein neuer Mensch zu werden. Jetzt bin ich ein wiedergeborener Christ und nichts kann mir mehr etwas anhaben. Praise The Lord. Hallelujah!“

Danach legt er los mit einer mitreißenden, ekstatischen Gospelshow. Viel zu oft sagt er immer wieder: „In the name of Jesus!“

Ich denke daran, dass wir Xenaman heute Mittag überhaupt nicht gefunden haben. JT war schon total verzweifelt. Joyce, Xenamans Ehefrau, hatte ihn seit zwei Tagen nicht gesehen. Sie erklärte uns, wir sollten zu Gott beten, weil der Satan wieder einmal stärker war als ihr Mann. Sie meinte, wir müssten ihm helfen. JTs Blicke sprachen Bände. Was sollte er ihm noch mehr helfen? Er hatte ihm doch schon ein Comeback verschafft zu einem Zeitpunkt, als niemand mehr an Xenaman interessiert war. Lange her, dass Xenaman einer von Jamaikas Top-DJs war.

Immerhin fand ihn JT dann doch noch am späten Abend. Xenaman rauchte gerade eine Crackpfeife in seinem Auto. Er hatte es auf der Küstenstraße zwischen Montego Bay und Negril geparkt und beobachtete den Sonnenuntergang.

Natürlich hat das Publikum hier keine Ahnung von diesen Vorgängen. Xenaman ist schätzungsweise nur eine halbe Stunde auf der Bühne, da ist das Konzert schon zu Ende. Es ist noch vor Mitternacht. Wir müssen unseren Stand abbauen, sauber machen und das Equipment wieder im LKW verstauen. Ich bin total geschafft, todmüde. Rasta Q hat einige Flaschen Bier getrunken, obwohl es uns verboten war. Ich selber habe nur Saft getrunken und nichts geraucht, weil ich die Leute sonst noch weniger verstanden hätte. Ich bin so entsetzlich müde wie nach einem Marathonlauf. Rasta Q trinkt weiter, ist extrem hektisch und nervt mich ohne Ende. Ich will nur noch ins Bett, aber wir haben noch eine zweistündige Fahrt vor uns.

Schließlich ist alles im Laster verstaut. Wir sind bezahlt worden und haben jetzt endlich wieder Geld. JT war überraschenderweise ziemlich großzügig. Rasta Q hatte außerdem alle Getränke teurer verkauft und somit zusätzlich einen schönen Gewinn gemacht. Beim Verstauen der Instrumente gibt er komische, lächerliche

Kommandos, die sowieso jeder ignoriert. Dann murmelt er in sich rein. Das wird immer schlimmer.

So bin ich doppelt froh, als wir endlich in JT's Wagen sitzen. Mike fährt den Wagen, JT sitzt daneben. Vinnieh, JTs zwanzigjährige Tochter, Rasta Q und ich sitzen hinten. Nach etwa einer halben Stunde kriege ich mit, dass alle zur nächsten Reggaeshow am Black River fahren wollen. Ich halte das aber nicht mehr aus heute Nacht.

Ich bitte darum, gleich nach Hause zu fahren. Rasta Q und die anderen wollen aber unbedingt die Show sehen. Xenaman tritt auch auf, diesmal allerdings nicht als Brother Desmond. Auch sonst treten nur hochklassige Stars auf: Lady Saw, Everton Blender, General B … Natürlich kämen wir auch in diese Show gratis rein, weil JT Xenamans Promoter ist. Ich kann aber ganz einfach nicht mehr.

Vor allem habe ich keine Lust, mir wieder Rasta Qs Coke-Geschwafel anzuhören. Ich kann es im Moment nicht hören. Immer wenn wir Geld haben, ist er noch viel ärger auf Crack als sonst. Ich will nur meine Ruhe. Außerdem dauert das Konzert bis sechs, sieben Uhr morgens. Das bedeutet, wir kämen vielleicht mittags ins Bett. Diese Aussicht lässt mich verzweifeln, ich bin eingeschnappt und keiner versteht, warum.

JT genießt die Situation. Es erheitert ihn immer wieder, wenn Rasta Q und ich streiten. Ich finde das Ganze aber überhaupt nicht komisch. Ich verhalte mich wirklich zickig und will erst mal was essen.

Hinter Xenaman fahren wir direkt auf das Festgelände. Xenaman winkt uns nach dem Aussteigen zu und verschwindet hinter der Bühne.

Zu essen scheint es nur Hühnchen und Reis zu geben. Ich verlasse das Festgelände und gehe in einen der nächsten Shops. Ich kaufe mir einen widerlich süßen, klebrigen Kuchen und ein Stück Käse dazu. Ich würge es runter und bin mal wieder böse mit mir selber, dass ich in diese Situation kommen konnte.

Everton Blender ist auf der Bühne. Er trägt einen Stock und gibt ein beeindruckendes Konzert. Doch heute Nacht interessiere ich mich überhaupt nicht dafür. Ich überlege, ob ich mir ein Bier kaufen soll, und entscheide mich dagegen. Ich bin einfach nicht in Stimmung, ich will alleine sein. Ich gehe zum Strand. Dort sind einige größere Schiffe.

Ich setze mich hin und fühle mich sehr verlassen. Rasta Q ist zwar meistens vierundzwanzig Stunden am Tag mit mir zusammen, aber dennoch meilenweit weg von mir, vor allem nachts.

Er kommt her und fragt, was los sei. Ich sage ihm, er wisse genau, dass ich gar nicht hier sein will. Ich sitze mit schrecklich mürrischem Gesicht am Ufer. Er steht auf, tanzt zur Musik und es geht ihm gut. Ich werde fürchterlich wütend. Ich ziehe meine weißen Leinenschuhe aus und schleudere sie ins Wasser. Ich warte auf Rasta Qs Reaktion. Es kommt keine, er hat nicht einmal gemerkt, was ich getan habe.

Ich springe. Ich verstehe mich selber nicht mehr. Ich sehe Kreise und irgendetwas in meinem Kopf explodiert.

Fahrt doch alle zur Hölle, denke ich und springe. Ich springe in den Black River. Der Fluss fließt genau an dieser Stelle ins Meer. Wie ich später erfahre, ist das hier eine sehr gefährliche Stelle. Angeblich gibt es Krokodile und Haie. Niemand würde hier schwimmen gehen.

Als ich wieder auftauche, rufe ich Rasta Q zu: „Du verstehst mich eben nicht, du wirst mich nie verstehen."

Er läuft panisch am Ufer auf und ab. Plötzlich packt mich eine starke Welle und ich denke, ich tauche nie wieder auf. Aber ich kann mich freischwimmen. Panik befällt mich. Prustend rufe ich: „Help me!"

Rasta Q springt rein, aber ich schwimme immer weiter aufs offene Meer raus. Ich höre ihn rufen, ich reagiere nicht.

Ich fühle eine große Erleichterung in mir und bin froh, dass ich mit niemandem mehr reden muss. Ich höre Lady Saw singen. Sie ist einer der Main Acts hier heute Nacht.

Ich lache übermütig und lege mich auf den Rücken. Ich bin eine ausgezeichnete Schwimmerin und kenne Positionen, wie ich mühelos stundenlang im Wasser liegen könnte. Ich bin nun schon sehr weit vom Ufer entfernt.

Ich spreche mit mir selber und mache mich über die sich rasch ansammelnde Menge am Ufer lustig. Ich kichere, dabei habe ich den ganzen Tag nichts getrunken oder geraucht. Ich höre von weit her die Zurufe, ich ignoriere sie.

Ich fühle mich in diesem Moment schwerelos und denke überhaupt nicht an später. Überhaupt, was ist später? Und wann ist später? Ich habe es längst aufgegeben, mir Gedanken über die Zukunft zu machen. Jamaika ist verdammt weit weg von zu Hause, wenn man ohne Geld und Rückflugticket da festsitzt. Außerdem hab ich mich da auch nie zugehörig gefühlt.

Das lange Oberteil meiner indischen Klamotten zieht mich ins Wasser, beschwert mich. Kurz entschlossen ziehe ich es aus, es treibt davon. Herrlich ist es, das Meerwasser auf der Haut zu spüren. Ich drehe Spiralen im Wasser und fühle mich frei. Ganz logisch erscheint es mir, hier drinnen zu sein.

Nach über einer Stunde beginne ich zu frieren. Vielleicht war es doch ein Blödsinn, dass ich reingesprungen bin, beginnt es mir zu dämmern. Doch ich will mir jetzt nicht die Blöße geben, einfach herauszuklettern. So bleibe ich eben drin. Ich schwimme nicht zurück zum Ufer. Sie haben das große Konzert gestoppt. Sie haben die Musik vom Band laufen.

Ich fühle mich plötzlich nicht mehr so glücklich. Ich möchte schlafen, bin hundemüde. Die Leute rufen immer aufgeregter, gestikulieren. Wäre ich doch nur nie gesprungen, kommt endlich die Erleuchtung. Wie komme ich bloß aus dieser lächerlichen Situation wieder raus?

Ich sehe Scheinwerfer auf mich gerichtet. Die versuchen, mich rauszuholen, erkenne ich. Die wissen nicht, was für eine gute Schwimmerin ich bin. Die meisten Jamaikaner können überhaupt nicht schwimmen. Für sie ist es ein Wunder, zwei Stunden hier drin zu überleben.

Illegal. Plötzlich kommt ein Boot auf mich zu. Drei Männer sitzen drin. Sie wollen mich mit Gewalt ins Boot ziehen. Ich wehre mich. Sie fragen mich, warum ich im Wasser bin. Ich sage ihnen, dass es hier drin schön ist. Sie behaupten, hier könne ich nicht schwimmen gehen, ich müsse raus. Also lande ich im Boot. Wir fahren zurück ans Ufer. Die Männer ziehen mich an Land. Überall sind Menschen, die die Bergung beobachten. Ich schließe die Augen, will niemand sehen.

Rasta Q ist sofort an meiner Seite. Zwei der Männer verfrachten mich in JTs Auto. Rasta Q beugt sich über mich und beißt mich mit voller Kraft in die Wange. Nachher sagt er: „Es ist vorbei, du Arschloch. Du blamierst mich so sehr, es ist aus."

Für alle anderen sieht es so aus, als ob er mich liebevoll umarmt.

Ich schreie auf: „Er beißt mich!"

Aber die Leute hören nicht auf mich. Die Männer haben mich wie Abfall im Auto abgeladen und Xenaman beugt sich nun rein und fragt, ob ich okay bin. Ich reagiere gar nicht. Apathisch sitze ich jetzt patschnass im Auto. Keiner spricht mit mir. Die Männer, die mich zum Auto gebracht haben, rufen JT irgendwas zu.

Ich verstehe überhaupt nichts, ich fange an zu heulen.

Rasta Q ruft mir zu, ich hätte das Konzert ruiniert, ihm den Abend verdorben und nun müssten wir auf die Polizeistation fahren.

Na, dann fahren wir eben, denke ich.

Wir müssen etwa eine Stunde fahren, dann bleiben wir vor dem Polizeigebäude stehen. Ich trage noch immer nur den BH und die nassen hellen Hosen. Ich frage Rasta Q, ob ich denn so reingehen solle. Da zieht er widerwillig sein Hemd aus und gibt es mir. Er trägt immerhin noch ein T-Shirt drunter.

Rasta Q, JT und Vinnieh kommen mit mir ins Vernehmungszimmer. Zuerst fragt mich der Polizist nach meinem Namen. Ich sage ihm meinen richtigen Namen. Das löst fast einen Wirbelsturm aus. Bis zu diesem Zeitpunkt glaubt nämlich noch jeder, wir seien legal verheiratet. Das mussten wir so erzählen, weil ich kein Visum mehr hatte. Ich bin illegal auf Jamaika. Wir hatten kein Geld für eine kurzzeitige Ausreise, die mir wieder ein Visum eingebracht hätte. Wegen der vielen Spitzel hier haben wir auf diese Art alle getäuscht. Jetzt allerdings ist es mir völlig egal, was mit mir passiert. Ich hoffe sogar auf eine Abschiebung.

Die Beamten wollen wieder und wieder wissen, warum ich in den Fluss gesprungen bin.

Ich gebe keine Antwort, murmle nur: „Weil alles scheiße ist, nichts hat einen Sinn."

Sie sagen mir, es gibt drei Möglichkeiten. Erstens kann ich mit Rasta Q heimgehen. Zweitens kann ich in eine private Klapsmühle gehen, falls ich viel Geld habe. Wenn ich beides nicht möchte, werde ich eingesperrt. Rasta Q ruft sofort entrüstet, dass ich das Gefängnis nie überleben würde. Er sagt, ich hätte keine Ahnung, was da abläuft.

Ich weigere mich, mit Rasta Q mitzugehen: „Du hast ja gesagt, dass es aus ist. Von mir aus kann es auch ruhig aus sein, ich gehe eh lieber in den Knast."

Nach stundenlangem Hin und Her und nachdem der Beamte mühsam ein Protokoll mit der Hand geschrieben hat, gebe ich dann nach. Ich gehe mit Rasta Q nach Hause. Ohne Schuhe steige ich also ins Auto. Während der Heimfahrt spricht niemand. Vinnieh bemüht sich um mich. Sie bietet mir an, mir etwas zu essen zu kaufen, aber ich lehne ab. JT fährt nur bis Hopewell. Von da an müssen wir ein Taxi nehmen.

Als wir uns auf die Suche danach machen, begegnen wir vielen Kirchgängern. Ich sehe aus wie eine Pennerin. Keine Schuhe, dreckige Hose, Make-up verschmiert und tiefe Ringe unter den Augen, die Haare verfilzt. Rasta Q kann und will gar nicht mit der Situation umgehen, ich fühle mich wieder so alleine.

Ausgerechnet jetzt treffen wir seine Tante. Sie trägt ihr bestes Kleid und hat einen weißen Hut auf. Unter dem Arm hält sie ein kleines Handtäschchen. Mit ein paar Familienmitgliedern ist sie auf dem Weg zur Kirche. Sie sagt nicht viel, aber mustert uns beide von oben bis unten. Ich wünschte, der Erdboden würde sich auftun. Ausgerechnet bei dieser Tante hatte Rasta Q vor Wochen mal gefragt, ob wir vorübergehend bei ihr wohnen könnten. Sie wird heilfroh sein, dass sie abgelehnt hat. Rasta Q redet kurz mit ihr, dann geht sie in Richtung Kirche weiter.

Nach einer weiteren peinlichen Stunde sind wir endlich zu Hause. Auch der Taxifahrer hat mich ständig im Rückspiegel beobachtet. Rasta Q ist noch immer sehr böse mit mir. Dennoch geht er zu einem Shop und kauft etwas zu essen. Ich mampfe gierig. Nachher meint er, dass er heute unbedingt singen gehen möchte. Ich könne zu Hause bleiben.

Danach geht er weg und ich bereue zutiefst, was ich in dieser verdammten Nacht getan habe.

Warum nur?, zermartere ich mir das Hirn. Wolltest du eine Abschiebung provozieren?

Damals weiß ich noch nicht, dass mich das ohnehin nur in U-Haft gebracht und Jamaika das Ticket nicht bezahlen hätte.

Scham. Am nächsten Morgen geht es mir bedeutend besser und mir wird klar, dass ich mich nicht ewig verstecken kann. Also gehe ich am Abend mit in den Club. Natürlich ist mir mulmig zumute, ich schäme mich abgrundtief. Noch dazu weiß ich, dass Jamaikaner gerade für so was nicht das geringste Verständnis haben.

Aber da erlebe ich eine Überraschung. JT und Vinnieh setzen sich die ganze Nacht an unseren Tisch, was sie sonst eigentlich nie tun. JT will so allen Leuten demonstrieren, dass er zu mir hält. Das tut gut. Hätte er das nicht so offensichtlich gemacht, würde ich viele Anzüglichkeiten hören heute Nacht. So aber schützt er mich auf seine Weise davor. Er sagt mir sogar, dass er als Einziger am Black River an meine Rettung geglaubt habe. Er klärt mich sehr ausführlich darüber auf, warum gerade diese Stelle so gefährlich fürs Baden ist. Aus den Augenwinkeln schaue ich ihn fast zärtlich an. Dieser einarmige Mann, der seine Schulbildung in England genossen hat, wie er immer stolz erzählt, setzt sich für mich ein. JT's Bar & Grill, jeden Abend Live-Reggaemusik. Er ist der Besitzer. Die Leute sagen über ihn, er ist ein eiskalter Typ. Manche sagen sogar, er nimmt die Touristen aus, er ist ein Dieb. Heute Nacht liebe ich ihn.

Auch Rasta Q ist wieder lieb zu mir. Er versucht zumindest, mich zu verstehen.

Doch von nun an wirft er mir bei jedem Streit vor, dass er noch nie so eine verrückte Frau hatte. Verrückt deshalb, weil ich in den Black River gesprungen sei. Es hat keinen Sinn, ihm zu erklären zu versuchen, was da in mir vorgegangen ist. Verstehe ich es doch selbst nicht. Durch meine blöde Aktion habe ich zwar eine Menge Staub aufgewirbelt, aber meine Probleme nicht gelöst. Meistens bin ich auch zu fertig, um überhaupt nach einer Lösung zu suchen.

Mai 1997: JTs Hochzeit

JT heiratet! JT heiratet endlich seine langjährige Partnerin Cassy. Die Band ist ebenfalls zur großen Hochzeitsfeier eingeladen. JT hat auch mich ausdrücklich eingeladen. Es wird eine sehr große kirchliche Trauung werden.

Die Hochzeit soll in der Mount-Zion-United-Kirche in Rose Hall stattfinden. Anschließend gibt es eine Feier in einem Restaurant in der Nähe, das JT für den Tag gemietet hat. Cassy trägt ein weißes Kleid mit sehr langer Schleppe und üppigem Kopfschmuck. JT trägt einen hellen englischen Anzug. Beide sehen so aus, als seien sie einem Hochzeitsmagazin entstiegen. Sie haben sechs Brautjungfern, darunter auch Vinnieh. Die Mädchen tragen lange, rosa Kleider aus Tüll und passenden Kopfschmuck dazu. Ich selber habe einen roten Seidenzweiteiler an, den ich für besondere Gelegenheiten mitgebracht habe.

Die Zeremonie ist pompös und wirklich beeindruckend. Danach fahren wir ins Restaurant. JT hat eine Band engagiert, die Calypso, Soca und Reggae spielt. Er spricht einen Toast aus und wir stoßen mit Champagner an. Nach ungefähr einer Stunde wird das Essen serviert. Nach verschiedenen Vorspeisen wird Hühnchen mit Reis und Erbsen aufgetragen. Man kann auch Jerk-Pork oder Jerk-Chicken wählen. Rasta Q und ich nehmen Jerk-Chicken, das jamaikanische Nationalgericht. Bei dieser Spezialität wird das Fleisch in der Tonne geräuchert und hat eine dicke Chilikruste. Nachher gibt es eine riesige, vierstöckige Hochzeitstorte. Rasta Q und ich trinken auch reichlich Rumpunsch dazu.

Nachdem alle mit dem Essen fertig sind, verkündet JT, dass die Bar für eine Stunde geschlossen wird. Ich kriege gar nicht mit, warum. Scheinbar ist das hier so der Brauch. Jedenfalls rennen Rasta Q und ich abwechselnd immer wieder zur Bar, um zu fragen, ob wir nicht doch einen Drink bekommen könnten. Die Stunde erscheint uns endlos. Schon etliche Wochen haben wir fast nichts getrunken, weil wir kein Geld dafür hatten. Jetzt können wir nicht aufhören.

Als die Bar wieder öffnet, fängt auch die Musik wieder an zu spielen. Es wird eine sehr lustige, zwanglose Feier. Nach zwei Songs steigt JT auf die Bühne, nimmt das Mikrofon und hält eine kurze Rede. Wie immer findet er treffsicher die richtigen Worte. Er spricht immer bewusst pompös mit einem belustigten Unterton. Alle klatschen begeistert. Danach halten noch ein paar Freunde jeweils eine kurze Rede. Die Band will gerade zu spielen beginnen, als ich aufspringe und nach vorn laufe. Ich will unbedingt auch etwas sagen.

Ich steige zur Bühne rauf, sage Hallo zur Band und nehme das Mikrofon: „Ladys und Gentlemen, darf ich bitte auch kurz etwas sagen? Ich bin Irene aus Österreich. Ich bin die Frau von JTs Sänger Rasta Q. Bitte entschuldigt mein schlechtes Englisch. Ich möchte mich hiermit besonders herzlich bei den Brautleuten bedanken, dass sie mich auch eingeladen haben. Ich war noch nie auf einer jamaikanischen Hochzeit. Ich kenne Hochzeiten sonst nur als etwas steife Angelegenheiten. Das hier ist eine wunderschöne Hochzeit, die Zeremonie hat mich auch sehr beeindruckt. Ich liebe es, ich liebe euch alle. Danke, dass ich hier sein darf!"

Ich steige wieder runter. Die Leute klatschen energisch.

Ich setze mich wieder, wir trinken Rumpunsch. Doch plötzlich fangen Rasta Q und ich wegen lächerlicher Sachen zu streiten an. Alle neben uns Sitzenden mischen sich auch ein. Weiter oben am Tisch hat ein Pärchen ebenfalls einen lautstarken Streit angefangen. Es ist JTs Sohn Roy mit seiner englischen Freundin Cloe. Ich wechsle meinen Platz und setze mich neben Cloe. Rasta Q folgt auf dem Fuß. Cloe sagt, sie habe meine Rede grandios gefunden.

„Stimmt ja gar nicht, dass dein Englisch schlecht ist. Wieso hast du das denn nur gesagt? Jeder hier hat dich gut verstanden. Das war eine gute Einlage."

Cloe und ich tauschen unsere Meinungen über die Männer aus. Die Männer tun das Gleiche. Alle am Tisch diskutieren heftig mit. Cloe und ich beschließen, frische Luft zu schnappen. Rasta Q und Roy laufen uns nach. Draußen werden wir alle vier handgreiflich und beschimpfen einander wüst. Roy schnappt Cloe und sperrt sie in eines der nicht bewohnten Gästezimmer. Cloe hämmert gegen die Tür, ich packe Roy am Kragen, Rasta Q packt mich an der Schulter. Fast alle Gäste sind nun aus dem Saal gelaufen. Es herrscht ein heilloses Durcheinander. Die Diskussion dauert an.

Schließlich spricht Cassys Bruder, der Brautführer, ein Machtwort. Roy muss die Tür freigeben. Cloe kommt raus und wir beide gehen untergehakt an die Bar. Die Männer folgen uns wieder und der Streit fängt von Neuem an.

Keiner von uns vieren hat am nächsten Morgen eine lückenlose Erinnerung an die Vorgänge. Ich mache Rasta Q Vorwürfe, dass er mein Seidentop zerrissen hat.

Seine Tochter Kim, die mich im Haus lamentieren gehört hat, ruft aus ihrem Fenster: „Nein, Irene, das warst du selber! Du bist auf der Leiter hängen geblieben und hast es zerrissen."

„Oh, sorry. Danke, Kim", sage ich reumütig.

Die Leute in Montego Bay sollen noch lange von JTs teurer Traumhochzeit reden.

Am nächsten Tag gehen Rasta Q und ich schon vormittags zum Fletcher's Beach. Mein Kopf tut entsetzlich weh und mir ist wahnsinnig schlecht. Ich stöhne, als wir am Strand liegen. Jede Bewegung tut weh.

Rasta Q sagt: „Das ist der Alkohol, er ist noch immer in dir."

Ich sage: „Ach, der ist bestimmt schon aus dem Blut."

„Ja, aus dem Körper ist er wohl, aber nicht aus dem Kopf. Ich kann dir da wirklich nicht helfen, ich bin selber Alkoholiker", entgegnet Rasta Q traurig.

Ich sehe ihn an und begreife, dass er sehr wohl über die Suchtdynamik im Bilde ist. Warum gibt er denn dann seine Probleme mit Crack nicht zu, frage ich mich.

Cloe. Am Abend gehen wir wieder zu JT's. Cloe und Roy setzen sich auch zu uns. Cloe ist von nun an meine Freundin. Sie ist ein paar Jahre jünger als ich. Ihre Familie stammt aus Jamaika, aber sie lebt in der zweiten Generation in England. Sie macht den ganzen Sommer über Urlaub bei ihren Verwandten in St. Elizabeth. Sie hat Roy erst vor ein paar Wochen bei JT's kennengelernt. Cloe und ich sitzen von nun an immer zusammen bei JT's. Nüchtern lernen wir uns jetzt richtig kennen.

Wir genieren uns beide wegen der Vorfälle auf der Hochzeit. Cloe sagt: „In England könnte ich so etwas nie tun. Meine Familie würde es mir nie verzeihen."

Cloe ist intelligent, gebildet und warmherzig. Sie ist ziemlich dick, was aber den meisten Jamaikanern zu gefallen scheint. Jedenfalls sprechen sie ständig Männer an: „Hi, Sexy" oder „Big, sexy girl". Cloe scheint das gewohnt zu sein.

Ich bin ganz traurig, als sie nach einer Woche wieder nach St. Elizabeth fährt.

Rasta Q sagt mir, dass Roy ohnehin ein Verhältnis mit einer der Marktfrauen habe. „Merkst du denn nicht, dass die jeden Abend mal für eine Stunde in Roys Zimmer verschwinden?", fragt er mich.

Mir ist es noch nie aufgefallen, aber jetzt passe ich auf. Roy hat ein Zimmer bei JT, in das man vom Hinterhof aus gelangt. Als Marktfrau Sita und Roy das nächste Mal im Zimmer verschwinden, macht mich Rasta Q darauf aufmerksam.

Ich fasse es nicht: „Aber die ist doch schwanger!"

Rasta Q: „Ja, von Roy. Sie hat auch schon drei andere Kinder, alle von verschiedenen Vätern."

Als Cloe nach einer Woche wieder nach Montego Bay kommt, muss ich es ihr einfach sagen. Doch sie hat es schon von anderen Leuten erfahren. Sie ist enttäuscht, sagt aber: „Ich hätte ihn eh nie nach England mitnehmen können. Er hat ja so schlechte Manieren. Meine Mutter hätte der Schlag getroffen, so primitiv wie er ist. Roy sieht zwar sehr gut aus, hat aber keinerlei Bildung. Stell dir vor, wir gehen in ein Restaurant und er fängt an zu rülpsen."

Wir lachen. Cloe hat sich für ein paar Tage ein Zimmer in einem Hotel genommen. Ich begleite sie, als sie etwas holen geht. Als sie aus dem Badezimmer rauskommt, sagt sie: „Ich bin schwanger."

„Nein! Oh, tut mir leid. Ist doch von Roy, oder?"

„Ja, leider. Mir tut es so leid, dass wir nicht verhütet haben. Der Gynäkologe hat mir aber schon vor Jahren gesagt, ich könne nur schwer schwanger werden. Ich habe das polyzystische Ovarialsyndrom. Deshalb bin ich auch so dick."

„Was machst du denn jetzt? Wirst du es Roy sagen?", frage ich.

„Nein, auf keinen Fall. Bitte sag ihm und Rasta Q nichts. Ich werde das Kind abtreiben lassen. Meine Mutter schickt mir Geld aus England. Ich gehe in eine Privatklinik in St. Elizabeth. Ich habe schon einen Termin ausgemacht."

„Soll ich denn mitkommen?", schlage ich vor.

„Nein, danke. Meine Cousine kommt mit. Ich komme danach wieder nach Montego Bay und gebe dir Bescheid, wie es gelaufen ist."

Nach einer Woche ist Cloe wieder da. Sie sagt, der Eingriff war doch nicht so einfach für sie und sie hätte Schmerzen. Sie sagt, sie wolle doch bald wieder nach Hause fliegen. Sie lebt in Birmingham, der zweitgrößten Stadt Englands.

Sie sagt, wenn es mir hier nicht mehr gefällt, soll ich doch in ihre Nähe ziehen: „Dort wird es dir gefallen. Es ist auch nicht so teuer wie London. Jedenfalls musst du mich unbedingt besuchen. Ich habe eine Wohnung da."

Ende Juni kommt auch endlich das Paket von Kasi. Rasta Q hatte recht, als er sagte, auf dem Schiffsweg würde das Paket mehrere Monate brauchen. Er hatte auch gesagt, der Empfänger müsste ca. 200 Jamaika-Dollar bezahlen. Am Postamt in Montego Bay finden wir eine Nachricht vor, dass wir das Paket vom Frachtbahnhof abholen sollten. Zum Glück haben wir das Geld, gestern Nacht war das Geschäft einigermaßen gut. Ich bin ganz aufgeregt, als wir uns auf den langen Weg machen. Obwohl wir gerade erst geduscht haben, sind wir schon wieder durchgeschwitzt, als wir dort angekommen.

Das Paket sieht zwar sehr ramponiert aus, aber der Inhalt ist intakt. Kasi hat es sehr gut und sicher verpackt. Wie dankbar ich ihr bin! In meinem Überschwang schenke ich Rasta Q eines der zwei Kettchen. Sie sind mein einziger Goldschmuck. Ich lege Rasta Q eines an, eines trage ich selber. Jeder in Österreich so simple Kosmetikartikel kommt mir nun luxuriös vor. Duschgel, Deos, verschiedene Cremes, viele Schminksachen, alles da. Rasta Q hatte gesagt, die Zöllner stehlen auch manchmal Gegenstände. Zum Glück haben sie meinen

Kosmetikkoffer verschont gelassen. Auch ein Plastikbeutel mit Bikinis und einem Badeanzug ist heil angekommen. Ich bin in Hochstimmung. Ich hatte schon geglaubt, das alles nie wiederzusehen. Kasi ist ein Engel, denke ich.

Ein paar Tage später merke ich, dass Rasta Q die Goldkette nicht um den Hals hat. Ich frage ihn danach.

„Ach, die ist mir leider in der Mitte abgerissen. Ich musste sie jemanden geben, der sie repariert. Der Mann war gestern bei JT. Er repariert in Downtown Schmuck. Am Wochenende kann ich sie wieder abholen.

Die Kette soll nie mehr auftauchen.

Juli 1997: Ups and Downs

Klaus und Roland. In Montego Bay findet gerade das Reggae Sumfest statt. Die Insel ist noch voller als sonst, aber es kommen viel weniger Gäste zu JT's. Zwei Österreicher aus der Steiermark verirren sich dennoch zu uns. Beide sind Anfang zwanzig, spielen in einer Heavy-Metal-Band und haben sehr lange Haare. Klaus ist Drummer und Roland ist Keyboarder. Die beiden sind lustige, coole Typen. Sie setzen sich nun jeden Abend zu uns und wir haben riesigen Spaß miteinander. Sie sprechen gut Englisch und können sich somit auch gut mit Rasta Q unterhalten. Wenn Rasta Q gerade singt oder unterwegs ist, sprechen wir natürlich deutsch oder besser gesagt österreichischen Dialekt. Wir sind genau auf einer Wellenlänge und reden viel über Musik. Klaus und Gerald waren mit ihrer Band schon öfter auf Tour, haben vor Kurzem in Venezuela gespielt. Sie rauchen auch und wir kichern öfter albern herum.

Am Samstag gibt es wieder eine spezielle Reggaeshow bei JT's. Eric Donaldson ist der Main Act heute, er ist zu diesem Zeitpunkt fünffacher Jamaika-Festival-Song-Sieger. Ich kenne nur einige Songs wie *Cherry oh Baby* oder *Sweet Jamaica* von ihm. Als der Reggaepionier singend mit einem Stock durch den Garten hereinmarschiert, hat er schon gewonnen. Das Publikum ist absolut begeistert. Er ist bunt gekleidet und hat ein breites, magnetisches Grinsen, wirkt umwerfend sympathisch. Eric Donaldson bleibt während des ganzen ersten Songs mitten im Publikum stehen. Als er später *Cherry Oh Baby* singt, kichern Klaus, Roland und ich über irgendwelche albernen Witze, weil wir schon so stoned sind. Wir schauen gar nicht hin, was ich später wirklich bereue.

Am nächsten Abend meint Klaus, Rasta Q solle doch wirklich mal nach Österreich kommen: „Wir stellen ganz kurzfristig in Leoben ein Konzert für dich auf die Beine. In Österreich gibt es genug Reggaefans."

„Das wäre mein Traum. Das würde ich so gerne machen! Wir melden uns bei euch, wenn wir mal in Österreich sind", entgegnet Rasta Q erfreut. „Wollt ihr denn nicht hier spielen? Warum kommt ihr nicht einfach bei meinem Auftritt morgen Abend für ein paar Songs auf die Bühne? Wir müssen nur vorher ein bisschen üben. Kommt morgen einfach etwas früher."

„Was, hier? Es tut mir leid, aber ich kenne mich gar nicht gut mit Reggaemusik aus", wendet Roland ein.

„Alter, das packst du schon, der Reggaerhythmus ist ganz einfach, fast immer das Gleiche", beschwichtigt ihn Klaus.

Ich freue mich auf die Vorstellung, bin schon ganz aufgeregt. Tatsächlich kommen die beiden am nächsten Abend eine Stunde früher und üben zusammen mit Rasta Q auf der Bühne. Rasta Q schlägt vor, *Three Little Birds* von Bob Marley zu spielen. Als Roland gesteht, dass er den Song gar nicht kennt, biegen wir anderen uns richtig vor Lachen. Klaus und ich können kaum mehr Luft schnappen, so hysterisch lachen wir.

Rasta Q kündigt seine Gastband an: „Heute sind zwei Kollegen aus der österreichischen Heavy-Metal-Szene an Drums und Keyboard, Klaus und Roland. Sie sind international getourt, Reggae ist aber Neuland für sie. Bitte heißt meine österreichischen Kollegen willkommen!"

Sie legen los, es klappt tatsächlich richtig gut. Klaus und Roland improvisieren meisterhaft, kleine Schnitzer gleichen sie mit entschuldigenden Gesten wieder aus. Es gefällt jedem, auch den restlichen Mitgliedern der Mystic Force Band.

Ich sage zu den beiden nach dem Auftritt, wie gut sie sich so schnell an das Material angepasst hätten, es hätte richtig gut geklungen. Ich sage, dass hier ohnehin jeden Abend kleine Fehler und Pannen passieren.

Klaus: „Wenigstens merkt man, dass sie wirklich spielen und nicht nur Lippenbewegungen zur Musik machen."

Es ist eine schöne Woche mit den beiden Steirern. Rasta Q verkauft ihnen das Gras immer sehr billig. Am letzten Abend will er ihnen eine Kassette verkaufen, auf der er zu hören ist, doch wir haben wir überhaupt kein Geld mehr. Wir können uns nicht einmal eine leere Kassette kaufen. Rasta Q meint, wir sollten ihnen stattdessen ein Tape von Pablo Moses geben. Ich habe aus Österreich etliche CDs und Kassetten mitgenommen, auch die von Pablo Moses. Ich sage ihm, wie niederträchtig ich das finde. Gerade diese zwei Männer seien doch echte Kumpel, wir könnten sie nicht betrügen.

Klaus und Roland laden uns am letzten Tag noch auf einen Drink in ihr Hotel, ins Montego Bay Club, ein. Sie kaufen tatsächlich das Pablo-Moses-Tape und ich geniere mich unendlich. Sie legen es sogar in ihren Kassettenrecorder ein und lassen es laufen. Ich denke, vor

Scham wird sich gleich der Erdboden unter mir auftun. Doch die beiden scheinen nichts zu merken, sagen, es ist eine gute Aufnahme. Ich weiß nicht, ob sie tatsächlich nicht gemerkt haben, dass es nicht Rasta Q ist, der auf dem Band singt. Jedenfalls fühle ich mich total unsicher, als wir uns verabschieden. Immer wenn ich nun an die beiden denke, habe ich ein schlechtes Gewissen und geniere mich.

Kein Geld, keine Arbeit. Inzwischen sind wir eigentlich meistens pleite. Rasta Q verdient so lächerlich wenig. Für mich selber gibt es keine Arbeit, auch wenn ich alles machen würde. Manchmal haben wir Glück und Touristen kaufen von Rasta Q viel Gras oder Kokain, dann geht es wieder für eine Weile. Das Problem ist nur, die Konkurrenz ist so groß. Ich werde manchmal Zeuge davon, wie Hustlers einfach das Geld der Touristen nehmen, aber nie wiederkommen. Rasta Q macht das niemals. Er könnte es ja auch gar nicht, weil er bei JT's singt. Die Kunden wissen, wo sie ihn finden können. Das und auch die Tatsache, dass ich Österreicherin bin, verschafft uns wirklich Vorteile.

Am Anfang hat mich Rasta Q ständig bestürmt, ihn zu heiraten. Meine Papiere hatte ich auch tatsächlich alle mitgebracht. Ich wollte ganz einfach nicht heiraten, weil ich gemerkt habe, dass das schon wieder ein Fehler wäre. Auf der anderen Seite würde mir eine Heirat aber eine Arbeitsbewilligung verschaffen. Im Augenblick haben wir ohnehin weder das Geld für die Trauung noch für die Arbeitserlaubnis. Das setzt mir wahnsinnig zu. Ich hatte gedacht, ich könnte wenigstens irgendwo einen Job in einem Hotel oder so annehmen. Das jedoch ist ganz und gar unmöglich.

Rasta Q und ich haben wieder einen entsetzlichen Streit mitten auf der Straße gehabt. Rasta Q warf mir wieder vor, ihn nicht zu lieben: „Ich liebe dich so sehr, behandle dich wie eine Königin. Du aber liebst mich überhaupt nicht, behandelst mich kalt. Jeder andere Mann hätte dich schon zurückgeschickt."

„Ich will doch weg von dir. Wenn wir nach Hause kommen, werde ich gleich packen. Irgendwo komme ich schon unter."

Wir stritten uns lautstark, verletzten uns wieder gegenseitig und sind beide unglücklich.

Hubert und Claudia. Eines Abends kommt ein österreichisches Ehepaar zu JT's. Hubert und Claudia haben gerade geheiratet, sind ungefähr in meinem Alter. Sie kommen, genau wie ich, aus Niederösterreich. Sie trinken ein Bier mit uns, erzählen mir Neuigkeiten aus der Heimat. Rasta Q fragt, ob sie auch Gras rauchen, er könne welches besorgen.

Claudia fragt: „Verkauft ihr auch Kokain?"

Rasta Q antwortet erfreut: „Ja, da müsste ich aber schnell nach Downtown."

Claudia gibt ihm das Geld für ein Gramm und sagt nachher zu mir: „Weißt du, wir haben mal ganz schön viel gekokst. Jetzt haben wir aufgehört, wollen es aber auf der Hochzeitsreise noch einmal machen. Danach ist wieder Schluss."

Rasta Q kommt bald wieder und die beiden verschwinden nacheinander in der Toilette. Als sie wieder rauskommen, sagen sie, das Zeug sei okay und er könne ihnen morgen wieder was besorgen. Diese Woche ist also ziemlich gerettet.

Ein paar Tage später sitze ich bei Tonys Pizza, als Claudia vorbeikommt. Sie sagt, sie wolle später zu JT's. Sie müsse sich allerdings vorher umziehen und fragt mich, ob ich in ihr Hotel mitkäme. Rasta Q muss noch den Soundcheck bei JT's machen, also gehe ich mit.

Claudia packt ihr Kokain aus und legt zwei Lines: „Da, für dich, ich lade dich auf eine Line ein."

„Oh, glaub es oder nicht, Claudia: Ich habe das noch nie gemacht. Ich habe gar keine Ahnung, wie man das macht", sage ich verunsichert.

„Kein Problem, schau einfach mir zu", lacht Claudia.

Ich denke, ich stelle mich sehr blöd an. Claudia jedoch sagt, da kann man gar nichts verkehrt machen. Als wir nachher bei Tonys Pizza vorbeikommen, muss ich mich setzen. Ich habe eine Art Panikattacke, kann gar nicht reden. Plötzlich fangen meine Knie an, völlig unkontrolliert zu zucken. Ich habe Todesangst, denke, dass ich sterben muss. Rasta Q kommt vorbei, um nachzusehen, wo ich bleibe. Er merkt sofort, dass mir Claudia Kokain gegeben hat. Er wird wütend. Er fragt, warum ich das gemacht hätte. Er meint, es würde vorbeigehen, aber mir hoffentlich eine Lehre sein.

Viel später sagt er zu mir: „Du bist die erste meiner Freundinnen, die nicht auf das Zeug abfährt. Ich bin so froh darüber, dass dir Kokain nichts bedeutet. Alle anderen kannst du vergessen, wenn sie einmal angefangen haben."

Was ist dann mit dir selber?, denke ich. Ich halte deine Lügen und das Geschwafel auch kaum aus.

Hubert und Claudia laden uns für den letzten Abend in eine Bar in Downtown ein. Natürlich haben die beiden längst gemerkt, dass wir kein Geld haben. Besonders vor Touristen schäme ich mich immer, wenn sie merken, dass ich pleite bin. Am meisten vor Österreichern. Zu Hause hätte ich eher mein Konto überzogen oder einen Kredit aufgenommen, als mich von jemandem unterstützen zu lassen.

Hier also zahlen Hubert und Claudia die Getränke. Rasta Q macht das überhaupt nichts aus. Mir selber ist es dermaßen peinlich, dass ich es bereue, mitgekommen zu sein.

Ich habe Rasta Q schon oft zu erklären versucht, dass Touristen nicht reich sind. Manche von ihnen haben Jahre gespart, um in der Karibik Urlaub machen zu können. Es ist auch nicht selbstverständlich, dass Leute aus dem Westen immer für alles zahlen müssen. Ein paarmal schon hat er Bemerkungen wie „Cheapskate" oder „geizige, gierige Urlauber" in mein Ohr geflüstert, wenn jemand seine Ware nicht kaufen wollte. Es hat nicht den geringsten Sinn, ihm das klarmachen zu wollen. Aus diesem Grund lehne ich öfter eine Einladung auf einen Drink von Gästen ab. Ich bin es eben gewohnt, die nächste Runde zu bezahlen. Sonst fühle ich mich billig.

Bevor Claudia und Hubert abreisen, lassen sie uns noch etliche Sachen da. Sie geben uns Duschgel, Deo, Bodylotion und vieles mehr. Claudia sagt, sie hat so viel eingekauft in Jamaika. Sie habe gar nicht mehr so viel Platz in den Reisetaschen, um alles unterzubringen. Sie gibt mir außerdem eine weiße indische Bluse. Sie ist wunderschön und ich kann sie wirklich gut gebrauchen. Claudia sagt, sie lassen nach jedem Urlaub viele Dinge für die Einheimischen da. Sie merkt, dass ich mich schäme.

Rassismus. Ich verstehe nun das Patois fast vollständig. Mir fällt plötzlich verstärkt der offene Rassismus auf. Besonders ausgeprägt ist er, wenn wir auf Konzerte außerhalb der Touristengebiete gehen. So zum Beispiel sehen wir Mutabaruka auf einem Festival. Er spricht negativ über alle Weißen, besonders Deutsche, und macht sich lustig über sie.

Warum musst du denn dann ausgerechnet einen BMW fahren?, denke ich. Ein BMW ist das ultimative Auto für Jamaikaner. Du reist immer barfuß, trittst immer barfuß auf … aber fährst einen BMW?

Bei diesem Festival spreche ich kurz mit einem Soda-Verkäufer. Ich sage: „Ist Love, Peace, Unity und all das Drumherum nicht, um Schwarz und Weiß zu vereinen? Mutabaruka mag aber überhaupt keine Weißen. Genau wie Marcus Garvey. Die Jamaikaner verehren ihn. Dabei haben sie seine Schriften überhaupt nicht gelesen. Marcus Garvey hat ja gelehrt, Schwarze sollten Weiße benutzen, ohne je etwas zurückzugeben. Wie passt denn das mit One Love und der Friedensbotschaft zusammen? Gilt das nur für Touristen oder für Reggae auf internationalen Konzerten?"

Der Mann schaut nach links und rechts, ob wir nicht belauscht werden. Dann sagt er vorsichtig: „Vergiss Mutabaruka, er ist blöd. So werden wir nie Frieden haben. Auch Marcus Garvey hat viel böses Blut verursacht mit seiner Hetze. Vielleicht ist er ja doch umgebracht worden", sagt er beschwichtigend.

„Jedenfalls bin ich schon enttäuscht von solchen Feindseligkeiten. Würde heute noch jemand so in Europa auftreten, wäre das sofort eine Naziveranstaltung."

Ich erfahre immer häufiger, dass Jamaikaner wirklich denken, sie müssten sich zurückholen, was ihnen Weiße einst weggenommen haben. Es ist wirklich ernüchternd. Ich spreche auch mit Rasta Q darüber.

Er sagt: „Ja, Jamaikaner können wirklich rassistisch sein. Sie mögen auch keine Afrikaner, die mögen uns aber auch nicht. Als ich in Amerika gelebt habe, war ich zuerst etwas außerhalb von New Jersey verheiratet. Weit und breit war kein einziger Schwarzer zu sehen. Eines Tages bin ich in der Vorstadt aber doch einem Schwarzen begegnet. Ich bin begeistert auf ihn zugegangen. Ich habe ihn mit ‚Hey, Brother' begrüßt. Er hat aber ganz komisch reagiert. ‚Was soll das, du nennst mich Bruder? Ich bin Afrikaner, will nichts mit euch Jamaikanern zu tun haben.' Ich war so enttäuscht. Er war seit Wochen das erste schwarze Gesicht, das ich gesehen habe."

Das alles macht mich sehr nachdenklich.

Rasta Q sagt auch, dass er nie eine afrikanische Freundin haben wollte: „Die sind überhaupt nicht sexy“, und lacht.

Hunger. Eines Morgens liegen wir nach dem Frühstück wieder auf dem Dach. Wir kaufen morgens jetzt in der Regel Weißbrot und ein bisschen Margarine ein. Wir können ja nichts auf Vorrat kaufen. Doch es gibt Margarine auch löffelweise zu kaufen. Die meisten Leute hier haben keinen Strom und somit keinen Kühlschrank. Rasta Q läuft meistens den Hügel hinunter und kauft in einem kleinen Lebensmittelladen ein. Auf einem Hügel über unserem Haus gibt es auch einen kleinen Kiosk. Eigentlich ist es nur eine Bretterbude, an der eine Frau Lebensmittel, Zigaretten und Getränke verkauft. Sie hat von morgens bis spät abends geöffnet. Oft leisten ihr auch ihre Kinder Gesellschaft.

Heute Morgen also haben wir unser Brot schon gegessen. Rasta Q hat in einem Krug Schokomilch angerührt. Schokomilch gibt es in Einzelpackungen zu kaufen. Man muss das Pulver mit Wasser anrühren. Weil unser Wasser nie wirklich kalt ist, kaufen wir bei Nachbarn, die Strom haben, manchmal Eis. Die kaufen es bei einem fliegenden Eiswürfelverkäufer unten an der Hauptstraße. Sie frieren es ein und die Nachbarn kaufen es portionsweise. Eisgekühlte Schokomilch schmeckt ganz köstlich. Mir wäre aber trotzdem Kaffee am Morgen lieber. Schon lange trinken wir keinen mehr, ist einfach zu teuer. Haben wir auch das Geld für die Milch nicht, kocht Rasta Q einen Kräutertee mit frischen Kräutern.

Wir liegen also auf dem Dach. Heute ist Mittwoch. Rasta Q borgt sich die Sonntagszeitung von Mommy aus. Er liest halblaut, kneift die Augen zusammen. Er bräuchte dringend eine Lesebrille. Er fragt Mommy, ob er sich ihre Brille ausborgen kann. Doch die hilft ihm auch nicht wirklich. Also lese ich vor. Ein paar Teile im *Jamaican Star* sind in Patois geschrieben. Ich habe Schwierigkeiten, das laut zu lesen. Ich buchstabiere die Wörter, Rasta Q übersetzt. So lerne ich wenigstens das geschriebene Patois auch ein bisschen.

Im Yard gibt es zahlreiche Bäume. Mindestens einer davon trägt immer Früchte. Rasta Q pflückt ein paar aprikosenartige Früchte. Er gibt mir welche und sagt: „Vielleicht ist das alles, was wir heute noch zu essen bekommen.

„Ich weiß“, sage ich.

„Die meisten Leute hier leben so. Die sind es gewohnt. Du bist aber die erste meiner Frauen, die sich nie darüber beschwert. Alle meine Freundinnen vorher haben sich stets beklagt, wenn sie hungrig waren“, lächelt Rasta Q verlegen.

Natürlich stört es mich, dass wir so oft hungrig sind. Nie wissen wir, wie das Geschäft am Abend laufen wird. Häufig gehen wir schon nachmittags zu JT's und helfen im Club aus. Manchmal gibt er der Crew dann etwas zu essen, meistens aber nicht. Normalerweise kocht Rasta Q etwas am frühen Nachmittag. Wenn wir jedoch wie heute pleite sind, fällt das Mittagessen aus.

Am Abend gehen wir zu JT's. Rasta Q beginnt mit einem meiner Lieblingssongs von Luciano: „Pocket is empty, no money to buy meal, and God knows I'm hungry, don't ask me why. I guess it's the system on working on me, No, I'm just a victim, of poverty."

Caroline ist wieder da. Ich freue mich irrsinnig, sie wiederzusehen. Sie und Clarence kommen geradewegs auf uns zu. Wir umarmen und küssen uns. Mir ist, als würde ich eine ganz alte Freundin wiedersehen. Caroline hat mir zwei Flaschen Avon Dry Oil Spray mitgebracht. Ich bin ihr unendlich dankbar. Auf Jamaika sind Avon-Kosmetika zwar sehr begehrt, aber sehr teuer. Caroline sagt, in den Staaten seien sie spottbillig. Wir reden, als würden wir uns schon ewig kennen. Caroline ist immer noch sehr glücklich mit Clarence. Ich sage nichts von dem, was Rasta Q mir über Clarence gesagt hat. Ich weiß auch gar nicht, ob es stimmt. Ich selber habe Clarence noch nie mit einer anderen Frau gesehen. Andererseits wäre er auch nicht so dumm, vor meinen Augen mit ihr anzutanzen. Er weiß, dass Caroline und ich mehr als nur lose Freundinnen sind.

Wir haben nicht nur Belangloses getratscht bei JT. Caroline hat mir erzählt, dass sie vor langer Zeit einmal verheiratet war. Diese Beziehung war aber sehr unglücklich. Erst ein paar Jahre später lernte sie in einem Urlaub Clarence kennen und ist sehr froh darüber.

Caroline und ich schreiben uns auch. So erzählt sie mir von ihrer Arbeit und ihrem Alltag. Natürlich merkt auch sie, dass wir kaum je Geld haben. Ich vertraue ihr alles an. Auch, dass ich illegal auf Jamaika bin und wir deshalb vorgeben, verheiratet zu sein. Rasta Q wollte sogar, dass ich in allen meinen Briefen schreibe, wir hätten geheiratet. Caroline ist nun die einzige Person außer Rasta Qs Familie, die die Wahrheit kennt. Es tut mir so leid, meine Freunde und insbesondere Kasi anlügen zu müssen.

Ich erzähle Caroline auch von Rasta Qs Drogenproblemen. Sie ist entsetzt, sagt aber, sie hätte etwas in der Richtung geahnt. Sie sagt, sie denkt nicht, wir hätten eine Zukunft.

Abgenommen. Mir fällt auf, dass ich am Rücken und am Ausschnitt rote Flecken bekomme. Diese werden nach einiger Zeit weiß. Ich habe nun viele weiße Flecken auf meiner gebräunten Haut. Rasta Q meint: „Das haben viele weiße Leute."

Am Strand suche ich nun auch bei anderen danach und sehe tatsächlich etliche Menschen mit diesen hässlichen Flecken. Ansonsten sehe ich jetzt wirklich gut aus. Man merkt, dass ich kaum noch trinke und viel weniger rauche. Viel schlanker bin ich geworden. Eine der Marktfrauen hat mir schon vor Langem gesagt, dass getratscht wird, ich würde gemeinsam mit Rasta Q Crack rauchen. Ich lache. So ein Blödsinn, denke ich, wir haben einfach nicht genug zu essen. Ich habe jetzt, glaube ich, Größe 38. Das ist sicher nicht mager.

Von den ganzen Klamotten aus Panama haben wir nur noch ein paar Jeans in der amerikanischen Größe 6. Das entspricht EU-Größe 36. Eine Nichte von Rasta Q möchte sie gerne kaufen, sie ist aber viel zu eng. Spaßeshalber probiere ich sie an und kann gar nicht glauben, dass sie perfekt passen. In meinem ganzen Leben hat mir noch keine Hose in Größe 36 gepasst! Ich behalte sie, weil wir ohnehin einen hohen Kleidungsverschleiß haben durch das häufige Waschen mit Bleiche. Ich ziehe sie am selben Abend in den Club an. Als ich in den Garten reinkomme, rufen die Marktfrauen: „Mein Gott, Irene, du bist so mager geworden! Das ist doch nicht gesund. Als du nach Jamaika gekommen bist, warst du fett. Da hast du gut ausgesehen und so sexy!"

Rasta Q und ich lachen. Er sagt: „Die verstehen das eben nicht. Die jüngeren Jamaikaner fangen aber jetzt allmählich an, schlanke Frauen zu mögen."

Ich sage: „Das ist auch ein Kompliment für mich. Ich habe mein ganzes Leben gegen mein Übergewicht gekämpft."

Rasta Q: „In den Staaten war ich die erste Zeit auch etwas dick. Das war, bevor ich mit Kokain anfing. Das Koksen war übrigens die Idee meiner Frau. Sie fand den Sex nach einer Weile langweilig und fing an, Swingerpartys zu veranstalten. Dafür besorgten wir immer Kokain. Sie nahm es nur für die Partys, ich aber wollte es dann immer häufiger. Besonders schlimm wurde es, als ich wieder zu singen anfing. Schon vor dem Auftritt brauchte ich es, dann auch danach zum Feiern. Bald war Kokain zu teuer, immer mehr Leute rauchten ohnehin Crack. In der Musikszene rauchten es fast alle. Die singen immer nur alle, dass sie dagegen sind. Sogar Bob Marley und Peter Tosh rauchten Crack. Schau dir mal die alten Videos an. Es kann gar nicht sein, dass die alle von Ganja allein so drauf waren."

Anfang August kommt Bella wieder. Schon am ersten Tag steuern Tony und sie auf unseren Tisch zu. Sie sind blendender Laune. Ich muss mich zwingen, entspannt zu wirken. Rasta Q und ich haben gerade einen hässlichen Streit gehabt. Wieder habe ich gedroht, ihn zu verlassen. Wieder hat er durchgedreht, wir haben uns sogar bespuckt. Das alles ist schon so aus dem Ruder gelaufen, ich bin total fertig.

Bella bewundert meine hochhackigen Schuhe. Ich musste sie anziehen, weil ich nicht jeden Tag mit den gleichen braunen, eher plumpen Schuhen herumlaufe möchte. Dieses Paar aus Rauleder mit Riemchenverschluss ist dermaßen unbequem, dass ich sie am liebsten ausziehen möchte. Ich bin barfuß mit den Schuhen in den Händen vom Haus bis zur Hauptstraße gegangen. Ich wäre sonst nie den Berg runtergekommen.

Bella sagt, sie würde wieder eine Woche bleiben. Sie wird morgen eine Geburtsurkunde und einen Pass für Tony beantragen. Vielleicht würden sie beide dann schon im Herbst zusammen in Amerika wohnen.

„Tony freut sich schon, wenn er dann arbeiten kann. Ich werde schon einen Job für ihn finden. In Florida gibt es genug Jobs, wenn man wirklich arbeiten will. Tony ist auch froh, wenn er von diesem armen, korrupten Land weggehen kann. Luxus können wir uns zwar auch nicht leisten, aber für ein angenehmes Leben reicht es."

Tony grinst mich an. Ich pflichte Bella bei.

August 1997: Der erste Kontakt

Die Lage spitzt sich zu. Wieder ein drückend heißer Tag auf Jamaika. Ich liege allein am Sunset Beach und denke über meine Situation nach. Verdammt, wie habe ich mich da so schnell reinmanövriert? Seit Tagen trage ich nur noch billige Plastiksandalen. Schuhe habe ich kaum mehr, nur noch zwei Paar stark ramponierte. Zu essen haben wir auch oft nichts. Ich bin illegal auf Jamaika, könnte nicht einmal einen Job annehmen. Ganz zu schweigen davon, dass es gar keine Jobs gibt hier. Geld habe ich natürlich überhaupt keines.

Ich träume mit geschlossenen Augen vor mich hin. Rasta Q ist in JT's Club. Er hilft, die neue Bühne aufzubauen.

Plötzlich höre ich eine Stimme hinter mir: „Hallo, Irene!"

Es ist Eva. Ich kenne sie seit einigen Monaten. Sie ist eine vierundzwanzigjährige Wienerin, die auf Jamaika verheiratet ist. Wir haben uns ein paarmal am Strand getroffen. Eva spricht gepflegtes Hochdeutsch und hat mir erzählt, ihre Mutter sei Ärztin. Eva lebt seit zwei Jahren hier. Vorher hat sie beim ORF gearbeitet. Hier auf Jamaika hat sie keinen regulären Job. Immer wieder wundere ich mich, wie andere Auswanderer überleben. Eva hat immer Geld und schicke Klamotten. Natürlich hat sie längst gemerkt, dass Rasta Q und ich meistens pleite sind. Sie hat oft versucht, mehr Zeit mit mir zu verbringen, aber irgendwie fühle ich mich in ihrer Gegenwart nicht wohl.

Zuerst habe ich gedacht, sie und ihr Mann Phil seien glücklich verheiratet. Dann musste Eva wegen des Visums nach Wien fliegen. Während ihrer Abwesenheit hat sich ihr Mann schamlos an meine Freundin Cloe herangemacht. Er hat nicht nur ziemlich plump versucht, sie zu verführen, er redete auch äußerst schlecht von seiner Frau. Er sagte zu Cloe, er würde Eva überhaupt nicht lieben, er hätte sie nur aus Mitleid geheiratet, weil sie eine Aufenthaltsbewilligung brauchte. Ansonsten hätte Eva Jamaika verlassen müssen. Ich habe beobachtet, wie verrückt er nach Cloe war. Cloe ist eine farbige Engländerin, dick und dreißig Jahre alt, Eva ist blond und schlank und Jahre jünger.

Eva erklärt mir jetzt nach der Begrüßung, dass es aus ist zwischen Phil und ihr. Sie wüsste, dass Phil sie betrügt, sogar Prostituierte kaufen würde mit ihrem Geld und auch ihr gemeinsames Sparbuch geklaut hätte. Ich bin echt geschockt. Eva erzählt, dass sie leider den Fehler gemacht hat, Phil ins Sparbuch eintragen zu lassen. Der zweite Fehler war, dass sie es nicht sofort sperren ließ, als sie ihn rauswarf. Phil ging dann sofort zur Bank und hob alles ab. Es waren in etwa 200 000 Jamaika-Dollar, ca. 2400 US-Dollar.

Sie ist ganz verzweifelt, liebt ihn noch immer. Sie wehrt sich dagegen, weil sie weiß, er taugt nichts. Ist doch immer wieder die gleiche Geschichte, denke ich mir. Ich sage Eva, was ich von Cloe weiß. Dass ich schon Bescheid wusste, was für ein Mensch Phil ist. Da ist Eva wieder völlig geschockt. Es verletzt sie tief. Sie meint, ich hätte ihr sofort sagen sollen, was ich weiß. Ich wusste einfach nicht, wie ich reagieren sollte. Aus Erfahrung weiß ich, dass solche Sachen oft nur für alle Beteiligten Streit und Hass bedeuten. Darauf habe ich keine Lust, stecke selber schon genug in der Scheiße.

Das Angebot. Aus heiterem Himmel fragt mich Eva jetzt, ob ich Kokain von Jamaika nach Europa bringen würde.

„Niemals!", rufe ich entrüstet. Viele haben es mir schon angeboten, ich habe sie ausgelacht und ihnen gesagt, sie könnten es selber tun.

Eva meint mit strahlendem Lächeln, dass sie es schon zweimal getan hätte. Es wäre ganz leicht. „Ich hatte es in den Schuhen", erzählt sie lachend. „Die Polizei und die Zöllner am Flughafen kennen diesen Trick noch nicht. Ich habe pro Trip 4000 Pfund dafür bekommen und es hat sogar Spaß gemacht. Die Leute, für die ich arbeite, haben mir natürlich auch den Flug, die Hotels und sogar die Kleidung dafür bezahlt. Und dann gibt es auch noch extra Reisegeld."

Ich bin jetzt wie elektrisiert und denke, dass das die Antwort auf meine quälenden Fragen an die Zukunft ist. Spontan rufe ich: „Ich tue es auch! Was hab ich schon zu verlieren? Soll ich auf dieser Insel vielleicht verrotten?"

Eva erklärt mir alle Details. Heute ist Freitag. Sie meint, vielleicht könne ich schon am Dienstag fliegen. Falls nicht, dann die Woche danach. Das Problem wäre nämlich, dass der Boss gerade auf Kuba sei. Sobald er zurück sei, würde sie ihm sagen, dass ich auch einsteigen würde. Ich bin von der Idee förmlich begeistert. Meine Güte, endlich kann ich

Jamaika verlassen! Ich werde bald wieder gute Sachen essen und mir Schuhe und Kleidung kaufen können.

Eva zündet sich einen großen Spliff an. Sie fragt mich, ob ich auch möchte. Ich will nicht, ich will alle Einzelheiten mit klarem Kopf erfahren. Eva erzählt mir, dass die Flugroute jedes Mal ganz genau ausgearbeitet werde, todsicher sei und die Auftraggeber ein Syndikat mit weltweitem Netz seien. Auch hätten die Köpfe der Bande diverse Mitarbeiter an Flughäfen und sogar innerhalb der jamaikanischen Polizei. Es könne nichts schiefgehen, die Methode sei sehr bewährt. Ich wende ein, dass die Beamten bei meiner Ausreise stutzig werden könnten, weil ich schon neun Monate mein Visum überzogen habe. Eva lacht wieder und meint, darin sehe sie kein Problem.

„Schau, auf Jamaika bekommst du nur bei der Einreise einen Stempel. Nichts passiert bei der Ausreise. Falls sie fragen, erkläre ihnen, du bist schon drei Wochen nach dem letzten Stempel wieder nach Hause geflogen. Dann beschaffe ich dir ein neues Visum. Wir füllen es aus und falls sie den fehlenden Einreisestempel bemerken, sagst du ganz verwundert, dass die ihn wohl bei deiner Einreise vor drei Wochen vergessen hätten. Alles ist überhaupt kein Problem."

Eva überzeugt mich wirklich. Langsam sehe ich wieder Licht am Horizont, plötzlich spüre ich wieder Leben in mir. Eva erzählt mir von ihrer letzten Reise. Von Deutschland sei sie nach England geflogen. Viele Leute vom Syndikat sitzen in England, sagt sie. Überhaupt seien die Kokainpreise in England am höchsten. Natürlich könne man nicht auf den großen Flughäfen landen.

Heathrow oder Gatwick kämen nicht infrage. Doch das wäre sowieso nicht unser Problem, der Boss arbeite sowieso immer neue Routen aus.

In schillernden Farben erzählt sie nun von den Holiday-Inn-Hotels. Dort sollte ich nämlich einchecken und sie sofort nach meiner Ankunft im Hotel anrufen. Sie erzählt von den herrlichen Badezimmern in den Hotels, vom tollen Frühstücksbuffet. Ich habe bereits Feuer gefangen. Außerdem reise ich unheimlich gerne. Natürlich habe ich auch Bedenken, aber die wischt Eva alle weg. „Es macht einfach nur Spaß“, lacht sie übermütig.

Endlich eine Perspektive. Wir verbringen den ganzen Nachmittag miteinander. Plötzlich hat das Leben wieder Farbe. Am Abend fährt Eva mit dem Taxi heim nach Mount Salem. Vorher beschwört sie mich, Rasta Q keine Silbe zu verraten. Ich verspreche es.

Natürlich halte ich das Versprechen nicht. Sobald ich Rasta Q sehe, erzähle ich ihm die Neuigkeiten. Er ist erst skeptisch, dann willigt er ein.

Er meint, ich müsse die Hälfte des Geldes vorab kriegen für den Fall, dass etwas passiert. „Wenn du geschnappt wirst, brauchst du Geld für einen Anwalt und alles Drumherum. Am besten wäre es, jemand würde das Geld für dich verwalten.“

Ich meine, dass ich das Geld dann eben selber verwahren würde. Überhaupt wäre er der Letzte, dem ich es anvertrauen würde. Rasta Q ist an diesem Abend besonders liebenswürdig, wie lange nicht mehr …

Eva hatte versprochen, mich am Samstag wieder zu kontaktieren. Ungeduldig halte ich am Strand nach ihr Ausschau. Am späten Nachmittag kommt sie dann auch. Sie teilt mir mit, dass ich leider erst übernächsten Dienstag fliegen könne, weil der Boss immer noch nicht zurück sei. Sie habe ihn aber telefonisch erreicht und er habe sie gebeten, alles zu managen. Er selber wolle nicht in Erscheinung treten. Das finde ich zwar komisch, aber ist mir auch recht. Eva sagt, dass ich die Nacht vorher in ein Hotel hier in Montego Bay einchecken müsse. Ich würde dann dort präpariert. Außerdem hätte ich Ruhe nötig vor dem Trip. Sie wisse allerdings noch nicht, in welches Hotel ich gehen müsse. Die Idee gefällt mir. Endlich ein bequemes, sauberes Bett, eine Dusche mit heißem Wasser, toll!

Ansonsten spricht Eva nur von ihrem Liebeskummer mit Phil. Sie ist sehr unglücklich, will aber trotz der Trennung alleine auf Jamaika bleiben. Sie fühlt sich wohl in ihrer Wohnung. Sie lädt mich für den nächsten Tag dorthin ein.

Bei Eva. Evas Wohnung besteht aus einem Zimmer, Küche und Bad. In Mount Salem sind die Häuser aus Stein gebaut und ziemlich gepflegt. Man sieht auch nicht so viele Leute am Gehsteig herumlungern wie im Ghetto oder in Downtown. Die Wohnung ist für jamaikanische Verhältnisse annehmbar. Das Badezimmer ist auch okay, obwohl es auch hier nur kaltes Wasser gibt. Eva bezahlt monatlich 10 000 Jamaika-Dollar. Die Vermieterin Marah ist eine dicke Einheimische mit zwei Kindern. Sie kocht jeden Tag für Eva mit und die gibt ihr dafür Geld.

„Warum das denn?“, frage ich. „Du hast doch genug Zeit.“

„Ich habe keine Lust zu kochen und für mich allein schon gar nicht“, antwortet sie.

Gerade als wir uns setzen, klopft Marah an der Tür. Eva stellt uns vor und fragt Marah, ob sie zum Markt gehen würde. Diese bejaht und fordert uns auf, mitzukommen. Eva gibt ihr 1000 Jamaika-Dollar und meint, wir würden lieber hierbleiben. Da wird Marah energisch und bestimmt, wir müssten mitkommen. Ergeben trotte ich hinter den beiden her durch drei verschiedene Shops. Als wir zum Haus zurückkommen, ruft uns Ronny, Marahs Babyfather, schon von Weitem zu: „Phil war hier!“

Eva fragt: „Warum hat er nicht gewartet? Wohin ist er denn gegangen? Ich muss mit ihm reden, kommt er zurück? Ist er in die Wohnung gegangen? Er hat doch immer noch einen Schlüssel.“

Ronny sagt, dass Phil mit einem Freund hier war und er Phil gesagt habe, Eva sei nur kurz zum Einkaufen. Trotzdem habe Phil nicht warten wollen.

Plötzlich schreit Eva auf: „Das Ganja ist weg! Er muss das Gras gesehen haben und ich hab ihm doch gesagt, ich sei schwanger! Er weiß, ich würde nie rauchen, wenn ich schwanger wäre!“

Marah rügt Eva, dass sie immer das Gras in der Wohnung offen herumliegen lässt: „Was denkst du, ist los, wenn die Polizei mal überraschend kommt?“

Eva hatte Phil erzählt, sie sei schwanger, weil er angeblich sehnlichst ein Kind wollte. Es würde ihn hart treffen, wenn sie das Kind abtreibt. Marah hatte Eva sogar einen alten, positiven Schwangerschaftstest als Beweis gegeben, damit sie Phil reinlegen konnte.

Ich frage Eva, ob sie lieber allein sein möchte.

Sie sagt: „Ja, ich muss mit Phil reden. Er muss doch zurückkommen."

Sie ist völlig aufgelöst. Ich kam hierher, um die Details des Trips zu besprechen, aber wieder mal werde ich Zeuge eines Dramas.

„Das Geld ist weg, all mein Geld ist weg!", kreischt Eva nun. „Ich habe es erst heute Morgen von der Bank geholt. Es ist das Geld für meinen Führerschein!"

Nun geht es drunter und drüber in der Wohnung. Alle rufen durcheinander. Eva heult. Ich bleibe nun doch. Eva bittet Marah, ihr etwas Geld für ein neues Schloss zu borgen. Das tut Marah anstandslos. Ronny geht los und kauft ein neues Schloss, baut es ein und geht.

Eva und ich sind jetzt allein. Eva ruft ihre Schwiegermutter an und beklagt sich bei ihr. Dann ruft sie noch einen Freund an und erzählt ihm ziemlich das Gleiche. Ich komme mir ziemlich überflüssig vor. Den ganzen Nachmittag über reden wir kaum über das Geschäft, wir reden über Phil …

Am Abend fahre ich mit dem Taxi runter zu JT's. Rasta Q bestürmt mich mit Fragen. Er meint, er hätte Phil nie getraut. Die nächste Woche vergeht mit ungeduldigem Warten.

Am Sonntagmorgen waschen Rasta Q und ich wieder unsere Wäsche im Yard. Rasta Q schleppt das ganze Wasser heran. Er wäscht auch immer alle unsere Jeans und jene Teile, die man besonders kräftig bürsten muss. Wir hören die Nachbarn laut diskutieren. Sie alle laufen den Hügel hinunter und versammeln sich bei den Nachbarn, die das Eis verkaufen. Rasta Q läuft auch hinunter. Er will nachsehen, warum alle so aufgeregt sind. Wenig später kommt er wieder angelaufen und sagt: „Prinzessin Diana ist gerade gestorben. Sie bringen es im Fernsehen als Newsflash."

Ich hab zwar keine besondere Beziehung zum britischen Königshaus, laufe aber auch hinunter. Die ganze Nachbarschaft ist zusammengekommen. Sie stehen in einer Schlange, um einen Blick auf den Fernseher zu werfen. „Ein Autounfall", höre ich sie sagen. „Sie war doch noch so jung."

Egal wo man heute auch hingeht, alle sprechen an diesem 31. August vom Tod der schönen Prinzessin Diana.

1. September 1997: Vorbereitungen

Morgen soll ich also fliegen. Ich werde über Düsseldorf nach Manchester fliegen und dann einen der Männer dort treffen. Am Morgen habe ich mich mit Eva getroffen. Sie hat mich mit einem Taxi von Norwood abgeholt. Wir sind zum Hotel Big Apple gefahren. Dieses Hotel liegt sehr schön hoch über Montego Bay. Man sieht vom Balkon auf die Hauptstraße, den Hip Strip und auf das Meer runter. Mein Zimmer ist komfortabel, das Badezimmer herrlich. Ich fühle mich rundum wohl.

Eva ist mit mir im Zimmer. Sie hat die Schuhe mitgebracht. Sie sind zwei Nummern zu groß, es sind grün-schwarz-weiße Nike. Sie sind schwer. Eva sagt, in jedem Schuh ist genau ein halbes Kilo Kokain. Ich habe verschiedene Hosen dazu anprobiert, aber ich habe keine Glockenhosen. Eva besorgt mir nun einen ihrer Overalls mit weiter Glocke, um die großen Schuhe zu tarnen.

Ich habe sie auch gebeten, mir Gras zu bringen. Bald schon kommt sie zurück. Ich probiere den Overall an. Ich finde, ich kann das hautenge Stück nicht ohne was darüber tragen. Ich bin zwar jetzt schlank, trotzdem sehe ich im Overall unvorteilhaft aus. Ich überzeuge Eva. Mir fällt eine weiße, lange Bluse ein, die passen könnte. Nur leider liegt die in Rasta Qs Haus in Norwood. Niemand soll mich doch heute mehr zu Gesicht bekommen in Montego Bay. Alle glauben, ich sei schon heute Morgen abgereist. Nach einigem Hin und Her entscheidet Eva, dass ich mit dem Taxi nach Norwood fahren solle, um die Bluse zu holen. Das tue ich dann auch.

Nach einer guten Stunde bin ich zurück. Ich probiere nun das neue Outfit an und wir sind zufrieden. Eva rollt einen großen Spliff. Wir rauchen, liegen nebeneinander auf dem Bett und Eva erzählt wieder von Phil. Ich bin jetzt ziemlich high. Ich frage Eva, was im Falle einer Festnahme passiert. Ich meine, dass ich ja das ganze Risiko alleine trage und nicht wisse, ob mir der Boss im Ernstfall hilft. Immerhin wisse ich gar nicht, wer dahintersteckt. Möglicherweise würde ich im Gefängnis vergessen.

Eva: „Genau die gleichen Fragen habe ich auch vor dem ersten Flug gestellt. Ich verstehe deine Zweifel, aber glaub mir, das sind große, mächtige Leute. Du bist im Ernstfall voll gedeckt."

Ich hatte nämlich kein Geld vorab bekommen. Morgen soll ich 500 US-Dollar bekommen. Auch das Ticket wird mir Eva morgen geben.

Eva sagt plötzlich: „Aber, Irene, wenn du es dir doch anders überlegt hast, sag es ruhig. Es ist noch nicht zu spät für einen Rückzieher."

Das möchte ich nun aber auch nicht. „Nein, nein, ich fliege." Schließlich brauche ich dringend das Geld.

Wir unterhalten uns noch ein bisschen, Eva dreht mir einen Riesenspliff für den Abend und geht. Die Schuhe nimmt sie wieder mit. Sie erklärt mir, die Leute müssten sie auf getragen trimmen.

Wer's glaubt, denke ich. Nicht jeder ist so ein kleiner Dieb wie du.

Schon vor Langem nämlich hat sie mir erzählt, dass sie und ihr Mann im Vorjahr einen gemeinsamen Freund bestohlen hätten. Damals hätten sie gar kein Geld gehabt, der Freund nahm sie bei sich auf und verköstigte sie sogar. Dann eines Nachts klaute ihm Eva 100 000 Jamaika-Dollar, sozusagen als Dankeschön für die Gastfreundschaft.

Ich sehe ein bisschen fern, renne immer wieder ins Badezimmer. Ich habe vorhin Wäsche gewaschen. Es ist ein Genuss für mich, in warmen Wasser waschen zu können. Jetzt habe ich die Sachen auf dem Balkon über dem Geländer zum Trocknen aufgehängt. Später rauche ich den Spliff. Ich bin absolut megahigh. Ich möchte die Nacht durchschlafen und dann ausgeruht auf den Trip gehen. Ich setze mich auf den Balkon und genieße die leichte Brise. Ich höre Musik, eine Reggaeshow.

Ich denke an Rasta Q. Heute Morgen hat er beim Abschied ein Riesentheater gemacht. Er hat geheult, sich an mich geklammert und immer wieder gerufen: „God bless you! Er wird auf dich aufpassen."

Ich habe ihn gefragt, ob er das wirklich ernst meine, dass Gott mich auf einem Drogenrun beschützen soll. Rasta Q hat todernst geantwortet, Gott werde einsehen, dass ich es tun muss. Einmal mehr wundere ich mich über die jamaikanische Logik. Rasta Q konnte es auch nicht ertragen, dann allein im Haus zu sein. Noch vor mir verließ er das Haus.

Eifersucht. Nun also sitze ich friedlich auf dem Balkon und genieße die Atmosphäre. Plötzlich durchzuckt es mich. Das ist doch Rasta Qs Stimme! Also höre ich hier oben die Musik aus JT's Club. Tatsächlich, es ist Rasta Q, der da singt.

Mir fällt wieder ein, wie er sich am Vorabend auf der Bühne von mir verabschiedet hat. Er hat *Fever* gesungen, mein Lieblingslied. Er hat besser denn je gesungen. Dann gab es noch einen Song mit der Textzeile *You wanna be loved, but you won't let me …*

Chiquitita, die neben mir saß, nickte heftig, sagte: „Yes, Irene", und schaute mich dabei an.

Jetzt aber höre ich ihn mit powervoller Stimme *Small Axe* singen. Dann ruft er: „Woman from Canada, hear me now!", und legt los mit *Fever.* Ich fühle Schmerzen in meiner Brust. Ich kenne die Tonlage. Er ist wirklich an der Frau interessiert, er will sie haben. Ich kriege fast keine Luft, so sehr schnürt es mir die Kehle zu. Ich kann nicht mal zum Club runtergehen, wie kann er das nur tun? Seinem Getue nach müsste er doch vor Sorge fast umkommen …

Was setze ich nicht alles aufs Spiel? Falls ich in Deutschland oder England geschnappt werde, sehen wir uns vielleicht nie wieder. Ich bin unglaublich stoned, bilde ich mir vielleicht das alles nur ein? Ich gehöre doch sicher nicht ins Lager der grundlos Eifersüchtigen.

Ich kann jetzt nicht schlafen, der Schmerz bringt mich noch um. Ich rufe bei JT's an. Natürlich sollte ich gerade das nicht tun, haben wir doch jedem erzählt, ich sei schon heute Morgen abgeflogen. Ein Mitarbeiter hebt ab, begrüßt mich herzlich und fragt, woher ich anrufe.

„Aus Deutschland", sage ich. „Ich warte auf den Flieger nach Österreich."

Rasta Q kommt ans Telefon. Ich überschütte ihn mit Vorwürfen. Ich sage ihm, ich hätte nie gedacht, dass er bereits andere Frauen anmacht, noch bevor ich die Insel verlassen habe. Rasta Q ist nun auch entrüstet, streitet alles ab. Er sagt, er habe nur versucht, das Geld für die Heimfahrt zusammenzukratzen. Er habe den Song für die Frau nur gesungen, weil sie eine Kassette von ihm gekauft habe. Ich meine, er solle mich nicht für blöd verkaufen, ich kenne den Unterschied zwischen geschäftlicher Anmache und wirklichem Interesse. Wir streiten uns zehn Minuten lang, dann lege ich auf. Vorher aber sage ich ihm, er kann lang darauf warten, dass ich zurückkomme.

Schlafen kann ich allerdings nicht. Ich bin zu traurig, zu aufgeregt, zu konfus. Ich rauche eine Zigarette nach der anderen.

Endlich kommt der Morgen. Eva hat gesagt, dass sie gegen zehn Uhr hier sein wird. Der Flieger geht erst um zwei Uhr nachmittags, wir wollen gegen zwölf zum Flughafen fahren. Um elf Uhr ist sie immer noch nicht hier. Ich gehe alleine frühstücken, habe Mordshunger. Ich genieße die gekochten Eier, den Toast und vor allem den Kaffee.

2. September 1997: Erster Flug

Eva kommt dann um halb zwölf. Ich mag so was überhaupt nicht, ich bin meistens pünktlich. Als sie dann endlich da ist, schildere ich ihr den Vorfall von letzter Nacht. Sie lacht schallend. Ich ziehe die Schuhe an und fünf Minuten später geht es los.

Am Flughafen stelle ich mich in die Warteschlange für den Check-in. Eva verabschiedet sich und beschwört mich einmal mehr, sofort anzurufen, wenn ich das Hotel in Manchester erreiche. Da sehe ich in der Warteschlange Carlton. Heute hat er eine Gitarre, eine Trommel und viele Taschen dabei. Komisch, denke ich, Carlton hat mir nie erzählt, dass er Musik macht.

Enthusiastisch begrüßen wir uns. Carlton fliegt auch nach Düsseldorf. Es gibt keinerlei Probleme beim Zoll oder bei der Immigration. Ich trinke an der Bar einen Fruchtsaft und fühle mich gut. Plötzlich sehe ich auch Valerie. Ich kenne sie und ihren Bruder aus dem Club. So manche Nacht sind sie bei uns am Tisch gesessen. Valerie ist eine junge, wirklich dicke Amerikanerin. Sie begrüßt mich, ihre Augen bleiben an meiner Kleidung hängen: „Wo kriegst du nur immer diese super Sachen her?"

„Oh, das ist aus Österreich", sage ich ihr. Wenn du wüsstest, denke ich.

Dann sehe ich auch noch Iffi. Sie ist eine bildhübsche Deutsche mit fast hüftlangen, schwarzen Haaren. Auch sie kenne ich vom Club. Wir stehen nebeneinander, warten darauf, an Bord zu gehen. Der Flug hat Verspätung. Plötzlich hat es nämlich begonnen, wie aus Eimern zu schütten und ein heftiger Sturm ist aufgezogen. Wir müssen zwei Stunden warten, ehe wir an Bord gelassen werden. Mir ist es gar nicht recht, gerade jetzt so viele Bekannte zu treffen. Warum fliege ich überhaupt über Düsseldorf? Das ist doch ein riesiger Flughafen, Eva hat gesagt, der Boss vermeidet große Flughäfen …

Iffi fragt mich, was mich eigentlich dazu gebracht hat, auf Jamaika zu leben. Ich sage ihr, dass ich sowieso überlege, meine Zelte dort abzubrechen.

Sie schaut mich fest an: „Ehrlich, Irene, was willst du denn mit Rasta Q?"

Im gleichen Moment weiß ich, dass meine Intuition vor ein paar Tagen richtig war. Rasta Q hatte ganz sonderbar reagiert, als ich ihm eines Abends Iffi vorstellte. Ich hatte den Eindruck gehabt, dass ihn ihre Schönheit fast umgehauen hatte. Das wäre ja nicht weiter schlimm. Er verhält sich aber immer eindeutig, wenn er eine Frau gerne näher kennenlernen würde. Wäre ich nicht dabei gewesen, hätte er sicher versucht, etwas mit ihr anzufangen. Ich schaue Iffi unsicher an: „Du hast es also auch gemerkt?"

Iffi: „Aber sicher, das war ja nicht zu übersehen."

Iffi ist ganz sicher kein Mädchen, das so etwas erfindet oder das mich manipulieren möchte. Das hat sie gar nicht nötig. Sie ist tatsächlich eine Schönheit und sehr selbstbewusst, ohne im Geringsten arrogant zu wirken. Ich lächle ihr zu: „Ich habe es auch sofort gemerkt. Weißt du, irgendwie weiß ich auch gar nicht, was ich an ihm finde."

Ich denke daran, dass Rasta Q vorgestern seinen letzten Song *Fever* mir gewidmet hatte: „Jetzt singe ich einen Song für die Frau meines Lebens, meine große Liebe Irene. Sie fliegt morgen für eine Weile nach Hause. Sicheren Flug und komm gut zurück zu deinem Mann. Lieb dich für immer, Irene!"

Endlich sitzen wir im Flieger und starten, der erste Teil wäre geschafft. Während des Fluges unterhalte ich mich meistens mit Carlton. Ich kenne die meisten Touristen in der Maschine von JT's und so vergeht die Zeit relativ schnell. Eine ältere Deutsche namens Ines betrinkt sich total und nimmt immer wieder neben mir Platz. Sie erzählt mir ihre ganze Lebensgeschichte. Stehe ich auf und setze ich mich neben Carlton oder kurz zu anderen Bekannten, folgt sie mir auf dem Fuße. Ich werde sie einfach nicht los.

Wir landen in Düsseldorf. Carlton steht neben mir, während wir auf unser Gepäck warten. Ich sehe, dass er niemals alles in den Gepäckwagen kriegt, und lege seine Gitarre in meinen Wagen. Im selben Moment wird mir klar, dass das ein Fehler ist.

Was ist, wenn er auch …? Woher hat er denn das Geld für monatelange Jamaika-Urlaube, wenn er doch nicht arbeitet?, fällt mir siedend heiß ein. Wir gehen in Richtung Zoll.

Rausgewunken. Einer der Beamten schaut ständig zu mir her, fixiert mich richtig. Er spricht mit einem Kollegen, deutet leicht mit dem Kopf auf die betrunkene Ines und mich. Ich zwinge mich, wegzusehen. Mein Herz hämmert.

Tatsächlich werde ich angehalten. Mein Herz setzt nun fast aus, als mich der Beamte in einen Nebenraum winkt, weil er mein Gepäck durchsuchen will. Er hat auch Ines rausgewunken. Sie fällt fast auf den Tisch, auf den wir unsere Koffer stellen müssen. Sie stützt sich bei mir ab und drückt mir eine kleinere Tasche in die Hand: „Halt das mal, sonst verliere ich noch das Gleichgewicht."

Zwei Beamte durchsuchen jetzt unser Gepäck. Ines wird gefragt, ob ihr die geblümte Kosmetiktasche gehört. Sie sagt: „Nein, kenne ich nicht."

Dabei gehört sie ihr. Sie hat angefangen, den Zöllnern ihre Souvenirs zu zeigen. Sie verzögert alles endlos. Ich habe jetzt Angst.

Jetzt kommt die Leibesvisitation, befürchte ich.

Komischerweise habe ich im Vorjahr genau an diesem Flughafen eine Durchsuchung mit Leibesvisitation gehabt, als ich von einem Urlaub aus Jamaika wieder zurückkam. Damals hatte ich nichts an mir. Der Beamte sagte nur, sie hätten in meinem Buch (!!) Spuren von Marihuana gefunden …

Der Beamte schließt meine Taschen und schaut mich von oben bis unten an: „Danke, am Körper werden Sie ja wohl nix haben", und grinst.

Ich sage lachend: „Nein, bei dem engem Overall, ich hab nur etwas zugenommen, muss wieder abnehmen."

„Wo wollen denn Sie abnehmen?"

Unendlich erleichtert gehe ich jetzt durch den Zoll, gefolgt von Inga: „So warte doch, wir könnten doch noch was trinken an der Bar, wirst du denn abgeholt?"

Ich verschwinde eilig.

Es ist früher Morgen in Deutschland. Ich schaue mir mein Ticket nach Manchester wieder an. Meine Güte, mein Flug geht erst in sieben Stunden. Was mache ich nur so lange? Man hat mir gesagt, ich dürfe die Schuhe die ganze Zeit über nicht ausziehen. Ich halte das Gewicht der Schuhe aber nicht aus, sie drücken außerdem. Ich gehe zur Toilette und ziehe mir leichte Schuhe an. Dann setze ich mich in ein Café und bestelle mir was zu essen.

Nach zwei Stunden fällt mir ein Mann auf, der sämtliche Leute taxiert. Sollte das etwa ein Polizeibeamter sein? Warten die schon alle auf mich? Plötzlich kommt er rüber und fragt, ob er sich kurz zu mir setzen darf. Er sagt, er warte hier schon seit Stunden auf eine Dame, die er über ein Inserat kennengelernt hat. Gestern hätten sie noch telefoniert, sie scheine eine ganz ehrliche, patente Frau zu sein. Er erzählt und erzählt … Er tut mir wirklich leid.

Gut gegangen. Endlich im Flieger nach Manchester. Ich war noch nie in England, ich bin aufgeregt. Neben mir sitzt ein sehr nettes Ehepaar aus Manchester und wir unterhalten uns angeregt. Sie bieten mir sofort an, mich ins Hotel zu fahren nach der Landung, sie drängen mich richtig. Ich lehne ab. Sollte doch noch was schiefgehen auf den letzten Metern, möchte ich niemand reinziehen.

Es ist nicht viel Betrieb am Flughafen. Als ich beim Gepäckkarussell stehe, spricht mich eine Angestellte von British Airways an. Sie will mich kurz zum Flug befragen. Obwohl ich jetzt hochgradig nervös bin, willige ich ein. Ich warte immer noch auf meine Koffer, da sehe ich beim Zoll Beamte mit Hunden. Die Hunde machen mir Angst obwohl ich sonst Hunde mag.

So, die Koffer sind hier. Strahlend verabschiede ich mich von der BA-Dame. Noch ein paar Meter … und geschafft! Ich könnte die ganze Welt umarmen und ich bin vor Freude außer mir.

Im Hotel rufe ich gleich Eva an. Sie sagt, ich solle auf dem Zimmer bleiben, jemand werde sich melden. Ich nehme ein heißes Bad und sehe fern. Ungeduldig warte ich auf den Anruf. Um sechs Uhr morgens erst höre ich von den Leuten.

Von nun an geht alles schief. Der Typ, den die schicken, ist wortkarg, unfreundlich und döst auf dem Weg nach Milton Keynes immer wieder ein. Er sagt, wir können jetzt nicht rein nach London, weil wegen des Begräbnisses von Prinzessin Diana alles voller Polizei ist. Ich fühle mich überhaupt nicht wohl in seiner Gegenwart, schlechte Vibes. In Milton Keynes lädt er mich in einem Hotel ab und holt mich nach zwei Tagen wieder ab.

Wir fahren jetzt mit dem Zug nach London und steigen in einem Hotel im Finsbury Park ab. Die ganze Zeit über sind meine Schuhe in einem meiner Koffer, den er mich auch noch die ganze Zeit selber schleppen lässt. Als ich ihn darauf anspreche, ist er beleidigt. Er nimmt die Schuhe, gibt mir ca. 1000 Pfund und sagt, die restlichen 3000 kriege ich, wenn er das Zeug übergeben hat. Ich solle hier warten.

Reingelegt. Ich warte, warte und warte … Er kommt nie wieder zurück. Am dritten Tag gehe ich in eine Telefonzelle und rufe Eva an.

Sie sagt: „Das ist aber merkwürdig. Bei mir hat er sich auch nicht gemeldet, aber ich schwöre dir, du kriegst dein Geld. Komm zurück nach Jamaika."

„Ich finde es überhaupt unglaublich, wie sich dieser Typ die ganze Zeit mir gegenüber verhalten hat", sage ich.

Eva behauptet, er wäre immer nett zu ihr gewesen. Dann erzählt sie mir: „Stell dir vor. Ich weiß jetzt, dass Phil damals in Mount Salem doch nicht das Geld und Ganja gestohlen hat. Es waren Marah und Ronny. Die haben das auch schon so bei anderen Mietern gemacht. Weil die beiden aber zu viel über mich wissen, kann ich rein gar nichts gegen sie unternehmen."

Nach dem Gespräch fühle ich mich natürlich auch nicht besser. Ich traue Eva nun überhaupt nicht mehr. Wenn sie alles organisieren musste, wäre sie doch auch verantwortlich für meine Bezahlung, oder? Immerhin habe ich ja keinen anderen von der Bande kennengelernt.

Mitte September 1997: Das Syndikat

Ich bezahle das Hotel und fliege völlig desillusioniert zurück nach Montego Bay. Rasta Q holt mich ab und wird wahnsinnig wütend auf die Bande. Er hat inzwischen rausgefunden, wer mich reingelegt hat. Er sagt, auch Eva hänge mit drin in der Abzocke. „Ich finde diesen Typen, der muss das Geld hergeben. Das ist Jamaika, Leute werden wegen viel weniger Geld kaltgemacht."

Er findet diese Leute tatsächlich. Hier in Montego Bay leitet ein Brüderpaar die Organisation. Rasta Q bringt mich zu einem von ihnen, Carlos. Ich erzähle ganz genau, wie es wirklich war, und ernte beifälliges Nicken.

„Ich hab dir ja gesagt, er wirtschaftet in die eigene Tasche", sagt ein weibliches Mitglied zu Carlos. Sie schaut mich an: „Uns hat er nämlich erzählt, er habe dich voll bezahlt in London."

„Nein!!! Hat er nicht, er hat mich im Hotel sitzen lassen. Außerdem ist er unprofessionell und ein Bully."

„Ja, wir glauben dir", sagen alle.

Meine 3000 Pfund kriege ich allerdings nicht.

Von nun an arbeite ich für Carlos und alles klappt beim nächsten Mal. Weder der Bruder noch Eva schneiden sich diesmal eine Scheibe ab.

Drei Woche später fliege ich über Düsseldorf nach München, danach nach Manchester.

Ein Streit mit Folgen. Vorher passiert aber noch etwas äußerst Unangenehmes. Für die ersten Tage nach meiner

Rückkehr haben wir uns ein Zimmer im Gloriana am Sunset Boulevard genommen. Ich kenne das Hotel von einem meiner Urlaube. Die nette Besitzerin freut sich, mich wieder als Gast zu haben. Am zweiten Tag holt uns Rasta Q etwas zu essen. Dann rauchen wir einen Spliff und wir trinken beide ein paar Bier. Rasta Q sagt, er gehe jetzt zur Gloucester Avenue, Gras kaufen. Ich sage, ich setze mich inzwischen an den Pool. Da verlangt er plötzlich, ich solle im Zimmer bleiben, bis er wiederkommt.

„Auf keinen Fall, warum sollte ich denn? Ich setze mich an einen der Tische beim Pool, bis du wiederkommst."

„Nein, das geht gar nicht. Du musst im Zimmer warten."

„Warum das denn um Gottes willen? Glaubst du, ich würde davonlaufen?"

Er nimmt den Schlüssel und will von außen absperren. Ich glaube, ich sehe nicht richtig. Wutentbrannt will ich ihm den Schlüssel entreißen. Ein kurzes Gerangel mit den Händen, plötzlich macht es „klick" und meine Hand tut höllisch weh, genauer gesagt, mein Mittelfinger. Ich brülle ihn an, er geht nun kleinlaut Gras kaufen und ich trinke noch ein Bier draußen. Der Finger tut nicht mehr so arg weh. Umso überraschter bin ich, als er in den nächsten Tagen auf mehr als die doppelte Größe anschwillt.

Rasta Q sagt: „Der ist gebrochen, wir müssen rauf ins Krankenhaus fahren."

„Ach, der Finger kann nicht gebrochen sein, ich kann ihn ja normal bewegen. Warten wir noch."

Doch er schwillt immer mehr an und hat auch eine komische Farbe. Ich will zwar überhaupt nicht fahren, aber es wird mir wohl nichts übrig bleiben. Das kann ich jetzt vor der nächsten Reise wirklich überhaupt nicht gebrauchen!

So fahren wir also um neun Uhr morgens ins Cornwall-Krankenhaus nach Mount Salem hinauf. Nach sechs Stunden, als ich endlich ins Behandlungszimmer gerufen werde, will Rasta Q mit mir kommen. Ich aber eile allein zur Tür: „Du brauchst nicht mitzukommen. Ich will dich gar nicht mehr sehen. Falls der Finger gebrochen ist, bist du tot!", rufe ich ihm quer durch den großen Warteraum zu. Rasta Q gibt einen hilflosen Laut von sich und lässt sich wieder auf den Sessel sinken.

Ich werde geröntgt und der Arzt sagt, der Finger ist tatsächlich gebrochen. Ich bekomme einen gelben Gips über die ganze Hand und den Mittelfinger. Der ausgestreckte, dicke Finger im Gipsverband sieht geradezu grotesk aus. Der Arzt sagt, in sechs Wochen bekäme ich ihn wieder runter.

Nach weiteren zwei Stunden kann ich wieder in den Warteraum zurück und schaue Rasta Q wutentbrannt an. Er ist ganz geknickt und sagt, er habe schon gewusst, dass der Finger gebrochen war. Beide können wir uns nicht erklären, wie das passieren konnte. Ich habe nun Angst, dass Carlos den Flug verschieben möchte.

Carlos ist überhaupt nicht begeistert von meinem Gips: „Man, das ist viel zu auffällig. Die werden dich genau durchchecken, Rasta Q ist so ein Idiot!"

Nach zwei Wochen ist der Gips dermaßen ramponiert und schmutzig, dass ich ihn einfach wechseln lassen muss, bevor ich wieder auf Reisen gehe. Carlos sagt, mit neuem Gips kann ich nun bald fliegen.

Rasta Q und ich bleiben für ein paar Tage in einem billigen, etwas schmutzigen Motel in Downtown. Wir bekommen mit, dass sie das Motel auch stundenweise an Prostituierte vermieten. Jeden Morgen hole ich im Supermarkt frisches Brot und wir trinken Kaffee dazu.

Eines Nachmittags kommt Cloe, um sich zu verabschieden. Sie fliegt jetzt endgültig nach Hause. Wir reden und reden. Sie sagt, sie wolle hier keine Zeit mehr verschwenden und wieder arbeiten gehen. Sie war ein paar Monate krankgemeldet, ihre Mutter schickte ihr das Krankengeld nach. Weil sie auf Jamaika meistens bei Verwandten lebte, ist sie damit ausgekommen.

Sie sagt: „Jamaika ist zwar schön, aber ich bin auch ernüchtert. Die Männer kannst du ohnehin nicht ernst nehmen, die spielen doch nur und sind primitiv."

Dann schreit sie auf. Erst jetzt bemerkt sie meinen Gips. Sie regt sich wahnsinnig auf. Ich erwähne mit keinem Wort, dass ich in ein paar Tagen Drogen transportieren werde. Ich denke, sie wird das furchtbar missbilligen. Sie hat auch keine Ahnung, dass ich es schon einmal gemacht habe. Cloe beschwört mich, mit ihr in Verbindung zu bleiben. Sie gibt mir ihre Adresse in Birmingham. Schweren Herzens verabschieden wir uns.

Ein fataler Fehler. Am nächsten Morgen sage ich zu Rasta Q, dass ich jetzt unbedingt den Gips wechseln lassen muss. Wir rufen Carlos an, bitten um einen Vorschuss. Man muss ein paar hundert Jamaika-Dollar für Behandlung und Gips bezahlen. Wir sind fast pleite. Carlos sagt, er bringt uns das Geld am Abend bei JT's vorbei.

Dann mache ich einen fatalen Fehler. Ich will nicht mitkommen zu JT und trage Rasta Q auf, mir das Geld sofort nach seinem Auftritt zu bringen. Er verspricht es wortreich und verabschiedet sich hastig.

Ich bin sehr nervös und kann nicht schlafen. Als es Mitternacht wird, werde ich unruhig. Ich habe nur noch zwei Zigaretten, will aber ständig rauchen. Der Morgen kommt, noch immer kein Rasta Q in Sicht. Mir ist schon ganz schlecht vor Sorge. Platzt jetzt alles? Muss ich den Abflug wieder verschieben? Will Carlos überhaupt noch mit mir zusammenzuarbeiten? Es gibt doch nichts als Schwierigkeiten mit Rasta Q.

Um neun Uhr morgens gehe ich übernächtigt durch Downtown und halte Ausschau nach Leuten, die uns kennen. Ich treffe ein paar Grasverkäufer und die meinen, Rasta Q sei in der Nacht in Downtown herumgerannt. Er habe angeblich jedem stolz sein Geld gezeigt.

Ich treffe einen alten Rastaman, der ihn auch kennt. „Ja, Irene. Der ist hier drin verschwunden." Er deutet auf ein altes Gebäude. Ich frage ihn, ob er mit mir reingehen würde. Der Rasta ist nicht begeistert, geht aber alleine rein und bedeutet mir, draußen zu warten. Ich habe keine Zigaretten und nur noch ca. 100 Jamaika-Dollar. Ich kaufe zwei Zigaretten und rauche gierig.

Der Rasta kommt raus und erzählt: „Rasta Q war hier letzte Nacht. Er hat gesagt, er muss morgens früh rauf ins Hospital nach Mount Salem."

Ich bedanke mich und überlege, ob ich jetzt auch rauffahren solle. Ich beschließe, zuerst im Motel nachzuschauen, vielleicht ist er ja dorthin zurückgegangen.

Mit flauem Gefühl im Magen gehe ich durch den Eingang. Wir haben der Besitzerin versprochen, heute Morgen die Miete für die paar Tage zu bezahlen. Ich verfluche mich innerlich selbst. Wie konnte ich nur einem Crackhead mein Geld anvertrauen? Bin ich nun völlig wahnsinnig geworden? Seine Versicherungen, seine Beteuerungen, seine Schwüre auf die Bibel. Was zählt das schon? Sobald er Geld zwischen den Fingern hat, ist alles wieder vergessen.

Im Motel ist er nicht, es gibt auch keine Spuren, dass er inzwischen hier gewesen ist. Ich nehme ein Sammeltaxi nach Mount Salem und suche in der Außenanlage des Krankenhauses und im Warteraum nach ihm. Keine Spur, ich kann mich auch nicht anmelden für eine Behandlung. Da müsste ich erst mal 200 Dollar bezahlen. Ich bin völlig konfus und fertig. Ich warte noch eine Stunde vergeblich. Dann gehe ich die Meile zu unserer Unterkunft zu Fuß runter und wage mich fast nicht rein. Die Besitzerin sieht mich auch sofort und sagt: „Rasta Q sucht dich. Er war hier, hat die Rechnung bezahlt und ist auch gleich wieder weg."

Ich weiß nicht, ob ich erleichtert sein soll, dass wenigstens noch etwas vom Geld da ist, oder ob er vielleicht doch mehr bekommen hat? So dumm wird doch auch Carlos nicht sein, denke ich. Er, der mich immer warnt, Rasta Q nicht völlig zu vertrauen. Ich setze mich ratlos aufs Bett. Nach ungefähr zwanzig Minuten stürmt Rasta Q aufgelöst rein und will wissen, wo ich war.

Ich erwidere nur: „Das Geld, gib mir sofort mein Geld!"

Er wühlt in seinen Hosentaschen, stammelt irgendwas über gefährliche Männer, Lügen, nichts als Lügen. Ich reiße ihm das Geld aus der Hand, er hat ca. 400 US-Dollar bei sich. Viel mehr als erwartet.

„Woher hast du das? Ist das etwa mein Geld?"

Er schaut mich aus weit aufgerissenen Augen an, sagt: „Carlos hat mir auch das Geld für das Ticket gegeben. Das ist leider alles, was übrig geblieben ist", und verliert sich wieder in hektischem Gestammel über angebliche böse Männer. Er ist betrunken und auf Coke.

„Was, du hast das Geld für mein Ticket verprasst? Wie kannst du nur? Was soll ich jetzt bloß tun? Ich habe die ganze Nacht gewartet, dass du mit dem Geld kommst. Weißt du überhaupt, was für eine Nacht ich hinter mir habe? Ich war auch schon im Krankenhaus, aber konnte mich nicht anmelden, weil ich kein Geld hatte."

„Tut mir auch so leid, ich gebe es ja auch zurück, sobald wir in England sind. Ich schwöre es beim Leben meiner Mutter."

„Halt die Klappe, es gibt kein Wir. Ich kann dir nicht trauen, du bist das Letzte! Ich werde dich nie holen, ich schaufele mir doch nicht mein eigenes Grab. Wie viel hast du nun wirklich von Carlos bekommen?"

„1000 Dollar", antwortet er und stammelt weiter seine Ausreden von irgendwelchen Bösewichten.

Ich gebe ihm einen wütenden Schubs und sage ihm, dass er für mich erledigt ist.

„Ich fahre jetzt alleine ins Krankenhaus. Wage es nicht, nachzukommen, ich will dich nicht sehen!“

Ich will ihn nicht mehr. Frustriert und verausgabt mache ich mich wieder auf den Weg nach Mount Salem. Nach der Anmeldung rufe ich Carlos an.

„Hallo, Carlos. War dumm von mir, Rasta Q das Geld anzuvertrauen. Er war die ganze Nacht damit unterwegs, er hatte noch 400 Dollar bei sich. Wie viel hast du ihm denn gegeben?“

„400 plus 800 für das Ticket.“

„Oh nein, das Ticketgeld ist weg. Du wirst wohl ein anderes kaufen und es mir später abziehen müssen.“

„Ya, man. Von nun an lassen wir Rasta Q aus dem Spiel. Er ist für nichts zu gebrauchen und viel zu auffällig. Ich habe auch schon gehört, er rennt durch Mo Bay und prahlt mit dem Geld. Werde ihn los. Ich kaufe heute selber die Tickets. Wir treffen uns morgen früh. Ich hole dich um sieben Uhr ab. Wir fahren zu meinem Haus und gehen alles noch einmal durch.“

Ich bin so was von wütend auf mich selbst. Wie konnte ich nur? Langsam aber dämmert mir, dass ich Rasta Q nun wirklich leichten Herzens verlassen kann.

Acht Stunden muss ich wieder in dem brütend heißen Warteraum warten. Ich rufe mir ein paar Gespräche mit Rasta Q in Erinnerung. Schon ziemlich am Anfang hatte er mir erzählt, er habe in Amerika mal eine Frau wirklich geliebt. Sie war jamaikanischer Abstammung, aber in den Staaten geboren. Sie war Bankangestellte, bildschön, humorvoll und gebildet. Sie hatten eine Tochter zusammen und waren glücklich. Dann lief Rasta Qs Cracksucht aus dem Ruder. Er hat nachts gesungen, sie arbeitete tagsüber. Die Miete mussten sie persönlich jede Woche beim Vermieter bezahlen.

Die Frau gab ihm jeden Freitag ihren Anteil, er aber zahlte wochenlang keine Miete. Sie hatte keine Ahnung bis zu dem Tag, als die Wohnung zwangsgeräumt wurde. Sie mussten in ein Obdachlosenasyl ziehen, Rasta Q hatte auch sonst überall Schulden. Er hatte mir selber erzählt, die Frau habe ihn genau deswegen verlassen, obwohl sie es wirklich versucht hätte.

Dann bin ich wenigstens nicht die einzige Dumme, die solche naiven Fehler macht, denke ich.

Ich bekomme einen neuen Gips, wieder gelb und wieder mit ausgestrecktem Mittelfinger, der Gips tut auch weh. Ich beschließe, ihn in England gleich checken zu lassen.

Rasta Q ist nicht im Motel, als ich zurückkomme. Da er mir zum Glück nicht ins Krankenhaus nachgefahren war, nehme ich an, er hat sich noch ein bisschen Geld auf die Seite getan. Als er später vom Club in das Motel kommt, gebe ich vor, schon zu schlafen. Er wird jedoch wach, als ich nach sechs Uhr aufstehe und dusche. Ich kann es nicht glauben, als er mich nach ein bisschen Geld fragt …

„Nein, habe ich nicht, nie mehr! Ich kann deine Unverfrorenheit einfach nicht verstehen.“

Ich ziehe mich an, knalle die Tür zu und warte im Freien auf Carlos.

28. September 1997: Zweiter Versuch

Ich habe ein gutes Gefühl, für Carlos zu arbeiten. Er beantwortet jede Frage sofort und irgendwie vertraue ich ihm. Komischerweise bin ich viel ruhiger diesmal, obwohl beim ersten Mal viel schiefgelaufen war.

Carlos holt mich pünktlich ab. Wir fahren nach Ironshore, das etwas außerhalb von Montego Bay liegt.

Im Wagen sagt er: „Du fliegst heute Mittag nach Kuba, übernachtest dort und morgen Nachmittag fliegst du nach Frankfurt Hahn. Dort musst du ein Ticket nach Berlin Tegel kaufen. Wirf immer alle Tickets sofort weg, wenn du angekommen bist. Von Berlin fliegst du nach Manchester. Dort triffst du einen meiner Leute."

Carlos hat eine herrliche, riesige Villa mit Swimmingpool und einen Garten mit tropischen Pflanzen. Er lächelt: „Setz dich doch hier an den Pool, ich komme gleich wieder."

Beim Pool sehe ich auch ein Pärchen so um die fünfzig. Sie sehen müde aus, um sie herum liegen ungefähr zwanzig leere Bierdosen.

Carlos kommt zurück. Wir gehen wieder alles durch und ich soll die Schuhe anprobieren. Sie sind Größe 9 (amerikanische Größe) und nicht allzu riesig. Nachdem ich die Schuhe wieder ausgezogen habe, versteckt sie Carlos lachend in einem Gebüsch vor dem Haus. Er sagt: „Man weiß ja nie!"

„Da kann sie ja jeder klauen!", rufe ich entsetzt.

„No, man, hier sind überall Kameras und meine Leute passen schon auf", lacht Carlos. Das Gebüsch ist zwar auf seiner Einfahrt, gehört aber nicht mehr zu seinem Grundstück, erzählt er mir.

Ich frage ihn, ob er eine lange Nacht gehabt hätte. Ich deute dabei auf die Bierdosen.

„No, man", sagt er. „Das haben die beiden da getrunken. Die rauchen so viel Crack, die können nie schlafen und dabei trinken sie ständig."

„Sind das auch Kuriere, kennst du die denn schon lange?"

„Ya, man, die fliegen alle paar Wochen in die Staaten damit. Das sind aber Losers, Verlierer. Ihnen bleibt nie Geld, die verrauchen immer alles sofort wieder."

Nun gehen wir rein ins Haus. Carlos sagt, ich soll im Wohnzimmer warten mit ein paar Freunden. Ich setze mich und mustere die zwei Männer verlegen. Wir sprechen nicht viel, jeder ist etwas angespannt. Sie sagen nur, sie warten auf einen Flug nach New Jersey.

Bald ist es auch so weit und der Fahrer ruft mir zu, ich solle mich verabschieden. Einer der beiden Amerikaner springt auf, umarmt mich und flüstert mir zu: „God bless you, Gott schütze dich, sicheren Flug!"

Ich wünsche ihnen auch Glück und steige in den alten Lada.

Ich war noch nie auf Kuba und in mir kommt eine etwas mulmige Freude auf. Carlos hatte doch gesagt: „In Kuba ist ihnen das mit den Drogen egal, die haben genug Scherereien mit Castro." Das kommt mir zwar unlogisch vor, aber ich will es gerne glauben.

Havanna – Manchester. Am Flughafen geht alles glatt und bald sitze ich in einer Maschine der Cubana Airlines. Beim Start bricht plötzlich dichter Qualm am Mittelgang des alten Flugzeuges aus. Ich bin schockiert, geht etwa schon wieder was schief? Etwa die Hälfte der Passagiere bricht in Entsetzensschreie aus, aber die Dame neben mir lächelt: „Don't worry, das ist normal, das ist so bei der Cubana Airlines."

Tatsächlich, es hat sich schnell herumgesprochen. Der Rauch beim Start ist wirklich völlig normal bei diesem Flugzeugtyp. Noch nie bin ich in so einer Maschine gesessen und lache jetzt auch.

In Havanna ist strahlender Sonnenschein. Wieder geht alles glatt am Flughafen und ich nehme ein Taxi zum größten Hotel in der Stadt. Es hat mehrere Stockwerke. Ich soll das Hotelzimmer nicht verlassen. Ich mache den Fernseher an und schaue MTV. Dann möchte ich mich aber doch umschauen im Hotel und gehe in den Hotelkiosk. Dort kaufe ich ein paar Ansichtskarten und auch etwas Proviant fürs Zimmer. Ich drehe MTV auf und tanze ein bisschen zu den neuesten Hits. Dann schreibe ich ein paar Karten und grinse dabei.

Am nächsten Tag fliege ich nach dem Frühstück nach Frankfurt. Auf der Toilette werfe ich das Ticket und das bisschen verbliebene amerikanische Geld weg. Ich kaufe ein Ticket nach Berlin Tegel mit den D-Mark, die mir Carlos gegeben hat. Die Schuhe drücken, sie sind schwer. Hoffentlich ist der Trip bald vorüber. Ich bin übernächtigt, kann schon unter normalen Umständen nie im Flugzeug schlafen.

In Frankfurt und auch in München geht alles gut. Trotzdem denke ich immer, alle schauen nur auf meinen Gips. Der Beamte am Frankfurter Flughafen fragt, ob ich den Gips in Jamaika bekommen hätte und wie das passiert sei.

Ich gebe ihm lachend eine harmlose Erklärung: „Kommt davon, wenn man nicht richtig Tennis spielen kann. Schaut der Gips nicht lustig aus?"

Nun steige ich an Bord der Maschine nach Manchester. Wieder bin ich mit viel Gepäck gekommen, allem, was ich besitze. Ich werde nicht nach Jamaika zurückkehren. Ich bleibe in England. Ich finde Engländer ziemlich cool, sehr freundlich und weltoffen. Jobs gibt es auch genug. Ich werde dort schon Fuß fassen. Ich kann den Akzent von Engländern aus dem Norden kaum verstehen, aber er klingt sehr freundlich.

Nach der Landung wird mir wieder ganz flau im Magen, aber erneut komme ich ohne Probleme durch.

London: Hier bleibe ich! Jaaaa, geschafft! England, ich komme!, jubiliert es in mir. Ich steige wieder im Holiday Inn ab und rufe Carlos an.

„Cool, man", sagt er. „Kannst jetzt schlafen gehen, morgen früh wird dich jemand abholen kommen."

Nach einem heißen Bad schlafe ich nun tatsächlich tief und lange.

Schon um acht Uhr klingelt mein Telefon. Ein junger Jamaikaner holt mich ab. Er sagt, wir fahren jetzt mit dem Zug nach London. Sofort nimmt er mein Gepäck und trägt es zum Taxi. Auf der Fahrt unterhalten wir uns angeregt, er will das Neueste aus Jamaika wissen. Mikes Augen leuchten, als ich ihm von ein paar Bashments (Partys) mit den besten DJs von Jamaika erzähle. Er freut sich auch so sehr, dass Jamaika wieder ein Ausscheidungsspiel zur Fußballweltmeisterschaft gewonnen hat. Reggae Boys wird Jamaikas Worldcup-Team genannt.

Mein Begleiter ist eingeschlafen, als der Zug in London Euston einfährt. Wieder nehmen wir ein Taxi und fahren zum Finsbury Park. Wir gehen ins Hotel und ich schäme mich bei dem Gedanken, der Mann am Empfang könnte uns für ein Liebespaar halten. Immerhin bin ich bedeutend älter als dieser Junge.

Im Zimmer angekommen, will Mike die Schuhe haben.

Elektrisiert sage ich: „Nein, erst das Geld."

Mike: „Muss das Zeug ja erst absetzen, so viel Geld habe ich jetzt noch nicht."

„Mir egal. Schau mal, beim letzten Mal bin ich reingelegt worden. Glaubst du, das passiert mir noch mal?"

„Okay, muss nur schnell einen Anruf machen."

Dann später: „Geht in Ordnung, müssen wir eben hier warten." Er zündet sich einen Spliff an.

Heiß ist es hier im Hotelzimmer, also ziehe ich meinen Pullover aus. Darunter trage ich ein normales blaues T-Shirt zu meinen Jeans. Mike schaut mich stoned an: „Du bist sexy."

„Ach was, hör auf", wehre ich unwillig ab.

„Doch, sehr sexy. Soll ich jetzt mein Kondom überziehen?"

Ich werde hysterisch und brülle ihn an: „Hör auf mit dem Blödsinn, was erlaubst du dir? Glaubst du etwa, ich bin interessiert? Hast du denn keine Freundin in deinem Alter?“

„Doch, meine Babymother, aber die ist in Jamaika.“

Später gibt er aber auf und schon bald kriege ich das Geld, die ganze Summe.

Hurra, jetzt gehe ich erst einmal feiern! Ich lasse die ganzen 4000 Pfund im Hotelzimmer – habe ja noch Reisegeld übrig – und gehe ins Pub. Neben dem Hotel ist auch ein Irish Pub. Sofort fühle ich mich dort wie zu Hause und werde für die nächsten Wochen Stammgast. Ich miete mich in einem billigeren Hotel ein und liebe London. Ich verbringe die Zeit mit Sightseeing oder Einkaufen. Am späten Nachmittag gehe ich fast jeden Tag ins Pub und finde schnell Freunde. Iren sind freundliche Menschen, finde ich. Ehrlich und fleißig sind sie ebenfalls. Natürlich trinken auch fast alle, die ich in den Pubs treffe. Ich entdecke auch ein Pub, in dem am Wochenende jamaikanische DJs auflegen. Ich gehe öfter hin und tanze. Bald kenne ich ein paar Leute dort. Sie alle finden meinen Gips mit dem ausgestreckten Mittelfinger so lustig. Sie unterschreiben auch alle mit harmlosen Sprüchen.

Teuer ist es hier schon. Wie lange wird das Geld reichen? Soll ich mir eine Arbeit suchen? Ich kann doch nicht nur in den Tag hineinleben. Was soll ich nur tun? Manchmal rufe ich Rasta Q an. Er beschwört mich, zurückzukommen, ihn zu heiraten und dann gemeinsam nach London zu gehen. Ich fühle mich nicht wohl bei dem Gedanken. Ich glaube, ich liebe ihn auch gar nicht. Hätte ich sonst nicht Sehnsucht nach ihm? Ich weiß nicht, was ich tun soll.

Danny. Im Blackstock lerne ich einen Mann kennen, der für viele Jahre einer meiner besten Freunde sein wird. Thomas, einer der Barkeeper, hat heute frei. Er steht mit einem anderen Mann bei der Bar und stellt mir seinen Freund vor. Dieser ist eher klein und schmächtig. Er hat einen riesigen Afrolook und trägt Brille.

„Danny", stellt er sich vor. „Sehr erfreut, dich kennenzulernen."

Danny trägt eine bunte, groß karierte Jacke. Er trägt viel Modeschmuck. Er hat riesige Ketten um den Hals und trägt einige ausgefallene Ringe.

Die beiden waren schon die ganze Nacht unterwegs und sind etwas betrunken. Danny fragt mich, ob ich verheiratet bin. Ich verneine, frage ihn, ob er verheiratet ist.

Danny stößt einen schrillen Schrei aus: „Ich doch nicht, ich bin doch gay!" Erst jetzt fällt mir Dannys eindeutiges, feminines Gehabe auf.

„Man nennt mich sogar die Queen, die Soho-Queen", erklärt Danny. Dabei schaut er mich über den Rand der Brille an und wir lachen. Danny spricht feinstes Oxford-Englisch, ich kann ihn mühelos verstehen. Schon bald habe ich das Gefühl, wir sind Seelenverwandte. Danny erzählt mir, dass er 1949 an der schottischen Grenze zur Welt kam. Ich kann es gar nicht glauben, Danny sieht sehr jung aus. Seine Mutter sei Professorin und sein Vater ein Nigerianer. Er erzählt, dass seine Mutter und er von der Gesellschaft völlig verstoßen wurden. Seine Mutter habe einen Nervenzusammenbruch erlitten und sei lange Zeit in der Psychiatrie gewesen. Niemand von der Verwandtschaft habe ein Mischlingskind akzeptiert, so sei er im Heim gelandet. Die streng katholischen Nonnen im Heim hätten sogar versucht, ihm die Hautfarbe mit Topfreinigern aus Edelstahl runterzuschrubben. Danny sagt, vielleicht sei er deshalb manisch-depressiv geworden.

„Ich kann nicht mehr arbeiten. Dabei war ich selber mal Professor“, sagt er. „Heute lebe ich vom Staat. Schau mal!“ Er nimmt ein paar Münzen aus seiner Hose, legt sie auf die Bar und bezahlt sein Bier. „Dieses Pfund ist vom Staat, meine Zigaretten hat der Staat bezahlt. Meine Hose, meine Jacke und sogar meinen Haarschnitt! Alles bezahlt der Staat! Ach ja, meine Wohnung auch und einen Freifahrschein für öffentliche Verkehrsmittel habe ich auch.“

Wir lachen und ziehen weiter in ein anderes Pub in der Blackstock Road. Thomas und Danny spielen Pool.

Ich werfe ein paar Münzen in die Jukebox: „I want to be a hippie, i want to get stoned … Marihuana …“ dröhnt es durch das Pub. Danny legt den Stock auf den Tisch und wir tanzen ekstatisch zu dem Technosound. Wir hüpfen, laufen um den Tisch herum und ich lache so viel, dass ich kaum noch Luft kriege. Egal, welchen Song ich aus der Jukebox wähle, Danny kennt alle. Wir scheinen den gleichen Musikgeschmack zu haben.

Ich frage ihn, ob er am Abend mit ins Pub in die Stroud Green Road käme. Danny sieht mich an: „Oh, Darling, ich fürchte mich vor den Jamaikanern. Die hassen uns Gays ja so sehr. Die nennen uns Gays sogar Batty Men – Schwanzgrapscher. Weißt du das denn nicht?"

Ich muss beschämt zugeben, dass ich mir nie darüber Gedanken gemacht habe. Doch jetzt fällt es mir wie Schuppen von den Augen. Wenn sich Jamaikaner wüst beschimpfen, verwenden sie sehr oft dieses Wort.

Danny sagt: „In Jamaika kriegt man zehn Jahre Gefängnis, wenn man beim homosexuellen Akt erwischt wird. Eigentlich überhaupt beim Analverkehr, der ja auch zwischen Mann und Frau möglich ist. Ich würde nie nach Jamaika fliegen. Aber auch hier kommt es nicht selten vor, dass Schwule von Jamaikanern terrorisiert werden. Am schlimmsten aber ist es in arabischen Ländern. In Saudi-Arabien, den Vereinigten Arabischen Emiraten und auch Teilen von Nigeria steht sogar die Todesstrafe darauf. Dabei habe ich einmal zwei Jahre in Saudi-Arabien gelebt!"

„Das ist ja schrecklich!", sage ich.

Schließlich gehen wir abends aber doch in das andere Pub und haben eine Menge Spaß. Meine Bekannten bei der jamaikanischen DJ-Night unterhalten sich auch köstlich mit dem schillernden Paradiesvogel Danny. Wir tanzen wieder und je betrunkener Danny wird, umso ausgefallener werden seine Verrenkungen. Ich habe mich schon lange nicht mehr so köstlich amüsiert!

Besuch bei Cloe. Eines Morgens beschließe ich spontan, nach Birmingham zu fahren und Cloe zu besuchen. Ich habe keine Telefonnummer. Ich werde mein Glück einfach versuchen, denke ich. Ich nehme einen Virgin-Schnellzug von Euston nach Birmingham. Dort finde ich den

Busbahnhof sehr verwirrend. Es dauert eine Weile, bis ich den richtigen Bus nach Winson Green gefunden habe. Eine Dame, die neben mir sitzt, wohnt auch dort. Sie dirigiert mich sogar zum richtigen Haus.

Ich klopfe an und nichts rührt sich. Ich warte ab, klopfe wieder an. Ein Mann, der in einem der Gärtchen arbeitet, spricht mich an: „Suchst du jemand?"

„Ja, Cloe, meine Freundin. Wahrscheinlich ist sie nicht zu Hause", sage ich entmutigt.

Der Mann erklärt mir, er sei Cloes Vater. Er wisse nicht, wo sie ist und wann sie wiederkomme. Ich bedanke mich und mache mich wieder auf den Weg. Er ruft mich noch mal zurück und fragt nach meiner Telefonnummer. Ich gebe ihm die Nummer des Hotels und fahre zurück nach London.

Kaum bin ich im Hotel angekommen, ruft Cloe an. Ich freue mich irrsinnig, wieder ihre Stimme zu hören. Sie sagt: „Mein Vater hat zuerst gedacht, du seist eine Gläubigerin. Leider muss ich mich verstecken, ich habe einige Schulden. Als ich in Jamaika war, habe ich meine Rechnungen nicht bezahlt. Meine Güte, wir müssen uns sehen! Könnte ich denn für ein paar Tage nach London kommen?"

„Ja, klar, das wäre großartig!", sage ich begeistert. Cloe verspricht, in ein paar Tagen wieder anzurufen.

Ein dummes Spiel. Wieder einmal kommt alles ganz anders. Ich fahre mit dem Bus nach Camden Town. Dort gefällt es mir, dort sind viele Goths und Punks. Es gibt zahllose Marktstände dort und wirklich tolle Sachen zu kaufen. Im Bus überlege ich, ob ich nicht schon ein paar Stationen vorher aussteigen soll und in ein Pub an der Camden Road gehen. Es ist früher Nachmittag, als ich das irische Pub betrete. *Brown Eyed Girl* von Van Morrison dröhnt aus der Jukebox, eines meiner derzeitigen Lieblingslieder.

Ich bestelle ein Bier und bin rastlos. Ich bestelle noch ein Bier und spiele in Gedanken ein dummes Spiel: Okay, ich mach es vom nächsten Song abhängig, wie ich mich entscheide. Ich warte angespannt.

Stand By Your Man von Tammy Wynette …

Ich trinke das Bier aus, nehme einen Bus zu meinem Reisebüro und buche für den nächsten Tag einen Flug nach Jamaika.

11. November 1997: Rückflug nach Jamaika

Als ich in Heathrow in der Warteschlange für die Sicherheitskontrolle stehe, sehe ich plötzlich Carlos' Bruder. Ich starre ihn hasserfüllt an, sage aber nichts. Das Schwein und ich sind sogar auf dem gleichen Flug, denke ich. Er sitzt im Air-Jamaica-Jet aber zum Glück sehr weit weg von mir.

Ich bleibe eine Woche auf Jamaika. Rasta Q und ich mieten uns in Mount Salem in einem Gästehaus ein. Dort können wir auch die Küche benutzen und ich koche zum ersten Mal auf Jamaika. Ich habe sogar viele Lebensmittel aus England mitgebracht. Obwohl sie mich am Flughafen Mo Bay genau kontrolliert haben, durfte ich Wurstwaren, Käse und diverse Saucen behalten. Nur eine Packung Eier haben sie mir weggenommen. Ich habe gelacht, als mich die Dame vom Zoll fragte, ob ich denn Familie auf Jamaika habe. Ich habe geantwortet, mein Verlobter und seine Familie warten schon auf mich und all die guten Sachen.

Rasta Q und ich genießen das gute Essen. Im neuen Supermarkt in Downtown habe ich auch noch Rindfleisch gekauft und koche Rinderrouladen mit Nudeln. Rasta Q sagt, so etwas Gutes habe er noch nie im Leben gegessen. Er hatte zwar in den sechzehn Jahren, die er in den Staaten gelebt hat, auch moderne Produkte kennengelernt, aber seine Frau und er hatten meistens Fertiggerichte gegessen.

Im Gästehaus arbeiten zurzeit Bauarbeiter und auch sie kommen neugierig an den Herd. Am liebsten würde ich allen einen Teller anbieten. Ich beschließe, morgen etwas Einfacheres zu kochen und sie einzuladen. Auch genieße ich es, wieder in der Küche hantieren zu können. Nachmittags gehen wir meistens zum Strand.

Rasta Q wirkt sehr nervös. Heute Morgen wollten wir gemeinsam einkaufen gehen. Wir sind zusammen nach Downtown gefahren. Rasta Q hat gesagt, er wolle nachfragen, ob die Kette, die er zur Reparatur gegeben hat, schon fertig ist.

Ich werde wütend: „Du hast sie doch überhaupt nicht in Reparatur gegeben, du hast sie verkauft!"

„Nein, ehrlich, ich schwöre es beim Leben meiner Mutter! Der Typ hat sie in Reparatur. Vielleicht gibt er sie mir nicht zurück."

„Okay, dann komme ich mit und wir gehen nachher einkaufen."

„Du traust mir nicht, du bist doch meine Frau! Irene, du kannst doch Menschen nicht so behandeln." Er läuft über die Straße und ruft mir zu, er werde gleich in den Supermarkt nachkommen. Ich gebe vor reinzugehen, komme aber sofort wieder raus. Ich laufe auf die andere Straßenseite und sehe ihn im Crack-Basement verschwinden. Wahrscheinlich hat er sich etwas von dem Geld, das ich ihm vorher gegeben habe, abgezweigt.

Hau doch endlich ab von Jamaika, was willst du denn noch hier?, schießt es mir wieder durch den Kopf.

Später kommt er in den Supermarkt, als ich gerade vor einem Regal Hühnerfüße (mit Krallen) stehe. Er ist äußerst nervös, wirkt wie gehetzt.

„Wo ist denn die Kette?"

„Du glaubst mir nie. Der Typ will sie mir nicht wiedergeben. Er macht auch immer so sonderbare Andeutungen.“

„Bring mich doch mal zu dem! Warum kann ich da nicht mal mitkommen? Du benutzt doch die Kette nur als Ausrede, um in die Nähe des Basements zu kommen!“

Rasta Q will heiraten. Trotzdem läuft es dann für ein paar Tage überraschend gut mit uns. Rasta Q drängt mich zu einer Heirat. Er möchte so gerne nach London. Auf alle meine Zweifel erwidert er, dass wir es doch zumindest versuchen könnten. Er wolle mir beweisen, dass er auch Geld verdienen könne. Er schwört immer wieder, er rauche kein Crack mehr. Mitunter ist er auch viel ruhiger und gelassener.

Diese Woche singt er nur jeden zweiten Tag bei JT, damit wir mal einen Szenenwechsel haben. Ich habe ihm ein paar neue Sachen zum Anziehen mitgebracht. Dabei sind auch ein paar billige Hemden vom Holloway-Markt. Rasta Q macht mich darauf aufmerksam, dass die Jamaikaner extrem neidisch sind. Ich konnte es erst nicht glauben. Doch es ist wirklich wahr. Mehrere Leute machen anzügliche Bemerkungen wegen der neuen Schuhe und Hemden. Rasta Q macht neu angezogen natürlich auch keinen so abgerissenen Eindruck mehr. Er bewegt sich auch viel selbstbewusster. Er bemüht sich wirklich und scheint auch kein Crack mehr zu rauchen. Plötzlich geht er nicht mehr jede Nacht mit einer Zigarettenkippe zur Toilette. Er sagt, er würde alles tun, um mit mir in England leben zu können.

Er überzeugt mich tatsächlich davon. Vor meiner Abreise gebe ich ihm 200 Dollar für einen Pass. Er sagt, er beantragt ihn sofort nach meiner Abreise.

Wieder fliege ich mit Kokain in den Schuhen über Kuba nach Deutschland und dann nach England. Wieder geht alles gut.

19. November 1997: London

Dieses Mal werde ich von einem Pärchen aus Manchester abgeholt. Wir fahren nach Birmingham. Sie mieten mich in einem Mittelklassehotel ein. Sie begleiten mich aufs Zimmer, nehmen die Schuhe und sagen, sie bringen den ersten Teil des Geldes am Abend. Mir ist zwar nicht wohl dabei, aber ich habe keine Wahl. Sie kommen tatsächlich gegen sieben Uhr abends und bringen mir 2000 Pfund. Mir ist so langweilig im Hotel, ich kann mich auch nicht aufs Fernsehen oder Lesen konzentrieren. Am nächsten Abend aber habe ich das ganze Geld und beschließe, am Morgen nach London zu fahren.

In Hochstimmung kaufe ich schnell in einem der umliegenden Weinläden eine Flasche Sekt. Am Nachmittag habe ich mich etwas in Birmingham umgeschaut und einen Plattenladen entdeckt. Ich habe eine Doppel-CD von Gregory Isaacs mit dem Namen *Bad Boy – Lover Man* gekauft. Immer wieder spiele ich nun *No Speech, No Language*. Ich trinke den Sekt, fange an, ein bisschen zu tanzen. Den Song singt Rasta Q in jeder seiner Shows. Bekomme ich etwa schon wieder Sehnsucht nach Jamaika?

Am nächsten Morgen jedoch freue ich mich unheimlich auf London. Wieder habe ich einen Koffer, eine schwere Reisetasche, mein Radio und eine kleinere Tasche. Das ist alles, was ich im Moment besitze.

Im Zug nach London überlege ich, was ich zuerst machen muss. Ich brauche zunächst einmal ein

Hotelzimmer. Später werde ich mir vorläufig einen Platz in einer WG und einen Job suchen. Ich miete ein Zimmer im Majestic Hotel im Finsbury Park. Es ist sehr heruntergekommen und das Bad ist auf dem Flur. Billig ist es auch nicht gerade. Ich packe meine Sachen aus und beschließe auszugehen.

Ich habe mich ein bisschen mit Stella angefreundet. Sie arbeitet in einer Art Ramschladen auf der Seven Sisters Road. Sie freut sich, mich zu sehen. Sie kennt meine Geschichte mit Rasta Q und rät mir immer, es doch zu versuchen. Sie weiß allerdings nicht, dass er Probleme mit Crack hat. Stella ist eine dicke, patente Engländerin. Ich tratsche ein Weilchen mit ihr, dann gehe ich in mein Lieblingspub, das Blackstock. Dort sind neben Iren auch viele Jamaikaner, ich bin bereits dort bekannt. Der Barmann KC begrüßt mich freudig und lässt mir gleich ein Bierglas volllaufen. Ich finde, ich habe auch was zu feiern, und bleibe gleich den ganzen Nachmittag dort.

Ich fühle mich herrlich frei und glücklich. Ich habe wirklich fest vor, nicht mehr nach Jamaika zurückzukehren und auch keine kriminellen Sachen mehr zu machen. Wenn ich Rasta Q tatsächlich nachkommen lassen will, kann ich ihm ja auch das Ticket von hier aus bezahlen. Ich bin mir aber überhaupt nicht sicher.

Job und Unterkunft. Am nächsten Morgen gehe ich zum Jobcenter und will den Jobmarkt checken. Die Dame bei der Vermittlung sagt, als Österreicherin hätte ich auch Anspruch auf Arbeitslosengeld.

„Ich will kein Arbeitslosengeld, ich will arbeiten."

„Ach so, dann nehme ich mal die Daten auf. Wärst du denn interessiert, als Servicekraft in einem Hotel zu arbeiten? Frühstück kochen, servieren und Betten machen?“

„Oh ja, sehr. Wo ist es denn?“

„Gleich hier im Finsbury Park, im Redland Hotel. Ich kann gleich einen Termin für ein Vorstellungsgespräch vereinbaren.“

Am nächsten Morgen schon soll ich mich im Redland vorstellen. Neben dem Blackstock Pub hängen in einem Schaufenster mehrere Zettel aus. Zimmer in WGs werden auch angeboten. Gleich beim ersten Versuch habe ich Glück. In Manor House werden ein Einzelzimmer und ein Doppelzimmer vermietet. Ich stelle mich dort vor und kann auf der Stelle einziehen. Ich nehme das Doppelzimmer für 80 Pfund in der Woche. Es ist groß und hell, mit Schreibtisch und großem Kleiderschrank. Küche und Bad werden mit drei anderen Mitbewohnern geteilt. Die Vermieterin heißt Luna, ist aus Malaysia und ihr Partner Sharif ist aus China. Die beiden sind noch jung und sehr freundlich.

Sofort hole ich meine Sachen aus dem Majestic und richte mich häuslich ein. Später fahre ich auf den Holloway-Markt und kaufe mir das Nötigste an Geschirr, Bettwäsche und Handtüchern sowie allerlei anderes Zeug. Ich kaufe auch spottbillig eine schwarze Motorradlederjacke und lasse sie gleich an.

Ich gehe ins Blackstock Pub, um die Neuigkeiten meinen Bekannten dort zu erzählen. John ist auch schon dort. Er ist ein junger, netter Ire, der mich immer zu einem

Drink einlädt. Er lässt mich fast nie die nächste Runde bezahlen, aber ich bestehe darauf. Er freut sich ehrlich mit mir. Als ich ihm sage, ich habe gleich ein Doppelzimmer gemietet, weil vielleicht ja doch Rasta Q nachkommt, verdunkeln sich seine Züge. Er sagt aber nichts, er ist viel zu höflich.

Eine Stelle im Hotel. Am nächsten Morgen um neun Uhr gehe ich etwas nervös ins Redland Hotel. Das Hotel liegt gleich um die Ecke von meiner WG, nur zwei Gehminuten entfernt. Carl, der Manager, begrüßt mich herzlich. Er ist in meinen Augen ein typischer englischer Gentleman. Er ist ca. fünfzig Jahre, sehr schlank und trägt einen grauen Anzug. Er spricht äußerst gewählt und hat blendende Manieren. Er bietet mir einen Kaffee an und sagt wie entschuldigend: „Leider müsstest du schon vor sieben Uhr morgens anfangen. Manche unserer Gäste wollen schon um sieben frühstücken."

„Das macht doch nichts. Ich bin Frühaufsteherin mit Leib und Seele. Sieben ist eine gute Zeit."

„Na, das ist ja wunderbar. Du müsstest Frühstück machen und servieren. Danach müssen die Küche und der Speisesaal aufgeräumt werden. Es sind noch zwei andere Damen im Dienst. Mae ist aus Irland, sie arbeitet schon über dreißig Jahre hier. Dann arbeitet hier noch Farah aus Ghana. Du wirst dich gut mit ihnen verstehen, sie sind sehr nett. Zusammen mit Farah müsstest du nach dem Frühstücksdienst die Zimmer machen."

„Heißt das, ich kann hier anfangen, wann denn?"

„Wenn du willst, gleich morgen."

Ich freue mich irrsinnig, dass das alles so geklappt hat, obwohl die Bezahlung eher schlecht ist. Ich wohne gleich neben meiner neuen Arbeitsstelle. Das ist doch einfach phänomenal!

Am nächsten Morgen bin ich schon zwanzig Minuten vor sieben da. Auch Mae ist bereits hier und begrüßt mich herzlich. Sie zeigt mir, wo ich alles finde und was es zum Frühstück gibt. Bevor ich zu arbeiten anfange, solle ich mir erst mal einen Kaffee nehmen. Mae ist eine sehr liebevolle, dicke Irin. Ich mag ihren sanften irischen Akzent.

Dann kommt eine Minute vor acht Farah. Die quirlige Afrikanerin setzt sich erst mal, nachdem sie sich einen Kaffee geholt hat, und liest die Zeitung. Mae zeigt mir, wie man den großen Wasserkessel für den Tee und Pulverkaffee anstellt. Sie erklärt mir den Toaster, in dem man gleich acht Scheiben toasten kann. Sie zeigt mir, wie ich die Tische neu decken soll, nachdem die Gäste gegangen sind.

Bald kommen auch schon die ersten Gäste. Ich hoffe so sehr, dass ich nicht servieren muss am ersten Tag. Ich kann überhaupt nicht gut kellnern und mein Englisch lässt sicher auch zu wünschen übrig. Zum Glück muss ich wirklich nur Kannen mit Tee und Kaffee vorbereiten, Toast auf Teller legen und eben Geschirr spülen. Ich wundere mich zwar, dass es keine Spülmaschine gibt im Hotel, aber ich wasche ganz gern Geschirr. Wenn ich gerade nichts zu tun habe, wische ich über die Arbeitsflächen oder räume Tische im Speisesaal ab. Wir drei arbeiten ganz gut zusammen und ich fühle mich wohl im Team. Um halb zehn ist die offizielle Frühstückszeit vorbei im Hotel.

Ich beginne gerade, eine Schublade auszuwischen, als Mae mir fast befiehlt: „Irene, setz dich jetzt! Wir machen Pause. Was möchtest du denn zum Frühstück?“

Wir essen alle gebratenen Schinken, Spiegeleier, Würstchen und Champignons mit gebuttertem Toast. Es schmeckt ausgezeichnet. Stimmt gar nicht, dass das englische Frühstück so ungenießbar ist, wie immer behauptet wird, denke ich und lächle Mae zu.

Nachher gehe ich mit Farah in die Zimmer. Sie zeigt mir, wie die Betten gemacht werden. Ich finde die Art mit den Leintüchern über und unter der Steppdecke etwas umständlich, aber das ist hier scheinbar so üblich. Am ersten Tag machen wir die Räume gemeinsam. Im zweiten Zimmer setzt sich Farah aufs Bett und erzählt mir aus ihrem Leben. Sie und ihr Mann gehen einmal im Jahr nach Ghana: „Wir schmuggeln dann immer Schmuck nach England. Geht ganz einfach und man verdient wirklich viel daran. Den Schmuck verkaufen wir dann in Wood Green. Die stellen keine Fragen, könntest du auch machen.“

Ich lache.

Gegen Mittag kommt Carl, um nach uns zu sehen. Er sagt, wir können gehen, wenn wir fertig sind. Zu mir meint er: „Irene, wenn dir das hier zu wenig Stunden sind, könntest du auch nachmittags in einem unserer anderen Hotels arbeiten. Gute Leute werden immer gebraucht, ich sehe, du kannst arbeiten.“

„Gerne, das wäre sehr schön.“

Carl besorgt mir nun endlich auch ein Bankkonto. Es war einfach unmöglich, ohne feste Arbeitsstelle ein Konto in England zu bekommen. Ich habe ein paar Tausend Pfund in meist kleinen Scheinen in einem Plastiksack in meiner WG. Ich denke, hier ist es sicher. Ich habe den Plastiksack mit Schmutzwäsche in einem anderen Plastikbeutel unterm Bett versteckt. Jeden Tag, wenn ich heimkomme, zähle ich gleich das Geld. Ohne feste Adresse und Arbeitsbestätigung habe ich nicht einmal ein Sparkonto bei der Bank bekommen.

Carl sagt, es dauere noch vier Wochen, bis ich meinen ersten Lohn bekomme. Er entschuldigt sich dafür. Er sagt, in England sei wöchentliche Auszahlung üblich. Ich versichere ihm, dass es mir wirklich nichts ausmacht. Ich werde mir gleich heute nach der Arbeit Reiseschecks kaufen, wenn ich die Papiere zur Bank bringe. Carl sagt, es dauere noch ein paar Wochen, bis das Konto dann aktiv ist.

In den nächsten Wochen kaufe ich mir eine günstige neue Garderobe und diverse Kosmetikartikel. Mit Erschrecken muss ich aber feststellen, dass ich zunehme. Ich esse zwar kaum etwas zu Abend, dafür aber reichlich am Tag. Ich habe jetzt Größe 40. Als ich vor ein paar Wochen hierherkam, war mir 38 ziemlich weit. Ich kann den Versuchungen einfach nicht widerstehen. Ich war einmal sehr dick, habe abgenommen und das Gewicht danach zehn Jahre mit eiserner Disziplin gehalten. Jetzt aber scheint das unmöglich. Ich esse jetzt immer, als ob es morgen gar kein Essen mehr gäbe.

Bewährungsprobe. An meinem ersten Sonntag im Redland, meinem dritten Arbeitstag, stehe ich morgens plötzlich ganz alleine in der Küche. Sonntags sperren wir erst um acht Uhr auf. Carl hat mir schon am zweiten Tag einen Schlüssel zum Hotel gegeben. Mae hat am Sonntag ihren freien Tag und Farah kommt einfach nicht. Carl schläft, er fängt seinen Dienst an der Rezeption erst um zehn Uhr an, weil er bis spät nachts arbeitet. Was soll ich nur tun? Die Gäste müssen doch gleich kommen. Ich weiß überhaupt nicht, wie man den Industriegasherd anschaltet. Ich probiere Verschiedenes, es geht einfach nicht. Ich werde ganz panisch, als sich die ersten Gäste setzen. Zwei Bauarbeiter aus dem Norden Englands sind auch hier. Sie bleiben übers Wochenende in London, weil die Bahnfahrt zu teuer wäre und sie auch samstags arbeiten. Serviert habe ich auch noch nicht in England. Eigentlich habe ich nur einmal als Teenager auf einem Feuerwehrfest servieren geholfen. Ich bin dafür völlig ungeeignet. Nun sitzen schon sechs Gäste im kleinen Speisesaal. Ich bringe ihnen erst mal Kaffee und Tee.

Dann sage ich zaghaft: „Ladys und Gentlemen, es tut mir so unendlich leid, aber ich glaube, wir haben eine Panne. Ich bin ziemlich neu hier und das zweite Mädchen ist noch nicht da. Ich bin allein in der Küche. Ich weiß einfach nicht, wie man den Herd anstellt."

Die zwei Bauarbeiter stehen auf: „Das haben wir gleich, Baby."

Sie kommen in die Küche und fragen nach dem Gasanzünder. Es ist wirklich ganz einfach, den Herd anzuzünden, ich wäre nur nie draufgekommen. Die Gäste sehen, ich bin total überfordert. Sie helfen mit, die Speisen reinzutragen, und räumen auch die Tische selber ab. Ich schäme mich sehr, aber trotzdem habe ich so ein starkes Gefühl, dass ich einfach hierher passe, dass ich überhaupt gut nach London passe.

Carl kommt um halb zehn raus und fragt, wo Farah ist. Ich sage ihm, sie ist noch nicht hier. Er ist wie vom Donner gerührt und sagt immer wieder, ich hätte ihn wecken sollen.

Kurz vor zehn kommt Farah. Carl weist sie zurecht: „Wieso kommst du erst jetzt? Wie kannst du Irene nur im Stich lassen? Ich weiß nicht, wie, aber Irene hat hier alles geschafft. Dem Himmel sei Dank für Irene."

„Ach, weißt du, Carl, es war der Bus. Der Bus fährt ja am Sonntag immer unregelmäßig."

Carl schüttelt nur den Kopf, schaut Farah missbilligend an und gibt mir 20 Pfund. „Hier, für deine Mühe. Ich gebe dir das aus eigener Tasche, weil du den Sonntag gerettet hast."

„Nein, ich will es nicht. So habe ich wenigstens schnell gelernt." Er aber besteht darauf.

Farah fühlt sich nicht im Geringsten schuldbewusst. Sie ist blendender Laune und summt beim Saubermachen.

Eine Woche später rufe ich Rasta Q an, um zu fragen, ob er inzwischen den Pass hat.

Er fängt ein endloses Lamento an: „Du glaubst nicht, was passiert ist! Ich bin mit dem Geld in die Spielhalle gegangen, danach wollte ich gleich aufs Passamt. Da haben ein paar Typen mein Geld gesehen und mich überfallen. Ich habe am Kopf acht Stiche, am Arm vier und am Rücken bin ich auch genäht worden. Sie haben die Räuber erwischt, sie sind in U-Haft. Die haben behauptet, ich hätte sie auch verletzt. Deshalb musste ich auch für einen Tag ins Gefängnis. JT hat mich dann freigekauft. Stell dir vor, Irene, ich war einen ganzen Tag ohne Essen und Zigaretten eingesperrt!"

Ich kann es nicht glauben: „Bist du denn wahnsinnig? Wieso läufst du mit dem Geld herum und zeigst es wieder jedem? Klar überfällt dich dann jemand. Immer wenn du Geld hast, musst du damit prahlen. Wieso bist du überhaupt nicht gleich damit zum Passamt, wie du versprochen hattest? Du wolltest doch schon vor zwei Wochen hingehen. Wieso wartest du denn so lange damit? Soll ich dir wirklich glauben, dass du dieses Geld zwei Wochen daheim hast liegen lassen? Tut mir leid, ich glaube dir kein Wort. Ich denke, ich will dich nicht hier in London haben, ich kann dir nicht vertrauen."

„Bitte, bitte glaube mir. Ich kann überhaupt nichts dafür. Frag JT oder komm her und rede selbst mit allen", heult er ins Telefon.

„Es fällt mir schwer, dir noch irgendetwas zu glauben."

Ich lege auf und weiß ganz genau, dass ich ihn nie hierherholen kann. Das habe ich doch aber vorher auch gewusst. Trotzdem überkommt mich eine große Traurigkeit.

Ich habe einen Reggaeclub im Finsbury Park entdeckt. Wann immer ich jetzt am Wochenende zur DJ-Night in der Stroud Green Road gehe, gehe ich nachher zusammen mit

Bekannten in diesen Reggaeclub. Ich lerne immer mehr Leute kennen und fühle mich schnell zugehörig hier. An Männern bin ich nicht sonderlich interessiert, obwohl ich viele Chancen hätte. Ich erzähle auch immer und überall von Rasta Q. Bald kann ich es selbst nicht mehr hören.

Ich unternehme in der Freizeit hier sehr viel. Ich fahre nach Camden Town, in den Hyde Park, kenne sämtliche Shoppingcenter und fühle mich pudelwohl in London. Ich bin ein total offener Mensch, war noch nie kontaktscheu. Manchmal sitze ich mit einem Salat auf einer Parkbank und eine halbe Stunde später haben mir wildfremde Leute ihre Lebensgeschichte erzählt. In der Stroud Green Road tanze ich mit Punks und einem alten, langhaarigen Typen im Trenchcoat vor dem Pub zu *Dancing In The Street*. Manchmal treffe ich irre komische, verrückte Leute im Bus oder in der U-Bahn.

Eines Tages sitze ich in einem Pub und warte auf ein paar Bekannte. Da spricht mich eine ca. fünfundsechzigjährige Frau an. Sie hat tiefe Falten, strähniges Haar und ist in ein unvorteilhaftes, ausgewaschenes Kleid gepresst. Sie trägt Sandalen, es ist Winter. Sie trinkt Apfelsaft. Sie hält mir eine *Glamour* unter die Nase und ruft erbost: „Da schau her, die sind doch alle hässlich! Wieso sind die überhaupt in so einem Magazin abgebildet?“

Sie blättert jede einzelne Seite lautstark durch, protestiert mit Schnauben und sonstigen verächtlichen Lauten. Sie gibt zu jedem der retuschierten Fotos von hübschen Models einen negativen Kommentar ab und erwartet von mir, dass ich ihr recht gebe. Ich muss so lachen, dass ich fast unter den Tisch falle und mein Bauch wehtut. Es ist zu grotesk, wie sich diese unattraktive Frau über die Fotos aufregt. Gerade als meine Freunde kommen, lache ich so sehr, dass diese glauben, ich sei schon betrunken.

Das und viele ähnliche Erlebnisse lassen mich London immer mehr lieben.

Die Woche darauf komme ich eines Morgens ins Hotel und sehe, dass die Scheibe einer Glastür im Flur beschädigt ist. Mae läuft aufgeregt auf mich zu und drängt mich, am Küchentisch Platz zu nehmen: „Irene, setz dich. Stell dir vor, Carl behauptet, dass er heute Nacht überfallen wurde. Er hat einen Verband am Kopf und kommt heute nicht raus. Ich mache heute die Rezeption. Aber ich sage dir, Carl war betrunken und ist in die Glastür gefallen. Carl hätte die Polizei gerufen, wäre er wirklich überfallen worden. Er ist jede Nacht betrunken. Manchmal schaue ich am Abend noch vorbei, dann ist er gar nicht mehr richtig ansprechbar."

„Was, Carl auch? Das tut mir leid, dass dieser nette Mann auch mit diesem Dämon kämpfen muss", sage ich.

„Jaja, in Irland habe ich auch viele Freunde und Familienmitglieder, denen es genauso geht. Was will man machen? Der eine kann ohne Probleme trinken, der andere nicht", seufzt Mae.

Von da an mag ich Carl noch lieber. Er ist der netteste, feinfühligste Vorgesetzte, den ich je hatte.

Am Wochenende gehe ich den Park. Ich habe hier ein paar Leute gefunden, die mir Gras verkaufen und mir auch gleich die Joints drehen. Ich selber kann es immer noch nicht. Ich unterhalte mich gerade mit Ola, einem alten jamaikanischen Dealer, als ich jemand hinter mir rufen höre: „Ms. Rasta Q, Ms. Rasta Q! Irie, wo ist denn dein Mann? "

Es ist Leroy. Der hat in Montego Bay Dollars am Schwarzmarkt gewechselt. Große Wiedersehensfreude, die Welt ist klein, denke ich.

Lieber Besuch. Gleich nach meiner Ankunft hatte ich Cloe geschrieben und ihr die Telefonnummer der WG gegeben. Sie ruft auch tatsächlich sofort an, nachdem sie meinen Brief bekommen hat. Ich mache nur vage Andeutungen, warum ich im Oktober nicht mehr in London geblieben bin. Ich verspreche, ihr alles genau zu erklären. Cloe möchte mich gerne besuchen.

Sie fragt: „Ist es denn okay, wenn ich bei dir übernachte?"

„Klar doch, ich habe ein Doppelzimmer", antworte ich erfreut.

Cloe will schon am kommenden Samstag kommen. Wir wollen am Abend ausgehen. Ich muss zwar sonntagvormittags arbeiten, aber das macht mir nichts aus.

Cloe und ich treffen uns am Samstagmittag in einem Pub. Die Wiedersehensfreude ist groß. Ich kann gar nicht glauben, dass sie im Wintermantel vor mir steht. Bis jetzt kenne ich sie doch nur in Sommerkleidern von Jamaika. Wir gehen in meine WG. Ich habe schon am Vortag etwas vorgekocht. Wir essen und reden ohne Unterbrechung bis zum Abend.

Cloe ist so unendlich froh, dass mit Roy Schluss ist. Sie sagt: „Heute Abend zum Beispiel könnten wir ihn gar nicht mitnehmen, wir müssten uns genieren."

Sie erzählt auch von ihrer neuen Arbeit als Sekretärin in einem Hostel. Sie sagt: „Als ich in Jamaika war, habe ich ja viele Schulden gemacht. Meine Mutter hilft mir, sie abzuzahlen. Sie meint, danach soll ich meine Sozialwohnung kaufen. Dann habe ich eh kein Geld mehr übrig, um wieder nach Jamaika zu fahren."

Noch immer habe ich ihr nicht gesagt, dass ich Drogen nach England geschmuggelt habe. Ich habe vor, es ihr morgen zu erzählen.

Am späten Nachmittag gehen wir in ein Pub. Ich stelle Cloe ein paar irische und schottische Bekannte vor. Wir haben Spaß. Anschließend gehen wir in die Stroud Green Road zur DJ-Night. Cloe gefällt es sofort. Zuerst sitzen wir noch alleine. Ich erzähle Cloe nun ganz ausführlich von den Ereignissen der letzten Monate.

Cloe ist geschockt, dennoch verurteilt sie mich nicht: „Okay, du hast das jetzt gemacht, aber mach das nie wieder! Bleib hier, da kannst du dir etwas aufbauen. Wenn du Rasta Q unbedingt holen musst, dann mach es eben. Ich denke, er hätte hier wirklich Chancen mit seiner Musik. Ihr könntet auch nach Birmingham ziehen. Da gibt es ebenfalls hervorragende Reggaeclubs. Rasta Q ist wirklich gut!"

„Ich weiß wirklich noch überhaupt nicht, ob ich ihn holen soll", gebe ich zu.

„Versprich mir jedenfalls eines", bittet mich Cloe. „Wenn du das mit den Drogen doch noch einmal machst, sag auf gar keinen Fall etwas zu Rasta Q. Er plappert zu viel, verhält sich auch viel zu auffällig."

„Ja, klar", antworte ich.

Wieder fällt mir auf, dass Cloe sehr begehrt bei den Jamaikanern ist. Fast jeder, den ich hier kenne, möchte, dass ich sie ihm vorstelle.

Das Wochenende vergeht viel zu schnell. Am Sonntagabend steigt Cloe wieder in den Zug nach Birmingham. Wir versprechen uns, sehr bald zu telefonieren. Ich bin froh, so eine gute Freundin hier in England zu haben.

Immer mehr freunde ich mich mit meinem Zimmernachbarn Manuel an. Der fünfundzwanzigjährige Student aus Spanien arbeitet in einer Sandwich-Bar, um sein Studium zu finanzieren. Ich verschaffe ihm einen zweiten Job als Koch in einem irischen Pub. Er ist sehr dankbar, er braucht das Geld.

Eines Abends ziehen wir miteinander durch die Pubs. Manuel hat kein Geld, ich lade ihn ein. Wir haben ein paar Bier getrunken und steuern gerade das Blackstock an. Da begegnen wir ein paar Leuten, die Katzenkostüme tragen. Wir lachen viel mit ihnen und alle fangen an, auf der Straße zu miauen. Als wir das Pub betreten, müssen wir uns zu ein paar Fremden an den Tisch setzen, weil so viel Betrieb ist. Ich lache ihnen zu: „Die Welt ist verrückt!"

Mein irisches Gegenüber schaut mich an, als ob ich gerade das Klügste auf der Welt gesagt hätte, nickt und sagt mit nachdenklicher Stimme: „Ich weiß, ich weiß, Baby."

Arbeit im Hostel. Nachmittags bin ich inzwischen in einem sogenannten Hostel beschäftigt, einer vorübergehenden Unterkunft für Obdachlose. In England ist ein Hostelaufenthalt die erste Station, bevor man eine Sozialwohnung zugewiesen bekommt. Es sind meist große, mehrstöckige Gebäude mit Einzel-, Doppel- oder Familienzimmern. Farah hat mich zu einem Housing-Office geschleppt, dort habe ich mich auf die Warteliste für eine Sozialwohnung setzen lassen. Sie sagt, dass das aber viel zu lang dauern würde. Ich sollte jetzt in einem Hostel wohnen, mich also obdachlos erklären. Mir aber gefällt es gut in meiner WG und so soll es auch bleiben.

Farah sagt, mein Zimmer wäre viel zu teuer: „Schau mal, bei unserem kleinen Verdienst würde dir der Staat fast die ganze Miete zahlen und du hättest eine richtige Wohnung. So aber hast du nur ein Zimmer. Du kannst keinen Mietzuschuss beantragen, weil die Vermieter dich nicht gemeldet haben. Du bist dumm."

„Dann sind aber alle dumm, die in einer WG wohnen. Von mir aus setze ich mich auf die Warteliste, aber ich will in kein Hostel."

Nun also arbeite ich nachmittags in einem Hostel in Green Lanes. Hier müssen wir an alle Türen klopfen, den Müll rausbringen, staubsaugen und Bäder, WCs und den Gang putzen. Hier leben auch sehr viele asoziale

Menschen, die uns noch dazu von oben herab behandeln. Meine Vorgesetzte dort ist Mia, eine Frau karibischer Abstammung im mittleren Alter. In den Pausen erzähle ich von Rasta Q und dass ich nicht weiß, ob ich ihn nach England holen soll. Wieder verschweige ich seine Probleme mit Crack.

Trotzdem sagt der langjährige Hausmeister Tim, ein farbiger gebürtiger Engländer: „Tu's nicht."

„Wieso das denn? Er ist wirklich nett."

„Die verändern sich alle hier, du wirst sehen, die werden hochmütig und vergessen, wer sie in den Westen geholt hat. Sie versuchen es dann auch bei allen anderen Frauen", entgegnet Tim.

Ich sage: „Ich glaube, er könnte hier wirklich mit der Musik Erfolg haben. Andere Frauen hat er, soviel ich weiß, überhaupt nicht. Außerdem ist er schon 48."

Mia wirft mit Nachdruck ein: „Irene, die Weiber hier nehmen Dreads auch dann noch, wenn sie grau und verkrüppelt sind. Sie sind verrückt nach ihnen, du wirst sehen."

Wie ein begossener Pudel sitze ich da, sie haben ja recht.

Nach der Arbeit rufe ich Rasta Q kurz von der Telefonzelle aus an. In Montego Bay ist es gerade Mittag, er müsste noch zu Hause sein. Er hebt ab und ich erzähle ihm von meinem Zusatzjob. Er sagt, es ist gut, dass ich so viel Geld wie möglich verdiene. Ich frage, ob er denn nun schon den Pass hat. Er sagt, es gebe Schwierigkeiten mit den Behörden in Montego Bay, weil er damals aus den USA deportiert wurde. Er müsse nach Kingston fahren. Ich sage ihm, das sei sein Problem. Ich habe nicht vor, ihm noch irgendeinen Betrag zu schicken.

Carl hat mir gesagt, Mae freue sich so sehr, so eine fleißige Kollegin bekommen zu haben: „Sie hüpft so fröhlich rum wie ein junges Küken." Aus der kleinen Zeitung, die unsere Hotelgruppe herausgibt, erfahre ich, dass Carl mich zum Breakfast-Supervisor im Redland Hotel gemacht hat. Ich habe jetzt die Oberaufsicht beim Frühstück. Das alles macht mich so glücklich und ich habe vor, hier zu bleiben.

Weihnachten. Leider kommt wieder einmal alles ganz anders. An Weihnachten habe ich auch dort gearbeitet und es hat Spaß gemacht. In diesen Tagen versucht der englische Staat, alle Obdachlosen von der Straße zu holen. Alle freien Hotelzimmer, Gästehäuser und Hostels werden mit Obdachlosen belegt. Für zehn Tage werden alle Penner irgendwo einquartiert und der Staat kommt dafür auf. Carl sagt, dass wir die Obdachlosen behandeln wie ganz normale Gäste. Die meisten Hotels würden den Obdachlosen nur das billige Frühstück anbieten, das aus Toast, Butter, Marmelade und Cornflakes besteht. Unsere Gäste aber kriegen alle ein komplettes warmes englisches Frühstück.

Carl sagt zu mir: „Wenn der Hoteldirektor zu Weihnachten kommt, sag ihm bitte nichts davon. Er muss das nicht wissen. Vielleicht werden Farah und du in dieser Zeit einige unangenehme Dinge in den Hotelzimmern vorfinden. Immerhin sind viele Leute von der Straße alkoholkrank."

Ich versichere Carl, dass mir das wirklich nichts ausmacht.

Kurz vor Weihnachten ziehen ein paar Obdachlose in unser Hotel, aber manche nehmen das Angebot einfach nicht an. Diejenigen, die kommen, sind zutiefst unsicher, fast verängstigt und wagen sich fast gar nicht zum Frühstück. Manchmal bleiben sie ganz auf ihren Zimmern und wir bekommen sie kaum zu Gesicht.

Carl sagt: „Es muss schwierig sein, wenn man einmal so weit gekommen ist. Die meisten wollen gar nicht mehr zurück in ein geregeltes Leben."

Jeder Bewohner unserer WG geht am Heiligen Abend aus. Jeder geht irgendwo anders hin, kein einziger kann sich nächsten Tag erinnern, wie er heimgekommen ist.
Ich arbeite über die Feiertage nur im Redland Hotel, es ist sehr ruhig dort. Mae ist nach Irland geflogen. Farah und ich sind allein in der Küche. Wir haben Spaß. Farah feiert Weihnachten gar nicht, weil sie Muslima ist. Sie setzt mir aber wieder wegen der Wohnung zu. Sie meint, sie würde fast täglich nachfragen gehen.

Brief von Caroline. Ich schreibe viele Briefe in dieser Zeit, auch an Caroline. Ich habe ihr von meinen Plänen, Rasta Q vielleicht nach England zu holen, erzählt. Ende Dezember bekomme ich Post aus Detroit. Darin schreibt sie unter anderem:

Ich weiß Bescheid über Deine Liebe zu Rasta Q und verstehe es auch, aber er ist nicht gut für Dich. Du würdest nur absteigen, wenn Du bei ihm und in dieser Umgebung bleibst. Diese Art von Liebe ist krank und zerstörerisch. Ich glaube nicht, dass Du diese Art von Liebe verdienst. Du bist viel zu nett und zu warmherzig …

Manchmal lieben wir jemand, der überhaupt nicht gut für uns ist. Ich glaube, das ist der Fall zwischen Dir und Rasta Q. Ich spreche zu Dir, wie ich auch zu meiner Schwester sprechen würde. Ich würde nicht gern hören, dass Du durch diese Aasgeier zerstört worden bist. Diese Hustlers sind zu ignorant, sie wissen es nicht besser. Sie saugen Dich aus und nachher spucken sie Dich aus.

Bitte verzeih, dass ich so direkt bin. Ich mache mir aber extreme Sorgen um Dich. Sogar Clarence hat gemerkt, was für ein kaputtes Leben Rasta Q führt. Auch der einarmige Mann ist gemein, zahlt seinen Leuten so verdammt wenig. So können weder Rasta Q noch die Band jemals ein besseres Leben führen. Sie alle werden in Jahren noch ganz genau dort sein, wo sie jetzt sind. Du wirst keinen Progress sehen.

Ich habe Dich wirklich vermisst, als wir kürzlich auf Jamaika waren. Was wirst Du jetzt mit Rasta Q machen? Was sind Deine Pläne? Hochzeit? … Vielleicht bist Du auch noch gar nicht bereit, jetzt eine Entscheidung zu treffen. Du musst Dir über Deine Gefühle klarwerden. Doch ich bete, dass Du zuerst an Dich selber denkst. Rasta Q wird überleben, mach Dir keine Sorgen. Die Menschen auf Jamaika wissen, wie man überlebt, glaub mir. Er soll Dir nicht im Weg stehen, Dir wieder selber etwas aufzubauen. Er hat zu mir gesagt, er wartet, dass Du ihn nach England holst. Er wartet wirklich!!!

Meine persönliche Meinung ist, Du wirst mit Rasta Q überall Schwierigkeiten haben. Ganz egal, an welchem Fleck der Erde. Ich sage dir ganz aufrichtig meine Meinung. Denk daran, wie Dein Leben verlaufen wird, wenn Du ihn wirklich holst!

Beim ersten Durchlesen finde ich den Brief etwas hart, aber Caroline hat ja recht. Ich denke doch genauso. Auch wenn ich wenig verdiene, so habe ich das Geld doch wenigstens für mich alleine. Ich habe keine Rattenscheiße mehr im Bett und bin nie hungrig. Das Wetter in England gefällt mir auch ausgezeichnet. Es ist Weihnachten und hat dennoch 15 Grad draußen. Jeden Tag glühende Hitze und manchmal tropische Stürme und Regenfälle sind nicht ganz so mein Ding. Ich werde Caroline bald zurückschreiben.

Kurz entschlossen. Nach den Feiertagen gehe ich abends ins World's End. Ich will nur ein, zwei Drinks, dann schlafen gehen. So gegen neun Uhr treffe ich Ted, den DJ vom jamaikanischen Pub. Er bedrängt mich, in den Reggaeclub an der Seven Sisters Road mitzukommen. Ich will erst nicht, dann gehe ich doch mit. Im World's End kann man auch Spliffs rauchen, an Teds Tisch wird immer geraucht. Ich bin schon ziemlich stoned, als ich einwillige. Im Club trinke ich wieder viel zu viel und unterhalte mich mit ein paar jungen Jamaikanern. Sie sind schon hier geboren und fahren nur auf Urlaub nach Jamaika. Ich erzähle einem jungen Mädchen die ganze Sache mit Rasta Q und frage sie, was ich denn bloß tun solle.

Sie schaut mich groß an und sagt: „Get him – hol ihn."

Um vier Uhr morgens gehe ich endlich heim. Als um sechs Uhr früh der Wecker klingelt und ich aufstehe, merke ich, dass ich noch völlig betrunken bin. Ich kann kaum gerade gehen. Ich lege mich wieder hin und stehe um neun Uhr früh in meinem Reisebüro und buche einen Flug nach Montego Bay. Für den nächsten Tag ist kein Platz mehr frei, deshalb fliege ich an Silvester.

Ich fühle mich extrem schuldig Carl gegenüber. Ich schäme mich so, dass ich wohl doch nicht so zuverlässig bin, wie er gedacht hatte. Carl ruft am Abend an und ich sage ihm, dass ich nicht mehr komme, weil ich wieder nach Jamaika fliege. Seine Stimme klingt traurig, als er mir alles Gute wünscht.

Ich fühle mich äußerst unwohl und weiß, ich tue das Falsche. Zu meinen Vermietern sage ich, ich fliege nach Jamaika, um meinen Freund zu Silvester zu überraschen. Sie sind verwundert, freuen sich aber mit mir. Die Miete für die nächsten zwei Wochen zahle ich im Voraus, einen Mietvorschuss von vier Wochen haben sie zusätzlich noch als Kaution. Ich rufe Rasta Q an, um ihm zu sagen, dass ich komme. Er ist nicht wirklich erstaunt. Er verspricht, mich um sechs Uhr abends abzuholen.

31. Dezember 1997: Letzter Flug nach Jamaika

Air Jamaica landet pünktlich vor sechs Uhr abends in Montego Bay. Ich bin schnell durch den Zoll durch. Da steht auch schon Rasta Q und grinst verlegen. Er hat noch immer einen Verband auf dem Kopf und ein großes Pflaster am Arm. Ich spüre sofort, dass ich ihn tatsächlich gar nicht liebe. Warum bin ich bloß wieder hergekommen? Liebe ich denn die Gefahr so sehr? Ich bin auch nicht gerade blendender Laune.

Rasta Q zündet im Taxi einen Spliff an und wir rauchen, bis wir beim Gästehaus ankommen. Rasta Q hat mir schon am Telefon gesagt, dass am Abend eine große Show in JTs riesigem Hinterhof ist. Sie haben dort eine große Bühne aufgebaut. Gregory Isaacs, Xenaman und viele andere kommen auch.

Als wir bei JT's durch den Garten reingehen, grüßen mich die Marktfrauen begeistert. Sie rufen mir zu: „Geh nie wieder so lange weg. Rasta Q kann nicht ohne dich sein, er macht nur Blödsinn. Nimm ihn mit, er braucht dich!"

Eine andere Frau ruft: „Du siehst super aus, du siehst fett aus!"

Andere stimmen ein. Ich geniere mich, ich möchte nicht fett sein. Durch das gute Essen in England habe ich tatsächlich etliche Kilo zugenommen, bin aber nicht fett. Ich habe Größe 40 und keine Fettwülste hängen.

Rasta Q beruhigt mich: „Die meinen das positiv, für die ist sehr schlank einfach nicht sexy. So wie du bist, ist perfekt."

Er sagt zu den Frauen: „Irene gefällt das nicht, wenn ihr sagt, sie sei fett. Das kränkt sie."

Schon ist eine eifrige Diskussion unter den Marktfrauen im Gange, wie fantastisch und sexy ich doch jetzt aussehe, nicht mehr so mager. Immer mehr Leute kommen dazu, auch Männer mischen sich ein und alle finden, ich sehe hervorragend aus, weil ich nicht mehr so skinny bin. Mir hat es trotzdem einen Dämpfer versetzt, genau das wollte ich nicht hören.

Ich gehe rüber zu Tonys Pizza und schaue mich um. Auch hier höre ich immer wieder: „You look good, you look fat."

Ich kaufe ein Bier und schlendere wieder zurück zu JT's.

Rasta Q ist für zwei Stunden unauffindbar, ich suche ihn auch nicht. Ich unterhalte mich mit der Band, mit JTs ständiger Crew und mit den Frauen vom Markt. Alle sagen immer wieder, Rasta Q wäre komplett verrückt geworden, weil er nicht gewusst hätte, ob ich wiederkomme. Sie sagen auch, er ist überfallen worden, weil er so grenzenlos dumm ist.

Eine super Show. Als Rasta Q wiederkommt, er ist er wieder fahrig, nervös, spricht unzusammenhängend. Er wirkt wie gehetzt. Heute Abend ist er im Vorprogramm vor Gregory Isaacs. Als er auf die Bühne steigt und loslegt, bin ich verzaubert. Was für ein Unterschied zu der kleinen

Bühne für Touristen. Die Akustik ist natürlich viel besser, scheinbar hat die Band auch bessere Instrumente. Es ist einfach perfekt. Rasta Q wirkt wie einer der ganz Großen. Er ist zum Beispiel bei JT's sehr oft vor Freddie McGregor aufgetreten. Ich habe immer gedacht, McGregor ist nichts im Vergleich zu Rasta Qs Talent. Natürlich stehen zahllose Alben von Freddie McGregor in den Läden, aber kein einziges von Rasta Q. Doch wenn man beide Sänger auf der gleichen Bühne, unter den gleichen schlechten Bedingungen spielen hört, merkt man den Unterschied.

Heute Abend bin ich wirklich von Rasta Qs Show restlos begeistert. Die Musik kriecht mir wieder in den Körper, hält mich einfach in Atem. Ich sage Rasta Q, als er nach tosendem Applaus von der Bühne runterkommt, wie beeindruckend seine Show auf der großen Bühne wirkt.

Er schaut mich traurig an und sagt ein bisschen resigniert: „Du hast noch gar nichts gesehen, Baby, gar nichts."

Die ganze Show wird ein voller Erfolg, die Leute sind heute Nacht von weit her gekommen. JT ist zufrieden, das Geschäft boomt.

Als wir am Neujahrstag dann zu JT kommen, sehe ich Roy mit einer extrem dicken schwarzen Frau an der Bar stehen. Sie tanzt hingebungsvoll zur Reggaemusik, die vom Band läuft. Roy steht etwas dümmlich daneben.

„Wer ist das denn?", frage ich Rasta Q.

„Ach so, das kannst du ja noch gar nicht wissen. Das ist Roys Frau. Sie ist Amerikanerin, sie haben vor ein paar Wochen in Amerika geheiratet."

Mir verschlägt es fast die Sprache. Die Frau legt nun besitzergreifend ihre Arme um Roy und will, dass er mit ihr tanzt. Er sieht leicht genervt aus, tanzt dann aber etwas widerwillig mit. Unsere Blicke treffen sich, Roy grüßt kurz zu uns rüber und schaut dann weg. Auch JTs Leute finden den Auftritt der beiden komisch. Finden sie Frauen wie Cloe mit Größe 48 noch sehr attraktiv, ist ihnen diese Frau bei Weitem zu massig.

„Sie hat eine Firma in Miami, sie ist eine tüchtige Geschäftsfrau", sagt Rasta Q. „Ich glaube, Roy geht mit ihr in die Staaten."

Warnungen. Die nächsten Tage verbringen wir vorwiegend am Strand. Vom Dead End Beach aus, einem kleinen, öffentlichen Strand, sieht man die Flugzeuge starten und landen. Wie oft sind wir dort gelegen und ich habe mir so sehnlich gewünscht, wieder in einem Flugzeug zu sitzen. Man hat hier das Gefühl, als ob man die Flugzeuge mit der bloßen Hand berühren könne, so nah fliegen sie vorbei. Viele Einheimische sitzen hier herum. Manche sind auch mit Autos mit starken Soundsystems da.

Wir trinken Wasser und essen ein paar Orangen. Rasta Q raucht einen Spliff. Er sagt: „Bald sitze auch im Flugzeug und fliege zum ersten Mal nach England. Ich freu mich schon!"

Ich antworte ausweichend und beschließe, Carlos anzurufen. Gleich gegenüber vom Strand ist eine Telefonzelle. Carlos hebt schon nach dem zweiten Klingeln ab. Er sagt, ich könne am 8. Januar fliegen. Wir vereinbaren ein Treffen zwei Tage vor Abflug. Zufrieden schlendere ich zurück zu unserer Decke.

Rasta Q ist nirgendwo zu sehen. Nach einer Weile kommt er von Richtung Straße. Er sagt: „Irene, gerade hat mich jemand darauf angesprochen, dass wir jetzt zu Geld gekommen sind. Die wollen auch was. Sie sagen, das nächste Mal würde es nicht gut für dich ausgehen, wenn wir ihnen nicht ein bisschen davon abgeben."

Ich antworte genervt: „Spinnst du total? Erwartest du von mir, dass ich dir jetzt Geld gebe und du damit gleich wieder ins Crack-Basement läufst?"

Am nächsten Tag fahren wir an den Fletcher's Beach. Rasta Q geht Limonade holen. Als er zurückkommt, stößt er aufgeregt hervor: „Ich habe gerade diesen Polizisten getroffen. Er hat gesagt, er weiß, was vor sich geht. Wir sollen ihm Geld geben. Wenn wir weiterhin unbehelligt weitermachen wollen, müssen wir ihm wirklich was geben."

„Niemand kriegt etwas. Das ist ganz alleine mein Risiko. Wenn ich jedem was gebe, bleibt ja bald nichts mehr übrig!"

„Du kennst die Jamaikaner eben nicht. Das war nicht nur eine leere Drohung. Er informiert den Zoll am Flughafen, dann fliegst du auf. Er will mich heute Abend treffen. Du musst mir etwas Geld geben."

„Gar nichts gebe ich dir. Warum kommen denn die immer nur zu dir? Zu mir selber hat noch nie jemand etwas gesagt! Zeig mir doch den Polizisten! Hältst du mich denn für so naiv? Du willst es ja doch nur in Crack umsetzen."

„Ich rauche schon lange kein Crack mehr. Ich habe es überhaupt nur ganz selten geraucht, fast nie eigentlich", jammert Rasta Q.

„Ich gebe dir kein Geld für deinen Phantompolizisten, die Sache ist für mich erledigt!"

„Ich habe dich gewarnt. Es gibt auch noch einige andere Leute, die so merkwürdige Äußerungen machen. Flieg jedenfalls dieses Mal nicht von Montego Bay ab."

„Ich mache, was Carlos für richtig hält", beende ich das Gespräch.

Am 6. Januar treffe ich mich mit Carlos auf dem Parkplatz des Pork Pit Restaurants in Montego Bay. Carlos hat mir eingeschärft, Rasta Q zu Hause zu lassen. Natürlich wollte er doch mitkommen und irgendwo auf mich warten. Ich will aber überhaupt kein Risiko eingehen. Carlos ist pünktlich da. Er gibt mir Geld für das Ticket und Reisegeld.

Danach will ich noch nicht nach Hause gehen. Ich setze mich in eine Touristenkneipe und unterhalte mich stundenlang mit deutschen und österreichischen Urlaubern. Ich weiß, dass Rasta Q auf mich wartet, aber ich kann im Moment seine Nervosität sehr schlecht ertragen. Um elf Uhr abends mache ich mich dann aber doch auf den Weg zum Gästehaus. Ein Zigarettenverkäufer auf der Straße ruft mir zu, dass Rasta Q mich sucht.

Oh nein, wieso das denn? Er kann verschwinden, wann immer er will. Bei mir macht er jedes Mal einen Aufstand, denke ich völlig genervt.

Dann meldet sich eine andere Stimme in mir: Du weißt doch, wie schnell er sich aufregt! Gerade jetzt kannst du das überhaupt nicht gebrauchen, es ist gefährlich.

Ich bin schon fast beim Gästehaus angekommen, als er mir entgegentorkelt. Er ist betrunken und hält eine Crackpfeife in der Hand. Er brüllt mir zu: „Wo warst du denn? Ich bin vor Sorge fast umgekommen. Du kannst doch nachts nicht alleine durch Downtown laufen! Warum machst du das denn?"

„Ich gehe alleine durch Montego Bay, weil du sonst immer wie eine Klette an mir hängst. Ich brauche auch mal Luft. Woher hast du eigentlich das Geld für Bier und das hier?", frage ich und deute auf die Pfeife.

„Das musste ich mir von dir nehmen, weil ich dich doch suchen musste. Wärst du gleich nach Hause gekommen, hätte ich es nicht nehmen müssen."

Ich schnaube wutentbrannt: „Wo hast du es denn gefunden?"

„Im CD-Player. Ich musste es nehmen. Du bist meine Frau. Deine Sachen gehören mir auch. Hätte ich Geld, du könntest dir immer davon nehmen …"

„Hast du sie nicht mehr alle? Wie oft muss ich dir noch sagen, meine Sachen gehen dich überhaupt nichts an! Du hast sie ganz einfach nicht anzugreifen."

Ich fasse es nicht. Normalerweise weiß er nicht einmal, wie man einen CD-Player bedient. Muss ihn ganz schön Mühe gekostet haben, das Ding zu öffnen. Wir streiten lautstark auf dem Weg nach Hause. Ich mache mir selber auch die größten Vorwürfe. Wie konnte ich denn nur Geld liegen lassen, wenn Rasta Q in der Nähe ist? Dann noch die ganze Aufmerksamkeit, die wir wieder auf uns gezogen haben.

Auch am nächsten Tag sieht Rasta Q nicht ein, dass er mein Geld nicht einfach nehmen darf. Er sagt, er hätte auch nie Crack geraucht, wäre ich nicht so lange weggeblieben. Er bedrängt mich noch bis zum letzten Tag, zu einem Geistlichen zu gehen, der uns ganz legal trauen würde. Diesen Fehler mache ich jedoch nicht.

Die letzte Nacht vor meiner Abreise verbringen wir im Toby's Inn, einem kleinen Hotel in Flughafennähe. Das ist eigentlich ein sehr romantisches Hotel, aber Rasta Qs unsagbare Ruhelosigkeit macht mich noch wahnsinnig.

8. Januar 1998: Die Verhaftung

Unglaublich gut fühle ich mich heute Morgen. Ich bin so froh, dass ich Jamaika wieder verlassen kann. Nichts ist es geworden mit der legalen Trauung und dem Plan, Rasta Q mit nach England zu nehmen. Er ist mehr denn je auf Coke und Alkohol. Ich kann es nicht riskieren. Ich muss wieder zu mir selbst finden und werde mir in England ein neues Leben aufbauen. Vorbei ist es mit der Faszination Jamaika. Rasta Q würde in England die gesamte Wohnungseinrichtung verkaufen und mich vielleicht noch dazu.

Wie hat doch damals Ted gesagt? „Ein Crackhead würde ein Baby oder einen blinden Mann bestehlen."

Carlos sagt das auch. Er findet sogar, in London würde es mit Rasta Q noch schlimmer werden. Ich bin nicht einmal traurig, ich fühle mich in guter Form.

Vergessen ist der Polizist, der mich erpressen wollte. Vergessen sind alle Leute, die mir rieten, diesmal nicht von Montego Bay abzufliegen. Ich fühle mich total sicher.

Bedenken. Um acht Uhr morgens treffe ich mich mit Carlos vor dem Shoppingcenter in Ironshore. Auch er ist sehr euphorisch und so weit läuft alles nach Plan. In seinem neuen Sportwagen wirft er mir die Schuhe zu. Sofort sehe ich, dass sie diesmal sogar noch größer sind. Er hat amerikanische Größe 10.5 gekauft. Normal habe ich Größe 8. Bisher war ich höchstens mit Größe 9.5 geflogen. Ich fühle mich darin wie in Schwimmflossen. Auch haben sie die Drogen diesmal wirklich schlampig eingearbeitet.

Der hellbraune Kleber ist an den Seiten der neuen Nike zu sehen. Ich sage es Carlos. Er erwidert, wir werden das in Ordnung bringen, sobald wir die Villa erreichen.

Es ist ein wunderschöner Morgen und ich genieße die Fahrt zu Carlos' Haus. Diesmal habe ich meine Koffer nicht dabei. Mit Rasta Q habe ich vereinbart, dass er sie zum Flughafen bringt.

Carlos ist überhaupt nicht davon begeistert: „Keine gute Idee. Du musst auch noch ein paar Sachen für meinen Freund nach Birmingham mitnehmen. Das ist zu auffällig, wenn wir das am Flughafen machen. Warum habt ihr das so ausgemacht?"

„Was für Sachen denn? Davon war aber nie die Rede", wende ich ein.

„Ach, nur Kleinigkeiten, ein paar Bügel- und Haarsprays."

Da schrillen alle Alarmglocken bei mir. Schon lange weiß ich, dass man Liquid-Kokain auch in Spraydosen schmuggeln kann. Ich fühle mich ohnmächtig. Ist es wirklich nötig, mich reinzulegen? Dieses verdammte Land. Jeder betrügt hier jeden, jeder hält den anderen für naiv und bekloppt. Nie, niemals wollte ich irgendwas im Koffer mitschmuggeln. Carlos weiß das. Als wir die Villa erreichen, möchte ich die Dosen sehen. Carlos führt mir vor, dass wirklich Haarspray in einer der Dosen ist.

Ja, oben ist tatsächlich Haarspray drin, denke ich. Es wird doch sicher ein Verfahren geben, den oberen Teil der Dose wieder mit Haarspray zu füllen und nur unten Drogen reinzutun.

Jedenfalls ist es mir schleierhaft, wieso ich sechs große Spraydosen mit nach England nehmen soll. Die Qualität solcher Produkte ist doch in England sicher besser.

Dann entfernt Carlos fachmännisch den Kleber an den Schuhen und ich warte nur mehr darauf, dass die Zeit vergeht. Am Flughafen soll ich wieder ein Ticket nach Kuba kaufen und ein Zimmer im größten Hotel Havannas buchen.

Um zwölf Uhr mittags würde ich Jamaika verlassen. Wieder mal für immer und ewig. Während der ganzen neun Tage, die ich diesmal hier war, hatte ich ein merkwürdiges Gefühl gehabt. Mir war zumute, als würde mir Jamaika Lebewohl sagen, als würden sogar die Pflanzen rundherum verwelken. Es war aber kein schlechtes Gefühl, ich wollte gar nicht mehr bleiben, ich hatte die Nase voll.

Carlos sagt zum Fahrer, der mich zum Flughafen bringt: „Gib dem Dread ein Zeichen, damit er zum Wagen kommt und das Zeug in die Koffer packt."

Um zehn Uhr wollen wir zum Flughafen fahren. Jetzt warten wir in einem der Zimmer. Jumbo kommt rein, sagt Hallo und geht wieder. Ein jüngerer Jamaikaner ist mit mir im Raum. Er liegt auf dem Bett und döst. Alle Leute, die für Carlos arbeiten, sind Nachtmenschen. Sie schlafen meistens bei Tage. Ich sitze auf einem anderen Bett und langweile mich. Ich stehe auf und gehe auf und ab. Es ist ein blödes Gefühl, die Schuhe sind zu groß. Obwohl ich wieder die Glockenhosen anhabe, erscheinen die Schuhe an mir riesig.

Endlich wird es zehn Uhr. Der Junge steht auf und wir steigen in einen kleinen unauffälligen Lada. Jeder in Montego Bay kennt Carlos' Sportwagen.

Ich fühle eine große Freiheit in mir, als wir die Küstenstraße Richtung Flughafen entlangfahren. Ich sehe auch ganz gut aus, weil ich gut geschlafen habe. Das Einzige, was mich quält, ist meine Blasenentzündung. In England werde ich gleich in eine der Walk-in-Kliniken gehen. Sollte es schlimmer werden, könnte ich mich auch vom Hotelarzt in Havanna checken lassen.

Am Flughafen finden wir einen Parkplatz in der Nähe des Eingangs. Schon von Weitem sehe ich Rasta Q mit meinem Gepäck dastehen. Ich bleibe sitzen, mein Fahrer bedeutet Rasta Q, er solle herkommen. Schnell stopfe ich die Spraydosen in den Koffer. Der Wagen fährt weg, Rasta Q und ich gehen zum Ticketverkaufsschalter.

Rasta Q ist nervös. Nervös ist Rasta Q zwar ständig, aber heute ist es ganz extrem. Er verhält sich total auffällig, richtig paranoid. Er raunt mir mit aufgewühlter Stimme zu: „Die ganze Zeit hat mich ein Typ fixiert, richtig stechender Blick."

Ich checke nach Havanna ein. Er zischelt mir vor der Flughafenangestellten zu: „Gefährlich heute, flieg lieber nicht".

Ich lache und denke an seine zahlreichen Anfälle von Coke-Paranoia. Daran, dass er so oft durch die Jalousien seines Hauses gespäht und sich verbarrikadiert hat. Daran, dass er nach jeder nächtlichen Crackpfeife seine T-Shirts gezählt und behauptet hat, sein Sohn habe welche gestohlen.

Wir gehen in den ersten Stock ins Restaurant. Ich habe mächtigen Hunger. Ich kaufe Kaffee, ein Käsesandwich und Käsekuchen. Rasta Q, der normalerweise immer hungrig ist, kann nichts essen. Überhaupt ist er völlig geknickt und panisch. Immer wieder sagt er mir, dass es ein Fehler ist, von Mo Bay aus zu fliegen. Ich weise seine Einwände als lächerlich ab, mache mich sogar über ihn lustig.

Ich gehe zur Toilette, um das dicke Geldbündel, das mir Carlos gegeben hat, zu zählen. Viele Pfundnoten und ein dickes Bündel US-Dollar, das ist nur das Reisegeld. Richtig aufgekratzt komme ich wieder raus, Carlos war großzügig. Rasta Q sagt immer wieder, die Schuhe sind zu groß. Er berührt sie sogar und macht eindeutige Gesten dazu.

Am Nebentisch hat ein Mann Platz genommen. Das Restaurant ist fast leer. Der Mann möchte mit uns ins Gespräch kommen. Er erzählt uns, dass er aus Nigeria ist und eine Karibik-Rundreise macht. Die nächste Station sei Kuba. Er schreibt ein paar Ansichtskarten und fragt nach dem Namen des Flughafens. „Donald Sangster's", sagen wir beide gleichzeitig.

Bald schon müssen wir gehen. Ich gebe Rasta Q 20 Pfund und 500 Jamaika-Dollar. Sehr begeistert ist er davon nicht, hat mehr erwartet. Sicher wird er damit gleich wieder zum Crack-Basement in Downtown gehen. Bevor ich durch den Zoll verschwinde, umarmen und küssen wir uns. Ich beschwöre ihn, auf dem Aussichtsturm zu warten, ob ich auch wirklich durchgekommen bin. Sollte ich nicht in die Maschine nach Kuba einsteigen, solle er sofort Carlos anrufen.

Game over. Am Einreiseschalter werde ich gefragt, wohin ich fliege. Dann bin ich nach einem kurzen Blick in den Pass durch und stelle mich in die Schlange vor der Sicherheitskontrolle. Ich passiere den Metalldetektor, mein Handgepäck ist auf dem Fließband. Komisch erscheint mir, dass heute mein Körper gar nicht abgetastet wird. Dann sind meine Taschen durch, ich will sie nehmen und weiter zum Boarding gehen.

Da stoppt mich eine Polizistin: „Setz dich auf diesen Stuhl und zieh die Schuhe aus."

Game over, schießt es mir durch den Kopf.

Ich fühle mich gar nicht panisch. Irgendwie sehe und fühle ich alles glasklar. Ich hatte mir eine eventuelle Verhaftung immer viel dramatischer vorgestellt. Der Jamaikaner hinter mir wird auch angehalten. Seine Begleiterin kreischt: „Das ist mein Mann, der hat nichts mit der da zu tun!" Er kann weitergehen.

Die Polizistin wiegt die Schuhe in ihren Händen und fragt mich, was denn da drin sei.

„Nichts", sage ich.

„Bist du sicher?" Süffisantes Lächeln.

„Na klar."

„Das werden wir ja sehen, du kommst jetzt einmal mit."

Ihr männlicher Kollege zischelt ihr etwas zu, ich höre, wie er etwas von einem Deal sagt, sie winkt rigoros ab.

Er sagt: „Sicher hat sie Geld."

Sie winkt wieder ab: „No, man!"

Ich werde hart an der Schulter gepackt und durch eine Hintertür auf die schäbige Polizeiwache geführt. Die Polizistin reißt die Schuhe auseinander und nach kurzer Zeit hat sie das erste Päckchen Kokain in der Hand.

„Raasclaat!" Das heißt Arschlappen.

Sie legt die Drogen auf die Waage. Dann fischt sie das zweite Päckchen aus den Schuhen und versucht mit angestrengtem Gesicht, das Gewicht auf der Waage zu erkennen. Zwei andere Beamte kommen in den Raum, die Beamtin ist in ihrem Element. Triumphierend strahlt sie die Männer an. Sie diskutieren über das Gewicht. Es ist wirklich nicht einfach zu erkennen, weil es sich um eine uralte Waage handelt, bei der man das Gewicht noch einstellen muss. Dann aber einigen sich alle auf 1150 Gramm. Ich muss ihnen mein Ticket und den Gepäckschein geben. Sie wollen natürlich meine Koffer checken und mir auch andere Schuhe geben. Die Beamtin meint nun, sie sei hier, um mir zu helfen, und ich soll ihnen dringend die Namen der Kontaktleute sagen.

Ich erzähle ihr, dass es mein eigener Stoff ist. Sie glaubt mir nicht. Sie sucht in meiner Handtasche nach einer Telefonnummer. Sie sucht sogar in meinem BH danach, reißt ihn mir fast runter. Natürlich bin ich nicht so blöd, mit Carlos' Nummer auf einen Drogenrun zu gehen. Ich habe die Nummer im Kopf. Ich habe sie auch verschlüsselt in England liegen. Die Polizei fragt mich nun, wer von der Bande noch an Bord der Maschine sei.

„Keiner, nur ich, gibt keine Bande."

„Wo hast du gewohnt in Jamaika?"

„In einem Gästehaus in Mount Salem."

„Mit dem Dread, den wir gerade verhaftet haben?" Sie bringen Rasta Q rein.

Mir wird auf der Stelle klar, dass ich Rasta Q meine Verhaftung zu verdanken habe. Der ist voller Panik. Schon nach einer Minute haben sie ihn weichgekocht. Er sagt ihnen nicht nur Carlos' vollen Namen, sondern auch Adresse und Telefonnummer. Ich könnte ihn erwürgen. Eiserne Regel in diesem Business ist, bei der Verhaftung alle anderen zu decken. Andernfalls kann man nachher nicht mit der Hilfe des Bosses rechnen. Das heißt, das Syndikat stellt keinen Anwalt, keine Versorgung im Gefängnis und natürlich auch kein Rückflugticket. Geld für einen Neustart gibt es auch keines. Alle diese Sachen sind wir hundertmal durchgegangen.

Nun der quengelnde Rasta Q: „ Irene, sag ihnen die Wahrheit, du hast doch keine Chance!"

Mir wird klar, dass er nur Angst um sich selber hat. Wer weiß, wie lange er noch lebt, wenn er wieder frei ist … Ich bleibe bei der Behauptung, es sei mein eigenes Zeug.

Die Polizistin fragt: „Wann genau geht denn dein Flug?"

„Ich denke, ich bin verhaftet? Komme ich nicht ins Gefängnis?"

Souveränes Lächeln: „In zwanzig Minuten kannst du an Bord gehen, die Maschine wartet. Wir müssen die anderen Fluggäste auch durchsuchen. Wenn du mir hilfst, helfe ich dir auch."

Ich bin fassungslos: „Ich kann nichts sagen, was nicht stimmt."

Die Beamtin ändert ihre Taktik: „Sie sagt gerade, der Dread hat ihr die Drogen gegeben!"

„NEIN! Das stimmt nicht, habe ich nie gesagt. Ja bitte, schaut ihn euch doch an. Sieht er etwa aus, als ob er ein Kilogramm Kokain ankaufen könnte? Das ist doch lächerlich, ich habe ihm gerade 20 Pfund und ein paar Jamaika-Dollar gegeben. Der hat doch nicht einmal das Geld fürs tägliche Leben."

Rasta Q weint: „Das gibt's doch nicht, ich bin unschuldig! Ich hab den ganzen Tag noch nichts gegessen. Bitte, Officer, kann mir jemand etwas zu essen aus dem Restaurant holen? Mir wird schlecht."

„Du musst warten, Dread, soon."

Während der ganzen Zeit laufen Musikvideos in voller Lautstärke. Etliche Polizisten kommen rein und mustern uns neugierig. Manche fangen an zu tanzen.

„Was habt ihr gefunden?", fragt ein Beamter die tüchtige Polizistin.

„Genug", sagt sie und zeigt auf den Fund.

„Zim zimma, who got the keys to my bimmer" – Zim zimma, wer hat den Schlüssel für meinen BMW – singt der junge Beamte nun in Ekstase zum neuen Beenie-Man-Hit und starrt gebannt auf den Bildschirm. „Dem Boy can sing, man!" – Der Junge kann singen!

„Fi real", antwortet die Polizistin. „Wirklich wahr".

Alle starren jetzt gebannt auf den Fernseher. Inzwischen ist es fast vier Uhr nachmittags und die Polizistin hat bald Dienstschluss. Sie ist bester Laune und fängt an, ihre Bluse auf dem einzigen Tisch in der Polizeistation zu bügeln. Dazu singt und tanzt sie.

Ich frage, was denn nun weiter geschieht.

„Nichts, über das Wochenende musst du in U-Haft, in die Barnett Street Police Station. Nächste Woche ist Verhandlung und dann bist du frei. Du musst nur eine Strafe zahlen."

Ich werde panisch. In Jamaika gibt es utopisch hohe Geldstrafen für Drogenhandel, die niemand bezahlen kann. Ich frage: „Ich habe sicher nicht genug Geld für die Strafe, was passiert dann?"

„Hast du keine Familie?"

Das ist wohl ein Witz … Niemand außer Carlos würde für mich zahlen. Und das kann ich wohl auch vergessen, nachdem Rasta Q gesungen hat. Trotzdem glaube ich keine Sekunde, dass ich zu einer Haftstrafe verurteilt werde.

Rasta Q: „Bitte, bitte, Officer, darf ich meine Mummy anrufen?"

„Sicher, Dread, ruf an."

Er wählt unter Schluchzen. „Mummy, ich bin verhaftet worden, Irene auch. Wir sind am Flughafen. Bitte ruf Carlos an", und er gibt ihr die Nummer.

Neue Polizisten kommen rein, um einen Blick auf uns zu werfen. Rasta Q beteuert jedem von ihnen, dass er total unschuldig ist und großen Hunger hat. Ich kann es nicht mehr hören.

Barnett Street Police Station. Gegen sechs Uhr abends werden wir ins Jailhouse in der Barnett Street gebracht. Sie bringen uns zum Polizeiauto und geben acht, dass wir nicht abhauen. Rasta Q raunt mir zu, dass er auf dem Parkplatz meinen Fahrer vom Morgen erspäht hat. Meine Hoffnung auf eine baldige Rettung steigt.

Als wir in Downtown auf der Polizeistation ankommen, fühle ich mich halbwegs gut. Durch den Hof werden wir von der Polizistin und zwei männlichen Kollegen eskortiert. Ich kenne die Station ja von früher. Allerdings war ich nie selber angeklagt, wir waren nur als Zeugen da. Auf der linken Seite des Gefängnishofes sind sehr große Zellen. Sie sehen wie riesige Hundezwinger aus oder wie Affenkäfige im Zoo. Als wir an diesen Zellen vorbeigehen, gibt es ein großes Hallo. Alle Bewohner von Montego Bay kennen uns von JT's Club, besonders die Kleindealer, Pimps und Gigolos. Viele von ihnen sind zum wiederholten Mal hier.

Zuerst sehen sie Rasta Q. Dieser sagt nur zu ihnen: „Soon come, man."

Dann sehen sie mich und schnappen fast über: „Irene, Irene, Ms. Rasta Q, herzlich willkommen! Wie geht denn das Buchschreiben?" Ich hatte ihnen nämlich erzählt, dass ich ein Buch rausbringe und deshalb jetzt so viel reisen müsse. Natürlich haben mir die meisten eh nicht geglaubt.

Unsere nette Polizistin total verwundert: „Die kennen dich, alle kennen dich, warum das denn?"

Ich sage ihr, dass ich schon über ein Jahr hier lebe.

Dann werden wir in ein barackenartiges Vernehmungszimmer gebracht. Rasta Q winselt immer noch, dass er hungrig ist. Wir müssen die Wertsachen abgeben. Uhren, Schmuck und der Großteil meines

Gepäcks werden eingezogen. Dann zählen die Polizisten mein Geld oder versuchen es zumindest. Ich habe auch viele kleinere Dollarnoten und so liegt ein riesiger Berg Geld auf dem Tisch. Einer der Beamten stapelt fein säuberlich die jeweiligen Banknoten. Da sind also ein Haufen Eindollarscheine und ein Haufen Fünfdollarscheine. Am Ende jedoch bekommt er einen Betrag raus, der ganz einfach nicht stimmt. Ich stehe auf und beginne, das Geld selbst zu zählen.

Da dreht er fast durch: „Die Frau zerstört meine Haufen, sie ruiniert sie!"

Es hilft nichts, am Ende sind 200 Dollar weg. Das ist nur der Anfang. In den nächsten Monaten soll mir noch mehr gestohlen werden.

In U-Haft. Nach drei Stunden bringt man uns in die Zellen im ersten Stock. Uns wird gesagt, in einer Woche sei die Verhandlung. Rasta Q kriegt die Zelle neben mir. Das ist der Moment, in dem ich zum ersten Mal Panik verspüre. Auch hier sind die Zellen wie Käfige. Der Wärter schließt eine überfüllte, winzige Zelle auf mit Weibern drin, die wie Schweine aussehen.

Ich rufe Rasta Q zu: „Ich kann nicht, ich überlebe das nicht!"

Er: „Du wirst überleben."

In meiner Zelle sind schon sechs Frauen. Es gibt drei Betonpritschen. Jetzt wird mir auch klar, warum mir die Polizisten gesagt haben, ich solle Badetücher mit in die Zelle nehmen. Ich muss nämlich auf dem Betonboden schlafen. Die dünnen Badetücher reichen nicht aus, um halbwegs bequem zu liegen. Man hat mir auch noch eine Plastiktüte mit Kleidern gelassen. Die anderen Frauen sagen, ich solle darauf schlafen und mich mit den Badetüchern zudecken. Nachts ist es nämlich kühl, immerhin ist Januar.

Meine Mithäftlinge wollen sofort meine Geschichte hören. Sie raten mir alle, am Donnerstag bei Gericht auf nicht schuldig zu plädieren. Ich kann jetzt einfach nicht klar denken, der Redeschwall macht mich noch konfuser.

Ich bin nicht die einzige Weiße hier. Eine der Frauen stellt sich als Kylie aus Chicago vor. Sie sieht aus wie ein verlebter Althippie und redet ununterbrochen. Ich habe große Schwierigkeiten, sie zu verstehen. Sie flüstert halb und mein Englisch ist zurzeit nicht so gut. Ich möchte mich in Luft auflösen. Dann gibt es auch noch Sinead. Sie ist farbige Engländerin und auch wegen Kokain da, allerdings nur 250 Gramm. Jeder hier sieht es als eine schreiende Ungerechtigkeit an, dass sie überhaupt hier sein muss.

Der Rest meiner Zellengenossinnen sind Einheimische. Eine davon, Pat, kann morgen nach Hause gehen. Die anderen zwei, Mara und Nadia, sind da wegen schwerer Sachbeschädigung und Diebstahl.

Sehr zu meinem Erstaunen ist auch ein zwölfjähriges Mädchen hier. Die anderen Frauen erzählen mir, Candy sei immer wieder von ihrem Vater vergewaltigt worden. Jetzt habe man sie zu ihrem eigenen Schutz ins Gefängnis gebracht. Wieder einmal wundere ich mich über Jamaikas bizarre Gesetze. Der Vater vergewaltigt die Tochter. Er läuft frei herum und die Zwölfjährige muss mit Huren,

Dieben und Drogenabhängigen in eine dunkle, dreckige Zelle.

Kylie hört nicht auf zu quatschen. Ich glaube, mein Kopf explodiert gleich. Sie sagt, hier müsse man alle seine Sachen teilen. Stehlen würde hier aber ganz sicher niemand.

In einer Ecke ist eine schäbige Toilette ohne Wasserspülung. Müssen wir zur Toilette, müssen wir einen Plastikkanister mit Wasser füllen und spülen. Es gibt auch keinen Vorhang. In der anderen Ecke ist eine Dusche angebracht. Natürlich nur mit kaltem Wasser, aber das kenne ich ja von Rasta Qs Haus und vom Beach.

Kylie sagt mir, dass sie am Samstag nach St. Catherine überstellt wird. Jeden Samstag bringen sie die Verurteilten dorthin. Es ist in der Nähe von Kingston. Fort Augusta Correctional Centre wird Jamaikas einziges Frauengefängnis genannt.

Kylie ist schon vor drei Monaten am Flughafen mit Kokain in den Schuhen erwischt worden. Sie sagt, sie hätte es nicht gewusst, müsse ihr jemand reingetan haben.

„Das kannst du dem Richter und jedem anderen erzählen, aber nicht mir. Ich bin auch schon ein paarmal mit Drogen in den Schuhen geflogen. Ich weiß, wie sich das Paket in den Schuhen anfühlt. Unmöglich, nichts davon zu wissen“, sage ich zu ihr.

„Aber ehrlich, ich hatte keine Ahnung, muss mir wirklich jemand untergejubelt haben!“, entrüstet sie sich.

Jetzt rufen auch die Frauen von der Nachbarzelle rüber. Nebenan sind fünf schwarze Kanadierinnen. Sie alle wurden ebenfalls mit Kokain erwischt. Jede von ihnen plädiert immer wieder auf nicht schuldig und sie erklären jeden, der nicht ihrer Meinung ist, für naiv und dumm. Sie alle haben bereits Monate verloren, weil die U-Haft hier nicht angerechnet wird. Es sind auch Leute wegen Mordes hier, die jahrelang auf nicht schuldig plädieren. Später wird mir gesagt, dass die Richter das sehr hassen und solche Leute dann im Endeffekt sogar noch höhere Strafen aufgebrummt bekommen.

Jedenfalls sind alle diese Frauen so sehr von ihrer eigenen Strategie überzeugt, dass sie keine andere Meinung gelten lassen.

Rasta Q hat es endlich geschafft, etwas zu essen zu bekommen. Ein Polizist hat ihm zwei Portionen Hühnchen mit Reis gebracht. Er hat dafür natürlich bezahlen müssen. Er ruft von seiner Zelle rüber: „Irene, bist du okay?“

„Noooo!“, rufe ich zurück und verdrehe die Augen.

Meine Zellengenossinnen: „Raasclaat Dread! Bomboclaat! Shut the fuck up, fucking Dread, suck your mumma! Was glaubst du, wie es ihr geht? Guuuuuut geht es ihr, weil sie wegen so einem blöden Dread, so einem Raasclaat, dreckigen Crackhead hier drinnen hockt. Fuck off, suck your mumma!“

Ich habe den Frauen nämlich erzählt, dass Rasta Q durch Montego Bay gelaufen ist und überall herumerzählt hat, dass ich bald mit viel Geld komme und wir heiraten.

Rasta Q: „Baby, willst du einen Spliff?“

„Nein, geh zur Hölle!“

Ich will schlafen. Ich bin gerade am Einschlafen, als ich Mara zu Sinead sagen höre: „Ein Wunder, dass Xenaman jetzt endlich ruhig ist, wahrscheinlich schläft er schon."

Ich fahre hoch: „Xenaman ist hier?"

„Ja, er hat gestern mit dem Messer auf jemand eingestochen. Zuerst war er flüchtig, aber vorgestern haben sie ihn gefunden. Er hat seither nur gebrüllt und geflucht", sagt Mara.

„Na, bravo, in bester Gesellschaft", sage ich.

Blasenentzündung. Erstaunlicherweise schlafe ich durch. Als ich um fünf Uhr wach werde, weil sie Kylie abholen, friert mich erbärmlich. Die Blasenentzündung ist auch schlimmer geworden. Ganz elend fühle ich mich, kann aber nicht mehr schlafen. Ich muss auch dringend zur Toilette. Ich schäme mich und fühle mich erniedrigt. Ich sage mir tausendmal, die anderen haben genau das gleiche Problem. Stimmt nicht, die haben gar kein Problem damit. Während die das große Geschäft verrichten, unterhalten sie sich mit den anderen und schauen ihnen auch noch in die Augen. Ich gehe also in die Ecke und erledige das so schnell wie möglich, ist auch wirklich nicht so schlimm.

Als Nächste wird nun Pat entlassen und irgendjemand kommt, um Candy ins Waisenhaus zu bringen.

Jetzt sind wir also nur mehr zu viert und ich kann mein Lager unter Maras Pritsche aufschlagen. Ich kauere mich in die Ecke und wünsche mir, das Wochenende wäre schon vorüber.

Jetzt kann ich Xenaman hören. Er befiehlt den Jungs in seiner Zelle, zu beten. Sie tun es auch gehorsam. Die Situation ist so grotesk, dass ich lachen muss.

Gegen zehn Uhr kommen sie mit dem Frühstück. Es gibt für jeden ein Stück Brot und eine Tasse Zuckerwasser. Viele nehmen allerdings gar nichts, weil ihre Besucher jede Menge Proviant bringen. Ich esse das Brot und trinke auch das Wasser. Danach fühle ich mich etwas besser. Um elf dürfen wir für zehn Minuten auf den Gang gehen. Ich schaue in Rasta Qs Zelle. Sein Gesichtsausdruck spricht Bände. Es ist eine Mixtur aus Verzweiflung, Resignation und Schuld. Ich hasse mich selber, aber er tut mir leid. Muss schon ein Gefühl sein: So nah beim Crack-Basement in Downtown, Geld in der Tasche und doch so weit weg …

Er sagt mir, ich müsse unbedingt einen Anwalt nehmen, er beschwört mich richtig.

„Wieso das denn? Wir haben doch vereinbart, dass mir Carlos einen besorgt. Lässt er mich im Stich?"

„Weiß ich nicht", sagt Rasta Q. „Aber der Wärter kann dir einen Anwalt schicken. Dr. Morgan wohnt hier ganz in der Nähe."

Ich bin ganz durcheinander. Dann bleibt mir ja kein Geld übrig. Was habe ich davon, wenn ich freigesprochen werde? Ich habe ja dann kein Geld mehr für ein Ticket nach England. Sicher kann ich jetzt nicht mehr für Carlos arbeiten.

Trotzdem sage ich: „Okay, schick ihn mir."

Zwei Anwälte. Schon am Samstag ist Dr. Morgan hier. Die Wärter lassen mich aus der Zelle. Wir werden in einen großen Raum geführt, wo wir unter Aufsicht miteinander sprechen können. Dr. Morgan gibt mir zu verstehen, dass ich den Polizisten und Wärtern zuerst einmal Geld geben müsse. Mit Geld sei vieles möglich, was mir das Leben hier erleichtern würde. Ergeben willige ich ein. Zum Zweiten brauche er einen Vorschuss, um meinen Fall übernehmen zu können. Er will für meine Vertretung vorab 2500 US-Dollar und nach jedem weiteren Gerichtstag 1000 Dollar. Was soll ich tun? Ich möchte hier raus. Ich weiß auch gar nicht, ob ich dem Anwalt vertrauen kann. Ich frage mich, ob ich ihm von Carlos erzählen soll, tue es dann aber. Immerhin bezahle ich ihn gut. Dr. Morgan schreibt sich die Telefonnummer auf und lässt sich beschreiben, wo Carlos zu finden ist. Ich beschreibe ihm auch den Weg zu Carlos' Spielhalle. Sehr eilig hat er es nun, wegzukommen. Allerdings verspricht er mir vorher, dass ich garantiert nur eine Geldstrafe zu bezahlen hätte.

Auf dem Weg zurück in meine Zelle stoppt mich Xenaman mit einer gebieterischen Handbewegung. Er winkt mich zu sich: „Bist du okay, wie geht es?"

„Ganz gut, wird schon vorbeigehen, wie geht es denn dir?"

Xenaman mit todernster Mine: „Ya, man, alles unter Kontrolle. Ich werde sehr bald entlassen."

„Ich auch."

Der Wärter treibt mich an, also gehe ich weiter in meine Zelle.

Die Frauen durchlöchern mich förmlich mit Fragen. Sie werden fuchsteufelswild, als ich ihnen sage, ich werde am Donnerstag auf schuldig plädieren.

„Du bist eine Idiotin, so ein blödes Weib. Dann bliebst du eingesperrt. Selber schuld, wenn du nach Fort Augusta gehst!"

„Ja, glaubt ihr denn, der Richter ist so blöd, zu glauben, ich würde ein Kilo Coke in den Schuhen nicht spüren? Da wird er ja noch wilder, wenn ich ihn für blöd halte. Außerdem hat Dr. Morgan gesagt, ich komme mit einer Geldstrafe davon."

„Dein Anwalt wird dafür bezahlt, dass er für dich lügt! Der soll sich was einfallen lassen!", ereifern sich die Frauen. Eine wilde, lautstarke Diskussion ist nun im Gange.

Rasta Q schreit rüber und will auch jede Einzelheit wissen. Ich sage ihm nur das Nötigste und frage ihn nach einem Spliff.

Die Gefangenen haben ihre eigene Methode, Gras zu verkaufen. Reingeschmuggelt wird es von den Polizisten und Wärtern, natürlich viel zu teuer. Dann verkaufen die Häftlinge winzige Spliffs für 10 Jamaika-Dollar. Um es an Leute aus den anderen Zellen liefern zu können, binden sie eine Schnur an die Gitterstäbe ihrer Zelle. Am anderen Ende der Schnur befestigen sie einen Plastikbeutel, den sie mit einer gefüllten Plastikflasche beschweren. So können sie es überall hinwerfen. Wenn sie ihr Ziel verfehlen, versuchen sie es eben noch mal. Begleitet wird das Ganze von schrillem Gekreische: „Catch the traffic!"

Dr. Hall. Gerade als ich als ich meine Lieferung kriege, kommt ein Wärter und sagt, dass ich Besuch habe. Ich hoffe so sehr, nun endlich von meinen Leuten zu hören. Draußen steht ein großer, schlanker Jamaikaner. „Dr. Hall, Carlos schickt mich“, stellt er sich vor.

Meine Güte, ich bin so erleichtert und aufgeregt. Ich sprudle hervor, dass ich gerade vor einer Stunde einen anderen Anwalt angeheuert und ihm auch schon einen Vorschuss gegeben habe. Ich weiß echt nicht, was ich tun soll.

Dr. Hall: „Rufen wir Carlos einfach an.“

„Was, jetzt, hier? Vor den Wärtern?“, frage ich verblüfft.

Dr. Hall gibt einem der Wärter ein Bündel Geldscheine. Der stopft das Geld in Windeseile in die Hosentasche und dreht sich um!

Dr. Hall wählt eine Nummer, spricht ein paar Takte und reicht mir das Mobiltelefon. Ich stottere aufgeregt ins Telefon, dass Rasta Q ihn verraten und ihnen alle Infos gegeben hätte, nicht ich.

„Ich weiß, man, ich weiß, er ist ein Idiot“, lacht Carlos.

Ich erzähle Carlos vom anderen Anwalt, auch dass er schon einen Vorschuss gekriegt hat.

„Dr. Hall ist unser Anwalt, nimm ihn und sag dem anderen ab.“

Ich bin zwar sehr skeptisch, ob ich mein Geld wiederkriege, aber was bleibt mir übrig? Lang spreche ich nun mit Dr. Hall, er will alle Hintergründe wissen. Ich habe den Eindruck, er nimmt alles viel ernster als sein Kollege. Auch er versichert mir, dass ich am Donnerstag ausfliegen könne. Ich frage, was seiner Meinung nach mit

Rasta Q passieren wird. Dr. Hall sagt, er bekäme vielleicht eine Haftstrafe.

Jetzt verstehe ich überhaupt nichts mehr. Wieso er? Dr. Hall sagt, dass man das eben abwarten müsse und es sei nur wichtig, mich so schnell wie möglich da rauszubringen. Unbedingt müsse ich für schuldig plädieren. Das ist mir ohnehin klar. Inzwischen habe ich von so vielen Fällen hier gehört. Es ist einfach immer besser, in so einer Lage für schuldig zu plädieren.

Dr. Hall sagt auch, dass sich die Leute vom Syndikat echte Sorgen machen würden und ich nur zu sagen brauche, wenn ich irgendetwas haben möchte. Er gibt mir 1500 Jamaika-Dollar und 20 US-Dollar und schickt einen Polizisten zu Kentucky Fried Chicken. Dann verspricht er, morgen wiederzukommen, und ist wieder weg.

Als ich zurück in meiner Zelle bin, geht das gleiche Frage- und Antwortspiel wieder los, erneut großes Gezeter, weil ich für schuldig plädieren will.

Nach ungefähr einer Stunde kommt der Polizist zurück. Er hat fünf Portionen Hühnchen mit Pommes, zwei Liter Cola und zwei Schachteln Zigaretten gebracht. Ich verteile das Essen, schicke auch Rasta Q einen Teil und gebe den anderen eine Schachtel Zigaretten. Ich sage ihnen, sie sollen sie aufteilen.

Dann will ich nur noch duschen und ins Bett. Die Frauen in meiner Zelle sind nun wahnsinnig nett zu mir und lassen mir im „Bad“ den Vortritt.

Als ich meine Kleider ablege, fällt das ganze Geld, das mir Dr. Hall gegeben hat, aus meinem BH. In der ganzen

Verwirrung habe ich es glatt vergessen. Schnell hebe ich es auf und stopfe es in die Seitentasche meiner Kosmetiktasche. Alle haben es gesehen, obwohl sie so tun, als hätten sie nichts bemerkt. Ich nehme die Tasche mit ins Bad. Nachher rauche ich zwei Spliffs und schlafe ein. Die Kosmetiktasche habe ich neben meinen Kopf an die Mauer gestellt. Wieder schlafe ich erstaunlich gut in dieser Nacht.

Beklaut. Am nächsten Morgen, gleich nach dem Zähneputzen, checke ich mein Geld. Schon als ich die Seitentasche öffne, sehe ich, dass es weg ist. Ich drehe fast durch. Diese Ratten, diese unverschämte Bande! Dabei haben sie am Vortag von mir zu essen, zu trinken und auch zu rauchen bekommen.

Ich sehe überall nach, es hat keinen Sinn. Das Geld ist weg. Ich sage meinen Zellengenossinnen, ich gebe ihnen zehn Minuten zur Wiederbeschaffung. Tauche das Geld bis dahin nicht auf, würde ich die Zelle durchsuchen lassen.

Was darauf folgt, geht über meinen Verstand. Diese Frauen fangen doch tatsächlich an, mich zu attackieren. Sie rufen: „Ist es noch nicht genug, hier drinnen zu sitzen? Und du machst auch noch Scherereien."

Sinead heult in schrillen Tönen, Nadia tröstet sie und schaut mich dabei vorwurfsvoll an.

„Seid ihr verrückt? Ich hätte Grund zu heulen! Ich habe euch vertraut. Ich war großzügig zu euch und dann bestehlt ihr mich auch noch!"

Die Frauen reden nicht mehr mit mir. Rasta Q ruft nach mir und als ich ihm alles erzählt habe, sagt auch er, ich solle die Zelle durchsuchen lassen.

Nach einer Stunde tun die Wärter das dann auch und finden - nichts. Ich habe es auch nicht anders erwartet. Ich selber habe auch überall nachgesehen, sogar an den unmöglichsten Stellen. Nun verlange ich, dass sich die Weiber ausziehen. Sinead und Mara ziehen sich aus. Nadia, der Cokehead, ignoriert die Aufforderung. Ich aber traue Mara ganz und gar nicht. Sinead heult wieder. Die drei hocken dicht beisammen und ich bin der Außenseiter. Ganz schön mies fühle ich mich.

Ich versuche, sie von meinem Recht zu überzeugen: „Hey, ich wünschte, das wäre nicht passiert. Ich habe doch den Schaden. Also, warum bin ich denn jetzt die Böse? Bedankt euch bei der Diebin für die Stimmung hier."

Die anderen nicken zwar, sprechen aber trotzdem den ganzen Tag kein Wort mehr mit mir. Es ist ein Albtraum.

Am Nachmittag kriegt Rasta Q Besuch. Seine Mutter und seine Schwester kommen. Sie bringen ihm eine Decke und eine Menge Essen und Trinken. Er lässt mir auch viel davon bringen: Huhn, Kekse, Obst und einen Milchshake.

Wenig später kommen kurz hintereinander meine beiden Anwälte. Ich sage Dr. Hall, dass mir alles Geld gestohlen wurde, und bitte ihn, nichts mehr für meine Inmates (Mitgefangenen) einzukaufen. Er meint auch, es sei besser, kein Geld mehr in die Zelle mitzunehmen. Wir besprechen letzte Details vor der Verhandlung, die ja schon am Donnerstag ist.

Dr. Morgan ist nicht bereit, mich aus dem Vertrag zu entlassen. Er sagt, bei dieser großen Menge Kokain seien zwei Anwälte sowieso besser als einer.

„Ja, die meisten meiner Inmates hier hatten zwar mehr Kokain als ich und haben nur einen Anwalt, aber bitte …“, sage ich sarkastisch.

Dr. Morgan bleibt stur.

Verdammtes korruptes, diebisches Volk, denke ich. Ich bin auch schon so zermürbt durch die heutigen Ereignisse, habe keine Kraft mehr zum Streiten.

Am Abend falle ich todmüde auf mein Lager. Wieder rauche ich ein paar Spliffs und denke mich weit weg. Die Polizisten haben ihr Soundsystem laut aufgedreht und ich lasse mich in die Musik hineinfallen. Sanchez hallt durch das Gefängnis: „Oh Jah, I love you so, Mighty God, I need you so, Haliluja“.

Ich schlage die Augen auf und sehe, dass mich Nadia anstarrt. Ihre hämischen Worte bringen mich in die Wirklichkeit zurück: „Diese Frau sagt, sie ist so enttäuscht von uns, sie hat uns vertraut. Ist das nicht traurig? Überhaupt habe ich nie gesehen, dass sie wirklich Geld hat. Komische Angelegenheit, nicht wahr?“

Ich fühle eine heiße Wut in mir aufsteigen. Soll ich schon wieder streiten? Dann entscheide ich mich dafür, sie zu ignorieren. Sie stichelt weiter, allerdings bekommt sie von den anderen keine Antwort. Ich habe im Moment schon genug Sorgen. Bald ist Verhandlung, ich brauche meinen Schlaf.

15. Januar 1998: Die Verhandlung

Ich wache erfrischt auf und starre zur Decke. Gott sei Dank, heute werde ich endlich entlassen. Sieben Tage hier sind echt genug. Obwohl der Boden zweimal täglich von den Gefangenen desinfiziert wird, ist es doch dreckig hier. Überall sind Kakerlaken und am Abend werden wir von den Moskitos fast aufgefressen.

Ich stehe auf und beginne mit der Morgentoilette. Dann ziehe ich mich an. Ich muss bügelfreie Sachen nehmen, ich ziehe einen einfachen, schwarzen Rock und eine rot-schwarz gestreifte Bluse an. Auch ein bisschen Make-up lege ich auf. Dann warte ich ungeduldig auf den Transporter, der uns zum Gericht bringt. Rasta Q ist auch ziemlich aufgeregt. Ich ignoriere ihn ziemlich.

Endlich sperren sie das Tor auf. Sie rufen alle Leute, die innerhalb der letzten Woche verhaftet worden sind. Das sind eine Menge. Mitgenommen werden auch die, die ewig auf nicht schuldig plädieren. Wir müssen uns in Zweierreihen aufstellen. Rasta Q und ich möchten nebeneinander stehen. Der Wärter aber sagt, Männer und Frauen müssen getrennt antreten. Doch ich sehe keine andere Frau, auch bin ich heute die einzige Weiße. Die Männer werden mit Handschellen aneinandergefesselt. Fast sieht es lustig aus, ich selber trotte allein als Letzte hinterher. Der Gefangenentransporter wartet auf der Straße. Eine dichte Menschentraube hat sich darum gebildet. Neugierig begaffen die Passanten die Verbrecher. Wir steigen in den Laster. Sie sperren jeweils zwei Männer in eine der Zellen im Laster.

Ich denke, die Zellen sehen aus wie große Hasenkäfige, und kichere. Ich werde allein in eine Zelle eingesperrt. Nach zehn Minuten setzt sich das Gefährt endlich in Bewegung.

Bei Gericht. Schon nach wenigen Minuten erreichen wir das Gerichtsgebäude. Dort bringen sie uns in den Keller. Zwei schläfrig aussehende Wärter nehmen uns in Empfang. Es gibt zwei sehr große Käfige, in die sie die etwa dreißig Männer jetzt sperren. Ich selber muss auf der langen Bank außerhalb der Zellen Platz nehmen. Die Wachen setzen sich auf die beiden Stühle, wuchten ihre Beine auf den Tisch und - schlafen.

Kaum sind sie eingeschlafen, ruft mir einer der Häftlinge zu: „Psst, hast du Feuer?"

Ich werfe ihm mein Feuerzeug zu. Er zündet einen Joint an und auch die meisten anderen drehen sich einen. Nachdem ich mein Feuerzeug zurückhabe, zünde ich mir eine Zigarette an. Da wacht einer der Beamten auf und befiehlt mir, die Zigarette auszumachen. Er sagt, es ist verboten, im Gerichtsgebäude zu rauchen. Ergeben drücke ich sie aus, aber alle anderen ignorieren die Aufforderung. Inzwischen riecht es sehr stark nach Gras. Die Wärter sind zu faul, sich von den Sesseln zu erheben, außerdem sind sie selbst auch stoned. Weil ihr Tisch seitlich von den Käfigen steht, können sie nicht sehen, was darin vor sich geht.

Rasta Q versucht immer wieder, mit mir zu sprechen. Er hat flackernde Augen. Er ist ein weinerlicher Schatten seiner selbst, von Selbstmitleid zerfressen.

Nach etwa vier Stunden, also gegen ein Uhr mittags, werden wir zusammen mit fünf anderen Angeklagten in den Verhandlungssaal gebracht. Wir nehmen alle gemeinsam auf einer Bank Platz. Da erst sehe ich meine Anwälte wieder. Sie nicken mir aufmunternd zu.

Wir verfolgen die Fälle der anderen Personen. Da gibt es einen Mörder, der seit sechs Monaten auf nicht schuldig plädiert, dann ein paar Diebe und einen Vergewaltiger. Sehr schnell ist jeder Fall erledigt, die Angeklagten lässt man gar nicht zu Wort kommen.

Der Richter ist ein Mann so um die vierzig, er sieht freundlich aus. Dann gibt es natürlich noch den Staatsanwalt und einige Beisitzende, von denen ein paar vor sich hin dösen. Mitten im Raum hängt ein riesiger Ventilator von der Decke. Dieser macht so einen riesigen Lärm, dass ich das meiste gar nicht verstehe. Rasta Q rutscht entsetzlich nervös ständig hin und her. Ich halte es kaum noch aus. Das macht auch mich sehr nervös.

Verurteilt. Endlich verhandeln sie unseren Fall. Der Staatsanwalt liest die Anklage vor.

Rasta Q versteht alles und sagt mit quengelnder Stimme: „Die klagen mich auch an. Tu etwas, Irene, tu was, sag ihnen, dass ich unschuldig bin, bitte sag ihnen …“

Nun verstehe ich gar nichts mehr von dem, was da vorne gesprochen wird. Dr. Hall steht auf und hält sein Plädoyer. Dr. Morgan sagt die ganze Zeit kein einziges Wort, er blättert nur ständig in seinen Papieren. Dann müssen Rasta Q und ich aufstehen und der Richter fragt uns, ob wir uns für schuldig erklären. Rasta Q plädiert natürlich auf nicht schuldig. Mir werfen sie Drogenbesitz, Drogenhandel und versuchten Export vor. Ich erkläre mich in allen drei Punkten für schuldig.

Der Ventilator surrt zwar immer noch, aber ich kann Teile des Gesprochenen verstehen. Rasta Q wird vorläufig in U-Haft belassen. Dann höre ich den Richter meinen Namen und irgendetwas von achtzehn Monaten sagen. Ich breche in Panik aus.

„Was?", schreie ich. Dr. Hall sagt irgendwas zum Staatsanwalt und zum Richter. Daraufhin höre ich zwölf Monate. Dr. Hall schaut mich Beifall heischend an.

Ich aber bin wie von Sinnen. Ich brülle ihn an: „Sie haben mich reingelegt, alle beide habt ihr mich reingelegt! Ihr habt mir versprochen, ich kriege nur eine Geldstrafe. Das überlebe ich nicht, ich hänge mich auf, ihr Lügner!"

Rasta Q versucht mich zu beruhigen, aber jetzt kann mich nichts mehr bremsen. Die Polizisten führen mich aus dem Raum. Sie bringen mich in ein anderes Zimmer. Ich heule jetzt. Der Beamte am Fenster sagt, ich solle mich setzen. Er müsse jetzt Fingerabdrücke nehmen.

„Nein!", schreie ich. „Ich setze mich nicht hin! Ich will eine Zigarette rauchen. Vorher keine Fingerabdrücke."

Dr. Hall will mich beruhigen. Ich aber trete kräftig gegen den Eisenschrank. „ICH WILL EINE ZIGARETTE, JETZT SOFORT!"

Einer der Polizisten sagt zu Dr. Hall, er solle losgehen und eine Schachtel Zigaretten kaufen.

Ich heule hysterisch und kann mich einfach nicht beruhigen. Wie soll es jetzt nur weitergehen? Ich bin total am Ende. Ein Jahr Gefängnis auf Jamaika! Tausendmal habe ich mir schon gewünscht, ich wäre nie auf diese verdammte Insel gekommen. Doch noch nie so brennend wie heute …

Bald bekomme ich meine Zigaretten, rauche gierig und gebe ihnen also meine Fingerabdrücke. Ich fühle mich völlig zerbrochen. Dann werde ich wieder in den Keller gebracht und muss warten, bis alle Verhandlungen vorüber sind. Ich weigere mich, mit Rasta Q zu sprechen. Alle anderen Männer versuchen auch, mich zu trösten. Alle finden das Urteil sehr milde. Alle meinen, das eine Jahr sei sicher bald vorüber: „Soon come, man, don't worry, man." Überhaupt würde ich ja nur acht Monate absitzen müssen.

Ich möchte mich mit niemandem unterhalten müssen, ich will alleine sein, aber wie?

Als ich in die U-Haft-Zelle zurückkomme, muss ich natürlich den Ablauf der Verhandlung ganz genau wiedergeben. Die Weiber möchten jedes Detail haarklein wissen.

Ich bin müde, ich muss irgendjemand kontaktieren. Ich muss Briefe schreiben. Auslandsgespräche werden nämlich nicht bewilligt. Ich schreibe einen Brief an meine Cousine Kasi und einen an meine Freundin Cloe in Birmingham. Ich bitte Cloe, meine Sachen aus der WG in London abzuholen. Das Problem ist nur, sie lebt in Birmingham. Meine paar Londoner Bekannten kenne ich nicht gut genug, um ihnen zu trauen. Ich weiß auch gar nicht, ob die Briefe überhaupt ankommen, aber was soll ich sonst tun? Gibt es denn keine verdammte Botschaft?

Meine beiden tollen Anwälte haben gesagt, sie schauen heute noch vorbei. Nun, Dr. Morgan kommt überhaupt nicht, ihn werde ich nie wiedersehen. Dr. Hall kommt spätabends, als ich schon ziemlich bekifft bin. Natürlich ist jetzt nichts mehr ganz so schlimm, nichts mehr ganz so wichtig. Ich bin ganz gelassen, als ich mich mit ihm unterhalte. Tausend Fragen hätte ich vorher gehabt, jetzt sind sie alle vergessen. Der Anwalt versichert mir, dass das Frauengefängnis in St. Catherine viel besser sei als die Barnett Street Police Station. Ich solle mir keine Sorgen machen. Carlos' Leute lassen mich grüßen, sie würden mich in Fort Augusta gut versorgen. Jemand würde mich besuchen, mir Sachen bringen und auch die Sache mit dem Rückflugticket in Ordnung bringen. Außerdem würde man mich nicht deportieren, weil der Richter keine Ausweisung angeordnet habe. Ich könne nach meiner Haft auf Jamaika bleiben.

Vollkommen stoned schlafe ich heute ein. Vorher liege ich noch Stunden in meiner Ecke und höre der Musik zu. Sie kommt von der Nachbarzelle. Jemand hat ein Radio mitgebracht. Sie spielen Roots Reggae, Rasta Q singt laut mit. In meinen Ohren klingt seine Stimme besser denn je. High wie ich bin, höre ich selbst leiseste Nebengeräusche ganz genau. Ich höre, wie sich die Kanadierinnen über Rasta Q unterhalten: „Hat eine gute Stimme, der Dread."

Ich hasse mich dafür, aber ich fühle tiefe Wehmut. Ich fühle seine Stimme wieder mal in meinen Körper kriechen. Rasta Q hatte recht, als er einmal zu mir sagte: „Ich liebe dich, aber du liebst nicht mich, du liebst nur meine Stimme."

Im Moment sehe ich die Zukunft nicht als Problem, ich sehe alles rosarot. Alles ist sogar lustig. Langsam dämmere ich weg. Immer habe ich die Vorstellung, dass ich im Schlaf wieder in meinem alten Leben wäre. Dann würde ich über diese Jamaikaträume lachen …

16. Januar 1998: Vorabend der Überstellung

Ganz langsam wache ich auf. Jeden Morgen wundere ich mich darüber, dass meine Knochen nicht noch mehr wehtun. Derzeit schlafe ich auf einem Paar Jeans, zwei Sommerhosen und einem Pullover. Zwei Handtücher benutze ich als Decke. Oft wache ich auf, weil sie mir vom Körper rutschen. Mein Kopfpolster ist eine Plastiktüte mit meiner Wäsche zum Wechseln.

Langsam beginnt mir zu dämmern, dass ich wirklich gestern zu einem Jahr Haft auf Jamaika verurteilt worden bin. Meine Blasenentzündung meldet sich gewissenhaft, sobald ich aufwache. Ich fühle mich so hoffnungslos elend. Warum musste ich auch aufwachen?

Rasta Q singt einen Lovesong in der Nebenzelle. Es nervt mich unendlich und ich finde seine Stimme ramponiert. Ich wünsche mich weit weg.

Dieser Tag vergeht zum Glück nicht so langsam, weil ich schon vom frühen Morgen an starkes Sensimilla-Gras rauche. Ich fühle mich fast gestört, wenn die Zelle zweimal täglich für jeweils zehn Minuten geöffnet wird und wir rausgehen können. Meistens rede ich eine Minute mit Rasta Q, dann gehe ich weiter zu Zelle zwei, zu Manfreds Zelle. Mit ihm habe ich mich angefreundet. Er spricht perfekt Deutsch, war mit einer Deutschen verheiratet. Er lebt auf Jamaika, stammt aber aus Nigeria. Er ist hier zusammen mit Taylor, einem weißen Südafrikaner, verhaftet worden. Taylor ist auch wegen eines Kilos Kokain verhaftet worden. Manfred vermutet, dass Taylor ihn an die Polizei verraten hat, als sie nach dem

Auftraggeber fragten. Dummerweise war Manfred auch auf dem gleichen Flug nach Miami. Nun plädieren die beiden schon seit vier Monaten auf nicht schuldig. Die Zeit vergeht und nichts passiert.

Manfred lässt keinen Zweifel daran, dass er sofort nach seiner Freilassung wieder ins Geschäft zurück will. Er sagt, er verliert hier eine Menge Geld, weil er nicht arbeiten könne. Venezuela sei ein heißer Tipp. Er schlägt vor, dass wir später zusammenarbeiten könnten. Harmlos als Tourist getarnt, würde man doch gar nicht auffallen, raunt er mir zu. Ich lache nur, bin sowieso high.

Rasta Q ruft nach mir. Ich gehe zu seiner Zellentür. Derzeit sind acht Mann in diesem Loch, die Zelle ist hoffnungslos überfüllt. Rasta Q quengelt, ich solle nicht so viel Zeit mit Manfred verbringen. Er ist eifersüchtig. Ich sage ihm triumphierend, dass ich das Gras jetzt bei Manfred kaufe, weil der mir einen besseren Deal gäbe. Rasta Q hat schon vor ein paar Tagen zu dealen begonnen. Er sieht sofort, dass ich high bin, und grinst breit. Ob ich will oder nicht, ich muss auch grinsen, sogar kichern.

Wenige Minuten später werden wir wieder eingeschlossen. Rasta Q überschüttet mich mit Liebesbriefen aus der Nachbarzelle und bricht in Tränen aus, als wir kurz miteinander sprechen.

Es dauert noch lang, bis es dunkel wird. Auch im Januar geht die Sonne nicht vor sieben Uhr abends unter. Wieder rolle ich mich auf meinem Lager zusammen und träume mit offenen Augen.

17. Januar 1998: Ankunft in Fort Augusta

Der Gefangenentransporter nach St. Catherine wird für den frühen Morgen erwartet. Er kommt um 13 Uhr, Motorschaden. Wir werden in die Einzelzellen des Lasters verfrachtet wie Tiere. Eine Menge Schaulustiger ergötzt sich daran, die in Handschellen gefesselten Leute in den Laster steigen zu sehen. Ich selber habe bis heute keine Handschellen angelegt bekommen.

Wir fahren über Jamaikas holprige Straßen. Den Sound des Martinshorns werde ich wohl nie vergessen. Drei Stunden lang habe ich die heulende Sirene im Ohr.

Beim Männergefängnis in Spanish Town werden die männlichen Gefangenen übergeben. Zwei Polizistinnen steigen mit mir um in einen Jeep und begleiteten mich auf der Weiterfahrt.

Bei der Ankunft im Frauengefängnis Fort Augusta bin ich noch ziemlich zuversichtlich. Eine Minute später beginnt die Hölle …

Hochsicherheitsgefängnis. Ich steige mit den Polizeibeamtinnen aus dem Wagen. Mein Haar ist total verfilzt von der Fahrt im offenen Jeep. Ich beginne es im Innenhof der Anstalt zu kämmen. Sofort schreien mich die Beamtinnen nieder, dass ich mein Haar hier auf keinen Fall kämmen könne.

Ich sehe mich um. Fort Augusta ist ein ehemaliger Kriegsstützpunkt. Man hat mir gesagt, dass es 1740 von den Engländern erbaut wurde. Es diente der Verteidigung des Kingstoner Hafens auf der Westseite. Im Jahr 1763 schlug der Blitz in das Fort ein. Durch die Munition kam es zu einer Riesenexplosion. Angeblich ließ die Detonation noch im Umkreis von mehr als zwanzig Kilometern alle Fensterscheiben zerspringen. 300 Menschen wurde dabei getötet.

Es sind noch einige Überreste des Forts zu sehen. Es gibt drei Türme, die ständig mit Scharfschützen besetzt sind. Überhaupt wird mir sofort klar, dass Fort Augusta ein Hochsicherheitsgefängnis ist. Man lässt mich ungefähr eine Stunde in der prallen Sonne stehen, ohne von mir Notiz zu nehmen. Schäbige Baracken säumen einen riesigen Innenhof. Ein paar mickrige Palmen gibt es auch. Typisch wieder mal für Jamaika, inmitten von Müllbergen. Überhaupt liegt ein ekliger Gestank über diesem Platz. Das Büro ist auch ein ziemlich schäbiger Bau. Beim Eingang an der Vorderseite steht ein wackliger Tisch mit abgenutzten Sesseln, in dem die Aufseherinnen lümmeln und halb schlafen. Später wird mir gesagt, die Ranghöheren tragen grüne Uniformen und alle anderen graue Röcke und helle Blusen. Einige von ihnen tragen Kniestrümpfe mit dicken Laufmaschen. Diese Frauen dösen vor sich hin, einige mit gespreizten Beinen, manche mit dem Kopf auf dem Tisch liegend.

Nach einer Stunde also ruft man mich zu diesem Tisch und erfragt meine Daten etc. Dann werde ich in einen Raum gerufen. Mir wird befohlen, mein Geld abzugeben, weil Geld nicht erlaubt ist im Gefängnis. Barsch wird mir zugebrüllt, falls ich mehr Geld hätte und es verstecke, würden sie es mir abnehmen und für sich selbst verwenden. Ich aber habe ihnen wirklich alles gegeben, weil ich dachte, sie machen auch Leibesvisitationen. Dann muss ich die Koffer öffnen und sie werfen alle meine Sachen auf den Boden. Sie schreiben exakt nieder, welche Kleidungsstücke ich besitze. Dann werfen sie saubere Kleider und Schmutzwäsche aus der Plastiktüte wild durcheinander zurück in den Koffer. Ich protestiere, aber sie sehen nicht ein, warum ich die Kleider ordentlich im Koffer haben will. Eine Beamtin sagt, die Kleider seien hässlich und würden ohnehin stinken.

Ich sage ihr, natürlich stinken sie. Immerhin habe ich in Montego Bay darauf auf dem Boden schlafen müssen, hässlich finde ich sie allerdings nicht. „Ich kaufe meine Kleider in Wien und London."

Darauf sie: „Engländer sind verrückt und echt hässlich."

Ich resigniere … aber ich bestehe darauf, meine Kleider halbwegs gefaltet in den Koffer legen zu dürfen. Daraufhin erklärt sie mich für frech und unhöflich. Inzwischen glotzen durch das vergitterte Fenster im Büro zwei Frauen rein. Sie versuchen mich auszuquetschen. Am Anfang kriege ich nicht mit, dass sie auch Gefangene sind. Sie machen sich lustig über mich und nennen mich Whitey. Dieses Wort soll ich noch sehr oft hören hier, immer abwertend. Sie meinen, ich müsse antworten mit „Yes, Ma'm, no Ma'm" und überhaupt würde ich zu viel reden. Jeder erwartet eine absolut demütige, unterwürfige Haltung.

Die Wärterinnen packen mir zwei Plastiktüten mit Dingen, die für die nächsten acht Monate meine ganze Habe sein sollen: Toilettenpapier, Kamm, Seife,

Zahncreme, Zahnbürste, Tampons, vier Unterhosen, drei BHs. Mehr ist mir nicht erlaubt mitzunehmen. Sie nehmen mir das Schreibpapier weg, wogegen ich heftig protestiere. Sie genießen die Situation. Sie teilen mir schadenfroh mit, dass ich bei guter Führung monatlich zwei Blatt Papier bekommen und einen einzigen Brief abschicken dürfe. Ich bin absolut geschockt. Schreiben wäre das Einzige, was mich die Haft überstehen lassen würde, ohne verrückt zu werden. Wie ich bereits von Insassen des Gefängnisses in Montego Bay weiß, gibt es in Fort Augusta überhaupt keine Freizeitbeschäftigung. Keine Spiele, keine sinnvolle Tätigkeit. Es gibt nur einen von lärmenden Frauen umgebenen Fernseher im Essraum und die Kirche. Na ja, immerhin lassen sie mir einen meiner drei Kugelschreiber. Das Feuerzeug nehmen sie mir weg. Sie machen sich einen Spaß daraus, mir vorzumachen, sie würden mir auch meine Zigaretten wegnehmen. Letztendlich geben sie sie aber doch her, schleudern sie mir entgegen. Dann muss ich eine Uniform anziehen. Sie besteht aus einem hellen, gestreiften Kleid mit Bindegürtel. Das Kleid ist total unbequem und sieht unmöglich aus. Zu meinem Entsetzen muss ich auch eine Art Mütze tragen.

So ausgestattet werde ich von einer Wärterin zu meiner Zelle begleitet. Die Zellen heißen hier Dorm, Schlafsaal. Wir müssen zehn andere Dorms passieren. Die Vorderseite der Zellen besteht nur aus Gittern, sodass jede Insassin raussehen kann. Von überall bekomme ich vulgäre, dreckige Zurufe. Dann, vor Dorm zwei, sehe ich Kylie. Die sechsundvierzigjährige Frau sieht jetzt wirklich aus wie sechzig. Sie ist noch immer kreidebleich, hat aber jetzt schlimme, entzündete Pusteln im Gesicht. Ich begrüße sie enthusiastisch, aber sie reagiert nicht gerade begeistert. Später wird mir klar, warum. Verbrüderung unter Ausländern wird nicht gern gesehen. Ausländer haben passiv zu agieren und immer schön zu tun, was die Bosse im Gefängnis wünschen.

Die Neue in Dorm zwei. Mit den Plastiksäcken also betrete ich die Zelle. Ein halb nacktes Mädchen mit irrem Blick erhebt sich vom Boden und ruft mir entrüstet zu: „Du musst Guten Tag sagen!"

„Okay. Guten Tag", sage ich genervt.

Sie, noch aggressiver: „Zu allen!"

Daraufhin gehe ich einfach weiter, auf Kylie zu. Sie ist völlig verloren und schaut ganz verschreckt drein. Ich gebe ihr eine Zigarette und zünde mir selber eine an. Daraufhin stürzen sich fast alle Insassinnen auf mich und fordern auch eine Zigarette. Ich gebe einer von ihnen drei Stück. Ich sage, ich habe auch nicht mehr viele, sie sollen sie teilen. Dann wechsle ich ein paar Worte mit Kylie und vergesse dabei völlig meine Tüten.

Als ich den Kopf drehe, sehe ich, dass meine Zigarettenschachtel leer am Boden liegt. Sie haben mir fast alle geklaut. Ich fühle eine Ohnmacht in mir, ich wünsche mich weit weg. Ich fange an zu brüllen und die Frauen geben mir sogar recht. Die fangen nun auch an zu brüllen. Sie machen die Diebin ausfindig und ich bekomme zwei von den rund 15 Zigaretten zurück. Die Frauen meinen, die Diebin sei geistig zurückgeblieben und sie solle alle wieder hergeben.

Dann frage ich, welches denn nun mein Bett sei. Schulterzucken überall, alle Betten besetzt. Ich blicke mich um. Ungefähr dreißig eiserne Stockbetten, alle im Parterre besetzt, die oberen fast alle leer. Leider gibt es nirgendwo einen Matratze für mich. Kylie meint, morgen werde ich eine bekommen und ich soll heute Nacht mit ihr im Bett schlafen. Sie schläft oben und verstaut meine Tüten hinter ihrem Kissen.

Xena. Die spärlich bekleidete Irre gesellt sich zu uns und provoziert mich mit hämischen Bemerkungen. Sie ist etwa fünfunddreißig, schlank, aber ihr Gesicht und ihr Körper sind mit zahlreichen Narben übersät – Messerstiche, wie mir durch den Kopf jagt. Ihre Gesichtszüge sind hart, aber sie ist eigentlich nicht hässlich. Erst viel später soll ich diesen Gesichtszug erkennen: Sie ist ein Crackhead.

„Xena", stellt sie sich vor. Sie trägt einen ausgewaschenen Badeanzug mit heruntergelassenen Trägern, also nackten Brüsten, und einen schwarzen Polyesterunterrock.

Ich fahre ihr übers Maul: „Hey, so nicht, du kannst nicht so mit mir reden."

Sie: „Okay, ich gebe dir mein Bett heute Nacht. Ich brauche es nicht, ich schlafe immer am Boden."

Anfangs protestiere ich, aber die Aussicht, mit Kylie ein Bett zu teilen, ist auch nicht gerade verlockend. Also nehme ich an. Xenas Bett ist das erste neben dem eisernen Tor. Diese Seite besteht nur aus Gitterstäben. Xena ist plötzlich wie verwandelt. Sie ist die Liebenswürdigkeit in Person und zeigt keine Spur mehr von Irrsinn. Sie hilft mir, meine Sachen zu verstauen. Sie gibt mir einen Karton und alle Auskünfte, die ich haben möchte. Natürlich fühle ich, dass sie etwas von mir haben will, aber habe ich eine Wahl?

Plötzlich ertönt eine schrille Stimme aus der gegenüberliegenden Zelle: „Hey, Bitch, was tust du im Bett meiner Frau? Ich ersteche dich, ich bring dich um, sobald sie morgen das Tor aufsperren!“ Die Frau lässt eine ganze Schimpftirade ab, sie brüllt, sie droht.

Xena hat mir gerade eben erzählt, dass sie gay, also lesbisch, ist. Sie werde mich jedoch in Ruhe lassen, weil sie sowieso eine Freundin hier hätte. Sie hat mir sogar ganz stolz einen Liebesbrief gezeigt. Die andere, Siobhan heißt sie, gibt nicht auf. Sie beschimpft mich in dreckigster Weise. Xena winkt nur ab und meint, das sei nur Spaß. Nach einer vollen Stunde wüstester Drohungen habe ich aber genug.

Irgendwie schaffe ich es, cool zu bleiben und rufe laut rüber: „Weißt du was, mach weiter mit deiner Scheiße, bis DU tot umfällst, ich hör nicht mehr zu. Ich bin müde, ich geh zu Bett.“ Ich mache eine lustige, groteske Handbewegung und alle lachen. Diese Runde geht an mich.

Tatsächlich gibt Siobhan auf und geht selber schlafen. Xena und ich unterhalten uns stundenlang. Sie sagt, sie sitzt in Fort Augusta, weil sie eine einzige Orange gestohlen habe. Natürlich bohre ich nach und erfahre, dass sie schon drei Mal da war. Sie hat hier Haftstrafen wegen Raubes, Prostitution, Drogen und allem Möglichem verbüßt. Sie sagt, sie hat drei Kinder und war ein schwerer Crackhead und eine notorische Diebin.

Sie fordert mich auf, das Nachthemd anzuziehen. Es ist erst nach sechs Uhr abends. Ich sage, ich möchte duschen. Xena zeigt mir das Bad. Ich erfahre, dass es kein fließendes Wasser gibt. Xena sagt, Wasser kommt so zweimal die Woche und alle legen sich in Eimern, Kanistern und Plastikflaschen einen Vorrat an. Ich bin fassungslos. Man hat mir bei der Aufnahme kein Wasser gegeben, keine Flaschen oder Eimer, auch kein Geschirr, Bettzeug - einfach nichts. Xena bringt mir einen Eimer mit ca. zwei Litern Wasser. Sie erklärt mir, jede müsse hier mit so wenig auskommen. Ich meine, ich habe sie nicht richtig verstanden.

„Heißt das, dass wir nie richtig duschen können?"

Xena versucht, mich zu beruhigen. Wenn sie das Wasser anstellen, sagt sie, können wir eventuell mehr bekommen. Genug, um die Kleider und auch die Haare zu waschen. Viele Neuankömmlinge haben nur einen Eimer und müssen vier Tage damit auskommen - auch ich für zwei Monate. Das Wasser muss reichen für die Körperwäsche, die Kleiderwäsche und für dreimal täglich Geschirr spülen.

„Wie geht das denn?", frage ich verzweifelt.

„Kaum, aber alle müssen da durch. Auf dem Schwarzmarkt im Gefängnis kann man für Zigaretten auch große Plastikkanister kaufen."

„Die haben mir aber nicht viele Zigaretten gelassen. Von den wenigen, die ich hatte, sind mir fast alle geklaut worden. Das hast du doch selber gesehen", sage ich besorgt.

Katzenwäsche. Ich warte verzweifelt auf Besuch von der Gang. Warum lassen sie mich überhaupt ohne Cash nach Fort Augusta gehen? Geld ist zwar nicht erlaubt hier, aber sie hätten mir doch ein paar Stangen Zigaretten mitgeben können. Natürlich kommen die Jamaikaner mit der Wassersituation viel besser klar als Leute aus der Zivilisation wie ich. Viele Jamaikaner haben kein Fließwasser und überhaupt wissen sie sich viel leichter zu helfen. Ich versuche auch die ganze nächste Zeit zu improvisieren und passe mich an, so gut es geht.

Trotzdem wird es die Hölle. Anfangs weiß ich schlicht nicht, wie ich mich mit zwei Liter Wasser von Kopf bis Fuß waschen soll. Die anderen machen es so: Sie füllen einen kleinen Krug mit Wasser, waschen darin ihre Unterhose (!), seifen sich mit ihr völlig ein und spülen die Seife mit dem verbliebenen Wasser weg. In der Zelle gibt es zwei Toiletten. Natürlich haben die keine Spülung, weil es ja kein fließendes Wasser gibt. Muss man pissen, wird einfach nicht gespült, und für das große Geschäft muss man Meerwasser holen gehen.

Hat man Gefäße, ist es eigentlich kein so großes Problem. Wenn das Zellentor am Morgen geöffnet wird, geht man ungefähr fünfzig Meter raus, holt in seinem Meerwassereimer Wasser und füllt es in eine Tonne. Natürlich gibt es keinen Zugang zum offenen Meer. Unter der hohen Gefängnismauer dringt jedoch genug Wasser ein, um einen richtigen kleinen See zu bilden. Jede Gefangene sollte eigentlich zweimal täglich Meerwasser holen gehen. Man schickt jedoch die Neuankömmlinge und Ausländerinnen. Die langjährigen Insassinnen und besonders die Mörderinnen genießen große Achtung hier. Das Problem mit dem Meerwasser ist aber, dass die meisten Leute hier nur einen einzigen Eimer haben. Darin horten sie aber ihr Frischwasser. So wird die Tonne nie voll. Es gibt zwei Gemeinschaftskrüge, mit denen man das Wasser aus der Tonne schöpft. Meistens ist außerdem das Zellentor abgeschlossen. Das bedeutet, oft, sehr oft, kann man nicht zur Toilette gehen, weil kein Spülwasser da ist. Die Zelle ist von zehn Uhr morgens bis drei Uhr nachmittags geöffnet. Muss man nachts oder sehr früh morgens zur Toilette, geht das einfach nicht.

Xena verspricht mir, sie werde dafür sorgen, dass ich immer Meer - und Frischwasser habe, solange sie hier ist. Natürlich bin ich froh darüber, aber inzwischen kenne ich Jamaikaner gut genug, um zu wissen, dass für diese Gefälligkeiten Gegenleistungen erwartet werden. Aber was soll's? Natürlich teile ich meine Zigaretten jetzt mit Xena.

Sie holt plötzlich alberne Karten und ein uraltes Buch hervor. Sie schlägt die Karten auf und liest mir anhand des Buches ihre Bedeutung vor. Es ist so ziemlich das primitivste Spiel, das ich je gesehen habe.

Sie stellt mir auch meine Bettnachbarin vor: „Das ist Granny, die Großmutter." Eine alte, schwerfällige, dicke Jamaikanerin liegt nebenan. Ich unterhalte mich kurz mit ihr. Ja, sagt sie, sie weiß, sie hat Blödsinn gemacht. Sie hat versucht, zweieinhalb Kilo Kokain nach Miami zu schmuggeln. Sie hatte es straff um den Oberkörper gewickelt. Doch diesmal hatte sie Pech, sagt sie. Nach einer zweimonatigen U-Haft hat sie nun sechs Monate bekommen. Beide, sie und Xena, werden am 12. März entlassen.

Ein Lichtblick. Plötzlich springt ein wunderschöner, roter Tigerkater auf Xenas Lager. Er schmiegt sich an sie, schnurrt. Ich bin völlig entzückt. Xena freut das sehr.

„Magst du ihn?", fragt sie. Ich versichere ihr, dass ich Katzen und Hunde liebe. Da deutet sie geheimnisvoll unters Bett: „Schau!"

Ich kann es nicht glauben. In einer Schachtel liegen zwei junge Kätzchen und ein grauer Kater. Ich freue mich so sehr. Xena sieht jetzt ganz zärtlich und weich aus. Sie erzählt mir, dass sie die drei Katzen hier alle aufgezogen hat und dass es ihnen gut geht.

Die Katzen, wenigstens ein Lichtblick!

Außenseiterin. Xena erzählt mir auch, dass ich keine Chance hätte, mein Geld hier auszugeben. Die Beamten würden es zur Bank bringen. Eine Abhebung kann ich erst nach drei Wochen beantragen. Nach weiteren drei Wochen würde es mir gestattet sein, es hier im Knastshop auszugeben. In der Zwischenzeit würde ich kein Geld haben. Das heißt keine Zigaretten, kein kaltes Getränk, nichts. Meine einzige Sorge sind die Zigaretten. Wie um alles in der Welt soll ich das nur aushalten? Nichts fällt mir schwerer, als zu betteln oder Sachen auszuborgen. Natürlich ist mir klar, dass von mir erwartet wird, dass ich die Gebende bin. Ich bin eben weiß und aus dem Westen. Wie ich später erfahren werde, ist ein weiterer wesentlicher Faktor, dass ich hier die einzige

Österreicherin, die einzige Deutschsprachige und somit allein bin. Es sind Gruppen von Amerikanerinnen, Engländerinnen, Kanadierinnen und eine kleine Gruppe Spanierinnen hier. Ich jedoch bin ein absoluter Außenseiter. Die meisten Ausländerinnen hier sind Schwarze mit jamaikanischen Eltern.

Der erste Tag hier ist zu Ende, ich bin müde und sehr hungrig. Den ganzen Tag habe ich nichts zu essen bekommen und ich fühle mich dreckig. Doch ich schlafe erstaunlich gut. Ich brauche Kraftreserven, ich brauche alle Energie, um die nächsten Monate hier durchzuhalten.

18. Januar 1998: Der zweite Tag

Um fünf Uhr morgens wache ich durch grelles Licht und Lärm auf. Xena rüttelt mich an der Schulter: „Gib mir eine Zigarette!"

Die ersten Gefangenen wachen auf und von der ersten Sekunde an wird gebrüllt. Es ist für diese Leute scheinbar unmöglich, sich normal zu unterhalten. Sie grölen, sie stoßen Laute aus wie Urwaldaffen. Zudem rülpsen und furzen sie ununterbrochen. Die meisten sind wie Tiere. Xena gibt mir eine PET-Flasche mit Wasser, damit ich mir die Zähne putzen und Hände und Gesicht waschen kann. Dann werden die Betten gemacht und mit einem Mopp wird der Steinboden gereinigt. Die meisten gehen danach wieder ins Bett. Sie lesen die Bibel, sofern sie lesen können. Ein hoher Prozentsatz der Insassinnen hier sind Analphabeten, sagt Xena. Ich selber will nicht zurück ins Bett und schaue mich um. Ich müsste dringend zur Toilette, es ist mir peinlich. Ich flüstere es Xena zu.

Sie sagt: „Geh ruhig, ich komme."

Ich sage ihr, dass die Tonne leer ist. Xena winkt ab. Als ich fertig bin, kommt sie. Sie nimmt einen Eimer ihres eigenen Wassers und zeigt mir, wie diese Art von Toilette zu spülen ist. Ich will nicht, dass sie meinen Dreck spült. Sie aber meint, es müsse sein. Sie gießt Wasser in den Krug. Dann gießt sie den ersten Krug Wasser normal rein. Den zweiten von hoch oben, um den Druck zu verstärken. Es funktioniert! Der Urin von zwanzig Frauen und mein Kot sind gespült. Wieder muss ich um Wasser bitten, um meine Hände zu waschen.

Frühstück. Um ca. neun Uhr – ca. deshalb, weil niemand eine Uhr haben darf – gibt es Frühstück. Xena leiht mir einen Plastiknapf und einen Plastikbecher. Wir müssen über den Gang raus in den sogenannten Diningroom. Fast jede rennt und stößt dabei andere nieder. Das Ganze ist begleitet von Geschrei. Ich stelle mich am Ende der Warteschlange an und werde von etlichen Frauen angepöbelt: „Whitey, hast du Geld … gib mir eine Zigarette."

Und alle, alle wollen meine Story hören. Rücksichtslos werde ich immer wieder aus der Reihe gedrängt und erbarmungslos niedergebrüllt, wenn ich mich wehren möchte. Fünf, sechs weiße Gesichter sehe ich auch und an ihrem Akzent erkenne ich auch einige Amerikanerinnen und Engländerinnen. Die meisten Ausländerinnen sehen resigniert aus. Viele, viele Frauen hier haben entsetzlich vernarbte Gesichter und Arme. Vielen fehlen die Vorderzähne. Diese Gestalten sind die wüstesten, die ich je gesehen habe. Sie brüllen alles nieder: „Mi want mi food!"

Sehr viele drängen sich einfach vor die Essensausgabestelle und schreien rein. Eine Beamtin und einige Gefangene geben das Essen aus. Bewacht wird die Essensausgabe von einer Brigade Queen, einer Art Generalin - und Greysuits, Beamtinnen in grauer Uniform. Natürlich sind alle bewaffnet. Sie haben Schlagstöcke und Pistolen an ihren Gürteln. Sie greifen aber nicht im Mindesten in die Abläufe in der Warteschlange ein. Als so ziemlich letzte Person bekomme ich nun das Frühstück. Es gibt Dumpling mit Mackerel. Das sind steinharte, aus Mehl geformte Klöße und dazu erhitzte Sardinen. Ich mag das überhaupt nicht, ertrage allein den Geruch nicht. Dazu gibt es einen halben Becher Tee mit Milch. Weil ich hungrig wie ein Wolf bin, esse ich ein bisschen von den Klößen.

Nachher frage ich Granny, womit wir denn nun das Geschirr abwaschen. Granny meint, momentan können wir es gar nicht waschen, weil nicht genug Wasser da sei. Wir nehmen Klopapier und wischen es aus. Ich denke mit Entsetzen an Lebensmittelvergiftung, Infektionen und und und. Xena zeigt mir stolz, dass sie eine Plastiktüte nimmt, das Geschirr darin verstaut und an der Mauer an einem Haken aufhängt: „So haben die Ratten und Fliegen keine Chance."

Ich sage ihr, dass ich den Trick schon kenne, haben wir ja bei Rasta Q im Ghetto genauso gemacht. Xena ist überhaupt wieder sehr hilfsbereit und bemüht sich, echt nett zu sein.

Wir liegen wieder im Bett. Die Zelle ist wieder verschlossen. Xena erzählt mir, dass ich in den ersten Tagen sowieso wie alle anderen Neuen den ganzen Tag drin bleiben müsse. Sie würden hier wieder Fotos für die Verbrecherkartei machen und Fingerabdrücke nehmen. Erst nach dieser Prozedur könne ich für ein paar Stunden pro Tag raus. Xena erklärt mir auch, dass ich später einer Arbeitsgruppe zugeteilt werde. Es gebe da ein paar Möglichkeiten: die Küche, Näharbeiten, Putztrupp oder Craft (Handarbeiten), auch eine Schuhmacherwerkstatt. Das nun freut mich wirklich zu hören, weil es nach Abwechslung klingt.

Danach kommen immer wieder Gefangene von den anderen Dorms an meiner Zelle vorbei und fragen mich aus. Viele sind ätzend. Viele versuchen, nett zu sein, einige sind es auch. Kaum zünde ich mir eine Zigarette an, stehen zehn Leute vor meinem Bett und bitten mich auch um eine. Sage ich Nein, bitten sie mich um ein paar Züge. Sage ich wieder Nein, werden sie unverschämt. Xena meint, die Neugierde werde sich nach den ersten Tagen legen. Danach kämen wieder neue, interessantere Leute.

Sie erklärt mir, dass Dorm zwei die Empfangszelle ist. Nach einigen Wochen würde ich in eine andere Zelle verlegt. Ich frage sie, warum sie dann nach über zwei Jahren noch immer hier sei. Sie flüstert mir verschwörerisch zu, dass sie hier der Boss ist. Stimmt tatsächlich, Xena genießt größten Respekt unter den Mithäftlingen. Später werde ich herausfinden, dass die heimtückischsten, kaltblütigsten Frauen oder auch jene mit den längsten Haftstrafen die stärksten Positionen innehaben. Sehr oft sind solche Leader auch Mörderinnen wie Siobhan. Diese ist Leader in Dorm eins. Xena ist der Boss in Dorm zwei. Siobhan hat vor den Augen eines Polizisten einen Mann niedergestochen. Sie hat lebenslänglich bekommen, ist seit vielen Jahren hier. Dabei ist sie erst dreißig. Sie ist der Typ Dollarprostituierte. Sie ist mager und sieht verlebt aus. Sie versucht das mit viel Schminke und billigen, aufgeklebten Fingernägeln in grellen Farben wettzumachen. Es gelingt ihr nicht. Dazu hat sie die schrille Art einer jamaikanischen Marktfrau. Bald wird mir klar, dass man sich besser mit keinem der Bosse anlegt.

Warten auf Besuch. Mittagessen gibt es um halb zwölf. Diesmal bekommen wir eine Packung Crackers in unsere Plastikschüsseln geschleudert. Es handelt sich um steinharte, völlig geschmacklose Creamcrackers. Sie sind weder süß noch salzig. Ich bin sehr, sehr hungrig jetzt. Die anderen erzählen mir, dass Besucher Lebensmittel bringen dürfen. Besuch ist zweimal im Monat für jeweils fünfzehn Minuten erlaubt. Die meisten Gefangenen lassen sich von Familie oder Freunden Brot, Cornflakes, Milchpulver, Süßigkeiten, Käse, Sirup usw. bringen. Besuchszeiten sind von Montag bis Freitag von zehn bis vierzehn Uhr.

Ich hoffe so sehr, dass ich bald Besuch bekomme. Ich weiß nicht, wie ich sonst über die Runden kommen soll. Ich mache mir größte Sorgen. Natürlich kreisen in meinem Kopf tausend andere Sorgen. Ich weiß, dass ich großen Mist gebaut habe, aber was soll ich denn jetzt noch ändern? Ich muss das Beste aus der Situation machen. Schon jetzt zähle ich die Tage. 245 Tage! Das bedeutet, 735 Mal in der Essensschlange anstehen, ein Grauen.

Um drei Uhr nachmittags gibt es die letzte Mahlzeit des Tages. Mutton mit Reis. Das ist ein widerlich stinkendes, fettes Schaffleisch. Ich kann es überhaupt nicht essen. Da auch der Reis mit Fett übergossen ist, esse ich keinen einzigen Bissen. Nach dem Essen gehen alle nacheinander in den Duschraum und ziehen sich das Nachthemd an. Der Gefängnistag ist vorbei. Einige spielen Domino, andere hören Musik und singen laut dazu. Granny borgt mir ein acht Monate altes Magazin. Ich versuche zu lesen. Es ist schwierig, ich kann kein einziges Wort aufnehmen. Zwei sehr dicke Jamaikanerinnen,

Bressie und Nathalie, schreien ständig unglaublich laut: „Prack, prack! Ra Ra Ra!!!!"

Es tut weh in meinen Ohren. Sie sind, obwohl sie unglaublich fett sind, nur mit BH und Unterrock bekleidet. Auch sie beherrschen den Dorm. Sie gehörten zu einer organisierten Diebesbande, wie mir Xena erzählt. Sie wurden ertappt, als sie ein großes Kaufhaus mit jeweils einem Videorekorder zwischen den Beinen verlassen wollten.

Penny. Dann unterhalte ich mich mit einer farbigen Engländerin. Sie stellt sich als Penny vor und erzählt mir, dass sie achtzehn Monate wegen versuchten Kokainexports gekriegt hat. Sie sagt, sie sei völlig unschuldig. Jemand habe ihr das Zeug in den Koffer geschmuggelt. Sie wurde auch am Flughafen Mo Bay verhaftet. Mit von der Partie war ihre sechsjährige Tochter, was ich als besonders gemein empfand. Penny erzählt mir, dass sie nach ihrer Verhaftung ihr Baby im sechsten Monat verloren hat und danach ins Krankenhaus gebracht wurde. Dort herrschten unglaubliche hygienische Zustände. Auf den chirurgischen Instrumenten seien Kakerlaken herumgekrochen und es habe auch keinerlei Nachuntersuchung gegeben. Außerdem habe sie Lungenkrebs und bereits eine Chemotherapie hinter sich. Jetzt bräuchte sie in London eine lebensrettende Operation. Aber keinen Menschen hier kümmere das. Bei Gericht wollten sie die Befunde aus London gar nicht erst sehen.

Penny sieht ein, dass sie im Gefängnis sein muss, aber sie braucht dringend ärztliche Hilfe. Die englische Botschaft versucht durchzusetzen, dass sie ihre Haftstrafe in London absitzen kann. Sieht aber nicht gut aus, sagt sie. Penny ist eigentlich ziemlich zierlich, hat aber einen riesigen Bauch und ein aufgeschwemmtes Gesicht. Die Fehlgeburt ist schon zwei Monate her und noch immer sieht sie hochschwanger aus. Ihre Stimme ist sehr schwach und klingt heiser und gebrochen. Sie tut mir unendlich leid.

Jessica. Dann gibt es noch Jessica. Sie ist eine weiße Engländerin mit unglaublich blauen Augen und dunklen Haaren. Sie hat blendende Manieren und ein liebenswertes Äußeres, aber sie ist geistig behindert, wie mir schnell klar wird. Später erzählt sie mir, dass sie jahrelang Crack geraucht hat und nun an paranoider Schizophrenie leidet. Sie schläft fast den ganzen Tag und sieht sehr krank aus. Sie kämmt ihr kurzes, welliges Haar nie und so ist es immer vom Liegen völlig zerdrückt. Zum Essen wird sie meistens von Nathalie geweckt. Die dicke Frau wäscht Jessica auch von Kopf bis Fuß, wie mir Xena erzählt. Die Jamaikanerinnen sagen: „Nathalie passt gut auf Jessica auf. Sie kümmert sich um sie."

Ich jedoch sehe nur, dass sie Jessica dauernd anbrüllt, kommandiert und grundsätzlich zur Sau macht. Jessica muss für die Fetten das ganze Meerwasser schleppen. Wenn ihnen langweilig ist und gerade kein anderes Opfer zur Verfügung steht, ist Jessica die Zielscheibe. Die hochsensible, fünfundvierzigjährige Engländerin lässt sich alles gefallen und lächelt sogar noch zu den Gemeinheiten. Sie ist nicht etwa dumm, sie ist psychisch gestört. Hier im Gefängnis wird sie mit schwersten Neuroleptika und Tranquilizern niedergeknallt. Die Einheimischen erklären sie für faul, weil sie immer im Bett liegt. Sie sagen, Jessica sei nicht gestört. Sie sei hinterhältig und schmutzig. Jessica spricht neben Englisch und Französisch auch ein bisschen Deutsch. Deswegen meinen diese Leute, Jessica würde uns alle reinlegen. Wird sie extrem niedergebrüllt, bricht sie in leises, haltloses Schluchzen aus. Sie kann aber auch über die simpelsten Dinge hellauf lachen. Wenn sie nicht schläft, kauert sie auf dem Bett und ist in ihrer eigenen Welt. Ihr Mienenspiel ist echt besorgniserregend. Sie lacht leise und gestikuliert.

Sie weiß auch nicht, wie lange sie schon hier ist und wann sie entlassen wird. Sie weiß nur, sie hat zwei Jahre gekriegt. Sie ist gemeinsam mit ihrem Freund beim Kokainexport erwischt worden. Die beiden wohnen in Birmingham in einer betreuten Wohngemeinschaft. Sie haben im Park eine jamaikanische Gang kennengelernt, die sie zu diesem Blödsinn überredet hat. Zweimal sei es gut gegangen, lacht Jessica. Jetzt sitzen beide auf Jamaika im Knast. Der Freund hat sogar drei Jahre gekriegt.

Ich frage Jessica, ob sie die Bosse verraten hätte. Sie antwortet: „Nein, ich bin gut im Polizeianlügen“, und lacht dröhnend. Allerdings haben sich die Drogenbosse nach der Verhaftung nie wieder gemeldet. Jessica meint traurig, sie könnten ruhig mal mit einer Schachtel Zigaretten vorbeikommen. Sie ist die ganze Zeit über völlig ohne Geld, keine Familie, keine Freunde.

So sehr ich Nathalie und Co auch hasse, eines muss man ihnen lassen: Oft geben sie Jessica eine Zigarette, eine Orange oder ein paar Kekse. Und Zigaretten sind Gold wert hier - auch halbe.

20. Januar 1998: Der erste Wassertag

Der erste Wassertag. Bis jetzt habe ich keine Ahnung, was das bedeutet. Kurz, es bedeutet Krieg. Es wird gebrüllt, gerauft, erniedrigt. Im zwölf Uhr, kurz nach dem armseligen Mittagessen, wird der Haupthahn im Hof aufgedreht. Alle brüllen durcheinander, alle spielen verrückt. Sie packen sämtliche Flaschen und Eimer zusammen und rennen zur Wasserleitung. Jeder Dorm hat einen Hahn und auch draußen werden insgesamt vier Hähne aufgedreht. Ich packe meine paar Flaschen und einen Eimer und stelle mich ans Ende der Schlange, die ja eigentlich gar keine ist. Natürlich kriegen die beliebtesten Leute zuerst Wasser. Die haben nicht etwa zwei oder drei Flaschen wie ich. Sie rücken mit zwanzig oder mehr Flaschen, mehreren Eimern und sogar einigen Kanistern an. Auch wenn sie zuletzt kommen, wird ihnen von Xena, die ja alles kontrolliert, alles gefüllt. Xena hat dabei auf dem Klodeckel zu sitzen und das sehr langsam rinnende Wasser in Flaschen und eben die diversen Gefäße zu füllen. Wir Neuen werden von der Horde von zwanzig Frauen fast niedergetrampelt.

Zu dieser Zeit habe ich noch das Glück, Xenas Freundin zu sein; sie wird mich erst später fallen lassen. Nach einiger Zeit füllt sie alle meine Flaschen und einen Eimer. Fairerweise bleibe ich am Schauplatz. Nun werde ich von den anderen herrisch aufgefordert, ihre Gefäße zu ihren Betten zu tragen. Ergeben tue ich das. Immer wieder gibt es Rempeleien und böse Worte werden gebrüllt. Bald stehen alle bis zu den Knöcheln im Wasser. Xena fordert uns auf, die Pantoffeln auszuziehen, damit wir das Wasser nicht bis zu den Betten schleppen.

In den letzten Tagen habe ich immer wieder mal meine Blasenentzündung gespürt. Die Schmerzen sind zeitweise so stark, dass ich nicht weiß, wie ich liegen oder stehen soll. Mit Besorgnis denke ich daran, wie sich das stundenlange Stehen ohne Schuhe auf dem nassen Steinboden nun auf die Entzündung auswirken wird.

Nach drei Stunden haben so ziemlich alle Wasser. Xena fordert Jessica im Kommandoton auf: „Zieh dein Kleid aus. Los, los, schnell, wasch dich jetzt! Sie stellen das Wasser schon sehr bald ab. Schneller, du Schnecke. Los, die Unterwäsche auch!“

Jessica legt resigniert ihre Kleider ab und steht splitternackt inmitten der versammelten Frauen. Nun gibt auch Nathalie Jessica Anweisungen: „Los, stell dich hierher, du stinkendes Schwein. Kannst nicht nur im Bett liegen. Du stinkst ja schon.“

Sie fängt an, sie zu waschen. Nathalie wäscht sie nicht etwa hinter dem Vorhang in der Dusche. Nein, vor aller Augen seift sie sie von Kopf bis Fuß ein und herrscht sie dann an, sich nun selber die Pussy zu waschen. Begleitet wird der ganze Zirkus von den herrischen Stimmen der Jamaikanerinnen: „So eine Sau, die Jessica, die wäscht sich gar nicht. Wir Frauen von Jamaika sind rein, nicht so wie Ihr Weißen“ etc. etc. Dazu lachen sie überlegen und fühlen sich wie immer als das sauberste Volk der Erde. Sie sagen, wir Weißen hätten eben keinen Sinn für Körperpflege. Mit Schaudern denke ich an die Müllberge im Gefängnishof. Jeder lässt nämlich ganz einfach alles fallen, wo immer er auch geht oder steht. Es stinkt bestialisch überall. Es gibt auch jede Menge Ratten und anderes Ungeziefer. Es gibt keine Mülltonnen. Der Abfall wird von Zeit zu Zeit zusammengerecht und dann angezündet. Es stinkt dann stundenlang noch schlimmer. Verbrannt werden natürlich auch Plastikflaschen, Batterien, Essensreste und Monatsbinden. So viel zu den reinlichen Jamaikanern.

Nachdem alle Wasser haben, fangen die meisten an, sich oder ihre Wäsche zu waschen. Plötzlich versiegt das Wasser aus dem Hahn. Hysterisches Geschrei überall. Nun erheben sich viele Stimmen gegen Xena - und mich. Sie fangen an, Xena zu beschimpfen, weil sie für Granny und mich so fleißig Wasser gesammelt hat, während andere warten mussten. Xena hatte auch genug Wasser, um die Bettwäsche und Uniformen von uns dreien zu waschen. Das wiederum können die entsetzlichen Frauen nicht verkraften. Sie meinen, ich verdiene das überhaupt nicht, ich sei doch gerade erst zur Tür hereingekommen.

„Sprechstunde". Am Abend rät mir Granny dringend, morgen wegen meiner Blasenentzündung in die Surgery zu gehen. Das tue ich dann auch am folgenden Morgen. Die katastrophale Sprechstunde wird von einer Greensuit geführt, die natürlich keinerlei medizinische Ausbildung hat. Greensuits sind eine Art Oberaufseherinnen. Herrisch fragt die Beamtin in grüner Uniform mich nach meinen Beschwerden. Ich sage, ich glaube, es ist eine Blasenentzündung. Sie fragt nach den Symptomen und gibt mir ein paar Pillen. Sie befiehlt mir, ich solle jeden Tag um zehn Uhr morgens und drei Uhr nachmittags in die

Praxis kommen und meine tägliche Ration abholen. Natürlich gibt es keine Untersuchung. Wozu auch, und überhaupt, wo? Auf der dreckigen Matratze im Bett? Es gibt nicht mal Wasser im Sprechzimmer. Ein Tisch und drei Sessel stehen darin. Wir Häftlinge dürfen aber nie darauf sitzen. Dann gibt es noch ein kleines Tischchen mit Medikamenten, das ist alles. Ich habe keine Ahnung, ob ich eine Blasenentzündung oder eine andere Infektion habe. Ich hoffe nur, die Pillen helfen.

In den nächsten Tagen werden die Schmerzen tatsächlich erträglicher, aber sie verschwinden nicht völlig. Am Freitag soll ich ohnehin dem Gefängnisarzt vorgestellt werden wie jeder Neuankömmling.

Also stehe ich am Freitag in der Warteschlange. Als ich reingerufen werde, sehe ich einen nicht sehr vertrauenerweckenden Mann auf einem Sessel sitzen. Der Gefängnisarzt fragt, ob ich irgendwelche Beschwerden hätte und warum ich Pillen bräuchte. Ich erklärte es ihm, auch dass ich immer noch Schmerzen habe. Er sagt gar nichts und meint, ich könne gehen. Ich frage ihn, was denn nun passieren würde. Offensichtlich belästigt von meiner Frage, teilt er mir nun schroff mit, dass ich andere Tabletten bekommen würde. Als ich rausgehe, schicke ich ein Stoßgebet zum Himmel, dass ich hier drin nicht richtig krank werde.

7. Februar 1998: Feuer

Samstagabend und totaler Frust. Die Zeit vergeht zwar nicht ganz so langsam, wie ich befürchtet habe, aber alles ist so monoton. Es gibt einfach gar nichts zu tun. Ich versuche, wie immer, zu lesen. Ein paar Frauen borgen mir uralte Magazine. Doch das Geschrei ist zu störend, der ununterbrochene Lärm macht mich verrückt. Die zwanzig Frauen in der Zelle benehmen sich ja wirklich wie Monster. Schön langsam beginne ich jamaikanische Frauen abgrundtief zu hassen. Ich und rassistisch? Ja, wenn man selber immer niedergemacht und als Außenseiter angesehen wird, ändert man die Meinung sehr schnell.

Außerdem bin ich ständig hungrig. Ich liege im Bett und sehne mich danach, mich endlich wieder satt essen zu können. Das Abendessen wird um halb drei nachmittags ausgegeben. Die Suppe heute war dermaßen fettig, richtig gelb, dass ich sie gar nicht essen konnte. Sie war schlicht ungenießbar. Hier in Fort Augusta ist das Essen eine Beleidigung. Das sagen sogar die Jamaikanerinnen und die sind unter normalen Umständen extrem stolz auf die Küche ihres Landes. Ich liege also hungrig im Bett. Plötzlich klettern die Frauen aufgeregt auf die Stockbetten und rufen: „Feuer, Feuer!"

Ich stelle mich auf die Zehenspitzen und luge aus dem vergitterten Fenster. In einiger Entfernung von den zehn großen Dorms steht ein kleines Gebäude mit zwei Isolationszellen. Dort kommen gefährliche Frauen oder solche mit ansteckenden Krankheiten hin. Sie sind den ganzen Tag eingeschlossen. Kylie war bis vor Kurzem wegen ihrer Hepatitis-C-Erkrankung dort untergebracht. In einer der Zellen sitzt jetzt Muppet. Sie ist ein absolut gestörtes, aggressives Mädchen. Sie liebt es, zu provozieren und zu kämpfen. Ich habe keine Ahnung, wer jetzt Kylies Zelle hat. Sie ist wieder in unserem Dorm zurückverlegt worden. Ich hab nur gehört, es gab einen schlimmen Kampf und die Aufrührerin sitzt jetzt in Isolationshaft.

Die Isolationszellen verfügen weder über Duschen noch Toiletten. Natürlich gibt es in ganz FA keine richtigen Duschen und Toiletten, aber immerhin können wir anderen uns hinter einem Vorhang duschen. Die beiden Bewohnerinnen müssen ihr Geschäft meistens in einen Eimer machen. Sie sind auf die Gnade einer Aufseherin angewiesen, dass sie ihnen das Tor aufschließt. Wenn unsere Zellen geöffnet sind, können sie dann unsere Toiletten benutzen. Ansonsten gehen sie einfach hinter das Gebäude. Waschen müssen sie sich im Freien. Das ist sehr erniedrigend und demütigend.

Flammen aus dem Isolationstrakt. Jedenfalls brennt es jetzt lichterloh, wie ich entsetzt sehe. Xena erkennt sofort den Ernst der Situation und brüllt aus Leibeskräften nach den Aufsehern. Zuerst scheinen die es für einen Scherz zu halten, keiner reagiert. Es ist früher Abend, dämmrig, jedoch nicht dunkel. Muppet hüpft aufgeregt, zu Tode erschrocken, auf und ab. Sie rüttelt an den Gitterstäben und brüllt aus Leibeskräften. Die Vorderseite dieser Zellen ist auch offen. Inzwischen qualmt es und Flammen lodern aus dem Gebäude.

„Penny!“, rufen sich die Frauen zu. „Es ist Penny, sie hat zwanzig Jahre wegen Mordes bekommen.“

Sehr viel Zeit vergeht, bis zwei Wärterinnen kommen. Wir können von den Fenstern aus alles ganz genau sehen. Wie alles hier in Zeitlupe, denke ich. Ich befürchte, dass das Feuer wegen Sturms heute auch auf unser Gebäude übergreift.

Vielleicht verrecke ich hier ja gleich in den ersten Wochen, geht es mir durch den Kopf. Langsam nähern sich die Aufseher nun dem Gebäude. Sie versuchen Muppets Zelle aufzuschließen, aber stellen fest, dass sie nicht den richtigen Schlüssel dabeihaben. Da machen sie kehrt und schlendern zum Bürogebäude. Wieder vergeht wertvolle Zeit. Pennys Zelle brennt, wir hören Muppet brüllen und husten. Dann kommen die Aufseherinnen mit einer ganzen Kompanie Aufseher zurück. Umständlich suchen sie nach dem richtigen Schlüssel und lassen dann erst mal Muppet raus.

Die läuft in Unterwäsche zu der Stelle, an der sich immer Meerwasser unter der hohen Mauer sammelt. Niemand tut etwas. Muppet wird gezwungen, Meerwasser zu holen und in die Flammen zu schütten. Nach fünf Eimern ist das Feuer aus. Dann erst schließt eine Aufseherin Pennys Zelle auf. Muppet schleppt von dort die verkohlte Matratze und einige andere Sachen raus. Penny muss in der nackten, nassen, dreckigen Zelle bleiben. Muppet muss den ärgsten Dreck mit Meerwasser rausspülen. Penny wird von den Wärterinnen mit gezogenen Pistolen bewacht. Viel später kommen noch vier Männer, die Scharfschützen, dazu. Mit

Maschinengewehren umstellen sie den Isolationstrakt. Warum das denn jetzt, ist doch alles vorüber, denke ich.

Die Männer sind eine willkommene Abwechslung für viele Frauen hier. Schon am Anfang hat man mir auf meine Frage nach männlichen Wärtern mit ungläubigen Augen geantwortet: „Bist du verrückt? Das ist Jamaika, das geht gar nicht! Jamaikaner sind verrückt nach Sex, das würde ein Chaos geben."

Xena ruft die Männer so lange, bis sie in unsere Zelle schauen. Sie ist wieder mal nur mit Unterwäsche bekleidet, steht auf dem Bett und tanzt lasziv zu Reggaemusik. Später erfahre ich, dass Xena in ihrem verrückten Leben auch mal Go-go-Girl war. Am Ende lachen alle und keiner lässt ein gutes Haar an Penny. Die muss nun eine Woche auf dem Steinboden schlafen und wird natürlich nicht ärztlich versorgt. Wozu auch? Sie hat bloß versucht, sich das Leben zu nehmen, indem sie ihre Matratze in Brand steckte.

Penny. Nach etwa einer Woche wird Penny in unsere Zelle verlegt und bekommt das Bett neben meinem. Zugegebenermaßen ist mir schon etwas mulmig. Sollte sie es wieder versuchen, werden fünfundzwanzig Matratzen brennen und viele, viele Schachteln und Krimskrams. Bei dem Tempo der Wärter hier würden wir alle umkommen. Verbrennen ist ein qualvoller, grauenhafter Tod, denke ich. Wüsste ich nicht, warum Penny in Fort Augusta ist, würde ich sie für einen der anständigsten Menschen hier halten. Sie ist um die vierzig, einigermaßen attraktiv, sehr gepflegt, gute Manieren, unglaublich religiös – oder unglaublich scheinheilig. Sie hat ein batteriebetriebenes Radio und hört von früh bis spät *LOVE 101,* den jamaikanischen Gospelsender. Sie liest jeden Tag stundenlang, manchmal halblaut, in der Bibel. Morgens und abends kniet sie vor dem Bett und betet laut. Ansonsten ist sie sehr ruhig, was ganz angenehm ist.

Überhaupt haben alle Frauen hier eine Bibel, lesen pausenlos drin. Auch diejenigen, die hier im Gefängnis stehlen, andere erniedrigen, kämpfen und fleißig die nächsten Verbrechen planen. Ich beobachte hier, wie die eifrigsten Kirchgängerinnen die brutalsten, hinterhältigsten, heimtückischsten Menschen sind. Sobald sie die Kirche verlassen haben, das Tor erreichen, beginnt die Schimpftirade von Neuem. Selbstverständlich halten sich gerade diese Frauen für viel besser, anständiger als zum Beispiel mich, die ich nie zur Kirche gehe oder eine Bibel in die Hand nehme. Das sagen sie mir auch ungeniert bei jeder Gelegenheit und befehlen mir, ich solle in die Kirche gehen.

10. Februar 1998: Endlich Besuch

Meine Stoßgebete sind erhört worden. Ich werde zum Büro gerufen. Ich habe Besuch bekommen. Ich warte ungeduldig unter dem Baum, bis ich gerufen werde. Sie lassen ein junges jamaikanisches Mädchen zum Tor rein. Sie trägt drei Plastiktüten.

Ms. Morgan ruft mich nach zwanzig Minuten: „Maier, Besuch! Deine Freundin hat sich hierhin gesetzt." Sie deutet auf die Besucherecke.

Das Mädchen steht auf, umarmt mich und sagt: „Schön, dich wiederzusehen! Wie geht es dir denn?"

„Das ist aber eine Freude! Nett, dass du mich besuchst", sage ich. „Hier ist es sehr gewöhnungsbedürftig, die Leute mögen mich nicht."

„Die Zeit wird schnell vergehen, du wirst sehen. Mein Bruder lässt auch grüßen, du fehlst uns", sagt sie.

Wir schauen uns wissend an. Ich habe dieses Mädchen noch nie gesehen.

„Bist du denn den langen Weg mit dem Bus gekommen?", frage ich.

„Nein, ich bin mit Air Jamaica nach Kingston geflogen. Das geht schneller."

„Ach ja, stimmt."

„Ich habe dir ein paar Sachen gebracht, schau mal." Sie stellt die Taschen auf den Tisch. Zwei Aufseherinnen untersuchen den Inhalt ganz genau. Ganze Schätze liegen auf dem wackligen, alten Tisch: Duschgel, Haarshampoo, Deo. Auch Cornflakes, Milchpulver, Kekse, Bananenchips, Haferflocken, Erdnussbutter, Orangen, Brot sowie

Tampons. Ms. Morgan nimmt die Tampax sogar einzeln raus. Sie entfernt die Papierhülle und untersucht die Einführhilfe.

Als alle drei Beamtinnen damit beschäftigt sind, meine Schätze zu untersuchen, flüstere ich: „Wie heißt du denn?"

Sie grinst: „Hertie".

Hertie fragt nun Ms. Morgan, ob sie mir auch Geld dalassen darf. Sie gibt ihr 5000 Jamaika-Dollar. Eine Aufseherin schreibt etwas in ihr Buch und lässt mich unterschreiben. Hertie hat auch zwei Stangen Craven-A-Zigaretten mitgebracht. Ich bin im siebten Himmel. Die Unterhaltung geht dann etwas gezwungen weiter. Bald schon sagt Hertie, sie müsse jetzt gehen. Sie werde in einem Monat wiederkommen.

Ich bin so unsagbar erleichtert. Es hat mich enorm belastet, nicht zu wissen, ob und wann jemand von Carlos' Leuten kommt.

Wir verabschieden uns wieder mit einer Umarmung. Ich trage Hertie auf, sie soll ihrem Bruder meinen Dank und liebe Grüße ausrichten.

Was für eine Farce. Ms. Morgan und die Aufseherinnen wissen ganz genau, wer das war, denke ich belustigt.

Ich gebe Xena einen Teil meiner Gaben. Die Zigaretten musste ich bis auf eine Schachtel im Büro lassen. Ms. Morgan hat gesagt, ich dürfe mir nur jeden zweiten Tag eine Schachtel holen. Dennoch bin ich so glücklich an diesem Nachmittag. Carlos hat mich nicht im Stich gelassen. Was für ein gutes Gefühl!

Meine Zellengenossinnen sagen, dass ich unwahrscheinliches Glück habe. Sehr, sehr wenige würden im Gefängnis vom Boss versorgt. Ich weiß es auch zu schätzen, oh ja.

12. Februar 1998: Gefängnisalltag

Ich bekomme Besuch von der Deutschen Botschaft. Sie haben Herrn Schneider geschickt. Er erklärt mir, die Österreichische Botschaft habe die Deutsche Botschaft gebeten, sich um mich zu kümmern, weil diese einfach näher bei Fort Augusta liegt. Die Österreichische Botschaft hat ihren Sitz in Montego Bay. Herr Schneider hat mir Lebensmittel und Zigaretten mitgebracht. Er ist sehr sympathisch und erzählt mir, er betreue auch einen deutschen Gefangenen im Männergefängnis in Spanish Town.

Ich bin elektrisiert: „Oh, wirklich? Könnte ich denn mit dem Kontakt aufnehmen?"

„Ja, Herr von Bergen hat mir aufgetragen, Sie zu grüßen. Er will Ihnen Lesestoff schicken lassen", sagt Herr Schneider.

„Das ist einfach großartig! Das würde mir so helfen. Warum ist Herr von Bergen denn im Gefängnis?"

„Er wurde wegen Mordes zu lebenslänglich verurteilt, aber er hat Berufung eingelegt."

„Meine Güte, wie schrecklich", schaudert es mich.

Ich bin jetzt sehr gespannt und werde Herrn von Bergen schreiben.

Julia. Es gibt auch ein paar umgängliche Frauen hier. Sehr viel Zeit verbringe ich mit Julia. Sie ist zweiundvierzig, sieht aber aus wie dreißig und hat lange Dreadlocks. Die anderen halten ihr vor, dass sie gar keine Rastafrau sei.

Rastas würden doch kein Crack rauchen und Julia hatte ein Crackproblem.

Sie sagt: „Das ist ein Teufelszeug. Man will immer mehr und mehr. Man geht auch stehlen dafür und betrügt alle seine Freunde. Am Ende hat man keine mehr. Ich bin dann immer alleine im Hof gesessen und habe den ganzen Tag nur Sachen vom Boden aufgehoben. Wenn ich fertig damit war, habe ich von Neuem angefangen und kleinste Körner und Blätter vom Boden gepickt. Ich bin mir schon wie ein Huhn vorgekommen."

Wir lachen, Julia ist überhaupt sehr lustig. Sie ist Orderly hier. Das bedeutet, sie muss ständig im Büro sitzen und auf Orders, Befehle, warten. Sie holt die Gefangenen ans Telefon oder übermittelt Nachrichten. So ist sie meistens darüber informiert, wer wann und von wem Besuch bekommt. Sie überbringt Briefe und wenn man sich erkenntlich zeigt, kann Julia Extraessen oder auch mal heißes Wasser bringen.

Sie hat achtzehn Monate wegen Diebstahls bekommen. Sie ist einigermaßen intelligent und warmherzig. Sie erzählt mir auch ein paar Geschichten von langjährigen Inmates hier.

Andere Insassinnen. Gerade geht Tina vorbei. Sie ist geistig zurückgeblieben. Sie hat ihre dicke Unterlippe ständig vorgeschoben und ist sehr dick, aber freundlich und hat noch nie auf mir rumgehackt. Ich frage Julia nach ihr.

Sie erzählt mir eine haarsträubende Story: „Tina hat ganz normal mit ihrem Mann und drei Kindern in den

Bergen gelebt. Eines Abends kommt der Mann nach Hause, setzt sich zum Essen hin und da fällt ihm auf, dass kleine Fingernägel im Stew sind. Tina hatte alle drei Kinder umgebracht, zerstückelt und angefangen, sie zu verkochen. In Jamaika gibt es keine psychiatrischen Anstalten oder Abteilungen im Krankenhaus. Tina wurde zu lebenslänglicher Haft in Fort Augusta verurteilt. Sie ist schon über fünfundzwanzig Jahre hier."

Wir schlendern an Dorm acht vorbei. Eine sehr große, perfekt geschminkte Jamaikanerin mit Sonnenbrille spricht uns in gepflegtem Oxford-Englisch an: „Wann wird denn die Post ausgeteilt, Julia?"

„Oh, ich weiß nicht, vielleicht morgen."

Die Frau dreht sich um und verschwindet in ihrem Bett. Sie schläft unten und hat an den Stäben des oberen Bettes rundherum Decken als Vorhänge befestigt. So kann niemand in ihr Bett sehen.

Ich frage Julia: „Ich dachte, Schminke und Sonnenbrillen seien verboten hier."

„Ja, aber nicht für Jara. Normalerweise trägt sie auch immer gelbe Gamaschen, heute ist sie wohl noch nicht fertig mit ihrer Morgentoilette. Wir nennen ihr Zelt die Burka. Jara verlässt niemals ihre Burka, ohne perfekt geschminkt und angezogen zu sein. Sie hatte eine große Modelagentur in einem der reichen Vororte Kingstons, bevor sie eingesperrt wurde. Sie war verheiratet. Ihr Mann arbeitete in der Agentur mit und hatte immer wieder Affären mit Models."

Die Leute hier wissen das alles aus der Presse, Jara spricht niemals über ihr Privatleben.

Julia fährt fort: „Jedenfalls hatte ihr Mann dann wohl eine ernstere Affäre. Jara gab eine Vermisstenanzeige auf. Sie verhielt sich aber sehr auffällig, darum machte die Polizei eine Hausdurchsuchung. Sie fanden den Kopf ihres Mannes im Brotkasten."

Mir fallen fast die Augen raus. Ich weiß zwar nicht, wie viel stimmt an diesen Geschichten, aber immerhin sitzt Jara wegen Mordes.

Bald schon sehen wir sie zum Büro gehen. Stimmt, sie trägt gelbe, gestrickte Gamaschen zu ihrer Uniform.

Julia wird zu einem kleinen Job gerufen und ich setze mich auf die niedrige Mauer vor dem Verwaltungsgebäude.

Kylie kommt angeschlendert. Ich denke, sie ist wirklich eine sonderbare Frau. Wie ein Geist wirkt sie, kreidebleich in der karibischen Sonne. Sie jammert nicht, aber man sieht, dass es ihr nicht gut geht. Sie sagt, die amerikanische Botschaft hätte Medikamente für sie angefordert, aber sie würden ihr hier nicht bewilligt. Kylie hat auch kein Geld und keinerlei Kontakte nach außen. Ich wundere mich sehr, warum sie ihrer Familie nichts durch die Botschaft ausrichten lässt.

Höhere Mathematik. Wir beobachten, wie sie zwei Besucher durch das Tor hereinlassen. Das ist eine sehr umständliche Prozedur. Zwei Beamtinnen müssen überwachen, wie eine andere drei verschiedene Schlösser aufsperrt. Jedes Mal beobachten die Gefangenen den Vorgang höchst gespannt. Diesmal tragen die Besucher vier, fünf riesige Plastiktüten und nehmen Platz. Gleich neben dem Büro stehen im Schatten ein paar Sessel um einen Tisch herum. Hier finden die Besuche statt.

Wir sehen Marlene kommen, sie strahlt und lacht. Kylie und ich schauen uns an. Ich sage: „Hey, wir zwei sind doch nicht neidisch, oder? Egal wie für uns das Leben später auch weitergeht, so hungrig werden wir bestimmt nie wieder sein, wenn wir brav bleiben! In ein paar Monaten sind wir weg. Marlene muss für immer hier bleiben und lacht trotzdem noch jeden Tag!"

„Stimmt", sagt Kylie beschämt.

Anna kommt angeschlendert: „Wann gehst du heim?"

„Ach, dauert noch lange, im September", antworte ich.

„Soon come, das Jahr ist eh schon bald vorüber."

„Wie bitte? Es hat doch gerade erst angefangen, das dauert noch ewig", widerspreche ich.

„Ich gehe in zwei Monaten, am 30. Mai", strahlt Anna.

„Das sind doch noch über drei Monate", wende ich ein.

Sie nimmt die Finger zu Hilfe und rechnet mir vor, dass es vom 12.2. bis zum 30.5. nur noch zwei Monate sind.

Ich widerspreche wieder, da fängt sie zu brüllen an: „Du dreckige, blöde Ausländerin! Ihr könnt ja nicht zählen. Wir Jamaikaner zählen ganz anders als ihr. Wir zählen Februar nicht mehr mit und Mai auch nicht, weil ich ja da schon entlassen werde. Bitch!"

Sofort versammeln sich noch mehr Frauen, diskutieren wild und geben Anna recht.

„So kann man doch nicht rechnen", versuche ich es noch mal und schaue Kylie an. Die senkt den Blick.

„Wann wirst du denn entlassen?", fragt mich eine der Frauen.

„Heute genau in sieben Monaten, am 12. September“, sage ich.

Sie rechnen angestrengt und zählen mit den Fingern. „Das ist der Beweis, dass du nicht rechnen kannst, es sind fünf Monate!“, schreit mich eines der Mathematikgenies an.

Da gebe ich auf. Ich trolle mich zurück in den Dorm.

Amanda. Amanda ist gerade aufgestanden. Sie ist ein wunderschönes jamaikanisches Mädchen mit graziler Figur und einem Engelsgesicht. Sie spricht sehr gewählt und fast sanft. Sie ist immer freundlich zu allen anderen.

„Warum bist du denn eigentlich hier?“, frage ich.

„Das ist eine ganz blöde, furchtbare Geschichte“, sagt sie. „Dabei hatte ich nur Streit mit meiner Schwester. Ich wollte ihr nur Salzsäure ins Gesicht schütten. Ich schwöre beim heiligen Gott, ich habe das Baby hinter ihr nicht gesehen. Leider ist meine Schwester ausgewichen und das Baby hat alles ins Gesicht und auf den Oberkörper gekriegt. Ich schwöre wirklich, ich habe die Kleine nicht gesehen.“

Sie erzählt, dass ihre zweijährige Nichte jetzt für immer entstellt sei und sie fast gestorben wäre. Ihre Familie versorgt Amanda aber dennoch sehr gut hier, weil ihr alle glauben, dass sie die Kleine nicht gesehen hat. Amanda betet jeden Tag und liest in der Bibel.

Säureattentate kommen oft vor auf Jamaika, Säure ist normalerweise eine typische Frauenwaffe. Viele Frauen haben aber auch Bisswunden. Besonders gerne wird in

Nase oder Wange gebissen und das so kräftig, dass meistens Narben zurückbleiben.

Es sind auch ein paar Spanierinnen hier. Es sind harmlose, stille Mädchen. Eine davon ist schwanger, ihr Kind wird im Juli zur Welt kommen. Man erzählt mir, es werden jedes Jahr ein paar Kinder hier geboren. Noch nie hätte es ein Problem dabei gegeben. Wenn die Abstände der Wehen kürzer werden, würden die Frauen ins Krankenhaus nach Kingston gebracht.

Die Spanierinnen sprechen aber nicht besonders gut Englisch und isolieren sich etwas. Mandy ist die Einzige, die etwas besser Englisch kann. Sie hat mir erzählt, sie sei in Spanien schon ein paarmal eingesperrt gewesen, weil sie und ihr Mann öfter Raubüberfälle machen. Sie sagt, in Spanien warten noch mal acht Jahre Haft auf sie. Ich traue ihr nicht sehr. Sie spricht hauptsächlich über sich selber. Sie ist eitel und findet, sie sieht sehr sexy aus. Das stimmt nun überhaupt nicht. Sie hat starke, entzündete Akne und kratzt sich dauernd am ganzen Körper. Sie setzt sich auch immer unaufgefordert auf mein Bett und schnorrt Zigaretten.

Die Spanierinnen sind mit Fernanda, einer älteren Kolumbianerin befreundet. Sie spricht kein einziges Wort Englisch und hält sich meistens im Hintergrund. Wenn ich ein paar Worte mit ihr spreche, übersetzen die Spanierinnen. Sie sagt, sie wurde mit ihrem Sohn mit sechs Kilo Kokain erwischt. Fernanda hat zweieinhalb Jahre und der Sohn fünf Jahre bekommen. Sie kann ihrem Sohn nicht einmal schreiben, weil man in Englisch schreiben muss.

Ganz schön haarig. Inzwischen sind meine Beine ganz behaart, weil wir uns ja nicht rasieren können und auch keine Enthaarungscreme erlaubt ist. Ich finde, das sieht abstoßend aus. Ich habe ganz dichte, schwarze Haare auf den Beinen. Die Jamaikanerinnen aber finden das sexy! Das erste Mal glaubte ich meinen Ohren nicht zu trauen, als Shakira vorbeikam: „Wow, so viele dichte Haare an den Beinen, sexy! Dich würde ich gerne haben …"

Ich glaubte, sie macht einen Witz. Doch die anderen Frauen nickten beifällig und schauten anerkennend auf meine Beine.

Meine Augenbrauen sind ebenfalls von Natur aus schwarz und üppig. Pinzetten sind aber auch nicht erlaubt. Zwei meiner Mithäftlinge haben kleine Scherben von einem Spiegel. Manchmal darf ich eine Scherbe kurz ausborgen. Ich war richtig erschrocken, als ich meine Augenbrauen das erste Mal wiedersah. Ich zupfte sie dann mühsam mit den Fingernägeln aus. Lucky konnte nicht glauben, dass ich das wirklich nur mit meinen Nägeln gemacht hatte. Es sah echt gut aus.

Auch den Wärterinnen fallen meine inzwischen langen Fingernägel auf. Zuerst drohen sie nur. Dann muss ich tatsächlich in den lächerlichen Friseursalon gehen, um sie schneiden zu lassen. Ein paar Gefangene schneiden dort die Haare von Inmates. Macey wird befohlen, meine Nägel ganz kurz zu schneiden. Ergeben lasse ich sie schnippeln. Da ich nun schon mal hier bin, frage ich, ob sie auch meinen Pony schneiden kann. Sie meint, ich soll die Haare einfach wachsen lassen. Verunsichert schneidet sie dann aber doch meine Stirnfransen.

6. März 1998: Neue Zelle

Ich wache auf und fühle mich total zerschlagen. Gestern Nacht haben sie wieder gefeiert. Bis in die Morgenstunden laute Musik, schrilles Kreischen und unbeschreibliche Laute. Es ist nur eine Clique von vier, fünf Leuten, die uns allen die Nachtruhe raubt. Sie rauchen Gras, werden grenzenlos albern und nehmen auf niemand Rücksicht. Ich selber brauche den Schlaf, will wenigstens ein paar Stunden schlafen. Meine Nerven sind so ramponiert. Die zweite Nacht jetzt, in der ich erst so gegen drei Uhr morgens Schlaf kriege. Und um fünf geht der Zirkus wieder los. Diejenigen, die in der Nacht gefeiert haben, schlafen jetzt wie bewusstlos. Sie sind Lärm gewohnt, Tag und Nacht. Ich sage aber nichts. Ich wurde inzwischen in Dorm vier verlegt und sehne mich zurück nach Dorm zwei, wo Xena für frühe Nachtruhe sorgt.

Meinen Inmates in diesem Dorm ist der Platz neben ihrem Bett heilig. Bei manchen Frauen darf man nur auf ausdrückliche Einladung ihren Platz betreten. Die meisten haben sich ein Nachtschränkchen aus Pappkartons gebaut. Dieses schmücken sie mit Deckchen oder alten Tüchern. Meistens stehen kitschige christliche Figuren oder Bilder darauf. Manche haben auch ein altes Tuch als Bettvorleger. Ungefähr zweimal die Woche wird der Platz neben dem Bett von Grund auf gereinigt. Leintuch, Bettvorleger und alle Zierdeckchen werden gewaschen. Der Boden wird mit einer Politur gewachst. Sie wetteifern richtig, wessen Boden am meisten glänzt.

Nimmt man an diesem Wettbewerb nicht teil, ist man schmutzig und faul. Trägt jemand auch nur ein Stäubchen Dreck an diese heiligen Stellen, wird man zur Sau gemacht. Normalerweise gibt es nur alle zwei Monate Politur. Die Wärterinnen geben sie der jeweiligen Leaderin in der Zelle. In unserer Zelle ist das Marlene. Marlene zweigt sich ein bisschen davon ab. Sie gibt es denjenigen, die gerade hoch in ihrer Gunst stehen. Einige andere, die auch langjährige Haftstrafen verbüßen, haben andere Methoden. Politur kann auch für Zigaretten eingetauscht werden. Es herrscht ein ständiges Gezanke, wer denn nun den schönsten Platz neben seinem Bett hat. Nach einer Weile finde ich heraus, warum das so ist. Sie messen daran, wer das Haus am schönsten in Ordnung halten kann. Der Platz neben ihrem Bett ist doch ihr Haus.

Handarbeiten. Zum Frühstück hat es heute trockene Creamcrackers gegeben. Tee ist leider keiner für mich übrig geblieben. Diese Urwaldmenschen schubsen mich ja immer ans Ende der Schlange zurück, egal wie früh ich komme. Wenn ich Glück habe, ergattere ich noch eine halbe Plastiktasse. Die letzte Zigarette ist auch schon geraucht. Ich bin absolut am Boden. Julia merkt es sofort, als ich den Craftshop betrete.

Inzwischen bin ich für Crafting Jobs, Basteln und Handarbeiten, eingeteilt. Ich muss häkeln. Alle haben bewundert, wie schön ich Spitzen häkeln kann. Das hat mich erstaunt, weil ich es nämlich gar nicht gut kann und schon in der Grundschule immer die Letzte war. Ich kann meine Tätigkeit aber momentan nicht ausüben, weil das

Garn ausgegangen ist. Die Leiterin der Werkstatt, Mrs. Bashford, weiß nicht, wann es wieder welches gibt. Ich gehe also in die Bastelstube und frage nach. Sie fährt mir schroff über den Mund und ich kriege die gleiche Antwort wie immer: „Soon come." Ich muss nun lächerliche Zierstiche mit normalem Zwirn üben. Endlich läutet die Mittagsglocke. Es gibt wieder mal Reis und Sardinen. Ich bin so hungrig, dass ich es esse. Dann gehe ich rastlos am Gang vor den Zellen auf und ab.

Der Angriff. Ich sehe Tooth, meine Lieblingskatze. Endlich ein Lichtblick. Ich nehme ihn auf den Arm und bin auf dem Weg zu Dorm zwei, zu Xena. Ihr Gesichtsausdruck wird immer ganz weich, wenn dic Katzen in der Nähe sind. Plötzlich stoppt mich ein Mädchen. Mit aggressiver Stimme verlangt sie nach dem Kater. Ich will einfach weitergehen, sie lässt mich nicht passieren. Sie schlägt auf Tooth ein und behauptet, er sei ihr Besitz und ich solle ihn ihr geben. Ich reagiere bis jetzt kaum. Sie provoziert immer mehr und grapscht nach meinem Arm, dreht ihn um, alles mit widerlichen, süßlichen Bemerkungen.

Ich resigniere und sage: „Weißt was, hier hast du ihn". Ich lasse ihn auf ihre Brust fallen. Sie schleudert die Katze weg und fällt wie ein Berserker über mich her.

Glücklicherweise wehre ich mich überhaupt nicht und lasse sie auf mich einprügeln. Sie schlägt mich mit den Fäusten auf den Kopf und auf den Hals. Dann tritt sie mich in den Bauch und zuletzt in den Rücken, erwischt auch die Nieren. Das schmerzt, ich fühle absolute Ohnmacht und lasse mich einfach fallen, damit sie aufhört.

Kein Mensch greift ein, nicht mal verbal. Wie ich später erfahre, waren drei Aufseherinnen, darunter auch eine Greensuit, zugegen … Eine davon hat es nicht einmal der Mühe wert gefunden, von ihrem Sessel aufzustehen.

Niemand, niemand hilft mir. Als ich von Heulkrämpfen geschüttelt auf dem Boden liege, höre ich die Jamaikanerinnen übereinstimmend sagen, ich hätte den Kampf angefangen. Ich kann es nicht glauben. Ich möchte nie mehr aufstehen, ich möchte sterben.

Nach einiger Zeit höre ich Julia meinen Namen rufen. Dann Lisa, aufgeregt: „Irene, steh auf, was ist passiert? Steh auf!“ Sie geht in die Knie und hilft mir aufzustehen. Alles dreht sich.

Dann die herrische, kalte Stimme der Greensuit: „Los, geh in deinen Dorm!“

Sie schnappt mich brutal am Arm und schleppt mich rein. Die vielleicht dreißig Meter bis zur Zelle erscheinen endlos. Lisa stützt mich auf einer Seite und ich muss mich immer an der Mauer abstützen und mein Gesicht bedecken. Die Aufseherin schleudert mich in die Zelle und schließt mich ein. Freunde meiner Kontrahentin stehen jetzt vor der Zelle, lachen höhnisch und rufen die ordinärsten, dreckigsten Sachen. Ich versuche der Beamtin die Wahrheit zu sagen. Sie aber hört mich nicht an, außerdem werde ich eh von den pöbelnden Frauen übertönt. Eine streckt mir sogar die Zunge raus. Greensuit ignoriert. Kurz zuvor wollte ich ihr erklären, dass mich diese Gruppe immer und überall provoziert. Sie sagt mir, ich solle schweigen.

Noch immer schüttelt mich ein Weinkrampf. Ich fühle mich so ausgeliefert. Während des Kampfes hat sich, wie immer, eine Menschentraube um uns gebildet. Die Hälfte davon folgt mir nun in die Zelle. Die andere Hälfte folgt Martina. So heißt sie, wie man mir sagt. Absurderweise versuche ich noch immer, mich zu rechtfertigen. Doch es ist vergeudete Energie.

Später sagt mir jemand: „The Jamaicans back the Jamaicans." Die Jamaikanerinnen stehen hinter den Jamaikanerinnen.

Ich stehe auf verlorenem Posten. Jeder sagt mir im Brustton der Überzeugung, ich hätte das Ganze eben nicht anfangen sollen. Ich hätte den Kater nicht auf sie schleudern sollen. Dieses hinterhältige Mädchen, Martina, hat sich auch noch einen Kratzer im Gesicht selbst zugefügt, wie mir später gesagt wird.

Sie schließen mich den ganzen Tag ein. Endlos viele Neugierige versammeln sich vor meinem Zellengitter und ich bin ihnen ausgeliefert. Meine Zellengenossinnen sagen, ich solle nicht reagieren. Ich kann einfach nicht aufhören zu heulen. Lange, lange habe ich nicht geheult, schon gar nicht so.

Ich sage zu Julia, ich muss dringend Zigaretten kaufen gehen. Jeden Nachmittag sperrt ein kleiner Kiosk für eine halbe Stunde auf. Wenn man Geld hat und der Shop nicht geschlossen hat, ausverkauft ist oder man nicht in Isolationshaft sitzt, gibt es auch Zigaretten. Eine Beamtin muss mich begleiten, angeblich zu meinem Schutz. Der lange Gang ans andere Ende der Gefängnisanlage ist ein einziger Spießrutenlauf. Fast von überall höre ich nur negative Zurufe. Martina steht da, umringt von Bewunderern, und strahlt. Wieder langes Anstehen vor dem Kiosk, dann unterschreiben für meine Ware, umständliches Ausrechnen des Wechselgeldes. Aus dem Craftshop ruft eine Frau raus, warum ich denn Geleitschutz habe … es ist zum Davonlaufen.

Die Beamtin ruft zurück: „Sie hat eine Katze auf Martina geworfen und Fucking Nigger gesagt."

Ich bin fassungslos und werde zur Belustigung aller Anwesenden völlig hysterisch und versuche wieder mal zu erklären. Ich sage, ich hätte diese Bemerkung nie, nie gemacht. Doch sie macht bereits die Runde und ist jetzt die offizielle Version. Zutiefst gedemütigt gehe ich in meine Zelle zurück. Zwei Tage bleibt sie für mich geschlossen.

Am Abend kommt eine Greensuit herein und fragt mich, was los sei. Ich erzähle ihr meine Version. Ich erzähle auch, dass ich mich ungerecht behandelt fühle und sich kein Mensch darum kümmert, ob ich verletzt bin. Sie zieht alles ins Lächerliche und fragt mich, ob ich zum Arzt will. Ich bejahe. Es ist Freitag und wie immer checkt dieser Mensch die Neuankömmlinge. So warte ich also gottergeben vor dem lächerlichen Sprechzimmer. Als letzte Patientin werde ich hineingerufen. Die Beamtin herrscht mich an: „Kannst du nicht einmal deinen Mund spülen, bevor du zum Arzt gehst? Du stinkst nach Zigaretten! Dieser Gestank ist eklig!"

Ich verliere wieder die Fassung, heule schon wieder und wiederhole die Vorgänge des Tages. Der Doktor blickt mich kalt an und fragt, was denn nun das Problem sei. Ich schwitze am ganzen Körper und muss nun die Uniform ausziehen, damit der Doktor mich abtasten kann. Natürlich erkenne sogar ich als Laie, dass die Untersuchung ziemlich sinnlos ist. Das hätte ich mir sparen können. Ich bitte ihn um Tabletten zur Beruhigung. Ich will einfach nur schlafen. Ich kriege keine Antwort, er schreibt etwas in sein Buch. Er sagt nur, später werde ich Medizin kriegen. Ich warte den ganzen Abend, den ganzen nächsten Tag, ich kriege nichts. Am dritten Tag sagt mir eine andere Gefangene, ich müsse zum Büro gehen und danach fragen …

Ich kriege für drei Tage Schmerzmittel und Valium. Das Valium geben sie mir um zehn Uhr früh und drei Uhr nachmittags. Davon werde ich ganz müde. Nachts kann ich trotzdem nicht gut schlafen. Es hat keinen Sinn vorzuschlagen, dass ich die Pillen am Abend kriege. Also lasse ich es. Lisa rät mir dringend, diese unglaublichen Vorgänge der Deutschen Botschaft zu melden. Fieberhaft warte ich auf Herrn Schneider.

Schwarze Magie. Bevor ich mit Herrn Schneider sprechen kann, passiert aber etwas anderes Ungeheuerliches. Am Morgen nach dem Zwischenfall ruft mir Julia aufgeregt zu: „Hast schon gehört? Tooth wurde in der Nacht von wilden Hunden umgebracht. Sie sagen, du hättest schwarze Magie angewendet. Darum hätte der Kater sterben müssen. Sie sagen auch, du bist eine Obeahfrau."

Ich frage: „Eine was?"

Julia erklärt mir, dass Obeah eine Art schwarze Magie ist und die Leute hier felsenfest daran glauben. Über so viel geballte Blödheit und Ignoranz kann ich mich nicht einmal ärgern. Den Ruf der Obeahfrau wurde ich auf Fort Augusta nie mehr los. Schon gar nicht, als auch alle anderen Katzen von den Hunden gekillt werden.

Ich frage Julia, warum ich denn so unbeliebt hier bin.

Sie sagt: „Das ist doch ganz klar! Du wehrst dich, das können sie nicht verkraften. Wenn du dir alles gefallen lassen würdest, wärst du bald uninteressant."

Bücher von einem Fremden. Ein paar Tage später werde ich wieder ins Büro gerufen. Ms. Morgan sagt mit schroffer Stimme: „Dieser Gentleman bringt dir etwas."

Der Fahrer der Deutschen Botschaft überreicht mir einen Riesenstapel Bücher. Ich könnte ihn umarmen. Ich bin so unglaublich glücklich! Ich sehe anhand der Titel, dass es genau meine Lektüre ist. Er gibt mir auch einen Brief. Ich danke ihm überschwänglich. Im letzten Moment fällt mir ein, dass ich ja einen Brief an Herrn von Bergen geschrieben habe. Ich frage Ms. Morgan, ob ich ihn schnell holen darf.

„Beil dich aber", bellt sie mich an.

Ich laufe zum Dorm, nehme den Brief und laufe schnell wieder zurück zum Büro. „Bitte sagen sie Herrn von Bergen meinen besten Dank, er hat mir die größte Freude gemacht, die man sich vorstellen kann."

Ich packe den Stapel Bücher und trolle mich. In der Zelle reiße ich ungeduldig den Brief auf. Herr von Bergen heißt Alex und er duzt mich. Er schreibt deutsch! Er schreibt, dass Herr Schneider ihm gesagt habe, unsere Superintendentin (Vorsteherin) Mrs. Brown, sei eine dumme, giftige Kröte. Alex schreibt, er solle angeblich in Montego Bay seine Freundin umgebracht haben. Er selber habe Michele tot in seinem Hotelzimmer aufgefunden und die Panik gekriegt. Danach war er drei Tage auf der Flucht. Sie hätten ihn dann im Falmouth Resort Hotel verhaftet und zu lebenslänglich verurteilt. Die Jamaikaner nennen ihn den Voodoomörder, schreibt er. In der Presse hätten sie wochenlang geschrieben, Alex habe Michele alle inneren Organe herausgeschnitten. Mir entfährt ein kleiner Entsetzensschrei.

Ein paar Frauen haben sich nun vor meinem Bett versammelt und fragen, wer mir das alles geschickt hat. Ich erzähle ihnen von Alex.

„Das ist doch der Voodoomörder, das dreckige deutsche Schwein. Dieses abartige Monster hat das Mädchen doch abgeschlachtet und ihr nachher alle Organe herausgeschnitten!"

Ich sage, dass er sagt, er war es nicht, und in Berufung gegangen ist.

Lisa kommt nun her und sagt: „Ich war mit Alex in U-Haft. Er hat immer wieder gesagt, er wisse gar nicht, was passiert ist in dieser Nacht. Ich war schon drin, als er ganz konfus, betrunken und voll auf Drogen verhaftet wurde. Er hat tagelang gesagt, dass ihm einfach der Film gerissen sei. Er kann sich überhaupt nicht mehr an besagte Nacht erinnern!"

Ich lese den Brief weiter. Alex schreibt, er habe ein ganz komfortables Leben im Gefängnis. Seine Tante schickt ihm ein bisschen Geld. Er hat Strom in seiner Zelle und kocht auf einer kleinen Kochplatte selber. Er hat einen CD-Radio-Kassettenrekorder und bekomme auch bald einen Fernseher. Er schreibt, seine Familie wisse über alles Bescheid, ignoriere aber die Zustände auf Jamaika. Er habe einen englischen Freund im Gefängnis, der seine Familie genau über die Verhältnisse informieren würde, wenn er in zwei Wochen entlassen werde. Alex schreibt, er habe diesen Engländer hier versorgt, darum werde dieser mit den von Bergens in Kontakt treten. Alex ist zuversichtlich, dass er die Berufung gewinnt.

So weit kommt mir der Brief den Umständen entsprechend normal vor. Dann jedoch schreibt Alex, dass er Alkoholiker war und sich durch Kokain selbst geheilt habe. So ein Blödsinn, denke ich. Heilen kann man Alkoholismus sowieso nicht. Man kann nur in Remission gehen, also ein vorübergehendes Nachlassen der Symptome erreichen – aber dann auch noch ausgerechnet mit Kokain?

Alex schreibt, er habe Michele wirklich geliebt. Er kannte sie fünf Tage. Er schreibt auch, er habe am 31. März Geburtstag. Das sei sein dritter Geburtstag in Haft. Er würde 150 US-Dollar Geburtstagsgeld von seiner Tante kriegen. Er schreibt, Geld ist Macht im Gefängnis. Immerhin könnte er für rund 250 Deutsche Mark jemand umbringen lassen. Er schreibt, er hat inzwischen vier Bodyguards im Gefängnis und würde von 70 Prozent der Wärter als Don, also Herr, angesehen. Einer der großen Mafiabosse von Jamaika, auf den in den Staaten 300 Jahre Gefängnis warten, sei sein Freund.

Alex meint, ich solle ihm eine Liste mit den Dingen, die ich brauche, schicken. Dann schreibt er noch einen Satz, der mich endgültig anwidert: „Mein Motto ist: Hast du Koks in der Blutbahn, kannst du ficken wie Truthahn."

Genervt lege ich den Brief beiseite und widme mich den Büchern, die sind einfach pures Gold wert! Eine Liste schreibe ich nie.

12. März 1998: Die Botschaft schaltet sich ein

Wieder werde ich ins Büro gerufen. Mrs. Morgan: „Maier, die Botschaft wird in einer halben Stunde hier sein."

Ungeduldig warte ich auf ihr Eintreffen. Wie immer werde ich von allen Inmates gefragt, worauf ich warte. Ich erkläre, dass ich der Botschaft den Vorfall melden werde. Die meisten verstehen gar nicht, was ich meine.

Eine spricht aus, was alle denken: „Warum? Der Kampf ist vorüber".

Mit Erstaunen muss ich mit ansehen, welche Ehrfurcht ein schwerer Mercedes bei den Jamaikanern hervorruft. Die Gefängnistore werden geöffnet und die Deutsche Botschaft fährt vor. Herr Schneider winkt mir zu, der Wagen wendet und alle, alle starren wie gebannt auf uns.

„Raasclaat", murmelt Nathalie.

Der Chauffeur trägt eine große Plastiktüte, Zeitungen und eine große Flasche Cola zum Büro. Wieder habe ich zu warten, bis mir eine Greensuit durch ein gnädiges Winken zu verstehen gibt, dass ich jetzt kommen kann. Im Büro lassen sie mich stehen, bis Herr Schneider fragt, ob es mir gestattet ist, Platz zu nehmen. Dann bricht alles aus mir heraus. Wir unterhalten uns in Deutsch. Da sagt man uns unwirsch, eine Unterhaltung ist nur in Englisch gestattet.

Herr Schneider befragt Mrs. Morgan und die anderen Wärterinnen. Natürlich bestreiten sie, dass überhaupt jemand von ihnen anwesend war, als das alles passierte. Ich kann es nicht fassen. Herr Schneider sagt letztendlich zu Mrs. Morgan, dass die Ereignisse so schwerwiegend seien, dass er das Österreichische Konsulat in Montego Bay einschalten müsse. Ich dränge darauf, Mrs. Morgan zu befragen, warum Martina nicht bestraft wurde. Sie meint, sie sehe keinerlei Grund dafür und überhaupt: Falls jemand bestraft würde, dann beide! Einer allein könne schließlich nicht kämpfen.

Ich werde laut. Diese schreiende Ungerechtigkeit ist zu viel für mich. Logischen Argumenten ist Mrs. Morgan nicht zugänglich. Sie will mich nicht verstehen, macht mich sogar lächerlich: „Tooth hat immerhin mit seinem Leben für euren Kampf bezahlt“, sagt sie und grinst.

Herr Schneider: „Die macht sich doch über Sie lustig.“

Ich bestehe darauf, dass sie Lisa rufen. Ich möchte, dass jemand bestätigt, dass sehr wohl Aufseher bei dem Vorfall zugegen waren. Lisa kommt unsicher rein. Als sie mitkriegt, was wir von ihr wollen, behauptet sie, nichts gesehen zu haben. Sie sei erst an den Schauplatz gekommen, als alles vorbei war und ich am Boden lag.

Ich sage fassungslos: „Aber Lisa, du hast mir doch erzählt, dass sogar eine Greensuit anwesend war. Wer war es? Wer waren die beiden anderen?“

„Ich … ich glaube, ich habe es vergessen“, stottert Lisa und schüttelt den Kopf. Keine Spur mehr von der großmäuligen, energischen Kämpferin für das Recht.

Du bist doch schon wieder mal ganz allein, gib auf, schießt es mir durch den Kopf. Lisa schießt zur Tür raus.

„Sie hat Angst“, raunt mir Herr Schneider zu.

Danach setzt er die Debatte mit Mrs. Morgan fort. Er will sie festnageln, sie windet sich wie ein Aal. Er meint genau wie ich, dass die Jamaikaner mich gesteinigt hätten, wäre ich auf Martina losgegangen und nicht umgekehrt. Auch wäre ich sicher dafür bestraft worden.

Herr Schneider sagt nun, dass er das Ganze nicht auf sich beruhen lassen und das Konsulat informieren werde. Jetzt müsse er aber dringend weg. Ich erwähne noch kurz, dass mir alles Schreibpapier weggenommen wurde.

Mrs. Morgan: „Das stimmt nicht, sie kann ihr ganzes Papier jederzeit haben.“

Ich fixiere sie: „Wie bitte? Nicht ein einziges Blatt habt ihr mir bewilligt!“

„Doch, du kannst alles jetzt gleich haben, hast ja nie was gesagt. Zwei Briefe im Monat darfst du ja auch schicken.“

Immerhin geben sie mir jetzt die rosa Zettel, die Herr Schneider mir gleich beim ersten Besuch dagelassen hatte. Ironie, wieder mal. Die DIN-A5-Zettel kann man nur auf einer Seite beschreiben. Im Büro habe ich noch einen DIN-A4-Schreibblock, den kriege ich nicht. Auf diesen rosa Zetteln soll die erste Rohfassung dieses Buches beginnen.

Jetzt packe ich meine Sachen zusammen und verlasse mit Herrn Schneider und dem Fahrer das Büro. Draußen sitzt Lisa neben Susan auf der Mauer.

Ich frage: „Warum, Lisa, warum?“

Sie, unterstützt von Susan, meint, sie könne unmöglich den Namen nennen, weil sie große Schwierigkeiten bekommen würde.

„Aber du verlässt doch Fort Augusta in Kürze“, sage ich.

Lisa spricht ständig von ihrer Freilassung. Sie prahlt damit, wieder eine geklaute Kreditkarte für den Rückflug zu verwenden. Angeblich würde ihr die von England aus zugespielt werden. Alles wäre ganz einfach. Sie prahlt überhaupt damit, ihr ganzes Leben in London durch Betrug zu finanzieren, und lacht dabei übermütig.

Plötzlich sehe ich Lisa als ganz erbärmlichen Feigling. Jeder ist sich hier sowieso selbst der Nächste. Wieder mal schwöre ich mir, hier für keinen Einzigen mehr auch nur einen Finger krumm zu machen. Wozu?

Ich gehe zurück in die Zelle, um die Sachen zu verstauen.

Lisa pirscht sich an: „Kann ich bitte ein Glas Cola haben? Ach, du hast auch Schokolade. Ich liebe Schokolade! Ich bräuchte jetzt wirklich eine Zigarette. Irene, ich bewundere dich wirklich, dass du so vehement gegen Martina vorgehst." Sie redet und redet. Sie will sich wieder einschleimen.

Andere kommen dann auch noch, bald ist der Sack leer.

15. März 1998: Zellengenossinnen

Lucky. Heute ist Sonntag. Wieder mal eine fürchterliche Nacht vorbei. Gestern Abend habe ich mich mit Lucky aus Kanada unterhalten. Ich mag sie, weil sie nicht so ignorant wie die meisten anderen ist. Ich mag sie auch, weil sie nicht bettelt. Sie ist mit ihrem Freund und zwei jungen Kanadierinnen am Flughafen in Mo Bay verhaftet worden. Sie wollten zusammen drei Kilo Kokain und sieben Kilo Marihuana in ihren Koffern ausführen. Lucky hatte alle Koffer mit ihrem Namensschild versehen, übernahm die Verantwortung für alle. Sie wurde zu einer erstaunlich geringen Strafe von sechs Monaten ohne Bewährung und ca. 4000 US-Dollar verurteilt. Kann sie die Strafe nicht zahlen, muss sie nochmals sechs Monate absitzen. Sie ist jetzt über einen Monat hier und hat noch nichts von ihren Leuten gehört, auch nicht vom Boss. Kein Anruf, kein Brief, keine Nachricht von der kanadischen Botschaft, nichts. Sie hat überhaupt kein Geld und ist auch immer hungrig, genau wie ich.

Aber ich selber kann inzwischen einiges hier essen, weil ich endlich vegetarische Kost kriege. Es war ein ziemlicher Kampf, normalerweise geben sie nur Rastafrauen vegetarisches Essen. Ich habe aber nicht lockergelassen. So kriege ich jetzt jeden Tag gekochten Kohl mit Reis. Der Kohl und die Orange am Sonntag sind auch die einzigen Vitamine, die man hier zu essen kriegt.

Lucky hat früher vierzig Zigaretten am Tag geraucht. Jetzt kriegt sie nicht einmal eine einzige am Tag, sagt sie. Vorgestern war sie überglücklich, als ich ihr eine gab. Wir saßen zusammen auf ihrem Bett und rauchten. Lucky ist ca. fünfzig und noch immer fast eine Schönheit. Sie ist zwar ein bisschen dicklich, aber trotzdem sehr attraktiv. Sie ist klein und hat herrliches, gewelltes, langes, rotes Haar. Wir hofften, eine ruhige Nacht zu haben. Der Abend war auch ruhig.

Marsha und Susan stören einfach jede Nachtruhe. Ich kenne die farbigen Kanadierinnen aus der U-Haft. Sie hatten mich damals beschworen, auf nicht schuldig zu plädieren. Nun haben sie beide längere Strafen als ich bekommen. Beide sind wahnsinnig arrogant und glauben, alles dreht sich um sie. Sie nehmen keinerlei Rücksicht auf andere.

Am frühen Abend hatten Susan und Marsha geschlafen. Natürlich wachten sie um neun Uhr abends auf und der Lärm begann von Neuem. Stundenlang unterhielten sie sich unter schrillem Gelächter und Getöse. Gegen drei Uhr schlief ich dann endlich ein. Um sechs Uhr früh fing Edna an zu waschen. Sie bürstete die Wäsche und sang laut dazu. Marlene wachte auf, ging in die Dusche und wie immer nahm sie ihr Radio mit. Sie begann laut zur Kirchenmusik zu singen.

Emma. Emma und Marlene sind Feindinnen. Sie sitzen zusammen in einer Zelle, beide lebenslänglich ohne Bewährung wegen Mordes. Emma hatte mich schon bald nach meiner Ankunft in Dorm vier unter ihre Fittiche genommen. Sie kriegt viele Lebensmittel von der Familie und schenkt mir fast jeden Abend Haferflocken und Milchpulver. Das schmeckt lecker, fast wie Cornflakes. Sie hilft mir auch bei alltäglichen Problemen und ich kann ihr einfach alles sagen. Emma sagt, in Wirklichkeit habe gar nicht sie, sondern ihre kleine Schwester den Stein geworfen, der den Mann tödlich traf. Jeder weiß das auch, darum unterstützt sie ihre Familie schon seit Jahren. Emma ist um die vierzig, dicklich und hat ein rundes, gutmütiges Gesicht. Sie kommt gut mit den Wärterinnen und der Gefängnisleitung aus, macht keinerlei Probleme. Sie hat jedoch eine Todesangst vor Lizards. Leider gibt es hier diese ziemlich großen Leguane. Manche machen sich einen Spaß daraus, einen Lizard zu fangen und ihn vor Emmas Bett zu setzen. Die schreit dann wie am Spieß, kriegt Atemnot und heult hysterisch. Sie rennt dann immer ins Bad und kommt stundenlang nicht raus. Ich liebe Emma. Sie liest mir immer die Briefe vor, die sie kriegt. Nur leider mag sie hier nicht jeder.

Heute beim Aufwachen habe ich wieder so einen entsetzlichen Druck im Kopf, Depressionen und Schweißausbrüche. Für mich ist Schlafmangel einfach furchtbar. Ich hoffe, den Tag einigermaßen gut zu überstehen.

Überraschenderweise drehen sie diesmal das Wasser schon am Sonntag auf und heute ist es auch nicht ganz so schwer, welches zu bekommen. Die erste Ladung Wasser bekommen immer die Schweine von Superintendent Mrs. Brown. Der Schweinestall steht neben den Isolationszellen. Die ca. zwanzig Schweine werden von Mrs. Browns Lieblingshäftlingen versorgt. Ich werde nie erfahren, was mit dem Schweinefleisch passiert. Hier gibt es jedenfalls keinen Schweinebraten. Zwei, drei Frauen müssen immer zuerst alle Tonnen im Stall füllen. Danach kommen wir an die Reihe.

Heute habe ich schon alle meine Gefäße gefüllt, muss aber zur Toilette und einen Teil meines Wassers opfern. Dann kann ich endlich wieder zu schreiben beginnen.

Gerade als ich ein paar Zeilen geschrieben habe, kommt Marlene und befiehlt mir, meinen Eimer wieder ganz aufzufüllen. Um des lieben Friedens willen trotte ich wieder hinaus, um den Eimer zu füllen. Beim Wasserhahn sind nur zwei Mädchen. Eine davon wäscht sich die Hände und geht wieder. Dann steht da noch Nadine, ein Crackhead. Sie wäscht sich die Hände, trinkt Wasser und wäscht sich wieder. Karin aus Kanada, die danebensteht, meint, dass es jetzt genug sei und ich den Eimer darunterstellen soll, weil der Haupthahn jetzt abgedreht ist. Das tue ich. Nadine aber hört nicht auf, sich über meinem Eimer zu waschen.

Die Aufseherin meint: „Das ist okay. Das ist Jamaika-Gefängnis, kein Wasser zu verschwenden."

„Immerhin muss ich mich auch mit diesem Wasser waschen, ich finde das nicht okay", sage ich.

Da kommt die Beamtin her und leert meinen Eimer aus. Ich protestiere wieder, doch sie lässt mich nicht zu Wort kommen. Sie sagt: „Du musst natürlich auf Karins blöde Ratschläge hören, geschieht dir recht."

„Wenn ICH das machen würde, würden sie mich umbringen", sage ich aufgebracht.

Karin pflichtet mir bei. Ich fülle den Eimer wieder und trolle mich.

Ich gehe zum Essraum und versuche zu schreiben. Wieder mal kann ich keine Ecke finden, ohne dass mich dauernd jemand um Zigaretten anschnorrt. Ich bin genervt, ich bin k. o. Ich will wenigstens heute Nacht schlafen können, bitte, bitte!

Die Neuen. Am Wochenende sind wieder ein paar Neue gekommen. Zuerst hält man Noleen für eine Weiße. Sie ist sehr hellhäutig und kultiviert. Sie ist auch ziemlich jung und zierlich. Doch Noleen macht klar, dass sie Jamaikanerin ist. Sie kommt aus sehr guten Kreisen und ist Stewardess bei Air Jamaica. Sie wurde mit einem Kilo Kokain im Gepäck erwischt. Sie hat ein Jahr bekommen und jetzt natürlich ihren Job verloren.

Noleen erzählt von der Zeit im Jailhouse. Die anderen fragen sie, wer noch alles dort war. Nadia und Mara sind immer noch da. Sie plädieren weiter auf nicht schuldig.

Ich erzähle Noleen, dass ich dort bestohlen wurde. Sie fragt: „Sind dir denn auch US-Dollar geklaut worden?"

„Ja, US- und Jamaika-Dollar", sage ich. „Warum?"

„Mara hat einen der Wärter mit US-Dollar bezahlt, ich erinnere mich ganz genau. Er sollte ihr Zigaretten besorgen."

„Wow, es war Mara. Ich hätte eigentlich eher auf Nadia getippt", sage ich.

„Ach, Mara und Nadia sind doch beide Crackheads. Nadia hat sicher davon gewusst."

Außerdem sind noch zwei sehr dicke Schwestern aus Toronto angekommen. Sie sind weiß, haben beide lange, dunkle Haare und benehmen sich total asozial. Sie heißen

Merith und Frieda. Merith erzählt sofort jedem, dass Frieda Hepatitis C hat und dadurch ihre Leber schwer geschädigt sei. Sie brauche dringend Medikamente. Die Botschaft habe sie schon deponiert, aber die Gefängnisleitung gebe sie nicht her. Frieda ist die freundlichere der beiden Schwestern. Sie ist immer müde, bewegt sich äußerst schwerfällig und hat einen gelblich braunen Teint. Merith streitet mehrmals täglich mit den Wärterinnen und mit Mrs. Brown oder Mrs. Morgan. Sie wird immer wieder abgewiesen. Frieda selber sagt nicht viel, sie liegt meistens im Bett.

Besuch von Rasta Q. Ein paar Tage später kommt Julia aufgeregt zu mir gelaufen: „Schnell, komm mit! Du hast Besuch."

„Wirklich? Ist es denn schon wieder die Botschaft?", wundere ich mich.

„Nein, es ist ein Dread. Ich glaube, dein Freund."

„Nein, das glaube ich nicht", antworte ich. Eilig setze ich meine Mütze auf, binde den Gürtel um. Das ist Vorschrift bei jedem Besuch. Julia und ich eilen zum Büro.

Tatsächlich steht Rasta Q mit zwei Plastiksäcken bei der Besucherecke. Er lächelt unsicher, ich schaue ihn stählern an. Ich stehe wieder einmal unter dem großen Baum beim Eingang. Julia setzt sich auf die niedrige Mauer. Nach und nach trudeln immer mehr von meinen Mithäftlingen ein. Ms. Morgan lässt mich lange warten. Dann ist es so weit. Sie ruft mich.

Rasta Q und ich grüßen uns, er will mich küssen.

Ms. Morgan sagt: „Kein Körperkontakt“, und klopft mit ihrem Gummiknüppel auf einen leeren Sessel. Wir setzen uns, Rasta Q entfährt es: „Du siehst furchtbar aus!“

„Ich weiß, ich kann vor Lärm kaum schlafen“, antworte ich.

Beide sind wir verlegen. Rasta Q sagt, die Zeit werde vorbeigehen und er würde warten. Ich unterbreche ihn immer wieder und mache unfreundliche Bemerkungen. Ich bin eiskalt, dabei könnte ich heulen. Rasta Q sagt, er sei drei Wochen nach meiner Überstellung freigelassen worden. Er vermisse mich und nichts mache ohne mich Spaß. Ich schnaube nur verächtlich. Ich schmettere alle seine Versuche, nett zu sein, ab. Ich gebe ihm keine Chance. Er wird ganz verlegen. Sogar Ms. Morgan fragt, warum ich so eine Bitch sei.

Zwei Wärterinnen leeren die Plastiksäcke auf den Tisch. Sie überprüfen alles, öffnen jede Packung. Rasta Q hat Zigaretten, Fruchtsaft, Kekse, Brot, Erdnussbutter, Bananenchips, Milchpulver und Früchte gebracht. Es ist alles in Ordnung. Die Sachen werden zurück in die Säcke gepackt.

Bald sind die fünfzehn Minuten vorbei. Wir verabschieden uns. Ich bleibe unfreundlich. Rasta Q schaut hilflos und meint, er würde wiederkommen.

Auf dem Weg zurück fragt mich auch Julia, warum ich so unfreundlich war.

„Du kennst den Grund“, sage ich. „Ohne ihn wäre ich gar nicht hier drin.“

„Trotzdem, er hat sich doch Mühe gegeben. Schau mal, besonders wenn er wirklich auf Crack ist, ist das ein wahnsinniger Aufwand. Er muss von Mo Bay einen Bus nehmen, der mindestens vier Stunden bis Kingston braucht. Dann noch einmal eine Stunde hierher. Und dann hat er auch noch all die Sachen gekauft. Jetzt muss er den ganzen Weg wieder zurück. Als ich selber noch auf Crack war, hätte ich das nie geschafft. Ich hätte auch nie Geld dafür gehabt. Schenk dem Dread doch ein bisschen Anerkennung!"

„Ja, ich hätte wirklich nicht gedacht, dass er kommt. Komm, lass uns ein paar Kekse essen", lade ich Julia ein.

Ich höre danach noch etliche Kommentare von meinen Inmates, wie bissig ich zu meinem Lover war. Mir tut auch schon wieder leid, dass ich so eiskalt zu Rasta Q war.

April 1998: Verbesserungen

Erstaunlicherweise ist es nun doch ein bisschen leichter für mich geworden. Vielleicht hat ja der Besuch der Deutschen Botschaft geholfen. Mrs. Morgan ist äußerst vorsichtig im Umgang mit mir. Ich bekomme nun einige Sachen, die sie mir vorher nur selten oder widerwillig gaben. Herr Schneider hat Vitamintabletten gebracht. Sie hatten mich bisher täglich stundenlang darauf warten lassen und mich immer wieder vertröstet und weggeschickt, wenn ich danach fragte. Auch meinen Schreibblock habe ich endlich wieder.

Ich erinnere mich an Tage, an denen ich fünfmal umsonst zum Büro ging. Worte wie: „Not your time, Pussyhole“, waren an der Tagesordnung. Die Zigaretten, die mir Hertie gebracht hatte, waren manchmal einfach unerreichbar für mich. Sie genossen es, mich abzuweisen. Manchmal bekam ich vier, fünf Tage keine. Ich aber gab nie auf und fragte immer wieder. Jeden Morgen, gleich nachdem die Zelle aufgeschlossen worden war, marschierte ich zum Büro. Die anderen gehen nur im dringendsten Fall dorthin.

Plötzlich also bekomme ich meine Sachen.

Penny erzählt mir heute Morgen, sie bekomme keine der Zigaretten, die die Englische Botschaft für sie abgegeben hat. Eine andere gemeine Taktik der Gefängnisleitung ist es, einfach keinen Nachschub zu kaufen. Obwohl sich unmittelbar hinter der Gefängnismauer Shops befinden, geht tagelang niemand einkaufen. Unser Kiosk wird einfach nicht aufgefüllt. An

Tagen ohne Zigaretten herrscht besonders schlechte Stimmung in Fort Augusta. Ich werde pausenlos nach Kippen gefragt. Das nervt mich noch mehr als sonst.

Geld haben nur diejenigen, denen überhaupt Geld geschickt wird. Für die Arbeiten im Gefängnis gibt es keinerlei Bezahlung. Grundsätzlich haben die Einheimischen fast nie Geld da, weil ihnen ja die Besucher Proviant und Zigaretten mitbringen. Der Kiosk wird aber trotzdem auch von den Frauen, die kein Geld haben, belagert. Sie müssen natürlich sehen, wer was kauft, und dann wird geschnorrt.

Am Kiosk. Der Kiosk öffnet um ein Uhr mittags. Lange vorher sieht man Frauen ihn umlagern und um ein kleines Stück Papier bitten. Der Kiosk ist ein kleiner Raum in einer der Baracken. Er ist geschlossen, nur ein kleines Fenster ist geöffnet. Drinnen steht ein kleiner Tisch am Fenster. Eine Wärterin und eine Gefangene sitzen auf schäbigen Sesseln. Durch das Fenster müssen wir also zuerst um ein Stück Papier bitten. Dieses wird prinzipiell nie vor ein Uhr, oft aber erst viel später ausgegeben. Auf dieses Papier müssen wir schreiben: „Guten Tag, Ma'am, darf ich bitte … (zum Beispiel zehn Zigaretten) erwerben? Danke schön."

Meistens wird man rücksichtslos zur Seite gedrängt, weil so viele Schweine hier sind, die sich wichtig vorkommen. Inzwischen habe ich allerdings einigermaßen gelernt, mich durchzusetzen. Bei manchen meiner Inmates ist das aber wirklich nicht möglich, da sagt man lieber nichts.

Hat man endlich seine Wünsche zu Papier gebracht, muss man sie der Beamtin durch das Fenster reichen. Diese rechnet die Summe aus und gibt das Okay, dass die Ware auch hier ist. Sehr oft sind nur drei Schachteln Zigaretten da für so viele Gefangene. Dann ist ein regelrechter Kampf im Gange, jede will Zigaretten.

Natürlich ist das Rechnen wieder eine ganz besonders schwierige Sache für die Aufseherinnen. Alles geschieht im Zeitlupentempo. Hat man Glück und erhält das Okay, muss man wieder Schlange stehen, um zu unterschreiben. Über das Geld, das man hier ausgeben darf, wird genau Buch geführt. An einem Tisch im Freien sitzt eine Greensuit. Sie trägt die Beträge, die wir ausgeben, sehr umständlich ein. Jede Frau, die hier Geld hat, hat eine nummerierte Buchseite zur Verfügung. Mit dem Taschenrechner werden dann selbst einfachste Subtraktionen gemacht. Ich selber habe es dreimal im Kopf ausgerechnet, bis die Greensuit zu einem Ergebnis gekommen ist. Ein paarmal musste ich sie sogar korrigieren. Das Ganze ist furchtbar nervenaufreibend. Ich bin jedes Mal in Schweiß gebadet, wenn der Einkauf vorüber ist.

Doch in diesem Stadium ist er noch nicht vorüber. Nachdem wir unterschrieben haben, müssen wir zurück zum Kiosk und bekommen die Waren ausgehändigt. Begleitet wird der ganze Vorgang durch ständiges Betteln von denjenigen, die kein Geld haben. Sie rufen uns, besonders den Neulingen und Ausländern, immer wieder im Kommandoton zu: „Kauf mir was, kauf mir eine Limo, kauf mir Zigaretten!“

Hat man die Waren dann schließlich, wird man aufgefordert, sie zu teilen. Das nervt gewaltig, geht aber auch vorüber. Normalerweise geht die Einkaufszeit von eins bis halb zwei, verzögert sich aber ständig. Wir müssen in der prallen Sonne warten. Überhaupt müssen wir für alles Schlange stehen in Fort Augusta. Wir warten auf Seife, Wasser, Klopapier (zwei kleine Rollen pro Monat), Monatsschutz (zehn Binden alle sechs Wochen), Briefpapier (zwei Kuverts und vier Bögen Papier pro Monat). Die Seife ist allerdings ein Geschirrspülmittel. Wir verwenden es zum Waschen, Geschirrspülen, Kleiderwaschen und Putzen. Ein richtiges Stück Seife ist Luxus hier.

Geschrei und Gebrüll. Würde es fair zugehen in den Warteschlangen, wäre es noch halbwegs erträglich. Leider aber ist es so, dass die sogenannten Old Dogs, die Brutalen und Abgebrühten, das Sagen haben. Dicht gefolgt von den Analphabeten. Auch das Gebrülle dabei ist nahezu unerträglich. Diese Leute können scheinbar nichts tun, ohne wie bekloppt zu schreien. Auch die meisten in meiner Zelle sind leider keine Ausnahme. Sie lesen oder schreiben kaum. Sie sind nicht mal in der Lage, eine leise Unterhaltung zu führen. Die meisten sind so selbstgefällig und einfältig. Sie denken, alles dreht sich um sie.

Täglich leide ich unter dem Gebrülle, den entsetzlichen Lauten, die sie ausstoßen. Sie singen auch dauernd. Speziell wenn sie sehen, das sich jemand in ihrer Nähe unterhalten will. Sie singen so, dass jeder ihnen ungeteilte Aufmerksamkeit schenken muss. Jeder hat zuzuhören, ob er will oder nicht. Ich halte das nur sehr schwer aus, ich hasse es richtig. Nicht mal in der Dusche geben sie Ruhe. Auch dort kreischen und brüllen sie. Es ist so furchtbar, mit so primitiven Menschen eingesperrt zu sein. Ein paar Wochen später bin ich eines Nachmittags ganz ins Schreiben vertieft. Plötzlich fällt mir auf, dass es verhältnismäßig ruhig ist. Das gibt es doch gar nicht! Ich schaue mich um und sehe viele Frauen mit einer dicken Melonenscheibe herumgehen. Zuerst denke ich, irgendein Besucher hat einer Insassin Proviant gebracht. Dann fällt mir auf, dass wirklich alle eine Scheibe Melone essen.

„Wo habt ihr die denn her?“, frage ich Marlene.

„Die YMCA (Christlicher Verein Junger Menschen) ist da!“, ruft sie. „Geh zum Büro, sonst ist alles weg“.

Ich springe auf und marschiere los. Unterwegs sehe ich, wie eine Wärterin Tina vor sich herschiebt: „Geh, beeil dich. Lauf ein bisschen, Tina!“

Tina gibt eine mürrische Antwort und trabt voran. Leider kommen wir zu spät. Ich lasse Tina den Vortritt in der Schlange, aber der YMCA-Mitarbeiter sagt: „Sorry, Leute, das war's. Wir würden aber gern mit euch beten nach dem Dinner. Bitte versammelt euch in der Kirche. Wir haben auch einen Arzt aus Miami mitgebracht und wer krank ist, kann morgen in die Surgery kommen.“

Das freut mich nun wirklich. Tina aber ist total empört. Sie schneidet vor dem YMCA-Mann, vor Mrs. Brown, Mrs. Morgan und sämtlichen anderen Wärterinnen eine Grimasse und streckt die Zunge raus. Dann dreht sie sich um und bückt sich. Sie hebt ihren Rock und klopft sich klatschend auf den Hintern. Sie hat eine riesengroße

Flanellunterhose an. Das sieht umwerfend komisch aus. Wir alle brüllen vor Lachen, auch Mrs. Brown und Mrs. Morgan. Tina stapft nun mit grimmigem Gesicht zurück, ihre vielen kleinen Zöpfchen wippen. Irgendjemand gibt Tina dann ein Stück von seiner Melone.

Juckreiz. Am nächsten Tag möchte ich nun so früh wie möglich zum Arzt gehen. Etliche von uns haben einen entsetzlichen Juckreiz, besonders nachts. Lucky und ich haben sogar schon ein paar Wärterinnen darauf angesprochen. Die haben uns nur gesagt, wir sollen Bleiche darauf leeren … Einige Jamaikanerinnen behaupten, das sei eine Krankheit der Weißen, wir wären eben so schmutzig. Und tatsächlich haben es (bis jetzt) nur ein paar Weiße.

Lucky hat sogar eines Nachts gerufen: „Das Ding lebt ja, ich fühle es richtig unter meiner Haut krabbeln! Vielleicht haben wir Würmer oder andere Parasiten unter der Haut."

Lucky und ich tippen, dass wir etwas von Mandy abgekriegt haben. Sie setzt sich sogar in unser Bett, wenn sie sich blutig gekratzt hat.

Man sagt uns, der YMCA-Arzt empfange ab ein Uhr mittags Patientinnen. Ich sitze, wie viele andere, schon um zwölf vor dem Sprechzimmer. Wir sehen den Ratten zu, wie sie gemächlich im Hof herumspazieren.

Plötzlich kommt Ms. Morgan. Schon lange ist mir klar, dass diese Greensuit mich absolut nicht ausstehen kann. Sie steht vor mir in ihrer Uniform, ihrem ewigen Schlagstock und ihren zahlreichen Laufmaschen in der Strumpfhose: „Hey, Maier, was willst du da?"

„Ich möchte zum Arzt."

„Du bist doch nicht krank, siehst normal aus."

„Ich habe wie viele andere diesen entsetzlichen Juckreiz", antworte ich. Ich zeige ihr aufgekratzte Stellen und Muster auf meiner Haut, die wie Gänge aussehen.

„Der Arzt hat keine Zeit für so einen Blödsinn. Die wirklich Kranken kommen zuerst."

Lucky und ich werden den Arzt nie zu Gesicht bekommen. Um fünf Uhr abends schließt Ms. Morgan das lächerliche Sprechzimmer und sagt: „So, die YMCA-Leute fliegen noch heute Abend zurück nach Miami. Dort gibt es auch Gefängnisse und es warten viele Patienten auf den Arzt."

Lucky sagt, sie geht nach ihrer Entlassung sofort in die Notaufnahme. Wir sind so grenzenlos enttäuscht.

Ein paar Tage später fängt Amanda verstohlen an, sich überall zu kratzen. Sie kratzt sich unter den Achseln und an den Oberschenkeln. Unsere Blicke begegnen sich. Ich schaue sie fragend an. Amanda kommt her und vertraut mir an, dass sie das Jucken auch schon einige Tage hat: „Das sind doch keine Moskitos, schau mal." Sie zeigt mir diese typischen Muster, die dieser Juckreiz hinterlässt.

„Du hast wahrscheinlich das Gleiche wie wir", sage ich.

Marlene hat uns belauscht und erzählt jetzt den anderen, dass wir Amanda angesteckt hätten.

„Dreckige weiße Schweine, ist doch klar, dass wir so was von denen kriegen. Müssen wir doch mit denen in einer Zelle sitzen", schreien sie durcheinander.

Colette, eine Mörderin, schreit: „Außerdem ist das die Rache wegen deiner Nichte. Ich bin sicher, deine Schwester hat Voodoo betrieben und jetzt muss deine Haut auch leiden. Geschieht dir recht!"

Amanda weint nun und die heftige Diskussion dehnt sich über Stunden aus.

Lucky setzt sich neben mich. Sie schaut mich an: „Reg dich nicht wieder auf. Diese Menschen können nicht anders. Das sind die ärgsten Menschen, denen ich je begegnet bin."

Lucky ist inzwischen ganz dünn geworden. Sie isst noch viel weniger als ich. Ihr hat man die vegetarische Kost nicht bewilligt und niemand bringt ihr Proviant. Ich gebe ihr immer etwas von den Sachen, die die Botschaft oder Hertie bringen. Lucky nimmt es kaum an und schämt sich, dass sie nie etwas geben kann. Wir versprechen uns, dass wir in Verbindung bleiben. Es sieht ganz so aus, als ob Lucky auch den zweiten Teil der Strafe absitzen muss. Sie hätte sicher schon vom Boss gehört, wenn er die Strafe zahlen würde.

Bewegung. Schon ganz am Anfang habe ich angefangen, ein bisschen Gymnastik zu machen. Lucky macht alle Übungen, die ich vorschlage, mit. Ich selber bin zwar auch kein Gymnastikfreak, aber mir fehlt körperliche Betätigung. So machen wir jeden Morgen dreißig bis vierzig Kniebeugen, zwanzig Liegestützen und verschieden Dehnübungen. Wir laufen auch auf der Stelle. Weil wir dabei schwitzen, müssen wir nun die Uniformen noch häufiger waschen. Wir beide brauchen aber die

Bewegung. Ich habe zwar bei Gericht Schwerarbeit bekommen, kann aber nichts davon sehen. Manchmal muss ich, wie alle anderen, schwere Sachen von einer Baracke in die Küche tragen. Das ist aber auch schon alles. Spitzen häkeln ist ja nun nicht gerade Schwerarbeit.

Lucky und ich machen also Gymnastik. Die meisten Frauen um uns herum machen sich lustig über uns. Sie meinen, sie müssten ruhen. Viele von ihnen bleiben überhaupt fast den ganzen Tag liegen. Wenn die Wärterinnen kommen, um uns zur Arbeit zu holen, spielen sie krank. Meistens kommen sie damit auch durch. Egal wie idiotisch meine Tätigkeit auch ist, ich muss einfach raus aus der Zelle.

Besuch von Herrn Schneider. Mitte April kommt auch Herr Schneider von der Deutschen Botschaft wieder. Er fragt mich, ob ich noch immer wolle, dass er wegen des Angriffs auf mich vorgeht. Ich sage ihm, solange mich Siobhan und Martina in Ruhe lassen, können wir es auf sich beruhen lassen. Wir müssen natürlich wieder englisch sprechen. Dieses Mal ist Mrs. Brown bei unserem Gespräch anwesend. Sie sitzt uns mit einem genervten, gelangweilten Gesicht gegenüber. Ich sage Herrn Schneider, dass ich schon wieder kein Papier zum Schreiben kriege.

Mrs. Brown nimmt eine Fliegenklatsche in die Hand. Sie fängt an, gemächlich Fliegen auf dem Tisch zu erschlagen. Klatsch, klatsch, hämmert Mrs. Brown das Ding vor unseren Nasen auf den Tisch. Sie schaut dabei bewusst uninteressiert drein.

Herr Schneider raunt mir auf Deutsch zu: „Das ist doch eine Frechheit, wie ignorant diese Frau ist. Die macht das doch absichtlich.“

Ich muss trotzdem lachen. Es sieht zu grotesk aus, wie diese fette, mürrische Frau Fliegen erschlägt.

Herr Schneider fragt sie, ob es okay sei, wenn er mir wieder ein paar Blatt Papier gibt. Mrs. Brown sieht nicht einmal auf und nickt.

Herr Schneider verabschiedet sich bald und verspricht, nächsten Monat wiederzukommen. Er hat mir wieder Sachen mitgebracht. Ich freue mich wie immer unendlich darüber.

Alle hier sind einfach ständig hungrig. Ich habe jetzt mit Julia einen kleinen Deal. Wenn ich ihr zwei Zigaretten gebe, bringt sie mir einige Buns. Buns sind süße Gebäckstücke, sie werden nur am Sonntag gebacken. Julia hatte mir schon ein paarmal einen halben Plastikbeutel davon gebracht. Ich gebe auch Lucky immer davon ab. Den Beutel hängen wir an einem Nagel an die Wand bei unseren Betten. Eines Nachts wurde ich durch lautes Rascheln geweckt. Ich sah nur, dass sich der Plastiksack heftig bewegte. Ich bin mit einem Schrei des Entsetzens aus dem Bett gesprungen. Lucky wurde wach und vertrieb die Ratten. Den Plastikbeutel mit den angefressenen Buns warf sie durch die Gitterstäbe ins Freie. Seither wage ich kaum, irgendetwas Essbares aufzuhängen. Lucky, Edna, ich und noch ein paar Inmates essen die Schätze von Herrn Schneider ohnehin gleich auf.

Irgendwann merke ich, dass Luckys Haaransatz schlohweiß ist. Die Jamaikanerinnen sprechen sie darauf an.

„Ja, ich bin eben kein junges Küken mehr. Ich bin siebenundvierzig", seufzt Lucky. Später kommt sie zu mir und flüstert mir zu: „Ich habe gelogen. Ich bin schon vierundfünfzig. Sag es bitte, bitte keinem."

Ich versichere ihr, dass ich es für mich behalten werde.

„Sogar mein Freund hat geglaubt, ich bin erst siebenundvierzig", fährt Lucky fort.

Mit ihren langen, dichten Haaren sah Lucky tatsächlich wesentlich jünger aus, als sie hier ankam. Sie hat auch eine zarte Haut und keine Falten.

Sie hat mir von ihrem fünfunddreißigjährigen italienischen Freund erzählt. Er war einer der vier aus ihrer Reisegruppe, als sie verhaftet wurde. Sie hat auch ihn vor dem Gefängnis bewahrt. Lucky sagt, er raucht auch Crack. Sie hat nie wieder von ihm gehört.

Edna. Edna und ich kommen wirklich gut miteinander aus. Als das Bett neben ihrem frei wird, fragt sie, ob Lucky und ich umziehen wollen. Natürlich wollen wir. Ich gebe Edna manchmal Zigaretten. Sie gibt mir immer noch jeden Abend Milchpulver und Haferflocken. Edna bekommt die Haferflocken und den Zucker von ihrer Familie. Das Milchpulver geben ihr die Wärterinnen.

Eines Tages kommt sie zu mir und sagt: „Eine Aufseherin hat mir gesagt, sie streichen jetzt das Milchpulver auch noch von der Lebensmittelliste. Wie sollen wir bloß ohne das Pulver auskommen? Dann müssen wir wieder jeden Abend hungrig ins Bett gehen."

Ich beruhige sie: „Mach dir um mich keine Sorgen. Ich werde ohnehin bald entlassen. Du musst eben deine Familie fragen, ob sie mehr Pulverpäckchen bringen können. Du musst es dann eben nur für dich alleine verwenden."

„Ich kann aber nicht mit ansehen, wenn jemand neben mir Hunger hat", sagt Edna betrübt.

Ein paar Tage später bekommt Edna wieder einen Brief von ihrem achtzehnjährigen Sohn. Sie ist außer sich vor Freude. Sie liest ihn mir, wie alle ihre Briefe, vor. Tommy hat die Abschlussprüfung an der High School mit Auszeichnung bestanden. Edna weint, während sie die Zeilen immer wieder liest. Sie schluchzt noch immer, als sie mir sagt: „Weißt du, das ist der Deal mit meiner Schwester: Ich gehe ins Gefängnis für sie. Dafür erzieht sie meinen Sohn und lässt ihn auf eine gute High School gehen. Keiner in unserer Familie ist je auf eine High School gegangen. Tommy ist ein anständiger Junge. Er wird nicht im Ghetto wohnen. Er wird nie das Gefängnis von innen sehen. Er betritt nur den Hof von Fort Augusta, wenn er mich besucht. Nächste Woche wird er mich mit dem Zeugnis besuchen."

Edna küsst den Brief. Lucky und ich gratulieren ihr. Ein paar andere Inmates sagen ihr auch, wie sehr sie sich für sie freuen. Nur Marlene und ihre Bewunderer ignorieren Edna und den Brief.

Edna ist ein leidenschaftlicher Fan von Mutabaruka. Sie hat ein Bild von ihm an der Wand aufgehängt. Jeden Mittwochabend hat Mutabaruka eine Radiosendung auf Irie FM. Edna verpasst keine einzige. Obwohl wir keine Uhr haben, weiß sie immer ganz genau, wann es acht Uhr ist. Dann sagt sie: „Sorry, ich muss mir jetzt Muta anhören", wenn wir gerade im Gespräch sind. Sie dreht das Radio auf volle Lautstärke. Mutabarukas fanatische Stimme hallt durch die Zelle. Er wird auch der barfüßige Poet genannt. Die Sendung dauert bis nach elf Uhr. Leute, die Edna nicht mögen, verdrehen zwar die Augen, sagen aber nichts.

Edna fragt mich eines Tages, ob ich einen kleinen Schluck Rum möchte.

Ich frage belustigt: „Wo hast du den denn her?"

Edna sagt: „Psst, die Wärterinnen haben mir einen Schluck gegeben."

Ich lache, lehne aber ab. Schon am Anfang habe ich mich gewundert, dass es im Gefängnis keinerlei Drogen oder Alkohol zu beschaffen gibt. Man hört ja immer, dass man in Gefängnissen alles ganz leicht bekommt.

Julia hatte ganz am Anfang schon gesagt: „Ja, man glaubt es nicht. Ausgerechnet in Jamaika kommt man überhaupt nicht an Drogen ran. Es ist sogar extrem schwer, simples Gras zu bekommen. Nur einmal im Monat wird ein bisschen Ganja hereingebracht. Das ist aber so teuer, dass man es sich kaum leisten kann. Als ich noch in Dorm zwei war, tauschte Julia mal meine Zigaretten für Gras ein. Sie musste damit zu Siobhan gehen. Julia behielt das Gras. Wir vereinbarten, dass wir es abends gemeinsam rauchen würden. Julia sagte, sie würde mich später rufen. Das tat sie aber nicht. Ich fing an, mich zu wundern, warum es so lang dauerte, und ging rüber zu ihrem Bett. Da war sie schon total stoned. Sie konnte sich kaum mehr unterhalten mit mir. Für mich ist nur ein ganz winziger Spliff übrig geblieben. Seit damals habe ich nicht mehr versucht, Gras zu bekommen.

Trotzdem bleibe ich mit Julia eng befreundet. Wir haben die gleiche Art von Humor und lachen sehr viel zusammen. Julia erzählt mir auch eine Menge aus ihrem Leben. Sie erzählt alles ohne wehleidigen Unterton. Sie und die strikte Rastafrau May in unserem Dorm haben außer den Dreadlocks nichts gemein. May hat mir mal empört erzählt: „Eine richtige Rastafrau raucht kein Crack und keine Zigaretten. Sie raucht nur Gras, Julia versündigt sich."

Ich komme auch gut mit May aus. Sie ist unauffällig und macht keine Probleme. May ist aber eher simpel, Julia dagegen sehr clever. Wenn wir einmal besonders lachen, ruft sie immer aus: „Du bist so wahnsinnig komisch. Du passt genau nach Jamaika. Du musst einfach wiederkommen!"

Als Julia Wochen später entlassen wird, beschwören die Frauen sie, nicht wieder Crack zu rauchen und sauber zu bleiben. Auch die Wärterinnen sind sehr skeptisch, was Julias Zukunft angeht. Julia gibt mir ihre Adresse und Telefonnummer. Sie sagt, sie werde heim zu ihrer Mutter und ihren Kindern gehen.

Mai 1998: Briefe

Ich habe schon Anfang Februar Briefe an meine Schwester und meine Cousine Kasi geschrieben. Ich weiß, dass sie nicht sofort abgeschickt werden. Sie werden gelesen, müssen bewilligt werden und dann werden sie irgendwann einmal abgeschickt. Der normale Postweg dauert schon zwei Wochen.

Die Post wird natürlich nicht täglich abgeholt. Cloe hat mir schon geschrieben. Ich war so unglaublich erleichtert, als ich ihren Brief erhielt. Cloe ist mit zwei Freunden von Birmingham nach London gefahren und hat meinen kärglichen Hausrat, meine Klamotten und mein neues riesiges Radio abgeholt. Sie meint, ich solle zu ihr nach Birmingham ziehen, sobald ich aus Jamaika raus kann. Sie schreibt, sie hat einen neuen Freund. Greg würde bald zu ihr ziehen. Greg ist auch aus Jamaika, doch einer von den Zivilisierten, wie sie betont. Greg hat jahrelang in der Army gearbeitet. Ich freue mich so sehr für Cloe, denke aber, ich will ihr nicht zur Last fallen.

Der zweite Brief kam zu meiner größten Freude von Kasi. Sie hatte mir sofort geschrieben, als sie meinen Brief bekam, und versuchte mich aufzumuntern. Sie weiß von meinen Schulden und wolle mir nach meiner Entlassung in jeder Weise helfen. Sie studiert jetzt Psychologie.

Das vergesse ich dir nie, ganz egal was passiert, denke ich. Ich bin so unendlich gerührt und dankbar, dass ausgerechnet meine Baby-Cousine mir helfen will. Baby-Cousine nenne ich sie in Gedanken, weil sie doch noch so jung ist.

Wochen später erhalte ich einen weiteren Brief von Kasi. Darin schreibt sie mir, dass sie inzwischen geheiratet hat. Wärme durchflutet mich, wenn ich an sie denke.

Post von Rasta Q. Auch Rasta Q schrieb mir sehr früh einen Brief, kurz nach seinem Besuch. Meine Zellengenossinnen sagen, der Inhalt des Briefes ist ein typischer Liebesbrief.

„Der Dread liebt dich", sagen sie. „Gib ihm eine Chance."

Ich habe Schwierigkeiten, den Brief zu entziffern.

Hallo Irene,
ich halte das Gefühl nicht aus, dass Du eingesperrt bist und ich bin hier, in Freiheit. Ich kann nicht aufhören zu weinen. Ich vermisse dich schrecklich.
Baby, ich liebe dich von ganzem Herzen. Du bist meine andere Hälfte. Ich funktioniere ohne dich nicht richtig. Bitte, du musst mir glauben. Warum denkst du nur, ich wollte dich verletzen? Irene, du hast mir alles gegeben, was ich habe. Warum sollte ich das Beste, was ich je gehabt habe, verletzen? Ich werde niemals aufhören, dich zu lieben. Ich liebe dich wirklich so sehr. Sogar beim Sex bist du das Beste, was mir je passiert ist. Das wird immer so sein. Wir gehören einfach zusammen. Bitte mach dir nicht zu viele Sorgen im Gefängnis. Ich weiß, es ist sehr hart dort, aber du bist eine sehr starke Frau. Und du bist eine sehr gute Frau.
Ich möchte dich nicht verlieren. Du bist alles, was ich brauche. Ich werde auf dich warten, glaub mir.

Alle sagen, ich hätte nicht zum Flughafen mitkommen sollen. Der Polizist, dem Bagga Dread immer Gras verkauft, hat uns verraten. Ich habe es von dem Cop, der dir den ersten Anwalt besorgt hat, erfahren.
Ja, es ist auch total hart hier draußen. Vorige Woche ist wieder ein Mann in Downtown erstochen worden. Ein anderer ist zum Krüppel getreten worden. Und vor ein paar Tagen war eine Razzia in JT's Club. Sie sagten, sie hätten Kokain im Büro gefunden. Er muss jetzt vor Gericht und Strafe zahlen.
Ich möchte Geld verdienen. Wir werden es brauchen, wenn du rauskommst. Wir könnten weggehen von hier.
Ich liebe dich unendlich. Bitte pass gut auf dich auf. Denk immer daran, dass ich für dich da bin und auf dich warte.
Bitte schreib mir zurück. Ich versuche, so viel Geld wie möglich zusammenzukriegen, damit ich dir bald noch mehr Sachen bringen kann. Bitte gib mich nicht auf.
Ich hoffe, dich bald wiederzusehen. Ich werde dich immer lieben, mein Liebling.
Dein Mann
Rasta Q

Irgendwie lasse ich nicht zu, dass mir der Brief nahegeht.

Neuankömmlinge. Wir haben zwei neue Mädchen bekommen. Charmaine kommt aus Connecticut und Adriana aus New York. Charmaine ist sehr dick, weiß und wehleidig. Adriana ist sehr schlank und jamaikanischer Abstammung. Beide sind unglaublich frech, sprechen den Slang der Bronx. Jedes zweite Wort ist „Motherfucker" oder „Motherfucking ass bitch". Charmaine liegt den ganzen Tag im Bett. Sie steht nur auf, wenn sie draußen irgendwo anstehen muss. Dort bräunt sie die Sonne unheimlich schnell.

Nach ein paar Tagen sagen die anderen zu ihr: „Du siehst jetzt aus wie eine Schwarze."

Sie schreit auf: „Motherfucking ass bitch, ich BIN SCHWARZ! Mein Vater kommt aus Puerto Rico, meine Mutter aus Jamaika. Ich bin doch keine dreckige, motherfucking Weiße!"

Adriana und Charmaine haben große Mengen Marihuana in die USA geschmuggelt. Beide haben jeweils vier Monate bekommen.

Eines Abends, als Adriana sich das Nachthemd anzieht, höre ich Marlene rufen: „Gott, was ist das denn, was ist mit deinem Bauch passiert?"

Adriana zieht sich verschämt das Nachthemd über und sagt: „Da hat mich jemand mit dem Messer attackiert, als sie einen Shop ausgeraubt haben."

Die Frauen wollen die Narbe sehen. Auch mir entfährt unwillkürlich ein kleiner Aufschrei. Über ihren ganzen Bauch verlaufen zwei dicke, wulstige Narben. Dieser schöne Körper ist wirklich total davon entstellt. Meine Güte, das Mädchen ist erst achtzehn!

Adriana erzählt uns, sie sei Epileptikerin. Eines Abends hat sie einen Anfall, aber ich nehme ihr die Show nicht ab. Sie liegt am Boden, zuckt heftig und ihre Augen sind nach oben gedreht. Später bringt eine Greensuit eine Epileptikerpille.

Wo haben sie die denn her, denke ich. So was kann man doch nicht einfach so einnehmen.

Ich sehe, dass Adriana die Tablette nicht einnimmt, sondern sie in ihrem Plastiksack verschwinden lässt. Danach hat sie keine Anfälle mehr.

Heute sind auch wieder Neue in Dorm zwei eingezogen. Die Frauen sind von der U-Haft in Kingston gekommen. Sie erzählen, dass Lisa dort sitzt, sie lässt grüßen. Sie hat es nicht geschafft, durch Kreditkartenbetrug ein Ticket zu bekommen. Sie weiß nicht, ob und wie sie dort wieder rauskommen kann.

Magnolia. An einem Samstag kommt eine junge Frau aus Portugal an. „Magnolia", stellt sie sich mit einem breiten Grinsen vor. Sie ist mit etlichen Kilogramm Gras, in Käsedosen geschmuggelt, verhaftet worden.

„Mein Mann und meine zwei Kinder waren auch dabei. Mein Mann sitzt nun für ein Jahr in Spanish Town, ich habe sechs Monate bekommen. Meine Kinder hat die Polizei vorerst in ein Waisenhaus hier auf dem Land gegeben. Der Sohn ist zwölf. Er ist jetzt bei Pflegeeltern, bis ich rauskomme. Besonders tragisch ist es aber für meine fünfjährige Tochter. Sie spricht noch kein Wort Englisch und ist das einzige weiße Kind im Waisenhaus. Wir wohnen schon ewig in einem kleinen Dorf in Portugal. Mein Mann ist dort der Leiter der Grundschule. Ich glaube, wir können da nie wieder hin. Wir werden wegziehen müssen. Die Leute vergessen nie."

Ich bin ziemlich verblüfft. Ich komme sehr gut mit Magnolia aus. Sie spricht sechs Sprachen fließend: Englisch, Französisch, Italienisch, Spanisch, Katalanisch, Deutsch und natürlich Portugiesisch. Wir unterhalten uns auch etwas in Deutsch. Meistens aber sprechen wir englisch, weil wir selten allein sind und nicht unhöflich erscheinen wollen. Gerade darüber lachen wir, sind wir doch den ganzen Tag fast nur von unhöflichen Menschen umgeben.

Magnolia ist eigentlich ziemlich attraktiv. Sie ist sechsunddreißig, zierlich und hat lange, dunkle Haare. Sie hat aber sehr schlechte Zähne. Sieht fast aus wie verrottet, denke ich.

Sie spricht es auch von selber an: „Zu viele Drogen über zu viele Jahre."

„Welche Art von Drogen?", frage ich.

„Alles, einfach alles", sagt sie.

Magnolia ist äußerst intelligent. Sie sagt, meine weißen Flecken am Rücken und Ausschnitt seien ein Pilz. „Ist ein ganz harmloser Pilz, der sich aber rasch ausbreiten kann. Du brauchst nur eine einfache Canesten-Creme", erklärt sie mir.

„Ich hätte wirklich schon in England damit zu einem Arzt gehen sollen. Jetzt habe ich die hässlichen Flecken ja auch schon im Gesicht", sage ich.

„Das Problem ist nur, unbehandelt frisst er sich durch alle Hautschichten. Dann bleiben die weißen Flecken. Die sieht man natürlich besonders, wenn du gebräunt bist", meint Magnolia.

Irgendwie bewundere ich sie. Sie gerät nie in einen Streit, sie lässt sich aber auch nie was gefallen. Sie wird ernst genommen. Vor allem hat sie sehr viel Humor.

Juni 1998: Streik

Frieda ist tot. Gleich nach dem Aufwachen habe ich ein ganz merkwürdiges Gefühl. Irgendetwas stimmt nicht.

Bella, die Nachfolgerin von Julia, verbreitet die Neuigkeiten: „Frieda ist heute Nacht gestorben. Ihre Schwester hat den ganzen Abend um einen Arzt gebettelt. Sie haben sie ignoriert und gesagt, sie soll ruhig sein. Frieda ist ganz, ganz gelb geworden und in der Zelle gestorben. Sie haben sie gerade vorhin mit dem Pritschenwagen in die Pathologie nach Kingston gebracht. Nathalie und Siobhan lassen ausrichten, wir streiken alle von jetzt ab. Wir essen und arbeiten nicht, bis wir hier medizinische Versorgung bekommen. Jede muss mitmachen, Verweigern wird nicht geduldet."

Es gibt ein paar Einwände von den Lebenslänglichen: „Der letzte Streik hat in einem totalen Aufstand geendet, es hat Tote gegeben. Wird sich doch nichts ändern hier."

Doch diese zaghaften Stimmen werden übertönt von Hunderten anderen wie: „Verfluchte, dreckige Aufseher, ihr lasst uns hier krepieren. Behaltet euer Hundefutter, wir wollen kein Futter, wir wollen Medizin!"

Als Ms. Morgan die Zellen um zehn Uhr aufschließt, geht keine Einzige raus. Sie droht mit dem Gummiknüppel, sie flucht, sie versucht es mit Humor. Alle starren sie mit steinerner Miene an. Nur Merith rennt heulend aus ihrer Zelle und redet ein paar Worte mit den Leuten aus den anderen Zellen. Als sie zu uns kommt, haben wir uns alle beim Gitter versammelt. Wir strecken ihr die Hände entgegen, wir streicheln ihr Haar. Zum ersten Mal nun kommt mir Merith ehrlich vor. Sie wird vom Schluchzen geschüttelt und zittert am ganzen Leib. Viele von uns heulen mit. Merith sagt, sie habe die ganze Nacht gebettelt wie ein Hund, damit sie einen richtigen Arzt holen oder Frieda ins Krankenhaus bringen würden. Frieda habe dann zu halluzinieren begonnen und sei aus dem Bett gefallen. Ein paar Frauen hoben sie dann auf und merkten, dass Frieda ganz starre Augen hatte.

Selbst die Härtesten, Abgebrühtesten haben nun tröstende Worte für Merith: „Gott hab sie selig, sie hat nun Frieden. Sie muss nicht mehr in der Hölle ausharren. Gott liebt sie."

Als Merith in ihre Zelle zurückgeht, fangen die Frauen Sprechchöre an: „Justice for Frieda! Let them bleed!" Gerechtigkeit für Frieda! Lasst sie bluten! „Justice for Frieda! Ra Ra Ra!"

Sofort verbreiten sich Gerüchte, dass die kanadischen Behörden jetzt die Gefängnisleitung verklagen.

Weil wir an diesem Tag nicht essen, bekommen wir auch kein Wasser. Dabei wäre der Wassertag ohnehin überfällig. Die Frauen gehen an ihre eisernen Reserven, wir sind alle durstig. Es hat fast 40 Grad.

„Ob die uns wohl jetzt verdursten lassen?", fragen ein paar von uns zaghaft.

„Die werden sich hüten, die haben jetzt genug Scherereien. Die haben viel zu viel Angst", erklären die Hartnäckigeren.

Sie lassen uns nicht verdursten, aber sie sperren auch den Kiosk nicht auf. Wir haben nun kein Essen, keine

Zigaretten und nur sehr wenig Wasser. Am dritten Tag geben wir auf. Der Streik war absolut erfolglos.

Und wieder Neue. Über die folgenden Wochen kommen nun ein paar wirklich nette Frauen nach Fort Augusta. Fanny ist eine freundliche, zurückhaltende Kanadierin. Auch ihre Eltern stammen aus Jamaika. Sie arbeitet in einem Verlag. Sie hat keinem Menschen erzählt, dass sie nach Jamaika fliegt. Sie sagt, sie hätte nur ein paar Tage Urlaub genommen. Sie fängt auch an, ein paar Briefe zu schreiben. Sie vertraut mir an, dass sie alle anlügen wird. Sie wird sagen, sie sei unschuldig im Gefängnis und man habe ihr das Zeug in den Koffer geschmuggelt. „Meine Eltern und meine Chefin würden das nie verstehen. Würde ich in Armut auf Jamaika leben, würden sie es vielleicht akzeptieren. Ich habe aber einen guten Beruf und eine schöne Wohnung. Mit meiner Familie komme ich sehr gut aus, aber das würden sie mir nie verzeihen. Meine Wohnung wird auch weg sein, wenn ich hier rauskomme."

Wir würden beide gern Adressen austauschen, aber scheinbar haben wir beide keine. Dennoch gibt mir Fanny ihre alte Adresse. Sie sagt, sie werde einen Nachsendeantrag stellen.

Auch zwei junge Mädchen sind gekommen. Sie sehen erbärmlich aus. Meine Inmates sagen, die beiden sind Crackheads. Eine davon ist nachts sogar inkontinent, sie macht ins Bett. Mich wundert, dass das die Jamaikaner so ohne Spott oder böse Worte hinnehmen. Sie sagen einfach, Nadine sei krank. Die beiden sind wegen Einbruchs da. Am Anfang sprechen sie mit gar niemanden. Etwas später jedoch werden sie unweigerlich ausgefragt. Wir erfahren, dass sie aus Mandeville sind. Sie sagen, sie kennen Xena. Sie trafen sie täglich im Basement dort. Mir tut es so leid, dass es Xena wieder nicht geschafft hat.

Nathalie sagt: „Vielleicht sehen wir alle sie ja noch in diesem Jahr."

Besuch von Unbekannten. Wieder bekomme ich Besuch. Ich habe keine Ahnung, wer das sein könnte. Ich werde zum Büro gerufen und warte wieder. Ich sehe einen Mann und eine Frau mittleren Alters im Besucherbereich stehen. Sie schauen zu mir her und ich habe keine Ahnung, wer das ist.

Ms. Morgan: „Maier, jetzt kannst du kommen."

Ich gehe unsicher auf die beiden zu: „Guten Tag."

„Hallo, Irene. Ich bin Friederike von Bergen, Alexanders Tante. Er hat uns schon viel von dir erzählt. Wir dachten, wir bringen dir mal ein bisschen etwas vorbei."

„Du meine Güte, ich glaub es nicht! Das ist aber wahnsinnig nett von Ihnen, Frau von Bergen."

„Friederike, einfach Friederike." Dann stellt sie ihren Mann vor. Wir unterhalten uns gleich von Anfang an ganz ungezwungen. Ich schäme mich, dass sie mich in dieser Situation sehen. Ich sage, ich hätte mich da in was hineingesteigert und dann völlig den Überblick verloren.

Friederike: „Das ist ja bei Alexander auch so. Er war auch ganz besessen von Jamaika. Wahrscheinlich wirkt diese Insel auf manche Leute so fatal. Alexander ist bei uns aufgewachsen. Er war zwar immer anders als die anderen, aber noch nie so verrückt wie auf Jamaika."

Die von Bergens haben mir viele Bücher mitgebracht. Friederike deutet auf ein Buch von Charles Bukowski und sagt: „Das hier schickt Alex. Es ist ein Geschenk."

Die anderen Bücher sind dicke Hardcovers, ich bin so wahnsinnig glücklich darüber. Sie haben auch Obst, Brot und Süßigkeiten mitgebracht. Ich kann es nicht glauben, dass mir wildfremde Leute solche Schätze bringen. Das sage ich ihnen auch.

Friederike meint: „Ihr seid ja so weit weg von zu Hause, da muss man ja zusammenhalten."

Ich habe einen dicken Kloß im Hals. Ich sage ihnen, dass Alexander mich gebeten hatte, ein Buch über seinen Fall zu schreiben, und dass ich nicht glaube, ich werde es tun.

Die beiden winken gleichzeitig ab. „Alexander hat ja lauter solche Ideen. Sein Fall war wochenlang in Deutschland, in Jamaika und sogar in den USA in der Presse. Das Berufungsverfahren läuft ja ohnehin."

Gedankenverloren schaue ich ihnen nach, als sie schließlich durch das schwere Tor verschwinden. Was für außergewöhnliche, großartige Menschen, denke ich.

Friederike hatte nicht erwähnt, dass sie Diplom-Psychologin mit eigener Praxis in Hannover ist. Das werde ich Jahre später herausfinden.

In meiner Zelle schlage ich den Bukowski zuerst auf. Es ist der Gedichtband *Auf dem Stahlroß ins Nirwana*. Alex hat vorne eine Widmung hineingeschrieben:

Liebe Irene, dieses Buch ist ein Geschenk von mir an Dich. Vergiss mich nicht, wenn du entlassen wirst. Es haben mich schon zu viele vergessen. Dein Alex

Sommer 1998: Die letzten Wochen in Fort Augusta

Ich zähle die Tage, die Stunden bis zu meiner Entlassung. Ich habe noch immer keine Ahnung, ob ich deportiert werde. Ich habe bei jedem Besuch von Herrn Schneider vergessen, danach zu fragen. Immer war irgendetwas anderes wichtiger. Ich denke, eigentlich ist es auch egal. Ich will eh nicht auf Jamaika bleiben, selbst wenn ich könnte. Ein paar englische Mithäftlinge haben gesagt, sie gehen zur Gefangenenhilfsorganisation Prisoners Abroad, wenn sie entlassen werden. Die würden ihnen vorerst mal eine Unterkunft und eventuell Geld geben. Sie wissen aber nicht, ob auch Leute aus anderen EU-Staaten dort hingehen können. Ich werde auf jeden Fall dort anrufen. Vielleicht gibt es ja auch noch andere Organisationen. Ich verlasse mich aber überhaupt nicht darauf, was die Frauen mir raten. Alle glauben, immer über alles ganz genau Bescheid zu wissen. Dann kommt aber doch immer alles ganz anders. Außerdem hasse ich es, um Hilfe zu bitten. Ich hoffe so sehr, dass Carlos wirklich mein Ticket kauft. Hertie war auch schon eine Weile nicht mehr hier. Die anderen sagen, ich soll nicht so viel grübeln. Die Hauptsache sei doch, ich käme hier raus.

Bruch mit Edna. Edna verbringt sehr viel Zeit mit den Wärterinnen. Sie versteht sich gut mit ihnen. Man hört sie oft zusammen lachen. Marlene und ihre engsten Freunde hier behaupten, Edna sei ein Spitzel. Ich kann das aber nicht glauben. Für mich ist Edna einfach eine gute Seele, die Streit und Gerüchten bewusst aus dem Weg geht.

Marlene hatte gleich am Anfang meiner Freundschaft mit Edna gesagt: „Pass auf, was du zu der sagst, die rennt immer gleich zu den Aufseherinnen, um zu tratschen."

Nun, ich habe nicht auf Marlene gehört und mag Edna wirklich. Was sollte sie denn schon über mich ausplaudern? Edna ist für mich wie ein Ruhepol. Sie benutzt ihren Status als Mörderin nicht, um Macht auszuüben.

Eines Tages sitzt Edna wieder mit ein paar Wärterinnen vor dem Friseur. Ich nicke ihr zu und gehe zum Dorm. Bald kommt Edna auch nach. Ich sage scherzend: „Na, Edna, welches Geschäft hast du denn heute wieder mit den Beamtinnen getätigt?"

Edna wird fuchsteufelswild: „Das geht dich gar nichts an! Kümmere dich um deinen eigenen Kram. Fängst du auch schon genauso an wie die anderen Untermenschen? Bist du auch eine von denen?"

„Aber Edna, das war ein Spaß!", sage ich verdutzt.

„Das ist kein Spaß. Über so etwas macht man keine Späße. Pass auf, was du sagst. Es geht dich gar nichts an, mit wem ich rede", sagt sie eisig.

„Was soll das denn? Mir ist es wirklich egal, was du mit denen besprichst. Das sollte wirklich lustig sein. Wie kannst du mich nur so anschreien?"

„Du bist doch auch nur genauso ein Low-Life wie die anderen", schließt Edna das Gespräch ab.

Ich fühle mich furchtbar. Was habe ich denn falsch gemacht? Edna zieht von nun an den Vorhang um ihr Bett zu. Wir sprechen nicht mehr miteinander. Ich will immer anfangen, was zu sagen. Dann wage ich es doch nicht. Edna ignoriert mich völlig.

Marlene sagt spitz: „Na, hast du dir jetzt auch Ednas Ungunst zugezogen? Die glaubt immer, wir sind gegen sie. Sie macht sich aber selber zum Außenseiter."

Ich murmele etwas von einem blöden Missverständnis und hoffe, dass Edna und ich uns wieder versöhnen. Ich möchte Marlene nicht die Genugtuung verschaffen, dass ich ihr beipflichte.

Jetzt, am Ende meiner Haftstrafe, bin ich auch Teil von so etwas wie einer Clique. Fanny, Magnolia, Lucky, noch ein paar andere Kanadierinnen und ich sind meistens zusammen. Das macht stark, merke ich. Die Gehässigkeiten haben deutlich nachgelassen. Wir alle tauschen Adressen aus, sofern wir welche haben.

Eine Woche vor meiner Abreise wird auch der Wasserhahn für immer angedreht. Es gibt nun ständig fließendes Wasser in Fort Augusta! Alle sind fast verrückt vor Freude. Die Langjährigen hier tanzen ausgelassen unter den verrosteten Duschköpfen und ich freue mich mit ihnen.

13. September 1998: Die Entlassung

Gestern war ein enorm anstrengender Tag. Sie haben mich bis zum Abend warten lassen, um mir zu sagen, mein Ticket liege bereit. Ich kann diese Freude, dieses himmelhohe Glücksgefühl gar nicht in Worten ausdrücken! Ich werde entlassen und ich gehe nicht in U-Haft, weil keiner mein Ticket bezahlt. Carlos hat Wort gehalten. Hurra, hurra! Ausgerechnet Ms. Morgan hat mir diese Nachricht überbracht. Ich hätte sie umarmen und küssen können.

Von Herrn Schneider habe ich nichts mehr gehört. Er hatte versprochen, noch vor meiner Abreise wieder vorbeizukommen. Jetzt war er fast zwei Monate nicht mehr hier. Ich denke aber schon, dass er auch von meinem Ticket weiß.

Hertie war auch in den letzten sechs Wochen nicht mehr da. Hatte Dr. Hall nicht gesagt, Carlos würde jeden Monat jemand schicken? Vielleicht hatte sie sich selber etwas davon abgezweigt? Ich halte inzwischen alles für möglich hier auf Jamaika.

Verschimmelt. Gestern Nachmittag hat mich eine Wärterin gerufen. Wir gingen zu der Baracke, in der sie die Sachen der Gefangenen verwahren. Endlich bekam ich meine Sachen wieder! Schon als sie aufsperrte, sah ich, dass der ganze muffige Raum ein einziges Chaos war. Überall lagen kreuz und quer Koffer, Reisetaschen und auch Sachen in großen Müllsäcken. Die Wärterin starrte angestrengt auf ihre Notizen auf einem Zettel. Dann befahl sie mir, auf einen Taschenberg zu klettern. Sie sagte, einer meiner Koffer sei ganz hinten bei der Mauer. Als ich ihn entdeckte, war ich geschockt. Mein wunderschöner, teurer Flying-Dutchman-Koffer ist total verschimmelt. Ich fürchtete, dass ich die Kleider da drin vergessen kann. Ich fing an zu zetern und fast zu heulen. Auch meine andere Reisetasche ist stark ramponiert, aber schimmelt wenigstens nur auf einer Seite.

Magnolia und Lucky hatten mich begleitet. Lucky schaute mich nur an und schüttelte den Kopf. Auf dem Weg zurück zur Zelle erregten wir natürlich Aufmerksamkeit mit dem Gepäck. Ein paar riefen zaghaft „Yeah, Freedom!“, aber die meisten machten sich lustig über mich, weil ich den verschimmelten Sachen nachtrauerte.

Ihr habt ja keine Ahnung, dass das fast alles ist, was ich besitze, dachte ich. Wenn ich in England ankomme, habe ich doch nicht mal ein Zuhause. So arm diese Leute hier auch sind und egal wie kärglich und beengt sie hausen, egal was sie getan haben, auf jeden wartet eine Familie, die sie mit dem Notwendigsten ausstaffiert.

Lucky riet mir, alles in die Dusche zu tragen und zu desinfizieren. Jemand gab mir eine Flasche mit stinkendem Lysol. Zum Glück hatte ich jetzt ausreichend Wasser. Ich schrubbte, bürstete und spülte bis zur Verzweiflung. Nun stanken meine ganzen Sachen nach Lysol und noch immer leicht nach Schimmel. Lucky und ich schleppten den Koffer, die Taschen und die ganzen Klamotten zum Trocknen.

Sie sagte: „Macht nichts, wirst dir schon bald neue Sachen kaufen können. Hauptsache, du bist hier weg!"

Abschied. Schon Stunden vor meiner Entlassung gehe ich von Bett zu Bett und wechsle mit jeder meiner Mitgefangenen ein paar persönliche Worte. Nur mit Edna bin ich ja zerstritten, wegen einer unnötigen, lächerlichen Auseinandersetzung. Edna schaut unsicher in die andere Ecke. Ich kämpfe mit mir, einfach auf sie zuzugehen und zu umarmen. Immerhin waren wir mal fest befreundet und ich mag sie immer noch sehr. Ich umarme Lucky, wir halten uns ganz lange. In einem Impuls will ich dann auch zu Edna gehen, habe aber Angst, dass sie mich abweist und ich mich blamiere. Ich gehe raus.

Zu spät, denke ich, zu spät, du Feigling.

Auf meinem Weg zum Büro habe ich nur wenige Begleiterinnen, aber die sind treue Freunde geworden. Eine Fangemeinde werde ich wohl hier nicht hinterlassen. Vor dem Büro muss ich wieder warten, dann ein gnädiges Reinwinken. Ich bekomme meine Handtasche, eine kleine Tasche und den Kosmetikkoffer ausgehändigt. Ungeduldig öffne ich alles. Komischerweise habe ich auch ein großes Glas Kaffeepulver in der kleinen Tasche. Das Glas ist zerbrochen und der Inhalt über Bücher und allerlei Zeug verschüttet. Ich will das alles schnell in den Mülleimer im Büro werfen.

„Bist du verrückt, du darfst doch unser Büro nicht mit deinem Müll verdrecken!", wird mir barsch zugebrüllt. Also lasse ich es gottergeben in der Tasche.

Es ist vorbei. Ich bin reisefertig. Meine Koffer und Taschen mit den gewaschenen Kleidern stehen neben mir am Tor. Mein Gott, es ist vorbei. Wenn eine beliebte Insassin entlassen wird, ertönt es von ganz früh am Morgen an: „Freeeeeeeeedom, Freeeeedom, Ra Ra Ra!!!"

Nicht so bei mir, aber ich habe nichts anderes erwartet. Ich bin keine beliebte Inmate. Das kann mir nichts mehr anhaben. Ich möchte auf keinen Fall so werden wie die, oder wie die meisten von denen.

Ich warte ungeduldig. Heute kommen sie wieder einmal sehr spät. Ms. Morgan hat gesagt, die Einreisebehörde wird mich abholen.

Ich habe gefragt: „Werde ich denn nun deportiert?"

„Weiß ich nicht, musst du selber bei denen fragen."

Nach einer Stunde endlich kommen zwei Leute der Einreisebehörde. Es ist fast zehn Uhr. Nun bekomme ich auch mein restliches Geld ausgehändigt. Es sind 840 Pfund und ca. 2000 Jamaika-Dollar.

Ms. Morgan schließt auf und schaut mich an.

Ich muss noch ein paar Formulare unterschreiben und kann dann in den Jeep der Einreisebehörde einstiegen. Der Mann fährt und die Frau setzt sich zu mir auf die Rückbank. Ich winke Lucky und ein paar anderen zu. Ich warte aufgeregt auf das andere Ende der Mauer, die Freiheit.

Ich frage die Frau: „Heißt das jetzt, ich werde deportiert?"

Sie: „Sicher, du hast auch zehn Jahre Einreiseverbot."

„Das macht mir gar nichts. Ich will eh nicht mehr hierher."

„Glaub mir, du wirst wiederkommen", sagt sie mit seltsamer Eindringlichkeit.

Die Stimmung im Jeep ist absolut frostig. Ich werde noch immer mit Verachtung behandelt.

Wir fahren nach Kingston. Es kommt mir unglaublich laut, dreckig, richtig angsterregend vor. Wir bleiben vor der Einreisebehörde stehen. Ich muss mit dem ganzen Gepäck aussteigen und dann wieder endlos warten. Im Wartezimmer sind auch drei ungarische Männer. Wir stellen uns vor. Nach einigen Floskeln finden wir zu unserem Erstaunen heraus, dass wir alle für Carlos gearbeitet haben. Sie sagen, er hat sie im Stich gelassen. Sie haben kein Geld für den Rückflug, sie müssen in U-Haft. Die ungarische Botschaft versuche über die Familien, das Geld für den Rückflug zusammenzukratzen. Sie sind ganz traurig und tun mir sehr leid.

Endlich bin ich an der Reihe, noch immer wird mir der Pass nicht ausgehändigt. Ich frage danach.

„Den kriegst du in Wien. Hier am Flughafen wird er der Stewardess von British Airways ausgehändigt. Die gibt ihn der Stewardess von Austrian Airlines. Du hast jetzt zehn Jahre Einreiseverbot nach Jamaika und auch in die Vereinigten Staaten von Amerika."

Auch gut, denke ich. Endlich verlassen wir die Behörde und fahren Richtung Flughafen. Noch ein letztes Mal nehme ich alles in mir auf. Ich weiß, diesmal war es definitiv das letzte Mal.

Am Flughafen. Die Männer bringen mich in einen Warteraum neben der Immigration im ersten Stock. Ich frage, ob ich zur Toilette dürfe und mir einen Kaffee kaufen könne.

„Ja, geh nur. Eine Kollegin wird dich begleiten. Außerdem würdest du eh nicht weit kommen, weil hier überall Kameras angebracht sind."

„Wo sollte ich denn hin? Glaubst du, mir gefällt es hier so gut? Ich möchte doch endlich nach Europa."

Ich möchte so gerne ein bisschen Make-up auftragen, wage es aber unter den strengen Blicken der Immigrationsbeamtin nicht. Sie lässt mich alleine Kaffee kaufen gehen, ich kaufe gleich zwei. Ich kann es nicht abwarten, endlich wieder meinen geliebten Kaffee zu trinken. Der Beamte, der mich im Warteraum bewacht, schaut erwartungsvoll. Ich aber trinke gleich von beiden Bechern abwechselnd. Das tue ich absichtlich, weil er so unfreundlich ist. Trotzdem rächt er sich dafür. Er sagt, ich muss eine Steuer bezahlen. Ich aber weiß genau, dass die definitiv nicht fällig ist, wenn man deportiert wird. Er besteht aber darauf und ich gebe ihm hämisch die 500 Jamaika-Dollar.

Bis zuletzt bestehlt ihr einen, ihr Ratten, denke ich und kaufe mir gleich noch einen Kaffee und Kuchen.

Ich hätte die Gebühr auch tatsächlich nicht zahlen müssen, wie mir später die Dame von British Airways bestätigt.

So, jetzt ist es früher Nachmittag und mein Flug nach London geht um Mitternacht. Dann muss ich acht Stunden auf meinen Flug nach Wien warten. Wie kille ich bloß die Zeit? Irgendwie erwarte ich schon, dass Rasta Q kommt, um sich zu verabschieden. Er hätte mit einem Anruf in Fort Augusta oder in der Botschaft Details über meine Entlassung erfahren können. Ich denke aber, jeder Jamaikaner hasst Kingston und Geld kostet es schließlich auch. Wahrscheinlich wollte er sich auch keine weiteren Vorwürfe hören.

Dem Beamten wird um sechs Uhr abends langweilig, vielleicht hat er auch Feierabend. Jedenfalls ist er weg und ich sitze weitere fünf Stunden allein rum. Ich stehe nur auf, um auf die Toilette zu gehen oder mir noch einen Kaffee und ein Sandwich zu kaufen. Andere Fluggäste kommen und gehen, sehr oft bin ich allein im Warteraum. Als es einmal sehr still ist, höre ich Mäuse oder Ratten im Mülleimer. Ich schaue hin. Das Papier von meinem Sandwich bewegt sich, muss ich wohl richtig gehört haben.

Deportee. Eine Stunde vor Abflug dann holt mich eine Beamtin. Das Gepäck wird aufgegeben und ich kann gleich zum Boarding gehen. Ich werde als Allerletzte in das Flugzeug gelassen. Die Maschine ist restlos voll. Beamtin und Stewardess bringen mich zu meinem Platz. Ich schiele auf das Ticket und sehe den großen Stempel, der quer über das Ticket angebracht ist: DEPORTEE!

Große Überraschung dann, als wir bei Platz 33C, meinem Sitzplatz, ankommen. Der Sitz ist entfernt worden!

Ich sage: „Hier steht doch 33C, das ist mein Platz, das gibt's doch gar nicht. Das Ticket hat über 2000 US-Dollar gekostet, jetzt ist da kein Sitzplatz!"

Ich habe Angst, auf die nächste Maschine morgen um die gleiche Zeit umgebucht zu werden. Ich werde fast hysterisch. Die Stewardess ist auch ratlos. Sie checkt überall, ob nicht doch irgendwo noch ein freier Platz ist.

Zu allem Überfluss sagt auch noch die Dame von der Immigration laut: „Sie ist ein Deportee."

„Trotzdem habe ich über 2000 Dollar für das Ticket bezahlt."

Plötzlich steht ein Jamaikaner, der mit seinen zwei kleinen Kindern reist, auf. Er nimmt den kleineren Sohn, setzt ihn auf seinen Schoß und deutet auf den leeren Sitzplatz.

Ich sage: „Aber das geht doch nicht, der Kleine kann doch nicht bis London auf deinen Knien sitzen."

Er aber besteht darauf und alle sind zufrieden. Ich fühle mich aber gedemütigt. Der Jamaikaner ist gekleidet wie ein Businessmann und ich sitze als Deportee da mit meinen nach Lysol stinkenden Klamotten.

Als der Jumbojet endlich abhebt, schaue ich noch mal zum Fenster raus und verabschiede mich in Gedanken endgültig von dieser Insel: Ganz schön schiefgelaufen alles hier, aber Jamaica - no problem, ich hab's geschafft.

Wieder in Europa. Der Nachtflug scheint ewig zu dauern, aber um sechs Uhr morgens landen wir dann doch in London-Gatwick. Sehr zu meinem Erstaunen bekomme ich nun schon den Pass ausgehändigt. Ich erwarte, dass ich wieder eskortiert werde. Doch niemand kommt. Obwohl ich im Flugzeug gegessen habe, bestelle ich mir ein komplettes englisches Frühstück. Dann warte ich wieder.

Ich sehe, wie gerade eine Bar aufmacht. Blitzschnell springe ich auf und kaufe mir ein Bier, das erste von vielen. Ich wage aber nicht, hier in England zu bleiben. Ich hatte doch gefragt, ob ich nur bis London reise könne. Mir wurde aber gesagt, ich müsse in mein Heimatland reisen.

Um zwei Uhr nachmittags fliege ich völlig betrunken nach Wien. Vor mir sitzt ausgerechnet ein Jamaikaner und ich schwafle ihn die ganze Zeit über voll, wie schön es in Wien ist. Er ist voller Vorfreude und wohl zu höflich, um mich zu unterbrechen.

Nach der Landung in Wien mache ich ein paar Anrufe, dann gehe ich in ein Café und esse drei Portionen Wiener Würstchen. Ich gehe zum British-Airways-Schalter und will direkt nach London zurückfliegen. Leider gibt es heute keinen freien Platz mehr. So übernachte ich am Flughafen und nehme morgens um halb sieben den ersten Flug nach London. Ich bin jetzt seit über fünfzig Stunden unterwegs.

15. September 1998: Neuanfang in London

Ich lande nach acht Uhr morgens in London-Heathrow. Ich möchte nur noch schlafen. Telefonisch buche ich für zwei Nächte ein Zimmer in der Nähe vom Russell Square. Die Piccadilly Line fährt direkt zum Russell Square. Dort finde ich den Bedford Place nicht gleich. Passanten, die ich frage, kennen nur den Bedford Square oder die Bedford Avenue. Mit meinem Gepäck irre ich umher, gehe immer wieder im Kreis. Als ich schon aufgeben will, finde ich das

Hotel aber dann doch. Ich hoffe nur, ich kann jetzt schon einchecken. Das Hotel ist sehr einfach, aber der Mann am Empfang händigt mir den Schlüssel aus, obwohl es erst Mittag ist. Mein Zimmer ist im dritten Stock, es gibt keinen Lift. Ich muss das Gepäck über enge, schmale Treppen hinauftragen. Im Zimmer rauche ich erst mal eine Zigarette.

Phhhh, geschafft, das war eine lange Reise! Das Bad ist auf dem Flur. Ich bade lang, ausgiebig und sehr heiß. Immer wieder lasse ich Wasser nachlaufen, shampooniere die Haare drei Mal. Noch nie im Leben ist mir ein Bad so luxuriös vorgekommen. Ich rasiere die Beine und Achseln, danach creme ich mich dick ein. Wenn nur dieser blöde Juckreiz nicht wäre. Gleich morgen früh werde ich ins Krankenhaus fahren, ich halte das nicht mehr aus.

Danach schlafe ich tief und fest. Nach Mitternacht jedoch wache ich auf und kann nicht mehr schlafen. Ich trinke Kaffee und rauche und denke nach. Was soll ich zuerst tun? Lange wird das bisschen Geld nicht reichen, ich muss Carlos anrufen.

Krätze. Um acht Uhr gehe ich frühstücken. Dann nehme ich einen Bus nach Archway und melde mich mit einer falschen Adresse an der Rezeption im Whittington-Krankenhaus an. Nach drei Stunden Wartezeit komme ich dran und erzähle dem Arzt, dass ich gerade aus dem Gefängnis in Jamaika entlassen wurde. Seit Monaten schon habe ich diesen wahnsinnigen Juckreiz, der mich um den Schlaf bringt.

Der Arzt sagt sofort: „Skabies, ich gebe Ihnen ein Rezept. Das müssen Sie auftragen und 24 Stunden einwirken lassen. Dann müssen Sie es abwaschen und die Skabies sind tot. Es wird auch danach noch jucken, weil die Haut irritiert ist."

Ich besorge mir das Mittel sofort und ich will wissen, was das überhaupt ist. Ich gehe in einen Buchladen und schlage in einem medizinischen Lexikon nach: Krätzmilben. Igitt. Im Buch ist eine mikroskopische Vergrößerung abgebildet, das sieht wirklich eklig aus. Ich fahre sofort ins Hotel zurück, bade wieder und trage das Mittel auf. Es stinkt etwas, aber ich habe das Gefühl, die Parasiten endlich bekämpft zu haben.

Nun rufe ich von einer Telefonzelle aus bei Prisoners Abroad an. Der freundliche Mann am anderen Ende der Leitung bestätigt jedoch meine Befürchtungen: „Sorry, unsere Organisation hilft nur britischen Staatsbürgern".

„Ja, da kann man nichts machen. Trotzdem vielen Dank", sage ich. Ich muss eben alleine klarkommen.

Wiedersehen im Blackstock. Am Tag darauf bringe ich erst mal meine ganze Wäsche in einen Waschsalon. Ich wasche jedes einzelne Stück. Während die Maschine läuft, überlege ich wieder, was ich auf die Schnelle tun könnte, um zu Geld zu kommen. In jeder WG wird doch eine Kaution verlangt. Hätte ich nur nicht diesen dämlichen Dr. Morgan angeheuert, hätte ich jetzt rund 2500 Dollar mehr. Ich bringe die Wäsche zurück ins Hotel und fahre ins Blackstock.

John steht schon an der Bar, als ich reinkomme. Er freut sich irrsinnig, mich zu sehen. Er sagt, ich sehe verändert aus.

„Du meinst wohl, hässlicher?“

„Nein, nur anders.“

Wir reden und reden, aber ich sage ihm nicht, dass ich im Gefängnis war. Ich sage ihm nur, mit Rasta Q ist es vorbei und ich kehre nicht nach Jamaika zurück. Dann spielt John mit ein paar Leuten Pool. Ich unterhalte mich seinen Freunden und werde immer betrunkener. Einer guten Freundin von ihm erzähle ich, woher ich gerade komme.

Ich gehe kurz raus auf die Straße. In dem Shop neben dem Blackstock arbeitet doch Stella. Stella sitzt tatsächlich auf ihrem Stuhl vor dem Shop. Wir begrüßen uns freudig. Ich erzähle ihr, dass ich in Jamaika Blödsinn gemacht habe und gerade aus dem Gefängnis entlassen worden bin.

„Da ist doch auch Susan, Teds Freundin!“, ruft sie aus. „Er hat es mir erst vorige Woche erzählt. Hast du sie dort getroffen?“

„Das gibt es doch nicht! Ich wusste gar nicht, dass Ted eine Freundin hat. Ich habe sie nie mit ihm gesehen. Vor einigen Wochen ist tatsächlich eine Susan aus London im Gefängnis angekommen. Muss eine von den farbigen Engländerinnen sein. Das ist wirklich Teds Freundin?“

„Ja, klar. Susan ist ein nettes Mädchen, sie ist immer zu mir zum Schwatzen gekommen. Meine Güte, ihr Mädchen könnt das wirklich nicht mehr tun! Das Leben ist zu kurz.“

„Ich werde es auch nicht mehr tun, Stella“, sage ich und gehe wieder ins Blackstock.

John. John hat sein Spiel beendet und fragt mich, ob wir ins Pub gegenüber gehen. Beim Überqueren der Straße sagt er: „Ich muss mit dir reden."

Nachdem wir unser Bier bekommen haben, sagt er: „Man hat mich vor dir gewarnt. Du erzählst meinen Freunden, du arbeitest für einen Drogenboss. Stimmt das?"

Ich plappere irgendwas daher, John schaut mich stählern an: „Stimmt das?"

„Ja, das habe ich getan, deshalb war ich auch im Gefängnis. Ich darf aber nicht wieder nach Jamaika."

„Na, Gott sei Dank, du hast doch einen Jamaikawahn, du hast im Vorjahr über nichts anderes gesprochen und heute schon wieder."

„Ja, stimmt. Ich versuche ja, über etwas anderes zu reden, aber …"

„Na, dann versuchen wir es eben."

Wir reden über seine Arbeit, seine Familie in Irland, seine Schwester in Australien und über Musik. Als wir schon sehr betrunken sind und die Pubs schließen, fragt John, ob ich mit ihm nach Hause gehen würde. Ich gehe mit in seine kleine Wohnung im Finsbury Park. Er kauft auf dem Weg nach Hause noch Sandwichs, Bier und Zigaretten. Wir rauchen Spliffs, trinken und John legt Cat Stevens auf.

Er ist total verwundert, als ich mitsinge und jede Zeile in jedem Song kenne: „Ich dachte, du magst nur Reggae."

„Nein, nein, Cat Stevens ist wunderbar. In einem anderen Leben habe ich das mal eine Zeitlang ständig gehört."

John gesteht mir, dass er schon im Vorjahr in mich verliebt war.

Ich falle aus allen Wolken: „Was? Warum hast du es mir denn nie gesagt? Ich habe ja gar nichts davon gemerkt."

„Weil du doch schon vergeben warst."

Ich finde das so rührend, so anständig. Nach meinen fast zwei Jahren auf Jamaika bin ich so etwas überhaupt nicht mehr gewohnt. Bei jeder Gelegenheit betrügt jeder einfach jeden. Trotz meines Rauschs dämmert es mir: Wieso kannst du nicht auch mal gute, ehrliche Männer anziehend finden? John ist ein Braver, er sieht gut aus, arbeitet ehrlich, aber da funkt es nicht. Ich möchte mich dazu zwingen, es zumindest probieren.

Wir schlafen miteinander, ich bin froh, als es vorüber ist. Ich habe John vorher von der Krätze erzählt, auch dass sie hochansteckend ist. Er hat nur abgewunken.

Beim Aufwachen umarmt mich John und ich kuschle mich an ihn: „Wie alt bist du eigentlich, John?"

„Sechsundzwanzig, warum?"

„Waaaaas? Wie alt? Sechsundzwanzig, ist das wirklich wahr?"

„Ja, warum. Spielt das denn eine Rolle?"

„Ich bin zehn Jahre älter als du, das halte ich gar nicht aus, das geht nicht!"

„Warum?", sagt er und schaut mich mit seinen blauen irischen Augen zärtlich an.

Leider bin ich nun noch weniger an John interessiert. Er merkt es und ich sehe, wie er leidet.

Ich schlafe die ganze Woche bei John. Wir haben keinen Sex mehr miteinander, ich habe jede Nacht andere Ausreden. Er geht um sechs Uhr früh zur Arbeit, ich schlage tagsüber irgendwie die Zeit tot und am Abend sind wir immer im Blackstock.

Trotz meiner Zurückhaltung redet John davon, mit mir Weihnachten in Irland zu feiern, mir seine Familie vorzustellen. Und er will mit mir Kleider und Schuhe kaufen gehen. Ich könnte heulen, ich habe ihm nicht gesagt, dass ich das Hotelzimmer nicht mehr habe und meine Koffer in der Gepäckaufbewahrung stehen. Dass ich jeden Tag nach Euston fahre, nur um mich umzuziehen. Ich würde mich so schämen. Ich fühle mich jeden Tag schäbiger.

Da habe ich eine Idee. Ich rufe Carlos an und sage ihm, ich bin in London und wolle da ein neues Leben beginnen. Ich habe aber nicht viel Geld, könne er mir vielleicht helfen?

Carlos weist mir per Western Union auf der Stelle 1000 Pfund an. Ich muss nur zum Leicester Square fahren und es abholen. Die Minuten, bis das Geld wirklich da ist, sind eine einzige Qual. Ich weiß, wenn es wirklich da ist, schaffe ich es alleine. Ich kann die Mietvorauszahlung in einer WG bezahlen. Ich habe erst mal ein Dach über dem Kopf und kann mir einen Job suchen.

Ja, mein Name wird aufgerufen, ich kassiere 1000 Pfund.

Bei Peter in der WG. Ich will in Nordlondon bleiben. An der Holloway Road lese ich alle Zettel in den

Schaufenstern. Da wird ein Mitbewohner in einer Straße ganz in der Nähe gesucht. Ich rufe dort an und kann mir das Zimmer gleich anschauen. Auf mein Klopfen macht ein sehr magerer Nigerianer auf und begrüßt mich.

„Peter", stellt er sich vor.

Er führt mich ins Wohnzimmer und bietet mir ein Bier an. Dann zeigt er mir ein großes Zimmer im ersten Stock. Er sagt, momentan bewohne er dieses Zimmer. Er wolle aber in das kleinere nebenan ziehen. Wenn ich nachmittags wiederkäme und einziehe, hätte er das Zimmer schon geräumt. Ich zahle eine Mietvorauszahlung für vier Wochen. Er verlangt nur 55 Pfund pro Woche. Peter nimmt das Geld und zusammen gehen wir zu einem Schlüsseldienst. Ich habe nun einen eigenen Schlüssel für die Haustür.

Spät am Abend komme ich wieder. Ich klopfe sicherheitshalber trotzdem an. Peter öffnet und sagt, er habe leider noch keine Zeit gehabt, seine Sachen aus dem Zimmer zu räumen. Ich könne aber trotzdem darin schlafen, er würde die Sachen morgen umräumen. Jetzt erst fällt mir auf, dass ich ja gar keinen Zimmerschlüssel habe. Ich frage Peter danach. Er sagt, hier seien Zimmerschlüssel gar nicht üblich. Wenn ich jedoch unbedingt einen haben wolle, werde er einen anfertigen lassen. Ich schaue mir nun alle Schlösser genauer an und merke, alle sind irgendwie beschädigt. Sieht so aus, als ob alle Türen irgendwann einmal aufgebrochen worden wären. Peter wirkt aber völlig harmlos auf mich und so frage ich nicht weiter nach. Ich denke, ich habe das jamaikanische Gefängnis überstanden, werde ich doch das hier auch aushalten …

Noch in derselben Nacht kommt Peter in mein Zimmer. Im Halbschlaf sehe ich ihn am Kleiderschrank hantieren. Ich fahre hoch: „Was machst du denn hier? Wie kannst du nur reinkommen?“

„Tut mir schrecklich leid. Ich wusste gar nicht mehr, dass ich den Raum ja vermietet habe. Entschuldige bitte“, stottert Peter. Ich merke, dass er betrunken ist, und habe ein sehr ungutes Gefühl.

Am nächsten Morgen spreche ich ihn noch einmal darauf an. Er versichert wieder, dass er heute Schlüssel für alle Zimmer besorgen werde. Ich frage ihn auch, ob ich die einzige Mieterin sei. Peter sagt, heute werde ein Bauarbeiter aus dem Norden einziehen.

Später gehe ich einkaufen. Ich kaufe Kaffee, Milch und andere Grundnahrungsmittel. Ich halte auch Ausschau nach Jobangeboten. Ich sehe eine Anzeige von einem Hotel in Tufnell Park. Wieder wird eine Servicekraft gesucht. Ich rufe dort an, stelle mich vor und kann am nächsten Tag anfangen. Die Bezahlung ist wieder gering, aber immerhin ist der Job ein Anfang. Ich kann mit dem Bus fahren oder auch die fünfzehn Minuten zur Arbeit gehen. Der Boss ist aus Zypern. Es ist ein Familienbetrieb, zu dem drei Hotels gehören. Der Sohn Albert führt das Queens Hotel in Tufnell Park.

Zufrieden gehe ich zurück in meine neue WG. Ian, mein neuer Mitbewohner, ist inzwischen eingetroffen. Er ist sehr nett, wir verstehen uns auf Anhieb. Ian sagt, er hat ein Haus in Middlesbrough, aber dort gebe es keinerlei Arbeit. So wolle er die Woche über in London arbeiten, am Wochenende nach Hause fahren.

Peter erzählt uns aus seinem Leben. Er sagt, er habe als Bauingenieur gearbeitet und sei mit einer Engländerin verheiratet gewesen. Doch die Frau ließ sich scheiden und verließ ihn mit ihrer gemeinsamen Tochter. Vor ein paar Jahren sei er krankheitshalber mit fünfundvierzig in den Ruhestand gegangen.

Wir rauchen nun alle drei Haschisch. Peter sagt, der Nachbar nebenan verkauft es uns günstig. Jedes Mal wenn die Nachbarn eine Razzia hätten, würden sie ihm das Zeug über den Gartenzaun werfen und er würde es verstecken. Darum bekämen wir alle billiges Haschisch. Peter raucht fast nonstop und trinkt Bier und Wodka dazu. Er sagt, wir müssen unsere neue WG feiern. Nach einer Weile gehen wir alle schlafen. Peter hat die Sachen immer noch nicht rausgeräumt und ich habe keinen Zimmerschlüssel. Ich hatte am Abend danach gefragt. Peter meinte, er müsse jemand kommen lassen, der ein neues Schloss einbaut.

Neue Arbeit. Der neue Hoteljob läuft auch ganz gut, obwohl ich Carl vom Redland viel lieber mochte. Das Hotel ist viel größer und hat mehr Personal. Ich habe zwei Kolleginnen aus Polen. Sie arbeiten illegal hier, Polen ist noch nicht in der EU. Agnieszka, kurz Agnes genannt, ist ein liebes junges Mädchen und wohnt mit ihrem polnischen Freund auch in einer WG. Katy ist etwas älter, wohnt auch mit ihrem Freund in einer WG. Aphrodita, Ende zwanzig, ist aus dem Kosovo. Ich stelle schnell fest, dass meine neuen Kolleginnen wirklich fleißig sind. Wir arbeiten gut zusammen. An der Rezeption sitzen entweder Albert, der Sohn des Chefs, oder Tina aus Irland. Ich verstehe mich sofort mit Tina. Sie arbeitet seit fünfundzwanzig Jahren im Queens und hat dort ein winziges Zimmer als Unterkunft. Dann gibt es noch Luke. Er ist praktisch Mädchen für alles. Er macht kleine Reparaturen, hält den Garten in Ordnung und kauft ein. Wenn Not am Mann ist, kocht er auch das Frühstück oder sitzt an der Rezeption. Luke ist ungefähr vierzig, hat lange Haare und einen riesigen Bauch. Agnes und Katy sagen, dass Tina und Luke saufen. „Mir macht das nichts aus", lache ich.

Mein Boss Albert hatte mich gleich am Anfang gefragt, ob ich auch schwarz im Hotel arbeiten würde. Das war mir sehr recht, so konnte ich vorübergehend auch Arbeitslosengeld beantragen. Ich bekomme 50 Pfund die Woche, das ist fast die Miete. Die Arbeit macht mir Spaß.

Jetzt wären also Arbeit und Wohnung geklärt. Wie ein Stein liegt mir im Magen, dass ich John sagen muss, es wird leider nichts mit uns. Vom Barmann KC im Blackstock habe ich erfahren, dass John überall erzählt, wir wären ganz fest zusammen. John freut sich auch, dass ich Arbeit habe. Wieder fragt er, ob ich Weihnachten mit ihm nach Irland komme. Ich sage ihm, ich werde wahrscheinlich arbeiten. Dann gebe ich mir einen Ruck und sage John, ich glaube, ich kann doch nicht mit ihm zusammen sein. John ist tief getroffen und versucht, mich zu überreden. Schließlich gibt er auf. Ich beschließe, nun nicht mehr ständig ins Blackstock zu gehen, um ihn nicht noch mehr zu verletzen.

WG-Probleme. Inzwischen kommen mir einige Dinge in unserer WG äußerst komisch vor. Peter scheint jeden Tag total betrunken und stoned zu sein. Er trinkt auch flaschenweise ein Magenmittel, abwechselnd mit dem Wodka. Einmal, als ich von der Arbeit kam, war die Badewanne völlig übergelaufen. Peter war im Wohnzimmer in einem komaähnlichen Zustand. Als ich ihn aufweckte, sagte er, ein Fremder müsse das gewesen sein. Er selber hätte das Wasser nicht eingelassen.

In der zweiten Woche bereits funktionierte unsere Heizung nicht mehr und Peter war tagelang weg. Ian erklärte mir, die Heizung funktioniere wie eine Art Wertkarte. Peter müsse die Gaskarte immer wieder aufladen. Ian fand die Karte, gab mir Geld und bat mich, beim Postamt Gas für 10 Pfund zu kaufen.

Bald stellte sich heraus, dass Peter immer ein paar Tage die Woche pleite ist. Er borgt sich nun von mir regelmäßig Geld aus, das ich dann immer von der Miete abziehe. An Tagen, an denen er kein Geld hat, verschwindet Peter nach Highgate zu seiner Exfrau und seiner Tochter.

Eines Abends lädt er die beiden in die WG ein, damit sie Ian und mich kennenlernen können. Ich verstehe mich sofort mit Liz. Sie sagt uns, sie habe Peter wegen seiner Alkoholprobleme verlassen. Er habe Wahnvorstellungen, lasse jeden ins Haus und arbeite seit vielen Jahren nicht mehr. Liz sagt, Peter habe Mieter gehabt, die ihn bestohlen und sein Telefon für endlose Auslandsgespräche benutzt hätten. Das ging so weit, dass sie Peter das Telefon abdrehten, weil er die horrende Rechnung nicht zahlen konnte.

Ich sage zu Liz: „Ich habe mir gedacht, dass sich einiges im Haus abgespielt hat, sind ja alle Türen dermaßen beschädigt, dass man nicht einmal neue Schlösser einbauen kann. Jedenfalls sagt das Peters Handwerkerfreund."

An einem Donnerstagnachmittag finde ich Peter zitternd und schwitzend auf dem Sofa vor. Obwohl ich selber ein Alkoholproblem habe, habe ich diesen Zustand nicht erkannt. Ich sehe, dass sein Kühlschrank leer ist. Scheinbar ist er pleite. Ich hole ein Fertiggericht und mache es ihm warm. Auch zwei Bananen lege ich neben seinen Teller. Er dankt mir erfreut. Ich gehe nach oben. Am Abend finde ich Fertiggericht und Bananen im Mülleimer. Er hatte es mit einer Zeitung zugedeckt. Am nächsten Tag ist Zahltag, Peter ist bester Laune und es geht ihm wieder gut.

Ein paar Tage später komme ich von der Arbeit und will Wäsche im Garten aufhängen. Dazu muss ich durch das Wohnzimmer gehen, das wir alle gemeinsam benutzen. Peter sitzt schlafend splitterfasernackt auf dem Sofa. Ich flüchte und hänge die Wäsche in meinem Zimmer auf.

Ich trinke nun die Woche über gar nichts, schon gar nicht im Haus. Ich fühle mich nicht sicher und möchte die Kontrolle behalten. Ian hat mir auch inzwischen erzählt, dass Peter niemals als Ingenieur gearbeitet haben kann. Er habe ihm fachliche Fragen gestellt, die Peter überhaupt nicht hatte beantworten können.

Nach ein paar Wochen komme ich morgens mit einem Kaffee ins Wohnzimmer. Ian ist auch schon wach, wir fangen beide um sieben Uhr zu arbeiten an. Ian ist total verstört: „Schau mal, was der Wahnsinnige gemacht hat!"

Er führt mich in die Küche. Peter hat an sämtlichen Elektrogeräten Zettel angebracht: „Ian, Stop using the kettle", Ian, hör auf, den Wasserkocher zu benutzen … die Waschmaschine … den Herd … den Toaster …

„Was soll das denn? Ist der verrückt, der hat sie wohl nicht mehr alle!", sage ich entgeistert.

Ich weiß überhaupt nicht, warum Peter das getan hat. Ian ist ein idealer Mieter. Er zahlt pünktlich, ist sauber, meistens ohnehin nicht da und er hat ein angenehmes Wesen.

Ian: „Peter ist ein ganz falscher Hund, er nutzt Menschen aus, spielt Spiele. Dabei hat er als Alleinstehender eine Sozialwohnung mit drei Schlafzimmern. Er braucht nichts zu bezahlen, weil er als behindert gemeldet ist. Er zahlt keine Miete, Steuern, er kriegt eine großzügige Behindertenunterstützung, hat Mieteinnahmen und trotzdem spielt er dieses Spiel. Er ist einfach das Letzte. Ich wette, der hat noch keinen einzigen Tag im Leben gearbeitet, er ist ein Schmarotzer. – Weißt du was, ich gehe. Das muss ich mir nicht gefallen lassen. Es gibt genug andere WGs, die froh sind, wenn sie anständige, arbeitende Bewohner kriegen. Ich scheiße auf die Kaution und die Mietvorauszahlung. Das mit Peter wird schlimmer. Er provoziert mich schon eine Weile und spielt den Boss. Ich werde nächste Woche nach Middlesbrough gehen, ich muss ohnehin noch eine Menge an meinem Haus herrichten. Ich lasse ein paar Sachen hier, so kann dieser Kretin das Zimmer nicht gleich wieder vermieten. Immerhin habe ich die Miete ja für zwei Wochen im Voraus bezahlt."

Ich bin schockiert, Ian ist so ein netter Mitbewohner. Viele Abende haben wir gemeinsam im Wohnzimmer verbracht. Mit Peter haben wir eigentlich auch viel Spaß gehabt, wenn er nicht gerade mal wieder den großzügigen Gönner gespielt hat.

Einmal hat er zu uns gesagt: „Sicher, ich besitze ein großes Haus und manchmal wäre ich auch lieber alleine. Ich würde dann auch mal gerne nackt darin herumlaufen, ohne auf andere Rücksicht nehmen zu müssen."

Daraufhin habe ich wütend geantwortet: „Über unsere wöchentliche Miete bist du aber ganz schön froh. Außerdem sitzt du auch so nackt herum, ich habe dich im Wohnzimmer nackt gesehen. Du hast im Sitzen geschlafen."

„Nein!!! Das ist nicht wahr, niemals", wehrt sich Peter.

„Doch, das ist wahr, ich habe meinen Augen selber nicht getraut", sage ich erbost.

Peter wird ganz klein und fängt fast zu heulen an.

Ich bin hierhergekommen, um Frieden zu finden, mich wieder zu erholen, denke ich. Das ist ja der Irrsinn hier. Ich muss auch weg. Ich kriege von dem Typen die vier Wochen Vorauszahlung nie zurück. Wenn ich hier vier Wochen ohne zu zahlen bleibe, macht er auch mir die Hölle heiß. Wieder mal eine schöne Situation.

Peter war auch mal mit einer Schweizerin verheiratet. Er sagt mir, diese Frau war seine ganz große Liebe. Sie hatten zwei Kinder, die jetzt erwachsen sind. Stolz erzählt er mir, dass beide Kinder Akademiker sind und er sie sehr liebe. Nach ein paar Wochen kündigt sich tatsächlich der Sohn an. Peter ist so aufgeregt. Er sagt, er muss das kleine Zimmer gründlich aufräumen. Im Moment schläft Peter darin. Es ist total zugemüllt, er hat tausend Sachen darin abgestellt. Er hat auch alle Kleider aus den Schränken des großen Zimmers auf den Boden geworfen. Peter sagt, sein Sohn mag es nur ordentlich aufgeräumt. Deshalb würde er nun nicht nur das Zimmer, sondern auch Küche und Wohnzimmer entrümpeln.

Eines Nachts weckt mich lautes Gepolter aus der Küche. Ich gehe nachschauen und finde Peter auf dem Boden sitzend vor. Er hat sämtliche Pfannen, Töpfe, einfach alles an Geschirr, aus den Schränken genommen. Alles steht nun auf dem Boden und so soll es auch für die ganze nächste Woche bleiben. Dann räumt er alles wieder genauso ein wie vorher, ohne die Küchenschränke zu putzen. Das Zimmer allerdings wird nie fertig. Der Sohn bezieht es, als er aus der Schweiz zu Besuch kommt. Tage vorher hat Peter von nichts anderem gesprochen. Er hat uns auch wiederholt gesagt, wir sollen Ordnung halten.

Eines Nachmittags klopft es, ich öffne und der Sohn Marcel steht vor der Tür. Peter ist nicht da. Marcel ist ein sehr sympathischer, gebildeter Mann. Wir setzen uns ins Wohnzimmer und warten Stunden auf Peter. Ich weiß nicht, ob ich ihm sagen soll, welches Zimmer Peter für ihn vorgesehen hat. Ich sage: „Peter hat sich schon Wochen auf deinen Besuch gefreut. Er wollte auch das Zimmer ausräumen. Ich weiß nicht, ob er auch wirklich dazu gekommen ist."

Marcel wehrt ab: „Das macht nichts. Weißt du, jedes Mal wenn ich hierherkomme, wundere ich mich ehrlich gesagt, dass mein Vater noch lebt."

Ich bin erleichtert, also ist Marcel im Bilde. Peter kommt viel später und hat Ausreden …

Alkoholiker überall. Am Freitag hilft uns Luke beim Frühstück. Er kocht schnell und macht einfach alles perfekt. Ich schlage gerade Eier in die Pfanne. Da schaut Luke an mir vorbei zur Küchentür: „Irene, könntest du bitte mal Ausschau halten, ob der Alte im Anrollen ist? Dieser komische Kauz mag es nicht, wenn ich in der Küche trinke."

Er öffnet einen Küchenschrank, nimmt eine Dose Cider (Apfelwein) heraus und nimmt einen großen Schluck. „Er weiß ja, dass ich trinke. Nur in seiner Küche soll ich eben morgens nicht trinken. Soll ich etwa seinen gewässerten Saft trinken? Er soll sich schämen, aber so sind sie alle, die Reichen."

Er nimmt noch einen Schluck. Danach versteckt er die leere Dose im Mülleimer, deckt sie mit leeren Orangensaftpackungen zu.

Luke fragt uns, was wir am Wochenende machen. Die polnischen Mädchen machen gar nichts, sie sind sehr sparsam.

Agnes sagt in sehr gebrochenem Englisch: „Wo sollen wir denn hingehen? Die Engländer müssen ja jeden Freitag trinken. Wenn man am Freitag ausgeht, sieht man ja nur lauter Betrunkene. Ich verstehe das nicht, das ist doch so teuer. Ich habe auch Nachbarn, die sogar jeden Tag trinken. Man sieht sie immer nur mit blauen Plastiktüten. Das ist nichts für meinen Freund und mich." Katy und Aphrodita pflichten ihr bei.

Luke lacht: „Also, ich lasse nicht gar so viel Geld im Pub. Ich habe schon meinen Vorrat fürs Wochenende eingekauft. Wollt ihr mal sehen?"

„Ja, zeig mal", sage ich.

Luke öffnet eine Tür im Untergeschoss. In seinem winzigen Zimmer hat Luke überall Flaschen und Dosen platziert. Auf dem einzigen Sessel sind mehrere Sechserpacks Bier aufgestapelt. Und auf dem Fensterbrett und auf dem Boden hat er eine Galerie Ciderflaschen und Bierdosen aufgebaut.

„Das kannst du doch niemals an einem einzigen Wochenende alleine trinken", sage ich ungläubig.

„Waaas? Natürlich kann ich das, wahrscheinlich muss ich auch noch Nachschub holen. Das trinke ich jedes Wochenende."

Ich finde es so traurig, dass Luke in seinem winzigen, dunklen Zimmer das hier ganz alleine trinkt.

„Heute Abend mache ich die Rezeption, da nehme ich gleich eine Flasche mit rauf", sagt er. „Hoffentlich kommt das alte Arschloch nicht gerade, wenn ich schon etwas bedudelt bin."

Am Wochenende gehe ich doch wieder kurz ins Blackstock. Ich trage einen bodenlangen Trenchcoat, der wirklich cool aussieht. Den habe ich noch von Österreich gerettet, er war ein Einzelstück in einer Boutique. Ich habe mich auch sorgfältig zurechtgemacht.

Sofort sehe ich John am anderen Ende der Bar. Ich grüße ihn, er wird rot und ich sehe, dass er sehr aufgeregt ist. Ich bestelle ein Bier, zahle und schlendere rüber. Nach ein paar Floskeln frage ich ihn, ob er die Krätzmilben inzwischen auch bekommen hat.

Er wird wieder rot, nickt und sagt: „Ja, es juckt extrem."

„Ich werde dir ein Mittel besorgen. Am Montag kannst du es haben. Mein Arzt verschreibt es mir sicher noch einmal", schlage ich vor.

Am Montagnachmittag gehe ich dann zu meinem neuen Hausarzt in der Holloway Road. Ich bekomme das Mittel ohne Probleme. Am Abend gebe ich es John, die Sache ist wirklich peinlich. Ich bleibe auch nur kurz, erzähle ein bisschen von der komischen WG. John meint auch, ich solle mir etwas anderes suchen.

Ich warte noch ab, aber es wird schlimmer mit Peter. Ian hat es tatsächlich durchgezogen. Zum Glück hatte er nur zwei Wochen Anzahlung hinterlegt. Nachdem er von Middlesbrough zurück ist, verlässt er uns tatsächlich. Er lädt mich am letzten Abend noch in ein italienisches Restaurant ein. Fast beneide ich ihn. Er rät mir, auch auszuziehen. Wir versprechen uns, in Verbindung zu bleiben.

Bevor er geht, sagt Ian zu mir: „Wenn ich dich das nächste Mal sehe, möchte ich, dass du woanders wohnst und mir sagen kannst, du bist Manager in einem Hotel.“

In den fast zwei Jahren, die ich auf Jamaika war, hat sich viel verändert in London. Fast jeder hat nun ein Mobiltelefon, es gibt bereits viele Internetcafés. Ich kaufe mir auch ein Handy, weil ich mich nicht sicher in meiner WG fühle. Der Verkäufer rät mir zu einem Vertrag über ein Jahr. Obwohl ich keine offizielle Arbeitsstelle habe, bekomme ich den Vertrag. Der Verkäufer schreibt einfach als Arbeitgeber meine Bank auf. Täglich ab sieben Uhr abends habe ich nun Freiminuten. Fast jeden Abend rufe ich Danny an. Auch er rät mir dringend, auszuziehen.

„Er ist Nigerianer, das ist gefährlich“, warnt er mich.

Ich habe auch mal kurz von der Telefonzelle aus Rasta Q angerufen. Ich war einfach neugierig, wie es ihm geht. Eigentlich war es ein ganz ernüchternder Anruf. Rasta Q hat tatsächlich gefragt, ob ich ihn nicht doch holen könne. Ich lachte ihn aus, gab ihm aber dennoch meine Handynummer.

Inzwischen hat Peter Franco, einen italienischen Freund, einziehen lassen. Ich merke sofort, dass Peter nun mich auf dem Kieker hat. Er macht Andeutungen, es sei meine Schuld, dass Ian gegangen ist. Franco unterstützt ihn darin. Zusammen rauchen die beiden nun jeden Tag Haschisch und trinken. Peter versucht, uns gegeneinander auszuspielen. Er erzählt mir, dass er Franco sogar umsonst da wohnen ließe.

Schließlich wirft er ihn aber raus und Abdul, ein Mann aus Pakistan zieht ein. Er ist Koch in einem Restaurant. Paradoxerweise sagt Peter zu Abdul, dass ich die beste Mieterin sei. Er sehe mich als eine Art Schwester: „Ich steh nachmittags schon beim Fenster und warte, bis Irene von der Arbeit kommt."

Dann finde ich heraus, dass in meinem Zimmer Sachen fehlen. Ich hatte noch eine letzte schmale Goldkette. Sie ist weg. Im Hotel bezahlen sie mich bar, ich hatte ein bisschen Geld unter meiner Wäsche im Schrank. Das Geld und auch ein paar CDs sind weg. Ich sage es Peter.

Der fängt fast an zu weinen.

Ich sage: „Du hast mir nie einen Schlüssel gegeben, du bist haftbar. Ich werde die Beträge von der Miete abziehen oder wir können sie auch von der Vorauszahlung abziehen."

„Jaja, natürlich. Bitte glaub mir, ich war es nicht. Wahrscheinlich hat einer meiner Gäste die Tatsache ausgenutzt, dass ich betrunken war."

Ich weiß, so kann es nicht weitergehen. Ich will mir etwas anderes suchen, bevor noch mehr passiert.

Doch die Dinge regeln sich von ganz allein.

Ich rufe die Polizei. Ich sitze in meinem Zimmer und schreibe einen Brief. Vorher habe ich etwas gegessen, das ich im Supermarkt gekauft habe. Im Kühlschrank kann ich rein gar nichts lassen, weil Peter immer alles verwendet. Für einen Freitagabend habe ich einmal zwei Dosen Bier hineingelegt. Am nächsten Morgen waren sie weg. Peter sagte wieder, ich solle es von der Miete abziehen.

An diesem Abend habe ich schon das Nachthemd an und möchte bald schlafen gehen. Da klopft Peter an. Er will über die verschwundenen Dinge diskutieren. So ekelhaft ist er immer, wenn er kein Geld hat. Es muss ihn sehr stören, dass im Moment keine Miete von mir reinkommt. Er will sich unbedingt ins Zimmer reindrängen, ich wehre ihn ab. Da schlägt er doch tatsächlich zu! Peter ist ein schmächtiger, sehr betrunkener Mann und ich kann ihn rausschieben. Ich rufe panisch bei Danny an. Der rät mir, ich solle die Polizei rufen. Die kommt innerhalb von Minuten. Die Beamten sehen auch das Haschisch auf dem Wohnzimmertisch und fragen Peter: „Du weißt aber schon, dass das hier verboten ist?“

Peter erwidert aggressiv: „Du musst ja nicht in mein Haus kommen, das hier ist mein Grundstück. Hast du vielleicht einen Durchsuchungsbefehl?“

Sie nehmen Peter mit. Eine Polizistin bleibt bei mir und fragt mich, ob ich hier wohnen bleiben wolle.

„Überhaupt nicht, nein“, sage ich und erzähle ihr alles. Sie nimmt mich mit auf die Polizeiwache in Angel, Islington. Ich gebe alles, was ich bei Peter erlebt habe, zu Protokoll. Die Beamtin sagt, so etwas Freches wie Peters illegales Vermieten und sonstiges Schmarotzen habe sie noch nie gehört. Sie sagt, ab morgen könne ich in ein Hostel einziehen. Ich freue mich riesig. Ich habe noch keine Ahnung, dass sich dadurch wirklich alles für mich ändern wird.

Als ich am nächsten Tag von der Arbeit komme, sitzt Peter traurig auf der Treppe zu den Schlafzimmern. Ich muss an ihm vorbeigehen, wenn ich in mein Zimmer will. Ich erzähle ihm, dass ich heute noch ausziehe.

Er fängt zu weinen an und sagt: „Das überlebe ich nicht. Mir tut es so leid, was passiert ist. Gerade wollte ich dir ein Weihnachtsgeschenk kaufen."

„Nein, du kannst deine Mieter nicht so behandeln. Ich packe jetzt nur meine Sachen und dann bin ich weg", sage ich müde. Ich muss jeden Morgen um fünf Uhr aufstehen und bin durch die gestrigen Ereignisse lange wach gehalten worden. Ich verabschiede mich von Peter, ein bisschen leid tut er mir schon.

Dezember 1998: Es geht aufwärts

Neue Bleibe. Das Hostel ist in Stamford Hill. Es ist ein riesiges, mehrstöckiges Gebäude. Mein Zimmer liegt im ersten Stock. Es ist zwar sehr klein, aber ich bin glücklich über mein neues Zuhause. Leider passt kein Tisch in das Zimmer, deshalb kann ich nicht schreiben. Einen Aufenthaltsraum gibt es auch nicht, nur eine große Gemeinschaftsküche. Duschen und Toiletten sind auf dem Gang. Das Zimmer hat einen Kühlschrank und einen winzigen Kleiderschrank. Ich fühle mich so befreit, von Peter weg zu sein.

Am nächsten Tag kriege ich einen Anruf von der Polizei. Der Beamte sagt, Peter habe ausgesagt, dass ich ihn angegriffen habe, weil ich betrunken gewesen wäre.

Ich schreie ins Telefon: „Wie kann der das wagen? Ich war fast schon im Bett. Ich muss morgens um fünf aufstehen. Peter ist jede Nacht wach und trinkt. Er bestiehlt seine Mieter und schmarotzt nur. Kann ich wenigstens jetzt vor ihm Ruhe haben?"

„Wir müssen leider auch dem nachgehen, was Peter aussagt. Es wird wohl zu einer Gerichtsverhandlung kommen."

„Ja, wieder eine Zeitverschwendung, für die ich mir auch noch freinehmen muss, wieder Geld verliere", sage ich resigniert.

Ich soll nie wieder von Peter hören. Es gibt auch nie eine Gerichtsverhandlung.

Putzstellen. Ich arbeite nun sechs Tage die Woche, suche mir auch einige Putzstellen. Mir gefällt es hier auch ohne viel Geld, ich bin zufrieden. Die Putzstellen werden immer mehr, man empfiehlt mich weiter. Bald habe ich zwölf Stellen und gebe den Hoteljob auf. Ich putze, bügle, mache Gartenarbeiten für meine vorwiegend künstlerischen Klienten. Sie sind Musiker, Fernsehansager oder Journalisten. Alle davon reisen viel und die meisten haben Haustiere. Wenn sie verreisen, fragen sie mich, ob ich so lange in ihre Häuser einziehen könnte. Ich soll Hunde spazieren führen, Katzen und Vögeln Gesellschaft leisten. Das macht mir so viel Spaß und ich bin unendlich dankbar für das Vertrauen dieser Leute.

Sehr zu meiner Überraschung bekomme ich einen Anruf von Carlos. Er sagt, Rasta Q habe ihm die Nummer gegeben. Er habe ihm gesagt, ich wolle wieder für ihn arbeiten.

„Wie bitte?“, frage ich ungläubig. „Ich baue mir gerade ein neues Leben auf. Ich mache so etwas nie wieder!“

„Ya, man, er hat gesagt, du seist mit falschen Papieren eingeflogen und wartest in Negril auf ihn. Er hat gesagt, er brauche Geld, damit er nach Negril kann.“

„Du hast ihm doch nicht etwa Geld dafür gegeben? Du glaubst ihm doch kein Wort, oder?“

„Doch, ich habe ihm etwas Geld gegeben“, lacht Carlos.

Ich kann es nicht fassen. Dann fällt mir noch ein: „Carlos, vielen Dank, dass du Wort gehalten hast. Ich bin so froh, dass ihr mich versorgt habt und ich ausreisen konnte. Danke auch für das Geld, das du nach London geschickt hast. Die meisten meiner Mithäftlinge hatten nicht so viel Glück. Ich danke dir vielmals. Hertie ist mich allerdings im Juli, August gar nicht mehr besuchen gekommen. Warum eigentlich?"

„Weiß ich nicht. Ich habe ihr gesagt, sie soll dich jeden Monat besuchen", sagt Carlos verwundert.

„Sie ist jeden zweiten Monat gekommen, am Ende gar nicht mehr."

Wir wünschen uns noch gegenseitig alles Gute. Also hatte auch Hertie in die eigene Tasche gewirtschaftet. Mich wundert wirklich überhaupt nichts mehr.

Alte Kontakte. Die ganze Zeit über habe ich noch Kontakt mit ein paar meiner früheren Mitgefangenen. Magnolia ist in ihr Dorf in Portugal zurückgekehrt. Ihr Mann ist noch immer in Haft. Ihre Mutter ist vorübergehend bei ihnen eingezogen. In Portugal gibt es keine Arbeit für Magnolia. Sie möchte es auch in London versuchen. Ich sage ihr, dass es wirklich einfach ist, hier eine Arbeit zu finden.

Eine Woche später ruft Magnolia wieder an: „Ich möchte dir nur sagen, ich komme schon am Freitag in London an. Kannst du mich abholen?"

Ich bin verwirrt: „Ich muss doch arbeiten. Magnolia, denkst du etwa, du kannst bei mir wohnen? Tut mir leid, das ist ganz unmöglich. Es ist nicht nur nicht erlaubt, ich habe da kaum Platz für mich selber."

Magnolia ist verstimmt. Ich höre nie wieder von ihr.

Mit Lucky bleibe ich auch in Kontakt. Wir schreiben uns und rufen uns an. Sie hatte ihre Wohnung verloren und ist danach vorläufig bei ihrer Tochter untergekommen. Dann fand sie aber schnell eine Arbeit und wohnt jetzt wieder in einer eigenen Wohnung. Lucky sagt, ihre Familie hat sie nicht wiedererkannt, als sie in Kanada am Flughafen durch die Absperrung kam. Sie war spindeldürr und hatte weiße Haare. Sie ist auch mit der kanadischen Karin in Kontakt. Karin hatte im Gefängnis auch 30 Kilo abgenommen. Lucky sagt, Karin sei sehr froh, dass sie inzwischen wieder ihre 110 Kilo hat. Ich vermisse Lucky sehr. Sie ist eine der ganz wenigen Inmates, die ich wirklich gerne wiedersehen möchte.

Auch Fanny schreibt mir. Sie wohnt jetzt in Toronto. Direkt nach ihrer Entlassung wurde sie von Ihrem Boss vom Kartell unterstützt. Sie bestärkt mich in meinem Vorsatz, meine Erlebnisse in Fort Augusta zu veröffentlichen. Sie sagt, sie hat herausgefunden, dass die Kanadische Botschaft sehr wohl weiß, was dort vor sich geht. Aber das scheine sie nicht zu interessieren.

April 1999: Ich habe es geschafft!

Nach ungefähr vier Monaten im Hostel werde ich in das Büro gerufen. Die Sachbearbeiterin Mary, mit der ich mich etwas angefreundet habe, hält mir strahlend einen Brief entgegen: „Da, am Montag hast du eine Wohnungsbesichtigung!"

„Ich, ich bekomme eine Wohnung? Ist der Brief wirklich für mich?"

„Ja, natürlich. Die Wohnung ist in Islington, da ist es ganz trendy."

Ich bin so glücklich, so unbeschreiblich glücklich. Als ich die Wohnung besichtige, übertrifft sie wirklich meine Erwartungen. Ich hatte mir eine Sozialwohnung klein, eng und vielleicht auch stinkend vorgestellt. Meine Wohnung jedoch ist groß, hell und hat zwei Balkone. Das Beste daran ist, sie ist sehr billig und ich habe lebenslanges Wohnrecht hier. Ich kaufe neue Teppichböden und billige Möbel. Fehlende Möbelstücke ersetze ich vorläufig mit vielen Pflanzen. Auf den Balkonen hänge ich Blumenampeln auf. Auf dem Küchenbalkon stelle ich Sessel auf.

Anfang Mai ist es schon sehr warm, fast heiß, in London. Manchmal, wenn ich draußen sitze, weht ein Cannabisgeruch zu mir herauf in den dritten Stock. Meine Nachbarn rauchen auch fast alle. Ich selber rauche nur nach der Arbeit und wenn alles andere erledigt ist.

Ende Juni ruft mich Rasta Q per R-Gespräch auf meinem Handy an. Ich habe noch nie ein R-Gespräch bekommen. Ich weiß nur, der Empfänger muss zahlen. Ich nehme das Gespräch an, sage Rasta Q aber, ich rufe ihn von meinem Festnetzanschluss zurück. Er fragt, wie es geht. Ich erzähle ihm freudig von meiner neuen Wohnung. Er ist nicht sonderlich überrascht. Er erzählt mir, dass das Syndikat in Mo Bay aufgeflogen ist. Carlos sei aber geflüchtet und operiere jetzt von der Schweiz aus. Ich frage Rasta Q, warum er Carlos belogen hätte. Er lacht nur und sagt, er hätte Geld gebraucht. Dann erzählt er, er habe eine Engländerin gefunden, die ihn heiraten will. Sie wolle ihm einen Pass kaufen und ihn nach England holen.

Er fragt: „Könntest du denn der Lady helfen?"

„Wie, helfen? Was habe ich denn damit zu tun?"

„Die Lady ist eine Rentnerin. Sie hat nicht viel Geld. Könntest du ihr ein bisschen Geld fürs Ticket dazugeben?"

„Ist das ein Witz? Wieso sollte ich? Ich arbeite fast sechzig Stunden die Woche, um mir was Neues aufbauen zu können!", sage ich wütend.

Seine Stimme ist jetzt fast geschäftsmäßig: „Ach so, dann eben nicht. Es war doch vereinbart, dass ich irgendwie nachkomme. Wir zwei gehören doch zusammen."

Ich fasse es nicht. Noch lange sitze ich wie erschlagen auf dem Sofa. Anfangs traurig, dann wütend, dann aber wirklich erleichtert. Schon seit einer Weile bin ich in einen Busfahrer verliebt. Noch ist diese Beziehung rein platonisch. Ob und wann mehr daraus wird, steht in den Sternen.

Epilog

Mein Schreibtisch steht am Fenster, schön habe ich es hier. Noch immer lebe ich in der Wohnung in Islington. Ich schaue aus dem Fenster, der Kindergarten ist schon geöffnet. Geschäftig trudeln Mütter und Väter mit ihren Kindern ein. Es sind Leute aller Nationen. Muslime, viele Inder, Farbige und natürlich auch Engländer bringen ihre Kinder hierher. Dreimal haben sie das große, flache Gebäude und die riesige Gartenanlage schon umgebaut, seit ich hier wohne.

Meine zwei Hunde Cecilia und Angel dösen auf dem Sofa vor sich hin. Gut geht es ihnen. Im Radio spielt *One Love* von Bob Marley. Meine Gedanken wandern wieder zurück in eine Zeit, als alles ganz anders war, zurück zu den sieben Hunden und dreißig Familienmitgliedern, mit denen ich für eine Weile im Ghetto von Montego Bay gelebt habe.

Vorhin war ich mit meinen Hunden spazieren. Ich treffe immer viele andere Hundebesitzer am Regent's Canal. Eine Spanierin hat mich gerade gefragt, warum ich in London lebe. Warum? Flüchtigen Bekannten antworte ich auf diese Frage immer das Gleiche. Ich sage, ich habe ein ausgezeichnetes Jobangebot erhalten. Dabei war alles nicht ganz so einfach.

Nach wie vor checke ich manchmal die News aus Jamaika. Jetzt hat man ja zum Glück Internet. Was gibt es Neues von Leuten, die ich mal gekannt habe? Ich höre, JT's gibt es nicht mehr.

Rasta Q hat es wirklich nach England geschafft. Er heiratete eine fünfundsechzigjährige Frau aus East Anglia. Wir trafen uns noch einmal kurz in London. Er hatte seine Frau begleitet, die alleine auf ein Rockkonzert in Camden Town gegangen war. Heimlich traf er mich auf einen Drink. Er wollte nur wissen, wo man in London Crack kaufen kann. Es war ihm sehr wichtig, seine Frau wieder pünktlich vom Konzert abzuholen. Danach ist die Verbindung endgültig abgerissen. Ich habe seit dem Jahr 2000 überhaupt keine Informationen mehr über ihn.

Laut Wikipedia werden auf Jamaika auch 2012 noch immer die meisten Homosexuellen der Welt ermordet. In Dancehall-Songs wird nach wie vor zur Ermordung von Schwulen aufgerufen. Viele Jamaikaner haben deswegen Asyl in Großbritannien bekommen. Überhaupt ist Jamaika nach vor eines der Länder mit der höchsten Mordrate.

1998, im Jahr meiner Ausreise, wurde dennoch die erste Schwulen-und-Lesben-Organisation Jamaikas gegründet. Die Adresse des Büros wird aus Sicherheitsgründen geheim gehalten. Die Mitarbeiter arbeiten nur unter Pseudonym. Brian Williamson, einer der Gründer der Organisation, war der Einzige, der öffentlich aufgetreten ist. 2004 wurde er in seinem Haus aus homophoben, also schwulenfeindlichen Motiven brutal mit einer Machete erstochen. Noch in der Stunde seiner Ermordung feierten viele Gegner vor seinem Haus und sangen *Boom Bye Bye*. Das ist ein Dancehall-Song von Buju Banton, in dem dazu aufgefordert wird, Schwule zu erschießen. Andere riefen:

„Einen nach dem anderen werden wir kriegen, Sünden werden bestraft."

Gregory Isaacs ist im Oktober 2010 in London an Lungenkrebs gestorben. Zwei Jahre zuvor hatte er endlich mit dem Crack aufgehört. Er hatte damals zu diesem Anlass ein neues Album heraus namens *Brand New Me* herausgebracht. Ich habe im Lauf der Jahre viele seiner Konzerte besucht. Das letzte Mal habe ich ihn 2009 im Victoria Park gesehen. Ich habe mich bis ganz nach vorn gedrängt.

Buju Banton wurde 2009 in Miami wegen Drogen- und Waffenbesitzes zu zehn Jahren Gefängnis verurteilt.

Xenaman wurde 2001 mit einer Machete schwer verletzt, hat sich aber wieder erholt. 2009 wurden er und sein Sohn wegen Beihilfe zum Mord verhaftet. Er saß in Kingston, wurde aber im Juli 2012 gegen eine Kaution von 2 Millionen Jamaika-Dollar bis zur Verhandlung auf freien Fuß gesetzt. Der Prozess im November 2012 musste auf Mai 2013 verschoben werden, weil nur fünfzehn von achtundfünfzig Geschworenen es wagten, vor Gericht zu erscheinen.

Alexander von Bergen ist im November 2002 im Gefängnis verstorben. Laut Polizeibericht hat er sich selber erstochen. Sein Tod wurde nicht untersucht, der Arzt hatte bestätigt, dass es sich um Selbstmord handelte.

Hustler Tony ist schon vor Jahren an Aids gestorben.

Meine Freundin Cloe aus Birmingham ist seit fast zehn Jahren sehr glücklich mit Greg verheiratet. Sie haben zwei Kinder und ein wunderschönes Haus. Wenn wir uns sehen oder miteinander telefonieren, können wir gar nicht glauben, wie dumm wir einmal waren.

Julia ist verschollen. Ich habe mit ihrer Mutter und Tochter telefoniert, als ich meinen Telefonanschluss bekam. Die Familie hat nur gehört, dass sie nach ihrer Freilassung beim Basement gesehen wurde.

Last, not least, meine kleine Kasi ist tatsächlich Diplom-Psychologin geworden und arbeitet gerade an ihrem Master. Ich war Trauzeuge bei ihrer Hochzeit. Trotz, oder vielleicht gerade wegen der ganzen Umstände ist unsere Freundschaft noch einzigartiger geworden. Kasi ist die Einzige, die mich auf dem langen Weg in jeder Phase begleitet hat, obwohl sie doch eigentlich gar nicht dabei war. Genauso verrückt wie mein ganzes Leben, nicht wahr?

Danksagungen

Von ganzem Herzen möchte ich meinen Freunden danken, die mir seit vielen Jahren mit Rat und Tat zur Seite stehen. Ihr habt mich immer wieder ermuntert, dieses Buch zu schreiben, und auch nicht lockergelassen, als mich der Mut verließ oder ich einfach keine Motivation zu schreiben hatte.

Kasi, ohne Dich gäbe es kein Buch. Danke für all Deine Hilfe, das Lesen und Gegenlesen aller Fassungen und für tausend andere Feedbacks. Du hast noch alle Briefe und Aufzeichnungen von damals, damit haben wir vieles rekonstruieren können. Du hast immer an mich geglaubt, auch wenn das kaum jemand anders tat. Ich kann mir keine bessere Freundin vorstellen.

Danke auch an Kirchenschwester Tanja (Staudinger), Romana (Burat), Bruder Heinz aus Braunau, Audrey, Liz, Sabine und Pat für Eure Freundschaft, Eure Geduld und für Euer Drängen, das Buch endlich zu Ende zu bringen.

Besonderen Dank auch meinem Hausarzt in London, Dr. Trevor Yellon, der auch so etwas wie ein guter Freund geworden ist. Danke, dass Du mich gesundheitlich wieder so hingekriegt hast, dass ich wieder mit meinem Kopf arbeiten kann. Danke, dass ich Deinen Studenten seit acht Jahren als Fallbeispiel für Suchtkrankheiten bei der Diplomprüfung helfen darf.

Last, not least bedanke ich mich bei Angelika Lenz für das großartige Lektorat. Ich bin sehr froh, dass Sie als sehr professionelle Lektorin und Autorin sich des Projektes angenommen haben. Danke für die unermüdliche Arbeit, Ihre Engelsgeduld mit mir, für das Entwirren eines etwas chaotischen Manuskriptes, Ihre tadellose Zuverlässigkeit und auch dafür, dass Sie mir nicht die kleinste Nachlässigkeit haben durchgehen lassen.

4889970R00223

Printed in Germany
by Amazon Distribution
GmbH, Leipzig